屈赋新探（修订版）

汤炳正　著
汤序波　编

华龄出版社

责任编辑：苏　辉　贾理智
装帧设计：刘苗苗
责任印制：李浩玉

图书在版编目（CIP）数据

屈赋新探/汤炳正著．—修订本．—北京：华龄出版社，2010.7
ISBN 978-7-80178-755-2

Ⅰ.①屈…　Ⅱ.①汤…　Ⅲ.①楚辞—文学研究　Ⅳ.①I207.22

中国版本图书馆CIP数据核字（2010）第149149号

书　　名：屈赋新探（修订版）
作　　者：汤炳正　著
　　　　　汤序波　编
出版发行：华龄出版社
印　　刷：三河科达彩色印装有限公司
版　　次：2010年8月第1版　2010年8月第1次印刷
开　　本：710×1000　1/16　　印　　张：16.75
字　　数：235千字　　印　　数：1～3000册
定　　价：35.00元

地　　址：北京西城区鼓楼西大街41号　邮编：100009
电　　话：84044445（发行部）　传真：84039173

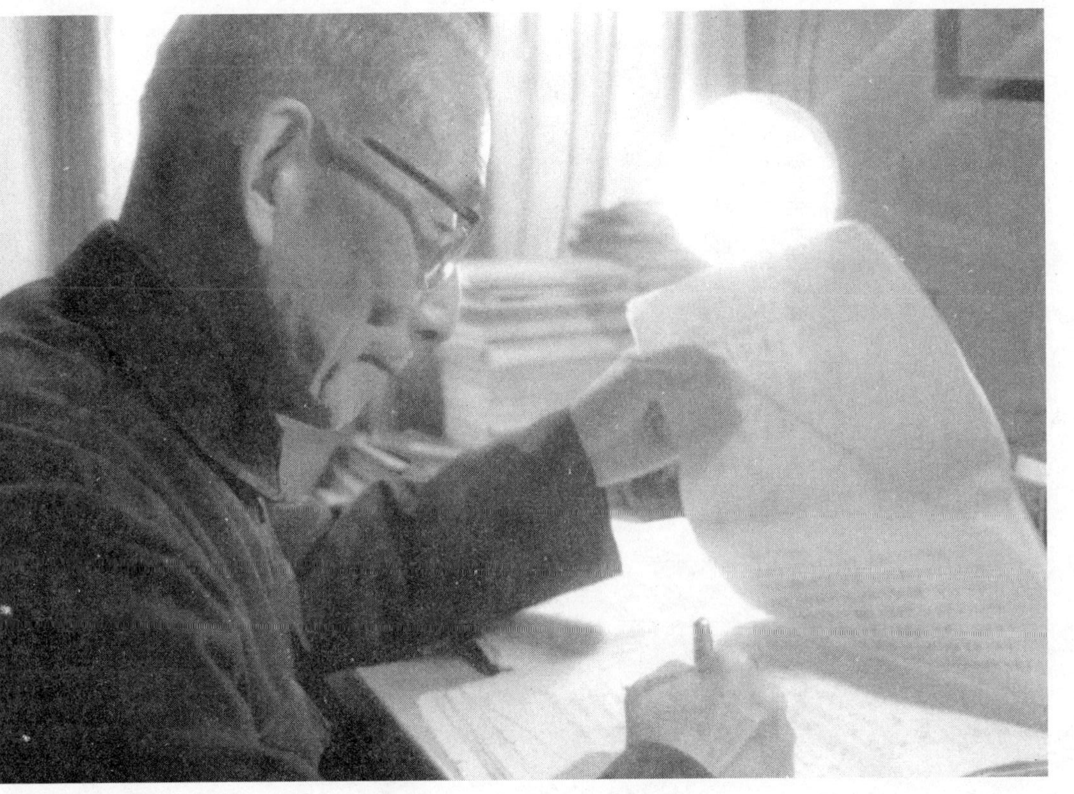

汤炳正先生伏案修改书稿

如果谓《诗经》的"重现"，乃民歌集体创作的法采，则唐诗的"重现"，乃个体诗人从民歌习惯中继承下来的古老形式。

又小山词《临江仙》有云："落花人独立，微雨燕双飞"，千古传诵，实则乃袭用五代诗人翁宏（字仲举）五言律《春残》中成句，原诗上半云："又是春残也，如何出翠帏？落花人独立，微雨燕双飞，……"此乃不同诗人之间的"重现"手法的运用，并非抄袭。又吴梅村的《临江仙》（逢旧）有云："姑苏城外月黄昏，绿窗人去住，红粉泪纵横。"实则此二句，乃袭用唐人油蔚赠别营妓卿卿诗（见《才调集》卷七）原诗云："日照绿窗人去住，鸦啼红粉泪纵横"，此亦"重现"于异人之一例。

苕溪渔隐曰：东坡九日诗云："相逢不用忙归去，明日黄花蝶也愁。"又词云："万事到头终是梦，休休，明日黄花蝶也愁。"吕居仁诗云："尚惜故人轻作别，乱山深处过重阳。"又词云："短篱残菊一枝黄，已是乱山深处过重阳。"皆两用之。诗意脉络贯穿，并优于词。

其实，两家诗词，各有妙境，都是对"重现"所作出的创造性的开拓。

（七）倒　置

刘勰《文心雕龙·章句》云："夫设情有宅，置言有位；宅情曰章，位言曰句。"又云："若辞失其朋，则羁旅而无友；事乖其次，则飘寓而不安。是以搜句忌于颠倒，裁章贵于顺序。"从后世行文来讲，"事乖其次"、"搜句颠倒"乃至于"置言失位"，实系辞家之大忌。刘氏之言，确不可易。但如果用历史观点看问题，则古今语言，或多变迁；以今律古，便有龃龉。而且由于修辞要求，倒置以表义，或亦有其特殊作用；"约定俗成"，或亦出于时地风习。关于"倒序例"，曲园先生《古书疑义举例》已发其凡。但专理屈赋语例，以观古今南北之变，而防曲解误释之弊，仍有必要。兹略举数例，疏证如下：

① 汤禹俨而祇敬兮，周论道而莫差。举贤而授能兮，循绳墨而不颇。（《离骚》）

② 勉升降以上下兮，求榘矱之所同；汤禹严而求合兮，挚咎繇而能调。（《离骚》）

③ 古固有不并兮，岂知其何故？汤禹久远兮，邈而不

363

9

汤炳正先生在《屈赋新探》出版后，又多次在书本上进行补校。

前　　言

抗战时期，我开始爱上了屈赋。这也许是由于中国的民族危机，促使我跟屈原的思想感情发生了共鸣。

在贵阳时，就曾以《楚辞》教诸生于上庠，偶有心得，辄笔而存之。虽未敢以著述自期，但却积下不少的资料与零稿。

建国后，五十年代，为了熟悉新事物，学习新理论，工作繁忙，没有整理旧稿的机会。六十年代初，才开始写《〈屈原列传〉理惑》、《〈楚辞〉成书之探索》等篇。发表之后，受到学术界的多方鼓励，殊增惭悚。但十年浩劫，不仅打乱了写作计划，就连旧日的各种书籍与杂稿，也几乎全部散失。而我个人则已年近古稀，并卧病不起者五年之久。

动乱结束，收拾烬余。关于建国前的屈赋残稿，只剩下《〈招魂〉“些”字的来源》一篇。建国后的屈赋残稿，除已发表的两篇外，只剩下《草“宪”发微》一篇。余则断章零句，无从清理。仅仅对某些问题的自我理解，犹留下永不磨灭的印象而已。

然而，我在万象更新，病体渐有起色的情况下，为祖国社会主义文化建设添砖加瓦的思想，实在按捺不住。乃带病奋笔，把自己对屈赋的旧心得或新看法，有选择地加以整理，成文二十篇，辑为此书。

为了便于读者，本书编纂，以类相从。即：第一组，主要谈屈原的生平事迹；第二组，主要谈《楚辞》的成书与传本；第三组，主要谈屈原的思想与流派；第四组，主要谈屈赋里的神话传说；第五组，主要谈屈赋的语言艺术。总之，都是些探索性的结论，很不成熟。出版的目的，是以此就正于学术界。

在出版的准备工作中，我院中文系中国古代文学研究室的领导曾给予大力支持。至于抄写校勘，则皆由研究生李大明同学任其劳。在此并致谢意！

一九八二年十一月二十二日于四川师院

目　录

一、《屈原列传》理惑

（一）今本《屈原列传》存在的问题

《史记·屈原列传》，本来是研究屈原生平事迹最主要的资料，也是现存的较早和较系统的资料。如果以《楚世家》、《新序》、《国策》等互相参证，则屈原生平事迹，不难秩然得其条贯。

但今本《史记·屈原列传》却存在不少问题，致使屈原事迹前后矛盾，首尾错乱。总括前人所举者，例如：屈子赋《骚》，既叙于怀王疏原之时，又叙于襄王既立之后，则《离骚》之作，究在怀王之世，抑在襄王之时？此其一；又上文既曰“（怀）王怒而疏屈平”，“屈平既绌”，“屈平既疏，不复在位”，而下文又曰“虽放流，睠顾楚国，系心怀王”，则怀王之世，屈原究竟是被“疏”，抑或已被“放流”？此其二；“虽放流，睠顾楚国，系心怀王”到“王之不明，岂足福哉”一大段评论赋《骚》的文字之后，忽接“令尹子兰闻之大怒”，则子兰之怒，究竟是怒屈子赋《骚》，抑是怒屈子之“既嫉”子兰？如果是怒屈子之“既嫉”子兰，则何以中间忽然插入一段评论赋《骚》之语，致文意扞格不通？此其三；又上文“离骚者，犹离忧也”到“虽与日月争光可也”一大段，寻其内容与语气，实与下文“虽放流”以下“其存君兴国而欲反覆之，一篇之中三致志焉……”一大段紧密相承，皆对屈子赋《骚》所作之评语，但中间何以又插入“屈平既绌”到“屈平既嫉之”历叙数十年来秦楚兴兵的一大段，致前后互不相蒙？此其四；全传行文，何以屈原、屈平，交互错出，称谓混乱？此其五；……以上这些问题不解决，则对屈原生平事迹就无法理出一条可靠的线索，从而对屈原平生的政治活动、文学创作、思想发展等，也就无从得出一个合乎实际情况的结论。

正因为今本《史记·屈原列传》存在很多问题，故历代研究《屈原列传》的人，曾不断进行探索，企图得一合理的结论。但见仁见智，聚讼纷纭，结论各有不同。其从文学角度而为之说者，对“离骚者，犹离忧也”到“虽与日月争光可也”与“虽放流”到“岂足福哉”这两大段文字的插入，或谓此乃史迁的变体，或谓此乃史迁奇玮之妙笔，或谓此乃夹叙夹议的龙门笔法。但“变体”也好，“奇玮”也好，“夹叙夹议”也好，而从行文之规律言之，则首先要求其“通”，如果章节段落之间前无所承，后无所受，首尾横决，文理龃龉，则史迁之文必不至驽劣乃尔。清梁玉绳《史记志疑》曾引于慎行《读史漫录》云：“世之好奇者，求其故而不得，则以为文章之妙，变化不测。何其迂乎?”近姜亮夫同志虽极力推崇史迁《屈原列传》中这两大段文字是“以苍茫郁勃之气，发为倜傥自恣之文，不能悉以文章规矩相绳”，但又谓“此盖古人文法未甚缜密之处”，“此固不容阿讳”（见姜亮夫《屈原赋校注》）。总之，从文学角度来看，至今还没有得到很好的解决。

其次，从历史角度而加以探讨者，则亦有各种不同的结论。例如屈原之作《离骚》，本在怀王时代被疏之时，亦即壮年时期。自汉以来，除《史记·屈原列传》外，如刘向的《新序·节士》、班固的《离骚赞序》、王逸的《离骚经章句序》以下，都是如此，而近古以至现代的屈原研究者，则多根据今本《屈原列传》中“顷襄王立”以下“虽放流”一大段评《骚》文字，并佐以其它论据，谓屈原赋《骚》乃在顷襄王时，亦即晚年时期。如王闿运的《楚辞释》、游国恩同志的《楚辞概论》、《屈原》，郭沫若同志的《屈原研究》，都作如此主张。但亦有感到此说之不安，而游移于以上二说之间者。如姜亮夫同志的《屈原赋校注》、刘永济同志的《笺屈余义》等，皆谓《离骚》之作，当始于怀王之世，成于襄王之时。盖由于今本《史记·屈原列传》既叙屈原赋《骚》于怀王之世，又评屈原赋《骚》于襄王既立之后，故欲以此调和这个不可否认的矛盾。总之，从历史角度探讨《屈原列传》者，始终还没有作出较为稳妥精确的结论。

尤其应当注意的是，清末的廖平，在他的《楚辞新解》里，认为

《屈原列传》全篇文义不贯，前后事实矛盾，竟以此为根据，断定屈原并无其人。而这个结论，后来却被胡适所利用，在他的《读楚辞》里，借口屈传的矛盾，否定屈原的存在，说什么屈原是后人凭空捏造出来的“箭垛式”的人物，从而在中国历史上把屈原这位伟大诗人一笔抹掉。

不难看出，由于今本《史记·屈原列传》存在很多矛盾，给屈原研究者带来不少困难和问题，致使屈原生平事迹之真相，无由大白于后世，是不可以不辨。

（二）今本《屈原列传》之被窜乱及原本《屈原列传》的本来面目

考今本《史记·屈原列传》中由“国风好色而不淫”到“虽与日月争光可也”一段，在班固的《离骚序》中引用时，说它是淮南王刘安《离骚传》之语。盖刘安的《离骚传》班氏犹及见之，故加引用，其言信而有征，历代对此并无异义。但是，这里却有两个问题至今没有解决：即对《屈原列传》里的刘安这一段话，人们始终认为是史迁自己采入《屈原列传》的，而并没有意识到它是被后人窜入的。其次，今本《屈原列传》中属于刘安《离骚传》的话，是止于上述的那一段，抑或还有其它部分，人们至今还没有明确地识辨出来。因而对屈原事迹的考证，纠葛百出，缠绕不清。如果能将以上两个问题理清，还原史迁《屈原列传》的本来面目，则屈原的生平事迹和创作活动，自然会条贯分明，了如指掌，前人之所纷然聚讼者，亦不难迎刃而解。

今按，史迁当时并未见过刘安的《离骚传》，今本《屈原列传》中所引刘语，乃后人所窜入者。因为史迁的《史记》和刘安的《离骚传》都写成于汉武帝之时；刘安《离骚传》之写成，虽略早于《史记》，而史迁实未得见。所以，史迁在《史记·淮南王列传》中，只云：“淮南王安为人好读书鼓琴，不喜弋猎狗马驰骋。亦欲以行阴德，拊循百姓，流誉天下。时时怨望厉王死，时欲叛逆，未有因也。”而关于淮南王所著书与辞赋，则一字未及。至班固撰《汉书》时，《淮南王传》全袭《史记》，唯于“流名誉”句下，始增补下列一段：“招致宾客方术之士数千人，作内书二十一篇，外书甚众。又有中篇八卷，言神仙黄白之术，亦二十余万言。时武帝方好艺文，以安属为诸父，辩博善为文辞，甚尊重之。每为报书及赐，常召司马相如等视草及遣。初安入朝，献所作内篇，新出，上爱而秘之。使为《离骚传》，旦受诏，日食时上。”（着重号都是笔者加的。下同）高诱《淮南子叙目》亦云：“初，安为辩达，善属文。皇帝为从父，数上书，召见，孝文皇帝甚重之，诏使为《离骚赋》，自旦受诏，日早食已。上爱而秘之。天下方术之士，多往归焉。”（高诱的这段话，跟《汉书》大致相同，但有两个错误：第一，“孝文皇帝甚重之”，“文”字显系“武”字之误。“皇帝为从父”句，因既误“武”为“文”，故世系关系不得不改。实则孝文帝时，刘安年尚幼小，所谓招致宾客著书立说等一切活动，都跟他的年龄不相适应，故应以《汉书》为是。第二，《离骚赋》也显系《离骚传》之误。荀悦《汉纪》的《孝武皇帝纪》，虽“武”字未误，而“传”亦误“赋”。此盖因《汉书》中“使为《离骚传》”之下，又叙刘安献“赋颂”，故与《离骚传》相涉而误。《汉纪》全以《汉书》为据，而顾炎武《日知录》曾谓：《汉纪》“间或首尾不备，其小有不同，皆以班书为长”。误《离骚传》为《离骚赋》，当即其中之一例。荀、高都是东汉末年人，而荀悦的错误，影响较大。说详下段）考史迁书例，凡前人著述，或叙其书目篇卷，或录其作品原文，或具体，或概括，总是以不同的形式反映出来。而著述宏富如刘安者，竟在《史记·淮南王列传》中一字未提，这决不是偶然的。因为刘安的《离骚传》等，史迁并未见过。

有的同志认为《史记·淮南王列传》：刘安谋反时，胶西王刘端议曰：“淮南王安，废法行邪，怀诈伪心，……臣端所见，其书、节、印、图，及他逆无道事验明白，甚大逆无道，当伏其法。”这其中的“书、节、印、图”的“书”，即指淮南王所著诸书。但我认为这样理解“书”字，是不确的。因为这里的“书”跟“节”、“印”、“图”四者并举，事实上皆指刘安谋反时的“物证”而言。而且紧接上文，皆有所承。所谓“书”，是指刘安听伍被计所伪造的文书等，亦即上文所说：“伪为丞相御史请书，徙郡国豪杰任侠。……又伪为左右都司空上林中都官诏狱逮书，以逮诸侯太子幸臣。”所谓“节”、“印”，是指刘安谋反时所伪造的“节”与“印”等，亦即上文所说：“王乃令官奴入宫，作皇帝玺，丞相御史大将军军吏中二千石都官令丞印，及旁近郡太守都尉印，汉使节，法冠。”所谓“图”，是指刘安谋反时所绘用的军事地图等，亦即上文所说：“王日夜与伍被、左吴按舆地图，部署兵所从入。”因此，下文胶西王举出“书、节、印、图”，为“大逆无道，当伏其法”的罪证。如果其中的“书”是指的《淮南鸿烈》、《离骚传》等，则武帝当时如此喜爱的书，怎能据此以构成“伏法”的罪状？故从《史记·淮南王列传》中，实难找到史迁曾见过《离骚传》等书的痕迹。

至于史迁当时之所以未见淮南王所著书及《离骚传》等，盖当时这些书，虽已献之武帝，而未宣布于世。故史迁并未得见，当然更无从著录于本传，更无从采入《屈原列传》。淮南王书当时之所以未布于世，推其原因，盖不外其始武帝“爱秘”之，故未予宣布。所谓“爱秘”，当谓置之手边，秘不示人，或置于刘向《七略》所谓“秘室之府”；并不是付之“太常、太史、博士之藏”，供史官披阅。继因淮南王以谋反被诛，故又不便宣布。汉代因谋反而不传其书者，史有事例。如《汉书·儒林传》云：“世所传百两篇者，出东莱张霸。……以中书校之，非是。霸辞受父，父有弟子尉氏樊并。时大中大夫平当，侍御史周敞，劝上存之。后樊并谋反，乃黜其书。”可见，由于刘安谋反被诛，其书未得宣布流传，这在当时是可以理解的。在这种情况下，史迁即使见过刘书，亦不便广为征引传播，况因上述种种原因，史迁并未得见。迨元成之世，刘向校书中秘，始得淮南王书而叙录之（见高诱《淮南子》序）。而《离骚传》亦当同时出现。故班固撰《汉书》，始得据所见以补《史记·淮南王列传》之缺。因此，史迁既未见过刘安的《离骚传》，则今本《史记·屈原列传》中所引用的《离骚传》，并非原本《史记》所固有，乃后人窜乱之文；而且由于窜乱者学识卑劣，以致前后矛盾，文理不通。历代学人，咸受其累。

其次，刘安《离骚传》语之被窜入《屈原列传》者，其实并不止于班固所引用的那一段。就今本《屈原列传》而言，由“离骚者，犹离忧也……”到“虽与日月争光可也”，由“虽放流，……”到“岂足福哉”这两段文字，都是后人割取《离骚传》语窜入本传者。要确定这个问题，首先不能不对未被割裂的《离骚传》的原型作一番探讨。

根据班固的《汉书·淮南王传》和《离骚序》，都说刘安作《离骚传》；只有荀悦、高诱等，才说是作《离骚赋》。其实班固的说法，具有最高权威。因为他不仅在《淮南王传》里述及刘安作《离骚传》的事实，而且他确实也读过《离骚传》的原文，并在他的《离骚序》里加以引用和评价（刘勰的《文心雕龙》里，有时称之为“传”，有时称之为“赋”，盖因刘安书已佚，故只得根据不同的记载而为之说）。刘勰在《辨骚》里引用《离骚传》的一段话，全系从班固的《离骚序》里转抄而来，并没有见过原文。因此其中对字句的省略和剪裁，与《离骚序》完全一致。而王念孙竟认为《汉书·淮南王传》中《离骚传》的“传”字当系“傅”字之误，“傅”乃“赋”之同音借字，刘安所作乃《离骚赋》，非《离骚传》（见《读书杂志》）。王氏此说实大误。因为据班固《离骚序》中所云，刘安所作的《离骚传》，既有总叙，又有注文，并不是“赋”。他说：刘安以为“五子以失家巷，谓五子胥也。及至少康、贰姚、有娀佚女，皆各以所识有所增损，然犹未得其正也”，这就是指的《离骚传》中的注文而言。所以王逸在《离骚经章句序》中又称它为“淮南王安所作《离骚经章句》”。颜师古《汉书》注说《离骚传》犹如《毛诗传》之类，这说法是对的。但《离骚传》又有一个总叙，班固序引用“国风好色而不淫”一段，说是“淮南王安叙《离骚传》”的话，也就是指这个总叙而言。今本《屈原列传》中所窜入的，也就是《离骚传》的总叙部分。由此可见，刘安的《离骚传》跟后来班固、王逸之注《离骚》其体制是相同的，即注文之外，又有总叙。

现在，我们如果把被后人窜入《屈原列传》中的两大段文字联系起来（当然中间难免有所删节），更可以发现刘安、班固、王逸三家的总叙，虽论点不尽相同，而其结构层次基本上是一致的。这也许是班、王袭用了刘氏旧例的原因。例如：

(1) 解释《离骚》的命名：

离骚者，犹离忧也。……（刘）

离，犹遭也。骚，忧也。……（班）

离，别也。骚，愁也。……（王）

(2) 阐述《离骚》的内容：

上称帝喾，下道齐桓，中述汤武，……（刘）

上陈尧舜禹汤文王之法，下言羿浇桀纣之失，……（班）

上述唐虞三后之制，下序桀纣羿浇之败，……（王）

(3) 说明赋《骚》的意图及怀王不听忠谏的结果：

其存君兴国而欲反覆之，一篇之中三致志焉。然终无可奈何，故不可以反，以此见怀王之终不悟也。……身客死于秦，为天下笑。（刘）

以讽怀王，终不觉悟，信反间之说，西朝于秦。秦人拘之，客死不还。（班）

冀君觉悟，反于正道而还己也。……拘留不遣，卒客死于秦。（王）

从以上的比较可以看出，未被割裂的刘安的《离骚传》，其结构层次，与班固的《离骚序》、王逸的《离骚经章句序》大同小异。因此，今本《屈原列传》中被后人窜入的《离骚传》的话，不仅班固所引用的“国风好色而不淫，……争光可也”这一段，而是从“离骚者，犹离忧也”直到“争光可也”这一大段。这是刘安《离骚传》的前半部。其次，从以上的比较中更可以看出，今本《屈原列传》中由“虽放流”到“岂足福哉”这一大段，也是后人窜入的《离骚传》语。这是刘安《离骚传》的后半部。前半后半不仅文笔风格完全一致，而且结构层次也脉络相通。两段合起来，犹可以看到接近完整的《离骚传》的梗概。

既然把后人窜入部分由《屈原列传》中剔除出去，则原本《屈原列传》的真面目即呈现出来。即史迁原本《屈原列传》，大体与刘向《新序·节士》篇相近。虽详略互见，而梗概略同。其“忧愁幽思而作《离骚》”之下，跟《节士》篇一样，紧接着就是秦使张仪至楚献地，追楚绝齐。盖屈原既绌，张仪之计始得行，叙笔极为严密。这中间并没有今本“离骚者，犹离忧也”到“虽与日月争光可也”一大段文字。在怀王客死于秦，长子顷襄王立，“屈平既嫉之”之下，也跟《节士》篇一样，紧接着就是襄王听信谗言，放逐屈原。这中间也没有今本“虽放流”到“岂足福哉”一大段文字。《节士》篇的资料，其价值仅次于《屈原列传》，虽不能说他与史迁所根据者同出一源，但同为先秦古传之仅存者，则可断言。故其基本梗概是互相吻合的。

后人何以要窜入这两段文字？从前一段看，盖企图接在屈原赋《骚》之后，对《离骚》的内容作一番阐述与评价。这一段的窜入，除了史实与评语互相杂厕，文意扞格以外，倒没有别的大问题。至于第二段的窜入，盖企图说明怀王国败身亡为天下笑，是由于不纳屈原忠谏的结果。但这一段却窜错了地方。如果是窜在怀王“竟死于秦而归葬”之下，虽文理扞格，尚不大乖于史实。而不谓竟窜于“长子顷襄王立”和“屈平既嫉之”之下，遂致文理扞格，史实淆乱，造成千古疑案。除本文第一节所举者外，又如日本泷川龟太郎《史记会注考证》于屈传“终不悟也”一段下引日本学者中井积德曰：“怀王既入秦而不归，则虽悟无益也。乃言‘冀一悟’何也?”可见此段疑案，不仅古今同感，亦中外一致。

（三）屈原研究中疑难问题的解决

由于揭示了今本《屈原列传》被后人窜乱的事实，恢复了原本《屈原列传》的本来面目，于是在屈原研究中一向聚讼纷纭的疑难问题，也就不难予以合理的解决。

第一，关于屈原赋《骚》的年代问题。这是由今本《屈原列传》而引起的争论焦点之一。

今按屈原赋《骚》，不是在襄王放原之后，而是在怀王疏原之时。

两汉以来古说，本无歧异。刘向的《新序》、班固的《离骚赞序》、王逸的《离骚经章句序》等书，都是一致的。由近古到现代，才有人提出《离骚》作于襄王之世的说法。这个说法的产生，当然不只一个原因，但今本《屈原列传》被后人窜入的“虽放流，……岂足福哉”一大段文字，却是引起问题的重要原因。但不知原本《屈原列传》在顷襄王即位之后并没有这一段文字，与两汉诸家古说并无二致。在恢复了原本《屈原列传》的本来面目后，这一说法就失掉了它的根据。至于刘安的《离骚传》，是否有此说法呢？经过上述的探索，知道刘安也是把屈原赋《骚》放在怀王信谗之后。下文虽然涉及怀王之死，但不过是为了说明怀王之死是由于不采纳屈原在《离骚》中謇謇忠谏的结果，并不是说明赋《骚》在怀王死后，当然更没有涉及到襄王放原之事。可见刘安也没有《离骚》作于襄王时的说法。未被窜乱的《屈原列传》和未被割裂的《离骚传》，皆条理明晰，毫无矛盾。浅人窜乱，乃成疑案。所谓离之则双美，合之则两伤。

当然，主张《离骚》写于襄王之世的，还有其他的证据。如游国恩同志在《楚辞概论》中曾举出《离骚》的下列词句，说明它是屈原晚年的作品，不是壮年的作品：

（1）汩余若将不及兮，恐年岁之不吾与。

（2）惟草木之零落兮，恐美人之迟暮。

（3）老冉冉其将至兮，恐修名之不立。

但游氏所举的这三例，不仅不能证明《离骚》是晚年的作品，相反地更足以证明它是壮年的作品。因为从这三句的语气看，凡两言“将”，则所谓“零落”、“迟暮”、“老”，显指将来而言，非指现在而言；凡三言“恐”，则分明是怕老之将至，而非言老之已至。另一方面，我们还可以举出与此相反的三个例子来说明这个问题：

（1）及荣华之未落兮，相下女之可诒。

（2）及年岁之未晏兮，时亦犹其未央。

（3）及余饰之方壮兮，周流观乎上下。

就时间的称谓来看，其曰“未落”，曰“未晏”，曰“未央”，曰“方壮”，则显指壮年而言；就心情的表现来看，则三句凡三言“及”，则其欲乘方壮之年复兴楚国的汲汲之情，宛然如见。如果把这两组例句加以对照，不难看出，谈到“未央”、“方壮”等，则三言“及”；而谈到“零落”、“迟暮”等，却是两曰“将”，三曰“恐”。从这两种不同的语气上，完全可以证明《离骚》是作于壮年而非作于晚年。这跟《涉江》所云：“余幼好此奇服兮，年既老而不衰”的思想感情是不一致的。据史实考之，《离骚》之作，当在怀王十六年以后，亦即屈原遭谗被疏之时，时屈原正三十多岁，古人所谓“三十曰壮”之年。因此，我们不仅不应当根据《离骚》内容来肯定《屈原列传》被窜入的正确性，而且应当根据《离骚》的内容进一步证明《屈原列传》的窜乱乃浅人所为。

第二，关于屈原在怀王时是被“疏”还是被“放”的问题。这也是由今本《屈原列传》而引起的论争焦点之一。

按这个问题，汉代似已两说并行。其认为怀王时屈原只是“疏”的，有史迁、班固等，认为怀王时屈原已被“放”的，有刘向、刘安等。这显然是两种不同的传说。史迁在《屈原列传》中对原在怀王时事，只曰“王怒而疏屈平”，曰“屈平既绌”，曰“屈平既疏，不复在位”，则是史迁认为终怀王之世屈原只是被疏，而非被放，与班固序《离骚》的说法是一致的。而刘安在他的《离骚传》中说：“虽放流，睠顾楚国，系心怀王，不忘欲反，冀幸君之一悟，俗之一改也，其存君兴国而欲反覆之，一篇之中，三致志焉。”是刘氏以为怀王之世，屈原已被流放，而且赋《骚》。这跟刘向《新序·节士》中所云“（怀王时）屈原逐放于外，乃作《离骚》”的说法是一致的（王逸《离骚经章句序》的说法，与刘安、刘向相同。他说：“［怀］王乃流屈原，屈原……乃作《离骚经》。……言已放流离别，中心愁思，犹依道径以讽谏君也。”王序“流”字，今本或改为“疏”字，非也。刘师培《楚辞考异》同意《文选》李善注引唐本王序作“流”，是也。因为王逸《离骚》注有“已虽见放流，犹莳众香”之语，则王氏以为怀王时原已被放无疑。洪氏《补注》引一本王序“流”作“逐”，字异义同，亦当为古本之可据者）。但不幸后人竟割取刘安《离骚传》之语，窜入史迁的《屈原列传》中，以致同是怀王之世而前言被“疏”后言被

"放"。这是把两种不同的材料拼凑在一起时所必然发生的矛盾现象。因为"疏"与"放"在原则上是有区别的。《荀子·大略》杨注云："古者臣有罪，待放于境，三年不敢去，与之环则还，与之玦则绝。"屈原当时被疏情况，盖既不在朝廷，但又并未流放，只是外居待放，故后来怀王曾一度召还使齐。到了襄王之世，才被流放。顾炎武在《日知录》中对于这个矛盾，曾谓："此乃太史公信笔书之，失其次序。"主张把"虽放流"一段，改在"顷襄王怒而迁之"之下。后来梁玉绳的《史记志疑》也同意这个说法。但这个改法，只不过是在字面上把"虽放流"跟"怒而迁之"统一了起来，而不知"虽放流"一段的内容是指怀王时事，"怒而迁之"是指襄王时事。把怀王事移入襄王时，不仍然是矛盾吗？故梁玉绳又自加小注云："细玩文势，终不甚顺。"郭沫若同志在《屈原研究》中为了解决这个矛盾，主张把"虽放流"句中的"放流"解释成"放浪"。认为被"疏"时仍然可以到处"放浪"，跟怀王时只是被"疏"，并不矛盾。但是，如果知道"虽放流"一段乃是后人窜入之文，删之以复原本《屈原列传》的本来面目，则这个矛盾也就不存在了。

有同志认为史迁既主张怀王之时屈原被疏而赋《离骚》，为什么他在《报任少卿书》中又说"屈原放逐，乃赋《离骚》"？因谓"史迁一人亦有两说，理不可通"（刘永济《笺屈余义》，见《武汉大学学报》一九五六年第一期）。要解决这个问题，首先要知道史迁对传记文与抒情文在行文措词上的不同。他在传记体的《屈原列传》中，叙述严密不苟，已如前述，而对抒情体的《报任少卿书》，则以发泄其愤懑之情为主，故曾连类而及地写出了下列一段文字：

> 盖文王拘而演《周易》；仲尼厄而作《春秋》；屈原放逐，乃赋《离骚》；左丘失明，厥有《国语》；孙子膑脚，《兵法》修列；不韦迁蜀，世传《吕览》；韩非囚秦，《说难》、《孤愤》；《诗》三百篇，大抵圣贤发愤之所为作也。

《史记·太史公自序》也有与此大同小异的一段话。但如果以《史记》列传考之，则此段不仅跟屈原的事迹不相合，而且吕不韦之著《吕览》，乃在迁蜀之前，不在迁蜀之后；韩非之著《说难》、《孤愤》，乃在囚秦之前，不在囚秦之后。然而决不能因此而说史迁对他们的事迹，也有两种不同的说法。因为先秦两汉对此并无异说。盖史迁因情之所激，奋笔直书，致与传记体的列传有所出入。因此，“屈原放逐，乃赋《离骚》”一语，乃史迁以概括之笔抒其情，并非以叙述之笔传其事。而且相对成文，则“疏”别于“放”；如综括其事，则“放”可兼“疏”。固不能因此而疑史迁游移其词，兼采两说；更不能因此而疑今本《屈原列传》中的矛盾乃原本《史记》所已有。

第三，“令尹子兰闻之大怒”，所怒者究为何事？这也是前人对今本《屈原列传》怀疑难解的问题之一。

今既考定原本《屈原列传》并没有“虽流放”到“岂足福哉”这一段，则“令尹子兰闻之大怒”这句话，是跟上文“长子顷襄王立，以其弟子兰为令尹。楚人既咎子兰，以劝怀王入秦而不反也。屈平既嫉之”这段话连在一起的。它既上承“楚人既咎子兰”，也上承“屈原既嫉之”。特子兰对楚国人民群众对他的责难是无可奈何的，故只得把怒气集中在屈原身上。根据《楚世家》，当时怀王归丧于楚，“楚人皆怜之，如悲亲戚”，则人民痛恨子兰之劝王入秦，可以想见。据本传上文，当秦昭王欲与怀王会时，“屈平曰：‘秦虎狼之国，不可信，不如无行。’”而“怀王稚子子兰劝王行”，则屈原痛恨子兰之劝王入秦，也是必然的。而且以当时的民情来看，既反对子兰，势必倾向屈原，这对子兰是极不利的。所以“令尹子兰闻之大怒”云云，承接上文，极为紧密。《史记·太史公自序》有云：“怀王客死，兰咎屈原，好谀信谗，楚并于秦，……作《楚世家》第十。”可证史迁是把“兰咎屈原”跟“怀王客死”联系在一起的。这跟原本《屈传》是相吻合的。即“屈平既嫉之”句下紧接着就是“令尹子兰闻之大怒”。自后人在中间窜入了“虽放流”一大段评《骚》的话，则似乎子兰之“怒”，是怒屈原之赋《骚》，就跟原本《屈原列传》所叙事态完全不合了。今既考定原本《屈原列传》并没有这一段，则疑难自然冰释。

第四，今本《屈原列传》中“屈原”、“屈平”两种称谓交互出现，这也是屈原研究者怀疑不解的问题之一。

考《史记》列传，一般来讲，篇首虽名、字并举，但篇中则或称名、或称字，前后一致。而今本《屈原列传》全文，却名、字互见，或称屈原，或称屈平。有人认为这是因为史迁杂采诸史，未暇整齐划一之故。这个说法当然也有道理，如《史记·陈涉世家》就是如此。但从《屈原列传》来讲，由于联系到上述种种复杂原因，则决不能用史迁本人“未暇整齐划一”来解释，而应当是由于窜乱者的史料来源不同之所致。

考今本《屈原列传》，在称谓上有下列四种情况：（1）被后人窜入的两大段，皆称“屈平”；（2）夹在被后人窜入的两大段之间的本传原文，亦皆称“屈平”；（3）被窜入的前一大段之前的本传原文（即“忧愁幽思而作《离骚》”以前），则或称“屈平”，或称“屈原”；（4）被窜入的后一大段之后的本传原文（即“令尹子兰闻之大怒”以后），则全称“屈原”。从这里可以推见，刘安的《离骚传》原文，皆称“屈平”，史迁的《屈原列传》原本则皆称“屈原”。自从后人以前者窜入后者，即发生了同一列传中称谓错乱的现象。而后之读者为了统一这个矛盾，就有人把夹在《离骚传》的两大段之间的本传原文，一律改成“屈平”；但在前一大段之前的本传原文，则只改了比较接近窜文的一部分；而在后一大段之后的本传原文，则又完全未改。这种改写，盖非出于一时一人之手，故古本《屈原列传》改者少，而今本《屈原列传》，则改者较多。据《文选·报任少卿书》李善注所引《屈原列传》，从“屈原者名平”到“而作《离骚》”这一大段，只有接近窜入部分的“平伐其功”、“平病王听之不聪”两句内的“原”改为“平”，其余皆仍称“原”。而今本《史记·屈原列传》，则由此上溯，将唐本未曾改的句子如“使屈原为令”、“原草藁未定”，也皆改“原”为“平”。不难看出，李善所据唐本《屈原列传》尚不像今本涂改之多。由此可以推见，除窜入部分外，本传原文只称“屈原”，不称“屈平”。“平”、“原”互见，是窜乱以后的现象，应当恢复其本来面目。

第五，今本《屈原列传》还存在着论点上的矛盾。这是一个最重要的问题，但一向没有引起人们的注意。

关于论点上的矛盾，主要表现在对屈原的行谊和《离骚》内容的评价上，本来汉代人对屈原及《离骚》的评价是极不一致的，甚至于是相反的，刘安、贾谊、扬雄、班固、王逸等，论点各不相同。但刘安《离骚传》的两大段评论，如果是史迁引入本传作为正面材料而构成本传的组成部分，则其论点应当跟自己的论点完全相同（因为，他并没有标出是引用谁的话，而是作为自己的意见提出的）。但考之本传赞语，史迁对屈原所作的评价，其主要论点却跟传内所引刘安语完全相反。这就更进一步证明了刘安的两段话，决不是史迁引用的，而是后人窜入的。

史迁的本传赞语是这样说的：

> 太史公曰：余读《离骚》、《天问》、《招魂》、《哀郢》，悲其志。适长沙，观屈原所自沉渊，未尝不垂涕，想见其为人。及见贾生吊之，又怪屈原以彼其材游诸侯，何国不容，而自令若是。读《服鸟赋》，同死生，轻去就，又爽然自失矣。

史迁在这段话里，对屈原生死去就问题的评价，有三层意思：（1）对屈原大志未遂，沉渊而死的遭遇，表示无限的同情，故云“悲其志”；（2）同意贾谊的观点，认为以屈原的才智，应别逝他国，以求有所建树，不当沉渊而死，故云“又怪”；（3）以《服鸟赋》中“同死生，轻去就”的道家观点作结，说明“去”与“就”固不必过分执着，即“生”与“死”也不能绝对化，这是从另一角度对前两观点的补充，故云“又爽然自失”。

对于第一个观点，汉代人大致相同。因此，它跟刘安的意见，并没有什么矛盾。但是，第二个论点，却跟刘安大不相同。刘安的《离骚传》认为屈原“虽放流，睠顾楚国，系心怀王”，虽“死而不容自疏（刘安这里所说的“自疏”，系借用《离骚》“吾将远逝以自疏”的“自疏”，即指远逝他国而言），是“泥而不滓”的高尚行为，是“与日月争光”的不朽精神。可以说对屈原热爱祖国的行谊，是推崇备至的。但从史迁所写的传赞来看，则显然是不同于刘安这个论点的。他所同意的，倒是贾谊《吊屈原赋》的结论，即：

> 般纷纷其离此尤兮，亦夫子之罪也。瞝九州而相君兮，何必怀此都也。凤凰翔于千仞之上兮，览德辉而下之。见细德之险微

兮，摇增翮逝而去之。彼寻常之汙渎兮，岂容吞舟之鱼。横江湖之鳣鱏兮，固将制于蝼蚁。

这就是史迁所说的“以彼其材游诸侯，何国不容，而自令若是”的结论之所由来。

史迁之所以同意不应轻于一死而当别有建树的论点，并不是偶然的，这跟他的个人遭遇是分不开的。他在《报任少卿书》中曾说：“且夫臧获婢妾，犹能引决，况若仆之不得已乎？所以隐忍苟活，函粪土之中而不辞者，恨私心有所不尽，鄙没世而文采不表于后也。”因此，《史记》在生死去留问题上，对不轻于一死而能别有建树的人，总是予以肯定的。如《伍子胥传赞》云：

怨毒之于人，甚矣哉！王者尚不能行之于臣下，况同列乎？向令伍子胥从奢俱死，何异蝼蚁？弃小义，雪大耻，名垂于后世，悲夫！方子胥窘于江上，道乞食，志岂尝须臾忘郢邪？故隐忍就功名，非烈丈夫孰能致此哉！

余如他在《魏豹彭越列传》、《季布栾布列传》赞中也都有同样的论点。这就无怪乎他同意贾谊对屈原的批评，也就无怪乎他跟刘安的评语是互相矛盾的。当然，这个论点，也是在战国的游说之风的影响下形成的，并不完全是贾、迁结合个人遭遇而对屈原所提出的独创的意见。但是，在这里，我们并不是为了评价史迁、刘安两家论点的优劣。所以提出这个问题，不过是用以说明今本《屈原列传》中刘安的话，并不是史迁引用的，而是后人窜入的，故出现了前后论点上的矛盾。

史迁的第三个论点，是“同死生，轻去就”，这也跟刘安的观点不同。刘安对屈原处理生死去就问题的磊落态度和坚贞意志，是表示极端赞扬的。而且认为屈原对自己的不幸的遭遇所表现出的悒郁痛伤，是应当的。因为“人穷则反本，故劳苦倦极，未尝不呼天也；疾痛惨怛，未尝不呼父母也”。但史迁对此，则同意贾谊“同死生，轻去就”的。考史迁在人生的穷通问题上，往往以道家的观点作最后的宽解。说者谓其“论大道先黄老而后六经”（见《汉书·司马迁传赞》、《后汉书·班彪传》），不是没有原因的。如史迁的《悲士不遇赋》，在抒写了一番"虽有形而不彰，徒有能而不陈"的愤激之情以后，终于归结到"逆顺还周，乍没乍起。理不可据，智不可恃。无造福先，无触祸始。委之自然，终归一矣。"（见《艺文类聚》三十）因此，他在屈原的评价上，也就很自然地会同意贾谊《服鸟赋》中"同死生，轻去就"的道家观点。道家主张顺乎自然，自适其适，生死去就，毫不执着，"适来，夫子时也；适去，夫子顺也。安时而处顺，哀乐不能入也"（《庄子·养生主》），"忠谏不听，蹲循勿争，故夫子胥争之，以残其形"（《庄子·至乐》），这跟屈原为祖国"虽九死其犹未悔"，"虽体解吾犹未变"（《离骚》语）的以死自誓的斗争意志，以及"欲高飞而远集兮，君罔谓汝何之？欲横奔而失路兮，盖志坚而不忍"（《惜诵》语）的坚决不肯离开祖国的爱国主义精神，是完全不同的。史迁同意贾谊《服鸟赋》的道家观点，这无疑跟刘安《离骚传》的论点是不一致的。

通过上述分析，也可以证明今本《屈原列传》中引刘安《离骚传》的那两大段评价，决不是史迁的原文，而是后人所窜入的，所以才产生了论点上的矛盾。因为，汉代人对屈原的评价，意见极不一致，甚至相反，这并不足为奇。但一个人的意见，却应自成体系。

近来学术界，往往用今本《屈原列传》中的刘安语，证明史迁对屈原的评价跟刘安是一致的，把他们两人作为西汉时代同一论点的代表者。这显然是以后人窜入本传中的文字代替了史迁的论点，因而也就把刘安和史迁两个不同的论点混为一谈，这似乎是不妥当的。由于这是中国文学批评史上的一个重要问题，故为之详加辨证如此。

关于《史记·屈原列传》中的论点跟传末史迁赞语的论点之间的矛盾，前人虽未明显地提出来，但从他们对赞语的解释上看，似乎已有所发觉。如清何焯《义门读书记》云："赞又怪屈原以彼其材云云，即赋内历九州二句，谓贾生怪之也。爽然自失，亦谓贾生。更不下一语，含蓄无尽。"何氏好像认为这是史迁在客观地叙述贾生的论点，并不代表史迁自己的看法。这显然是因为这个论点跟传内论点相矛盾，故曲为之解。但赞语中"悲其志"，是史迁"悲"之；"想见其为人"，是史迁"想见"；为什么这个"又怪"和"自失"，反而只代表贾生的论点而不代表史迁的论点呢？为什么史迁在这里竟“不下一语”呢？根据史迁在其他传赞中对远逝他国有所建树的人的赞扬以及在《悲士不遇赋》中以道家论点作结的情况看来，则“又怪”一句，分明是史迁同意贾生别逝他国的论点而“怪”屈原；“自失”一句，分明是史迁也同意贾生“同死生，轻去就”的论点而认为前面所说生死去就问题也未免太绝对化了，故感到“自失”。这都是史迁根据贾生的论点对屈原的生死去就问题所表示的态度，并不是什么“不下一语，含蓄无尽”。最近读到刘永济同志《屈赋通笺》的《屈子学术》章，对赞语“游诸侯”句，谓“太史公此语，故为跌宕之词”。好像史迁此语，只是起行文上的波澜作用，并不代表史迁任何观点。他对“同死生，轻去就”一句，又认为《服鸟赋》多道家言，但“屈子非不知此，特以宗臣之义，与国同休戚，且其所学与其所处，亦异贾生，故不为耳。子长读《服鸟赋》而自失以此”。这又好像赞语中的“自失”，是史迁对“同死生，轻去就”论点的否定。刘永济同志以上的两点说法，显然是因为赞语与传内的论点互相矛盾，故曲为之解，以求统一。但以史迁在其他传赞中的一贯论点和《悲士不遇赋》中的论点证之，则前者既不是什么“跌宕之词”，后者也不是对道家论点的否定。恰恰相反，它是代表了史迁对屈原生死去就问题的个人的看法。而追索何、刘二氏之所以如此解释，都是因为赞语与传内论点不一致而引起的。如果知道传内的论点只是刘安的论点被后人所窜入，并不是史迁的论点，则所有这些曲解，都是不必要的了。

（四）结语

史迁的《史记》宣布以后，续补或窜乱者甚多。其续补于本书以外者，如冯商的《续太史公书》；其续补于本书以内者，如褚少孙的补《日者》、《龟策》等列传；其窜乱于章句之间者，如《司马相如传赞》之引用扬雄《法言》，皆是也。即以跟屈原合传的《屈原贾生列传》而言，则除前面已经考订出的窜乱部分以外，尚有“曾唫恒悲兮，永叹慨兮，世既莫吾知兮，人心不可谓兮”四句。据王念孙考订，《楚辞·怀沙》并无此四句，乃后人根据《怀沙》下文“曾伤爰哀”等四句的异文所窜入者。这个考订是可信的。又如贾传之末云：“及孝文崩，孝武皇帝立，举贾生之孙二人至郡守，而贾嘉最好学，世其家，与余通书，至孝昭时列为九卿。”《考证》引凌稚隆的话，认为史迁卒于汉武末年，此言贾嘉“至孝昭时列为九卿”，乃后人所增。清钱大昕序梁玉绳《史记志疑》曾云：“自少孙补缀，正文渐淆。厥后元后之诏，扬雄、班固之语，代有窜入。或又易今上为武帝，弥失本真。”可见，《史记》被后人窜乱之处甚多，其错误显然者，已多被后人所订正，独《屈原列传》中的刘安语，却迄今被人认为是史迁原文，以致影响了对史迁作品艺术风格的评价，影响了对屈原生平事迹的考证，影响了对中国文学批评史的探讨，所关至巨，故不惮词费，为之订正如上，并希学术界不吝赐教。

写于一九六二年一月

二、历史文物的新出土与屈原生年月日的再探讨

探索屈原的生年月日，是把中国古代杰出的进步诗人屈原放到更为准确、更为具体的历史环境中进行评价的重要课题。因此，它曾引起了古今中外文学史家所注意，并做了不少的试探工作。

本来，对先秦时期文学家的生年月日，由于资料缺乏，有可能进行深入探索的并不多。而屈原在自己的诗篇《离骚》里却为我们留下了这样一段自叙性的诗句：

帝高阳之苗裔兮，朕皇考曰伯庸，
摄提贞于孟陬兮，惟庚寅吾以降。
皇览揆余初度兮，肇锡余以嘉名，
名余曰正则兮，字余曰灵均。

因此，“摄提贞于孟陬兮，惟庚寅吾以降”这句话，就成了探讨屈原生年月日最有力的根据和最可靠的的第一手资料。不过，由于这句话的含义涉及到古代天文学、历法学上极其复杂的问题，所以从东汉直到现在将近两千年来的学术界，意见极其纷歧，科学的结论，仍待人们去进一步探索。而由于近年来历史文物的不断出土，也使我们有可能对这个问题提出一些新的看法和对过去的结论进行一次重新评价。

（一）从“利簋”的出土谈起

为了解决“摄提贞于孟陬”这句话在解释上的纷歧，这里不妨首先把新近出土的“利簋”铭文加以考释。

一九七六年陕西临潼县出土了一件“利簋”。器内有铭文四行，三十二字，叙述了周武王伐纣的过程。这是周初金文中在武王伐纣的

当时直接叙述这一事件的唯一珍贵的原始资料，跟先秦其他文献根据传闻进行追叙者不同。但是，从这件铜器出土后，据我所见，包括唐兰、于省吾、徐中舒等同志在内，为之考释者计有十家之多，而对某些问题见解却不一致（见《文物》一九七七年第八期及一九七八年第六期，《考古》一九七八年第一期）。于省吾同志曾说："铭文的'岁贞克闻'，乃是全铭文训诂问题的症结所在。"事实正是如此。

对此，我先把总的看法提出，再作论证。第一，关于断句问题，跟其他各家不同，我认为应该以"岁鼎克"断句；第二，"岁"指岁星，古人或称"摄提"，即现在的木星；第三，"鼎"即贞字，训当；第四，"克"与"辜"同字，为月名，即《尔雅·释天》"十一月为辜"的辜字，各家对"克"字都是用的传统旧说，故难通。总地说，"岁贞克"这句话是说：岁星正当十一月晨出东方。此系指木星的"会合周期"而言。铭文把"岁贞克"记于"唯甲子朝"之后，证明了周初犹袭殷甲骨文或金文先记日、后记月的旧习。还需指出，"岁贞克"这种纪时方法，既纪了月，又纪了年。例如"岁贞克"是岁星"会合周期"的建子之月，也必然是所谓"太岁在子曰困敦"之年。《周礼》保章氏"十有二岁之相"句下，郑注云："岁为太岁，岁星与日同次之月，斗所建之辰也。"即指此而言。下文即就上述的一些看法分别加以论证：

首先，铭文[illegible]，除个别同志外，一般都释为岁，这是对的。但我认为在这里应该理解为岁星之岁（即木星），而不是祭名之岁。齐器子禾子釜，岁亦作[illegible]。其中两点，象星辰之状；[illegible]象钺形，在这里或系测星工具，其状如竖钺。这是根据测星辰的实际情景而造的字。但金文岁字又多数从步作[illegible]，这是根据人们用岁星运行的躔次以纪年月的事实而造的字。甲骨文中岁字已[illegible]、[illegible]二形并用。从文字的结构来看，可以证明中国用简单工具测量星辰，并根据岁星的运行以纪年月，因而以"岁"作为年字的同义词，其来源是很早的；而且流行的区域也是相当广泛的。《尔雅·释天》说"夏曰岁"，虽未必为实录，但远古已有其事，是没有疑问的。当然，这并不意味着当时已有精密

的历法

其次，铭文□即鼎字。但在金文里鼎字与贞字形体相近，多混用。故小徐本《说文》云：“古文以贞为鼎，籀文以鼎为贞。”诸家多释□为贞，我很同意。但我不同意把贞字讲成贞卜之贞，而主张用《尚书·洛诰》马融注“贞，当也”这一古训，因为鼎与贞古音皆为舌头青部字，而当字古音则为舌头阳部字。青、阳二部为旁转。故鼎贞都可与当字通用。因而在训诂上，既可用当字训贞，也可用当字训鼎。如《汉书·匡衡传》服虔注云：“鼎，犹言当也。”这跟马融训贞为当，是一个道理。

最后，铭文□，诸家皆释“克”，是对的。但因为囿于“克”字的传统解释，故影响了铭文的文义，也影响了铭文的断句。如于省吾同志说：“如果把‘岁鼎’解释为岁星当前，于义可通。但‘岁鼎’又以‘克闻’为言，未免费解。”这就是因为对“克”字未得其解，而造成了“克闻”连读的原因。其实，“克”当与“辜”为一字之异形，当以“岁贞克”为句（下文“䎽”读“昏”，不读“闻”，应以“昏夙有商”为句）。

从克字与辜字的形义来讲，本来是相通的。《说文》曾说：“□，肩也。象屋下刻木之形。”许氏对克字的形体解释，很不确切。因而历来的注解，诸说纷纭，莫衷一是。段玉裁则谓：“上象屋，下象刻木彔彔形。”但是，到现在为止。地下所发现的金文中，都与《说文》的□形不相似，都不能以“象屋”“刻木”释之。如□（曾伯簠）、□（善夫克鼎）、□（陈侯因资錞）、□（公克錞）等形，都跟《说文》不同，而跟这次出土的利簋作□，属于一形的演变。可见，《说文》及段注对克字形体的解释是靠不住的。但是，从字义来讲，许慎用“肩也”解释克字，则系从古书运用克字的语句中总结出来的一条训诂，是比较确切的。徐锴曾对“肩也”一训，作了进一步说明：“肩，任也，负何（即荷字）之名也。与人肩膊之义通。能胜此物谓之克。”徐说甚为通达。故《诗·敬之》毛传云：“仔肩，克也。”郑笺则云：“仔肩，任也。”而《说文》人部亦云：“仔，克也”，与肩同训。《尔雅·释诂》则谓：“肩，克也”；又谓：“肩，胜也”。《说文》力部谓：

"胜，任也"；而人部又谓："任，保也"。因此，从训诂学来讲，克、肩、胜、任、保，都是一义的引申，都具有能够负荷重任的意思。从金文克字的形体来看，上半从古，当为音符，即克字从古得声；下半当为人字，乃克字的义符，金文或作□、□等形，为人字的变体与演化。如金文凡从页者，下半人字则有□、□、□等形。战国的秦诅楚文，克字作□，虽上半已有讹变，而下半人字则极为正规。因此，克字的结构，当"从人，古声"。其从人，即表示人之能够负荷重任。至于辜字，《说文》云："辜，辠（罪）也。从辛，古声。"从结构与训诂来看，许说也是比较确切的。因为古文字凡从"辛"得形之字，多含罪孽之义，故古人训辜为"罪也"。其实从辜字的本义来看，乃指当奴隶的罪人服劳役、肩重任而言。"罪也"乃其引申之义。因此，辜与克的字体结构是相同的，"古"字是声符，"人""辛"都是义符。其区别只在于"克"是表示一般人的肩荷重任，而"辜"则表示罪人的肩荷重任。辜字的这个本义，在从辜得声的嫴字上至今还保留着。如《说文》女部云："嫴，保任也。"是"嫴"即今人所谓"担保"之义，不专指为罪人"担保"而言。《急就篇》有"保辜"一词，段玉裁云："辜者嫴之省，**嫴与保同义迭字**，师古以坐重辜解之，误矣。"按段氏虽不知辜嫴本为同义字，但谓"嫴与保同义迭字"，实为确论。可见，"辜"字跟"克"字的训诂，完全是一脉相承的。"保任"实即从辜字之"肩负重任"的本义发展而来。克字的由肩而胜而任而保的一系列训诂，皆与辜字有关。因此，克与辜，从字体结构到意义训诂，都是相通的。

至于从克、辜二字的音读来看，既然都是从"古"得声，就应该是一个读法。但从清代到现在的古音学家，都是把克字列入古韵之部，把辜字列入古韵鱼部，各不相属，这又是什么原因呢？

按古音学家把克、辜二字分属之、鱼二部，不是没有根据的。因为《诗·雨无正》辜字跟虑、图、铺三字叶韵，当然辜字应收入鱼部；又《诗·小宛》克字跟富、又二字叶韵，当然克字应收入之部。但是，他们还都没有注意到鱼、之二部古音相近而且通转频繁这一重要事实。其实克字或本来就在鱼部，后来才转入之部，故得与之部的富、又二字相叶，并不是克字原来就在之部。关于这个问题，要附带多谈几句：

清代顾炎武分古韵为十部，鱼部、侯部并为一部；江永虽把侯部字从鱼部分出，但又并侯部于幽部。迨段玉裁始将鱼部、侯部、幽部分立为三部。然段氏仍以为鱼部与侯部、幽部古音相近，故以鱼、侯、幽等部比次为一类，可以互相旁转。自此以后直到现代以太炎先生《成均图》为代表的凡言古韵旁转者，皆以段氏为依归，别无更定。但是，如果考之三百篇，则鱼部与侯部、幽部相叶之迹绝少，不过一、二见；而鱼部与之部则通叶之迹极繁。以上述各家阴、入不分的原则计之，例如《诗·常武》以祖、父叶士；《诗·巷伯》以者、虎叶谋；《诗·小旻》以膴叶谋；《诗·绵》以无叶饴、谋、龟、时、兹；《诗·蝃蝀》以雨叶母；《诗·宾之初筵》以呶叶僛、邮；《诗·柏舟》以慝叶侧、特，《诗·菀柳》以暱叶息、极；《诗·无衣》以泽、作叶戟；《诗·民劳》以慝叶息、国、极、德；《诗·瞻卬》以慝叶忒、背、极、倍、识、事、织。故总观先秦群经、屈赋、诸子等，则鱼部与之部相叶者十之八、九，与侯、幽二部相叶者，不过十之一、二。据此可知，鱼部与之部古音极相近，与侯部、幽部则较远。正是由于上述原因，克字虽从古字得声，当在鱼部，而由于时地不同，却转入之部。我们应当根据形声系统，把克字看成鱼部字，与辜字形近、义通、音读相同。

我们说，利簋铭文“岁贞克”即“岁贞辜”，正是根据上述理由来判断的。《尔雅·释天》十二月名的“十一月为辜”，即“十一月为克”之异文。《尔雅》十二月名，在古籍中异文是极多的。如“正月为陬”的“陬”字，《史记·历书》作“聚”，《周礼》硩簇氏注引作“娵”；又“三月为窉”的“窉”字，《经典释文》谓“本或作寎；又“四月为余”的“余”字，《经典释文》谓“余本作舒”；又“十二为涂”的“涂”字，《周礼》硩簇氏注引作“荼”。不难看出，这些月名，古人的写法是不一致的。但这些异文的共同原则，都是用同一音符的字相代替。准此，则“十一月为辜”的“辜”字，古人又用同一音符的“克”字来代替，这就不难理解了。

关于《尔雅·释天》的十二月名，中国古代很早已经通行。如《诗·采薇》："曰归曰归，岁亦阳止。"毛传云："阳，历阳月也。"郑笺云："十月为阳"，即用《尔雅》原文。又《诗·小明》"昔我往矣，日月方除。"郑笺云："四月为除"，即《尔雅》"四月为余"之异文。又《国语·越语》："至于玄月。"韦昭注云："《尔雅》曰，九月为玄。谓鲁哀公十六年九月也。"这跟《离骚》称正月为"陬"，利簋称十一月为"克"，都是出于一个月名称谓的体系。而且，《诗·采薇》一篇，据《诗序》认为是文王西征昆夷、北伐玁狁时"遣戍役"之诗。此说虽不完全可靠，但从《采薇》《出车》《杕杜》三个姊妹篇的内容来看，其时代当在西周是无疑的。因此，利簋里出现"岁贞克(辜)"，而《采薇》里又出现"岁亦阳"，都用了当时通行的纪年月的惯语，是完全可以理解的。

尤其应当注意的是：解放前长沙出土的战国楚帛书，以夏历为序，其中所标十二月名，跟《尔雅·释天》完全一致，不过文字的形体略殊。如《尔雅》以正月为"陬"，帛书则"曰取"；《尔雅》十一月为"辜"，而帛书则"曰姑"。这就不仅证明了《离骚》称正月为"孟陬"是楚俗，而且也证明了"辜"月既可作同音字"克"，也可作同音字"姑"。利簋的"岁贞克"，实即"岁贞辜"的异文。即指岁星正当十一月晨出东方。

这里准备再从利簋铭文"唯甲子朝，岁贞克"这两句话所指的具体年月作一些探索。本来，关于武王伐纣的年月，古今说法极其纷繁，直到现在，也没有得出统一的结论。但是，可以这样说，在利簋出土以前，只能根据后人的追叙进行研究；而利簋的出土，却为我们提供了武王伐纣的当时所记录下的第一手材料。这一点，是利簋独具的权威性。用它来作为衡量后世追叙记载的准则，是很有必要的。不少古籍记载，都说武王伐纣之战，是开始于"甲子朝"。从利簋的"唯甲子朝"这句话来看，古籍记载的日、时，是有根据的。但是古籍记载的年月，却异说纷纭，很难定于一是。不过，《史记·周本纪》记武王伐纣经过的下列一段叙述是值得注意的："十一年，十二月戊午，师毕渡盟津，诸侯咸会。……二月，甲子昧爽，武王朝至于商郊牧野，乃誓。……”从上文武王九年“观兵”来看，这个“十一年”，当然是指周的十一年；“十二月戊午”当然是指周的十一年“十二月戊午”。因此，下文的“二月甲子昧爽”，从时间上看，不可能在会师盟津、兵迫商郊之际，又驻军一个多月之久到十二年的“二月甲子”才跟纣宣战。所以对“二月甲子”这句话的“二月”，《史记集解》引“徐广曰：一作正。此建丑之月，殷之正月，周之二月也。”考徐广此语，对了一半，也错了一半。他说“二月”的“二”“一作正”，这是对的；但他把“正月”讲成“建丑之月”，又说是“殷之正月，周之二月”，则是错的。因为从《史记》上文看，周在这以前，早已“改法度，制正朔”。因此《史记》前后文既用周的正朔以纪年，不当又用殷的正朔以纪月。所以这里的“二月”虽为“正月”之误，而这个“正月甲子”，却是周的十二年“正月甲子”，亦即建子之月，并非指殷代建丑的正月。周的“正月甲子”上距周的“十二月戊午”，只有七天，这个时间距离是比较合理的。周以农业兴国，为了适应农业生产，虽以建子之月为岁首，但言及时令，犹多用夏正纪月①。《尔雅·释天》的十二月名，以及上文所引周《诗》的十二月名，历来说者都是用夏正来解释的。夏正的“十一月为辜”，即周历的正月。因此，利簋的“岁贞克”，即指当时岁星正当周正的正月晨出东方。这样，利簋的“珷征商，唯甲子朝，岁贞克，昏夙有商。……”就跟《史记》的“正月甲子昧爽，武王朝至于商郊牧野，……”的记载，完全吻合。

再从当时的天文现象来看：岁星十二年而一周天，岁星所当之月，即岁星的“会合周期”，亦即指岁星在这个月里，晨出东方。我们说利簋的“岁贞克”是指岁星在周的正月晨出东方而言，是有根据的。据利簋言“甲子朝”以及古籍所说“甲子昧爽”，都是指的甲子之日天色刚刚要亮的时间与纣接战。因此，《荀子·儒效》说：“武王之诛纣也，行之日以兵忌，东面而迎太岁，……厌旦于牧之野。”《淮南子·兵略训》也说：“武王伐纣，东面而迎岁。”（“东面而迎岁”，是历史事实；所谓“兵忌”，则系战国时期兵家对历史的解释）。当时周在西而殷在东，武王伐纣，自是从西向东而行，“东面而迎岁”，当然正是天色刚亮岁星晨出东方之月。这就证明了利簋的“岁贞克”这句话，是跟当时岁星运行的实际情况相符合的。

根据上述的情况，可以得出这样的看法：

利簋的“岁贞克（辜）”这句话，跟屈赋的“摄提贞于孟陬”，说的是同一范畴的问题，都是以岁星的运行标记年月。以屈赋例之，铭文可以引申为“摄提贞于仲辜”；以铭文例之，屈赋也可以简化为“岁贞陬”。而在纪日方面，利簋的“唯甲子”在纪年纪月之前；而《离骚》的“惟庚寅”则在纪年纪月之后。但是，虽然它们所标记的具体年月不同，而且由于习惯不同，文体各异，序有先后，句有繁简，而从句子的结构上看，是没有什么区别的。对此，下文再作论证。

（二）“摄提贞于孟陬”应当怎样理解

最早接触屈原生年月日问题的是东汉王逸。他的《楚辞章句》说：“太岁在寅曰摄提。孟，始也。贞，正也。于，於也。正月为陬。”“庚寅，日也。降，下也。”“言己以太岁在寅、正月始春、庚寅之日，下母之体而生。”而宋代朱熹则对王逸的解释提出了不同的看法。他在《楚辞集注》中说：“摄提，星名，随斗柄以指十二辰者也。贞，正也。孟，始也。……正月为陬。盖是月孟春昏时斗柄指寅，……降，下也。原又自言此月庚寅之日，己始下母体而生也。”上述王、朱两家之说，在月、日问题上没有分歧，其主要分歧在于“摄提”究竟是指的什么？王逸认为“太岁在寅曰摄提”的“摄提”指“摄提格”，是以岁星所当的年次而言；朱熹认为“摄提，星名，随斗柄以指十二辰”，则是以与岁星无关的摄提星所指的月份而言。如果以为“摄提”即“摄提格”，乃纪年之称，则十二年一个“摄提格”，相当于后世的所谓寅年；如果以为“摄提”是指纪月而言，则十二个月就有个“摄提贞于孟陬”，即指夏历的正月。也就是说王逸认为屈原是自叙其生年、月、日；而朱熹则认为屈原只叙其出生的月、日，而没有提到出生之年。可见王、朱二说之间是有分歧的。因此，历代治屈赋者在这个问题上就形成了两大派：主王说的有钱杲之、王夫之、龚景翰、陈本立、蒋骥、朱俊声、戴震等人，以及当代的郭沫若、游国恩等同志；而主朱说的则有陈第、周拱宸、屈复、林云铭、王萌、董国英、沈云翔等人，以及当代的谢元量、林庚等同志。两派的意见，并没有得到统一。

因此，《离骚》所说的“摄提”究竟是指的什么，必须首先解决，否则对屈原生年月日的探索工作，就会失掉科学基础。

为了解决这个问题，有必要把朱熹反对王逸、别立新说的理由摘录于下：

> 王逸以太岁在寅曰摄提格，遂以为屈子生于寅年、寅月、寅日，得阴阳之正中。补注因之为说，援据甚广。以今考之，月、日虽寅，而岁则未必寅也。盖摄提自是星名，即刘向所言“摄提失方，孟陬无纪”，而注谓摄提之星随斗柄以指十二辰者也。其曰“摄提贞于孟陬”，乃谓斗柄正指寅位之月耳，非太岁在寅之名也。必为岁名，则其下少一格字；而贞于二字亦为衍文矣。故今正之。（见《楚辞辩证》上）

按朱氏所引刘向语，见《汉书·楚元王传》，所引“注谓”，即此传注文孟康语的概括。其实，与“摄提失方，孟陬无纪”相同的话，早已见于刘向以前的《史记·历书》、《大戴礼·用兵》等，其注解也都与孟康相同，认为摄提是星名，“随斗柄所指建十二月”者。而且应当注意的是：司马贞的《史记索隐》已用这个定义来解释《离骚》“摄提贞于孟陬”的摄提。可见朱熹对屈赋“摄提”的解释，并不是自己首创的新说，而是袭用唐人司马贞的结论。其次，所有上述的注解，都是来源于《史记·天官书》里下列的一段话：“大角者，天王帝廷。其两旁各有三星，鼎足勾之，曰摄提。摄提者，直斗杓所指以建时节。”又《韩非子·饰邪》篇也把“摄提”跟“岁星”并举，可证这个“摄提”与岁星无关，可能即指大角旁的六星而言。由此可见，朱熹的说法是有事实根据的（我们可以简称这个摄提为“大角摄提”）。

但是，从孟康直到朱熹，他们却没有注意《史记·天官书》中的另一段话：

> 岁星一曰摄提，曰重华，曰应星，曰纪星，营室为清庙，岁星庙也。

从这段话里可以看出，古人除了称呼用以纪月的大角两旁各有三星曰“摄提”外，同时用以纪年的岁星，也有“摄提”之名（我们可以简称为“岁星摄提”）。这是古书上常常碰到的同名异实之例，毫不足怪。故《淮南子·齐务训》云：“摄提、镇星、日、月东行。”以“摄提”与“镇星（土星）”并列，则“摄提”亦指岁星而言。又《开元占经》引《石氏星经》云：“岁星他名曰摄提。”石申战国人，则称岁星为“摄提”，战国已如此。因此，我们可以说，“摄提”一名，可以是指的“大角摄提”，也可以是指的“岁星摄提”，并不像朱熹所说的只能是指的“大角摄提”，而不是指的“岁星摄提”。这一点首先应当确定下来。

那么，《离骚》的“摄提”究竟是指的“大角摄提”还是指的“岁星摄提”呢？

这一点很重要。因为如果认为“摄提贞于孟陬”的摄提是指的“大角摄提”，那么屈原的这句话就只叙述了自己的生月，就无法探讨他的生年问题；如果认为是指的“岁星摄提”，则除了可以探讨他的生月，更可以探讨他的生年。因为岁星的“会合周期”如在夏历正月，则这个月一定是建寅之月，而这一年也必然是后世所谓“太岁在寅”之年。

为了解决这个问题，我们首先应当回顾一下前面对利簋的考释。我们知道，利簋的“岁贞克（辛）”跟屈赋的“摄提贞于孟陬”，所谈的是属于一个范畴的问题。利簋所说的是岁星正当夏历十一月晨出东方，同时也就是所谓“太岁在子曰困敦”之年；屈赋所说的是摄提正当夏历正月晨出东方，同时也就是所谓“太岁在寅曰摄提格”之年。所不同的是利簋直名岁星为“岁”，而屈赋则代之以岁星的另一名称“摄提”。从这两处二名交替使用的情况看，则屈赋的“摄提”必然是指的“岁星摄提”，而决不是指的“大角摄提”。这是很清楚的。而且，《石氏星经》与屈原《离骚》是同一时期的产物，可证屈原称岁

星为"摄提"，是有根据的。

对上述的结论，我们还要作进一步的考查。顾炎武《日知录》卷二十"古人必以日月系年"条说："自春秋以下记载之文，必以日系月，以月系时，以时系年。此史家之常法也。……《楚辞》'摄提贞于孟陬兮，惟庚寅吾以降'，摄提，岁也；孟陬，月也；庚寅，日也。屈子以寅年寅月庚寅日生。……或谓摄提星名，《天官书》所谓直斗杓所指以建时节者，非也。岂有自述其世系生辰，乃不言年而只言日月者哉。"这话是对的。

此外，我们还可以用同情屈原的为人、学习屈原辞赋的贾谊的诗篇为例。贾谊在《鹏鸟赋》里曾写道："单阏之岁兮，四月孟夏；庚子日斜兮，鹏集予舍。"这显然是从《离骚》"摄提贞于孟陬兮，惟庚寅吾以降"的叙述方法而来的。这里所叙述的年、月、日是齐全的。其中所谓的"单阏之岁"，即指岁星在卯之年，是很清楚的。这除了反映上距屈原之死不过百年左右的贾谊对《离骚》的"摄提"是用岁星纪年的正确理解以外，同时也反映了春秋战国以来在诗歌里以日、月系年的传统习惯。

尤其重要的是结合《离骚》首段自叙生年月日的上下文义来理解。这段诗，首先叙述其远祖"高阳"及父亲"伯庸"，接着就是叙述自己的生年月日，最后叙述父亲对他命名的情况。对此，我们不妨看看古代的风俗礼教。《周礼》地官司徒："凡男女自成名以上，皆书年、月、日名焉。"注引"郑司农云：成名，谓子生三月父名之。"《疏》云："'子生三月父名之'，《礼记·内则》文。按《内则》，三月之末……父执子右手咳而名之。……书曰：某年某月某日某生，而藏之。"可见古代礼俗很重视命名之礼，这跟《离骚》所谓"肇锡余以嘉名"的叙述是一致的；而在命名的同时必记录诞生的时日，这时日必须是年、月、日三者齐全。这也就是《离骚》所谓"摄提贞于孟陬兮，惟庚寅吾以降"。则"摄提"指年，"孟陬"指月，"庚寅"指日，更与中国古代的礼俗相符合。如果说这里的"摄提"是指"大角摄提"，而不是指的"岁星摄提"，那就是说只纪月日而不纪年，则不仅跟古代礼俗不合，也跟《离骚》首段上下文义相乖离。

当然，我们同意王逸这一派的说法，只是同意他们把“摄提”纳入纪年的范畴这一点，至于他们把“摄提”跟“摄提格”等同起来，我们并不同意。因为“摄提”是岁星的星名，而“摄提格”则是岁星纪年的年名。二者之间虽关系密切，但有区别。故《史记·天官书》及《淮南子·天文训》等，凡言星名则称“摄提”，凡称年名则言“摄提格”，其区别是很清楚的。其次，我们不同意朱熹这一派的说法，只是不同意他们把“摄提”解释为“大角摄提”，至于他们把“摄提”纳入星名的范畴这一点，还是对的。所以朱熹认为《离骚》的“摄提”“必为岁名则其下少一格字，而贞于二字亦为衍文矣”，从这个意义上讲，朱熹的意见是合理的。清戴震《屈原赋注》认为：“太岁在寅曰摄提格，亦通称摄提”，把二者混为一谈，与事实不符。而当代不少屈赋研究者，又往往认为“辞赋有修辞的限制”，故省去“格”字。其实，古代诗篇中由于字数限制而减缩词语的例子是有的。但屈赋的特征之一，就是句法上的参差错落、舒卷自如，“格”字决无删除的必要。这样，我们就既纠正了司马贞乃至朱熹以来以“大角摄提”解释《离骚》“摄提”而造成了只标月日而不标生年的错误，同时也纠正了王逸乃至戴震以来把“摄提”跟“摄提格”混为一谈的偏颇。

根据以上的理解，《离骚》里“摄提贞于孟陬兮，惟庚寅吾以降”这句话的意思就是说：岁星恰恰出现于孟春正月的那个月、庚寅的这一天我降生了。这里虽然没有正面提出诞生之年，但从上文的论证中知道：凡夏历正月岁星晨出东方，正标志着这一年必然是后世所谓“太岁在寅”之年。故古人亦即以此纪年。

（三）屈原在具体历史时代的生年月日

从上述情况看，无论是王逸还是朱熹，都只是在“摄提”这个词的含义上作了一番抽象的解释，并没有能结合具体历史年代来确定屈原的生年月日。对这项研究工作来讲，这虽然是不可缺少的第一步，但却仅仅是个开端，还没有能接触问题的实质。真正进行实质性探讨的，则是从清代以来的学者开始的。

根据我所接触到的资料来看，推算屈原具体生年月日的就有七种不同的结论：

(1) 生于楚宣王四年乙卯（公元前366年）夏历正月（清·刘梦鹏《屈子纪略》。但本年正月并无庚寅日）

(2) 生于楚宣王十五年丙寅（公元前355年）夏历正月（清·曹耀湘《屈子编年》。但本年正月也无庚寅日）。

(3) 生于楚宣王二十七年戊寅（公元前343年）夏历正月二十一日庚寅（清·邹汉勋《屈子生卒年月日考》；刘师培《古历管窥》同）。

(4) 生于楚宣王二十七年戊寅（公元前343年）夏历正月二十二日庚寅（清·陈瑒《屈子生卒年月考》）。

(5) 生于楚宣王三十年辛巳（公元前340年）夏历正月初七日庚寅（郭沫若同志《屈原研究》）。

(6) 生于楚威王元年壬午（公元前339年）夏历正月十四日庚寅（浦江清同志《屈原生年月日的推算问题》）。

(7) 生于楚威王五年丙戌（公元前335年）夏历正月初七日庚寅（林庚同志《屈原生卒年考》）②。

可见，由于人们所依据的资料不同和采用的推算方法各异，所得到的结论是不一致的。如果用《史记·屈原列传》《史记·楚世家》等资料进行考核，就会发现不少问题。如刘梦鹏定屈原生于楚宣王四年，就把时间提得过早；林庚同志定屈原生于楚威王五年，又把时间推得过迟。这中间的差距就有三十一年之久。各家的结论的不一致，一方面说明了问题的复杂性，另方面也说明了科学的结论还有待于学术界的不断探索。

对这个问题，在依据的资料和探索的方法上，我曾有过这样的设想：在周秦之间，是中国历法漫长的形成时期，又是诸侯各国的分立时期。各个时期和各个国家的试探性的历法是极不一致的。故企图以历法来推屈原的生年月日，由于资料的限制，很难得到合乎实际的结论。但有一点应当注意，即岁星纪年法的产生很早，它开始与历法并无一定的关系，后来才逐渐结合起来。正由于这样，所以当时人们一般的纪年方法，往往是以岁星的实际运行为主要根据。如古籍所谓的“岁在玄枵”“岁在星纪”，这是以岁星所在的黄道十二“宫”来标记年月的；又如“岁贞克”“摄提贞于孟陬”，则是以岁星晨出东方的十二个月来标记年月的。从人类的认识过程来讲，第二种方式更为原始一些。因此，屈原既然是根据第二种方法记录他的出生年月，则我们最可靠的探索方法是：能找到一个跟具体历史年代相结合的、以实测的岁星晨出东方的年月为标志的原始资料，再用岁星的“恒星周期”和“会合周期”进行推算，则不管各国的历法如何不一致，朝代如何更替，而所得到的结论总是比较可靠的。值得庆幸的是，一九七二年临沂银雀山汉墓出土的《元光历谱》跟一九七三年长沙马王堆三号汉墓出土的帛书《五星占》，恰恰满足了这个需要。

根据上述的出土文物，当前天文学家的研究结果表明：周显王三年（公元前 366 年）正月，木星的位置恰恰是晨出东方，即所谓“摄提格”之年（见《中国天文学史文集》，科学出版社一九七八年出版）。

我们知道，天文学家把黄道周围平分为十二“次”，木星每年行一“次”，约十二年行一周天（11.8622 年），名为“恒星周期”；木星每年跟太阳会合一次，名为“会合周期”。“会合周期”约一年零一个月一次（398.8846 日），所以今年在正月，明年在二月，……。古人用木星“会合周期”所在的月份以纪月，亦即以木星所在的月份以纪年。例如木星今年的“会合周期”在夏历正月，则这一年就是木星“恒星周期”的第一年，即所谓“摄提格”之年；木星明年的“会合周期”在夏历二月，则这一年就是木星“恒星周期”的第二年，即所谓“单阏”之年；……。所以《离骚》所说的“摄提贞于孟陬”，即指木星正当孟春正月晨出东方的“摄提格”之年。也就是说：这一年是木星“恒星周期”的第一年，是木星“会合周期”的第一月。

现在，我们打算利用夏历正月木星晨出东方的周显王三年（公元前 366 年）为座标，再用木星的“会合周期”“恒星周期”等规律，并结合《史记·屈原列传》《史记·楚世家》等有关屈原政治活动的历史资料，来推算屈原的出生年月。

推算的结果，从周显王三年，木星经过两个“恒星周期”，即二十四年的运行，于楚宣王二十八年（公元前 342 年）正月，又晨出东方。这一年应当就是“摄提贞于孟陬”的“摄提格”之年。又根据日本学者新城新藏的“战国长历”这年正月朔乙丑进行推算，这一年的正月二十六日，又恰恰是“庚寅”日。因此，我们的结论是：屈原应当是生于公元前 342 年夏历正月二十六日。即楚宣王二十八年乙卯，夏历正月二十六日庚寅。

上述结论，跟历来所有的旧结论都是完全不同的。虽跟其中的邹、陈、刘三家的结论有些相近，但仍相差一年之久。因此，在这里我们有必要回顾一下清代邹汉勋、陈瑒、刘师培三家的推算方法：邹汉勋的《屈子生卒年月日考》，用殷历推算，定为屈原生于楚宣王二十七年（公元前 343 年）戊寅，夏历正月二十一日庚寅；陈瑒的《屈子生卒年月考》，用周历推算，定为屈原生于楚宣王二十七年（同上）戊寅，夏历正月二十二日庚寅；刘师培的《古历管窥》又用夏历推算，定为屈原生于楚宣王二十七年（同上）戊寅，夏历正月二十一日庚寅。刘的结论跟邹说完全相同；由于历法不同，跟陈说只差一天。以上三家的这一共同结论，如果用屈原所经历的一系列历史事件进行考查，基本上是符合的。因此历来的文学史家，多以此为定论，并据以评价屈原的生平活动。

但是，我们的结论为什么会跟上述各家的结论整整地推迟了一年多呢？

这主要是由于他们过分地相信后世的“历史年表”。我们知道，后世的“历史年表”是用干支纪年的。而这个干支纪年法，是汉代人废除岁星纪年之后才应用的。包括战国在内的古代干支纪年，都是后人用逆推的办法排列上去的。由于他们只以六十年一个轮回的干支逐年推排，并没有考虑岁星超辰等等条件，因而它跟岁星实际运行的情况完全脱了节。所以对战国时代岁星纪年法的名称“摄提格”，我们只能说它相当于后世干支纪年法的寅年，而决不能认为它就是寅年。而且古代只用干支纪日，不用干支纪年。所以，屈原所说的“摄提贞于孟陬”，只是根据当时岁星实际运行的情况，用朴素的岁星纪年法叙述的。我们只能说他生于“庚寅”日，而决不能说他是生于寅年。邹、陈、刘三家，在推算中，由于受到屈原生于“三寅”的旧说的影响，所以不得不在后世的“历史年表”上找出个“戊寅”年，就认为屈原是生于此年。这是不对的。而我们根据岁星实际运行情况所考出的屈原生年在“历史年表”上却不是“戊寅”，而是“乙卯”，就是这个原因。因此，上文所引用的顾炎武《日知录》直到当代高亨同志等的《楚辞选》等所谓屈原生于寅年寅月寅日的“三寅说”，只是后人的误解。屈原当时所知道的只是：他生于岁星纪年的第一个年头、岁星纪月的第一个月份的庚寅日。他并没有什么“三寅”的概念。

(四)屈原的生年月日与“正则”“灵均”

从屈赋来看，屈原是很注意天文星象的。除上述《离骚》首段外，《天问》曾以大量篇幅对“盖天”学说中有关天体、星象运行等问题，提出了探索性的疑问。又如《东君》：“举长矢兮射天狼，操余弧兮反沦降，援北斗兮酌桂浆。”《少司命》：“登九天兮抚彗星”。“天狼”“北斗”“弧”“彗星”等都是指星象而言。他在抒发愤懑时，常以星象为比喻，如《惜往日》：“情冤见之日明兮，如列宿之错置”；他在颠沛流离之际，又常借星象以辨方向，如《抽思》：“曾不知路之曲直兮，南指月与列星”；……由此可见，“博闻强志”的屈原，对天文星象是极其熟悉的。这都说明了他以岁星运行的情况来记载自己的生年月日，决不是偶然的。

古人很重视年月日的吉凶问题。如上所述，屈原出生的年月是很奇特的，即岁星“恒星周期”的第一年，“会合周期”的第一月。至于“庚寅”日也是如此。《离骚》曾说：“历吉日兮吾将行”，《东皇太一》又说：“吉日兮辰良”，这都是楚俗日有吉凶之证。姜亮夫同志的

《屈子之生》曾统计金文以“庚寅”为吉日而大量出现的事实，有力地证明了“庚寅”也是当时人们心目中的吉日。尤其在一个人出生的年月日上，古人更特别重视吉凶。如《史记·孟尝君列传》说田文出生的月日不吉利，其父不准留养他，认为五月五日生子“将不利其父母”（汉王凤亦以五月五日生，其父以为不吉，而欲弃之）。又如《诗·小弁》“天之生我，我辰安在”。毛传云：“辰，时也”。郑笺云：“此言我生所值之辰安所在乎。谓六物之吉凶。”《正义》引：“昭七年左传，晋侯谓伯瑕曰：‘何谓六物?’对曰：‘岁、时、日、月、星、辰是也。’服虔认为：岁，星之神也，左行于地，十二岁而一周；时，四时也；日，十日也；月，十二月也；星，二十八宿也；辰，十二辰也。是为六物。”屈原的父亲生在那个时代，很注意屈原生年月日的不平凡，是完全可以理解的。

春秋战国时期，以人们诞生时的事物命名的习俗是很盛的。如郑的燕姞梦天与己兰，生穆公，名之曰兰（《左传》宣公三年）。晋穆侯以条之役生太子，名之曰仇；其弟以千亩之战生，名之曰成师（《左传》桓公二年）。当时楚国同样有此风俗：如楚令尹子文初生时，被弃之梦泽，虎乳之；楚人谓乳曰谷，谓虎曰於菟，故名之曰谷於菟（《左传》宣公四年）。因此，由于屈原出生年月日的不平凡，其父命以“嘉名”：“名余曰正则兮，字余曰灵均”，这完全是合乎他们的生活逻辑的。

关于屈原的名“正则”，字“灵均”，历来的研究者，有的说是化名，有的说是乳名或小名，但在当时的历史条件下，我总怀疑他的名字跟他的生年月日的不平凡是有关系的。在这个问题上，我们不妨引《史记·秦始皇本纪》的一段话作为旁证：

> 秦始皇帝者，秦庄襄王子也。庄襄王为秦质子于赵，见吕不韦姬，悦而取之，生始皇。以秦昭王四十八年正月生于邯郸。及生，名为政，姓赵氏。

关于“名为政”的“政”字，实即“正”字，古字通用。故《史记集解》引“徐广曰：一作正。”“宋忠云：以正月旦生，故名正。”《史记正义》又说：“始皇以正月旦生于赵，因为政。后以始皇讳，故音征。”[3]关于秦始皇的生年月日问题，我们如果用岁星纪年来考察，他恰恰是生于岁星在正月晨出东方之年。因为我们仍用上文所据以推算屈原生年的周显王三年（公元前366年）为基点，再往下推到秦昭王四十八年（公元前259年），乃系岁星运行的第九个“恒星周期”，共108年。以岁星约86年（86.0827年）超辰一次推算，则秦昭王四十八年正月，正是岁星晨出东方之月，这跟《离骚》“摄提贞于孟陬”的含义是一致的（至于生日，诸家皆曰正月“旦生”，盖系元旦之日）。秦始皇因为生于岁星纪年的第一个年头、岁星纪月的第一个月份的“正月”，故命名曰“正”。可见，古人并不是生于一般的“正月”即可名“正”，而必须是生于岁星十二年一个“恒星周期”的“正月”，才可能由于奇异而以之命名。因此，屈原所谓“名余曰正则”的“正”，显然跟他出生的年月有关。“则”是“正”的附加词，当与《离骚》“依彭咸之遗则”的“则”字义相近。

至于“灵均”的“灵”，古字与“令”通，故古人“灵”“令”都训“善”，而“吉日”的“吉”字也训“善”。《仪礼·士冠礼》“令月吉日”，郑注云：“令、吉，皆善也。”因此，屈原字曰“灵均”的“灵”，可能跟他生于“令月吉日”有关。“均”是“灵”的附加词，大概是说明他的生年月日全都吉祥的缘故。而且《仪礼·士冠礼》又云：“以岁之正，以月之令”，“正”与“令”（灵）对举成文。郑注云：“正，犹善也。”则名“正则”字“灵均”，也合乎古人名、字相应的习俗。可见屈原的父亲所给予屈原的名与字，都跟屈原的生年月日互相联系着。

因此，在这里应当注意的是：

从秦始皇的出生年月及命名的情况来看，不仅证明了屈原生于公元前342年，正是周显王三年之后岁星运行的第二个“恒星周期”；而秦始皇出生于公元前259年，则正是周显王三年之后岁星运行的第九个“恒星周期”，年代完全相合。而且也证明了屈原自称“正则”，而始皇则命名为“正”，都是从岁星于正月晨出东方这一有意义的天文现象而来的。这样来理解《离骚》首段的诗句，则会感到更为朗澈

而亲切！

（五）结语

对屈原生平的研究，跟对屈原辞赋的研究是分不开的。为了把屈原及其作品摆在更为准确的历史年代里来探讨，学术界的前辈们，曾对屈原的生年月日问题，付出了很大的劳力。但由于所根据的资料不同与推算的方法各异，得出的结论是各不相同的。

不过，屈原的时代距离我们太远了，留下的资料也确实太少了，因而要想在短期内得出科学性的“定论”，看来现在还为时过早。因此在共同探讨的过程中，只要能提出新的论点，并且持之有故，言之成理，都是值得欢迎的。

我对天文历算是门外汉，而在利簋与《五星占》出土之后，却给了我以新的启发，故对屈原的生年月日提出了如上的论点。这个探索性的论点，只不过是在屈赋研究领域中略抒一孔之见；深望不久的将来科学界会结出“定论”式的硕果。到那时，错误的观点自然会在学术史上被抹掉，而正确的东西将被永远地流传下去。这是科学发展的规律，也是真理发展的规律！

写于一九七八年八月

［注释］

①周代虽以建子之月为岁首，仍与夏正的月数纪月并行。这主要是由于周以农业兴国，而夏正的十二月序跟农业生产关系很密切。从大量事实看，从西周以来，凡叙季节的文字，多用夏正月数。如《诗·七月》一诗，虽不一定如《诗序》所说乃周公“陈王业”之作，但它是周代作品，当无疑问。其中如“七月流火，九月授衣”等凡言月份之处，用夏历来解释，才合乎时令。尤其如“四月秀葽，五月鸣蜩”等，皆与《夏小正》的内容完全一致。又如《诗·四月》“四月维夏，六月徂暑”，如指周正“六月”，则系夏正四月。四月就“徂暑”，未免过早。又如《周礼·天官冢宰》：“凌人掌冰，正岁十有二月，令斩冰。”杜注：“正岁季冬，火星中，大寒，冰方盏之时，……正，谓夏正。”《疏》：“正岁季冬者，周虽以建子为正，行事皆用夏之正岁。若据殷周，则十二

月冰未坚；若据夏之十二月，冰则坚厚。故正岁据夏也。”《逸周书·周月》又云：“亦越我周王，致伐于商，改政异械，以垂三统。至于敬授民时，巡守祭享，犹自夏焉。”又如《国语·周语》单子对周景王一边说：“先正之教曰，雨毕而除道，水涸而成梁”，一边又说：“夏令曰：九月除道，十月成梁。”孔丘作《春秋》是用周正的，但另一方面又主张“行夏之时”。这都是当时周的正朔与夏的月序并行的反映。据近年出土的《元光元年历谱》得知汉初承秦制，虽以建亥之月为岁首，但《历谱》却从上年的夏正“十月”排至下年夏正的“九月”为一年，仍用夏正的月数纪月。此当犹承先秦的古制。

②诸家皆谓夏历正月，是正确的。因为楚用夏历，已为云梦睡虎地出土的《秦楚月名对照表》所证明。而且屈赋所描写的时令状态，皆与夏正相合。如《怀沙》云：“滔滔孟夏兮，草木莽莽。”《抽思》云：“望孟夏之短夜兮，何晦明之若岁。”《思美人》云：“开春发岁兮，白日出之悠悠。”《招魂》云：“献岁发春兮，汩吾南征；菉蘋齐叶兮，白芷生。”皆与殷正、周正、秦正不相合。

③古籍正与政通，例不胜举，故徐、宋等说是可靠的。但《正义》又谓正月的“正”，“后以始皇讳，故音征”，此说并不可靠。因为“正”“征”古音同，故远在秦始皇以前的父甲鼎，就把“正月”写成“征月”。可见后世读“正月”如“征月”，只是古音之遗，与秦讳无关。

《周礼·夏官·司勋》释文云：“正，本亦作征”，亦同音互用之证。

三、“左徒”与“登徒”

《史记·屈原列传》云：“屈原者，名平，楚之同姓也。为楚怀王左徒。”张守节《正义》认为：左徒“盖今在左右拾遗之类”。又《文选·赋癸》收有宋玉的《登徒子好色赋一首并序》，李善《注》认为：“登徒，姓也；子者，男子之通称。”因而，用传统的观点来看，“左徒”是官名，“登徒”是人称，两者之间是没有任何联系的。除上述两处外，“左徒”之名又出现于《史记·楚世家》；“登徒”之名又出现于《战国策·齐三》。但由于先秦典籍残缺不全，上述各书又叙述简单，对这个问题的真相，无从作进一步的探索。也就是说，“左徒”与“登徒”这两个称谓之间到底有无联系？有着怎样的联系？楚国当时的“左徒”这个官职究竟属于什么等级？是怎样的性质？等等，都得不到确切的解释。

现在由于历史文物的大量出土，才使我们有可能意识到：“左徒”与“登徒”都是楚国当时的官职名称，而且二者之间有着不可分割的密切关系。这就不但可以纠正李善以“登徒”为人称之误，而且可以纠正张守节以“左徒”为“左右拾遗之类”的揣测之词。

当然，“左徒”问题，是关系到研究屈原的政治活动与创作实践的重要问题。故当代学术界也曾作过不少有益的探索。因此，现在对这个问题的提出，是为了跟屈原研究的同志们共同讨论。

（一）“左徒”与“登徒”是一个官职的两种不同的简称

要解决这个问题，首先必须从最近曾侯乙墓新出土的竹简谈起。

一九七八年六月湖北随县曾侯乙墓的考古发掘，出土了大量战国早期的历史文物。其中有竹简二百余枚，总计约六千六百字。这些简文，记载着在曾侯葬礼中赙赠车马者的官衔名称。经初步整理，发现这些官衔中如“左司马”、“右司马”、“左尹”、“右尹”、“太宰”、“少师”、“宫厩尹”等，皆为楚国官衔名称之见于《左传》者。据判断，这种情况有两种可能性：第一，这部分车马，是楚国臣僚们的赙赠，因为在墓葬中也发现了以“楚王酓章”的名义赠送的一只大镈。可以证明楚国君臣当时对曾侯乙的葬事的赙赠之盛。第二，可能楚、曾两国由于文化交流，官衔名称，多相同者，故这部分赙赠者不一定是楚人。因为楚、曾两国不仅地处比邻，而且曾国作为一个小小的邻邦来说，春秋以来，早已成为楚国的附庸。其官职多与楚国相同，这也是意料中事。但是，不管属于上述哪种情况，对我们研究楚国的官制，都具有极其重要的参考价值。可惜的是这批珍贵文物，至今还未见全部公布于世。对于“左徒”问题，现在只能引用裘锡圭同志《谈谈随县曾侯乙墓的文字资料》中所提出的片断资料作为出发点，进行一些探讨。

该文里有这样一段原话：

> 左𨑓（?）徒、右𨑓（徒）——左𨑓徒疑即见于《史记》的《楚世家》《屈原列传》等篇的左徒。（见《文物》一九七九年第七期）

按裘锡圭同志的这段话，首先提出“左𨑓徒”疑即“左徒”的问题，这是一个具有卓见的论点，无疑是正确的；但是由于他对这个极其奇僻的“𨑓”字应当如何解释，抱着“存疑”态度，而加了“?”号，这就使我们不得不对“𨑓”字作进一步的探索。因为要证明我们所提出的“左徒”即“登徒”这一新的论点，首先必须解决“𨑓”字的问题。

考“𨑓”当即“升”的本字。“𨑓”的结构应当是形声字。即“止”是形，“升”是声。它虽然未曾见于古代典籍或彝器，但从“止”的“止”，是足趾的古字。故“𨑓”应当是表示“升高”之义的本字。现在通行的“升”字，据《说文》，其本义乃升、斗容器的名称，象形。它跟“升高”之义无关。其用作“升高”的“升”，乃同音假借字。对于这个假借字，古人往往由于含义的稍有差别而加上不同的形旁。如表示太阳高升，则或加“日”作“昇”（见《说文》新附）；表示攀登丘陵，则或加“土阜”作“陞”（见《韵会》），表示以手高举之义，则或加“手”作“拼”（见《广韵·蒸》）；表示升高必用足，则或加“足”作“跰”（见《集韵·蒸》）；以同样的原因，也有加“止”（趾）作“𣥺”的，这就是曾侯乙墓简书“𣥺”字的来源。战国时代，往往在表示举足走动的文字上加“止”以示义。如最近中山王墓出土的鼎铭，“使”加“止”作“𨑖”，“降”加“止”作“𨻰”；圆壶铭，“去”加“止”作“𣥼”。这都跟曾侯乙墓简文“升”加“止”作“𣥺”，是同样的道理。因此，我们说“升”是表示升高的假借字；而昇、陞、拼、跰、𣥺，则都是表示升高而含义又略有区别的本字。这样解释应当是没有什么问题的。简言之，曾侯乙墓简文“𣥺”字，事实上就等于古代典籍中所习用的假借字“升”字，音义都无区别。

其次，谈谈“升”与“登”的关系：凡表示“升高”的“升”字，在古代典籍中，跟“登高”的“登”字多以同音关系通用无别。因为以声纽言，“登”在舌头端纽，“升”在正齿审纽，而审纽“三等”字，古音多读舌头端纽；以韵部言，“登”字古韵在蒸部，“升”字古韵亦在蒸部。也就是说，“升”字古音跟“登”字完全相同，故得互相通假。至于从“登”字的形义来讲，《说文》云：“登，上车也。从癶、豆、象登车形。”可见“登”字跟昇、陞、拼、跰、𣥺等字同义，不过由于登车跟登山等，略有区别，故又别造“登”字耳。如果说，“登”字跟“升”字是本字与借字的关系，那么，“登”字跟昇、陞、拼、跰、𣥺，则是同义异形的关系。正是由于这个原因，在古代典籍中，“登”“升”通用。略举几例如下：

(1)《左传》僖公二十二年：“及邾师战于登陉。”《释文》云：“登陉，本亦作升陉。”

(2)《书序》：“有飞雉升鼎耳而雊。”《汉书·五行传》作“有蜚雉登鼎耳而雊。”

(3)《礼记·乐记》：“男女无辨则乱升。”《史记·乐书》作

“男女无别则乱登。”

(4)《礼记·文王世子》：“登馂献受爵。”《公羊传》宣公六年何注作“升馂受爵。”

(5)《集韵·蒸》：“抍”从“升”得声；而“抍”的异文作“撜”，则又从“登”得声。

从上述情况看，可知古人“升”“𨒈”同用，“升”“登”无别。因而曾侯乙墓简文中的“左𨒈徒”即“左登徒”；“右𨒈徒”即“右登徒”。这个结论似乎是可以成立的。

但在先秦，楚国又有“左徒”之称，如《史记·屈原列传》及《楚世家》都出现过“左徒”。这个“左徒”，当即“左登徒”的省称。由于省“登”字，故只称“左徒”。其次，在先秦，楚国又有“登徒”之称，如《战国策·齐三》有郢之“登徒”，《文选·赋癸》有“登徒子”。这个“登徒”当亦为“左登徒”或“右登徒”之省称。省去“左”“右”，即称“登徒”。这种对官职的省称，在古代是屡见不鲜的。例如曾侯乙墓简文的“大攻（工）尹”，又见于《鄂君启节》，但《左传》凡数见，皆简称“工尹”，省“大”字；又如曾侯乙墓简文的“新䞩（造）尹”，而传世楚铜戈铭则简称“新造”，省“尹”字；又如近年临潼秦始皇墓出土陶瓦文“左司空”或作“左司”，省“空”字；又如后世的“左拾遗”“右补阙”，而有关记载则多省“左”“右”而只称“拾遗”“补阙”。这都跟“左登徒”简称“登徒”有些相似，可以作为旁证。尤其是按《金石粹编》汉十八收有“右空”瓦当；又《关中秦汉陶录》卷二下收有“右空”瓦片。据陈直同志《汉书新证》谓：“右空”即《百官公卿表》中“左、右司空”的“右司空”，省去中间的“司”字，故简称“右空”。又谓西安汉城遗址出土有“左将”“右将”两瓦当，即《百官公卿表》的“左中郎将”“右中郎将”之省，省去中间的“中郎”，故称“左将”“右将”。今按陈说极是。这对古人可以把“左登徒”中间的“登”字省去而简称“左徒”，是最有力的旁证。但《齐策》只称“登徒”，而《文选》则称“登徒子”，这个“子”字或系后人不理解“登徒”的本义者所增加。因此，号称渊博典实的《文选》李善注把作为官职名称的“登徒”误为人的名称，不是没有原因的。

（二）“左徒”的级别与职责问题

屈原曾在楚怀王时任“左徒”之职，《史记·屈原列传》是有记载的。但“左徒”究竟是什么级别的官职，学术界并没有得到一个确切有据的结论。例如唐代张守节所谓“盖今在左右拾遗之类”，显系揣测之词。因为从屈原一系列的重大政治活动来看，决非唐代闲散官员的“拾遗”之类所能比拟；至于当代学者，则多据《史记·楚世家》黄歇从“左徒”升为令尹、又封为春申君这一事实，认为“左徒”是仅次于令尹的较高级官员，但这也是仅凭间接材料所作出的推断。现在既然知道“左徒”即“左登徒”的省称，因此，据宋玉《登徒子好色赋》的第一句：“大夫登徒子侍于楚王”这句话，不管他指的是“左登徒”还是“右登徒”，也就不难断定“左徒”这个官职在楚国朝廷上是属于大夫的级别。据《史记·屈原列传》云：“上官大夫与之同列”，看来司马迁对“左徒”是大夫级别的问题，还是比较清楚的。如果再参以楚黄歇“以左徒为令尹”这件事，则“左徒”很可能是上大夫之职。即屈原当时在楚国，其政治地位是比较高的。关于以表示官级通称的“大夫”与表示职守别称的“登徒”连举而称“大夫登徒”，这在古代是有其例的。固然，因为古代“大夫”一级，职守各有不同，故多冠职守于“大夫”之前，以示区别，如春秋战国时的“公族大夫”“三闾大夫”等；但由于古代职官繁多，而级别各有不同，故又或冠“大夫”于职守之上，以示等级。如《魏策》信陵君欲官缩高，而以“五大夫”与“持节尉”并举，“五大夫”以示级别，“持节尉”以示职守；又如《元和姓纂》称楚国的鬥克黄为“大夫箴尹”，“大夫”以示级别，“箴尹”以示职守。又《姓解》三，引《风俗通义》有“楚大夫工尹齐”之称，“大夫”以示级别，“工尹”以示职守。这都跟宋玉赋以“大夫登徒”连举，前者以示级别，后者以示职守，是同样的称谓习惯。

至于“左徒”的职责是什么？我们只能从屈原在“左徒”任期内

的具体事迹来考查。《屈原列传》云："屈原……为楚怀王左徒。博闻强志，明于治乱，娴于辞令。入则与王图议国事，以出号令；出则接遇宾客，应对诸侯。王甚任之。"从这段叙述看，"左徒"在楚国是兼掌内政、外交的要员。下文"怀王使屈原造为宪令，屈平属草藁……"这是他参预内政改革的具体事实；屈原又佐怀王"为从长"，几次出使于齐，这又是他参预外交斗争的具体事实。可见，除了楚王和令尹以外，屈原是相当有影响、有权位的人物。

在这个问题上，我们还可以用曾任过楚顷襄王"左徒"的春申君黄歇的事迹作个对比。《史记·春申君列传》有云："春申君者，楚人也。名歇，姓黄氏。游学博闻，事楚顷襄王。顷襄王以为辩，使于秦"，并"上书说秦昭王"；后来楚与秦平，"楚使歇与太子完入质于秦"，而《楚世家》则云：顷襄王二十七年，太子为质于秦，是"楚使左徒侍太子于秦"。据此，则是这时正是黄歇以"左徒"的身份陪同太子质秦数年。

从上述资料中可以看出两个问题：第一，担任"左徒"的人材，其重要条件，必须如屈原的"博闻强志"、"娴于辞令"；必须如黄歇的"游学博闻"、"王以为辩"。而这些都是屈原与黄歇的共同点。第二，"左徒"虽兼管内政、外交，但从《屈原列传》，尤其《春申君列传》来看，他们的主要活动多在外交方面。如屈原的几次使齐及其与张仪斗争，等等，黄歇的几次使秦及其侍太子为质，等等，都可以看出这一倾向。而且从这次出土的曾侯乙墓简文中还可以看出，作为"左徒"，不仅要参加国与国之间的重要政治斗争，也要参加诸侯的葬礼并赙赠车马等等应酬性的活动。

正是通过上述的分析，我们对下列《战国策·齐三》所记载的楚"登徒"向孟尝君献象床的事件，就有了新的理解：

> 孟尝君出行国，至楚。（楚）献象床，郢之登徒直使送之。不欲行。见孟尝君门人公孙戍曰："臣，郢之登徒也，直送象床。象床之直千金，伤此若发漂（標），卖妻子不足偿之。足下能使仆无行，先人有宝剑，愿得献之。"公孙戍曰："诺。"入见孟尝君曰："君岂受楚象床哉？"孟尝君曰："然。"公孙戍曰："小国

所以皆致相印于君者，闻君于齐能振达贫穷，有存亡继绝之义；小国英桀之士，皆以国事累君，诚说君之义慕君之廉也。今君到楚而受象床，所未至之国，将何以待君？臣戍愿君勿受！”孟尝君曰：“诺。”……

这段故事，现在看起来至少可以说明下列两个问题：

第一，齐国的孟尝君到了楚国，在接待工作中送致象床的是楚国的“登徒”。这个“登徒”，过去在李善《文选》注的影响下，人们一直把他看成是人的名称。现在根据《屈原列传》的记载，则“接遇宾客，应对诸侯”，正是“左徒”的分内任务。因此，可以证明这个接待孟尝君并且送致象床的“登徒”，即“左徒”之职；也就是曾侯乙墓简文所记载的在曾侯葬事中赙赠车马的“左𨑓徒”之职。而且从“臣，郢之登徒也”一语来看，在执行任务时对外宾讲话的语言环境中，首先应当自我介绍的是个人的官职与政治身份，而决不会突如其来地只称个人的名字是“郢之某人”。显而易见，《齐策》的“登徒”与宋赋的“登徒”一样，都应当是官名而非人名。

第二，孟尝君相齐跟黄歇任楚顷襄王“左徒”的时间，基本上是一致的。因此，当时孟尝君至楚，办接待工作的“登徒”，很可能就是“左徒”黄歇。他跟顷襄王在惧秦疏齐的外交方针支配下，表面上声称要赠孟尝君以极其珍贵的礼品“象床”，以敷衍这位声势赫赫、周行各国的外宾；而又从中大耍手段，说了不算，以免惹起秦国的注意。这个事件，已把楚国当时的外交方针和国际处境，表现得极其生动而深刻。据《淮南子·兵略训》云：楚国之强，中分天下，“然怀王北畏孟尝君，背社稷之守，而委身强秦，兵挫地削，身死不还。”可见，楚国当时，确实是一面不敢不敷衍孟尝君，一面又怕秦国加兵于己，处境极其狼狈。试问，像这样有关赠送礼品的邦交大事，岂会如过去所理解的那样，由于一个名叫“登徒”的一般官员怕负责任而擅自借故推脱、临时改变计划？

这里，还要附带谈谈：宋玉也是仕于楚顷襄王之世，据古籍资料看，他虽曾居大夫之职，但很不得志，而且经常受到人们的毁谤；因而他的作品，往往是牢骚满腹，“口多微言”。他在《登徒子好色赋》

中所说“大夫登徒子侍于楚王，短宋玉曰：……”颇有同列相嫉之意。但这个“登徒”，究竟是指的谁，不得而知。因为这时黄歇虽任“左徒”，即“登徒”，但出现于宋玉笔下的形象性格，尽管有些片面夸张，总觉得跟《春申君列传》所述黄歇的行径，不大相似。对此，只有两个解释：首先，可能宋玉笔下的“登徒”，是别有其人的“右登徒”，并不是“左登徒”黄歇；其次，更大的可能性是：宋玉是在托言讽谕，如子虚、乌有之流，并非实有其人，只不过是借用这个空头官衔以鸣不平，并不是在指名道姓地谩骂对方。

（三）结语

从上述的结论来看，曾侯乙墓出土简文中的“左䢅徒”“右䢅徒”，无论他是曾国的官员，还是楚国的官员，对解决屈原任“左徒”这一历史事实，都是极其珍贵的新资料。因为它跟现存的有关楚国这一时期的文献互相印证，一方面丰富了历史内容，另一方面也使我们弄清了过去悬而未解的许多问题。因而对我们应当怎样理解屈原的政治生活与评价屈赋的民族风格，是有很大帮助的。

关于楚国的官制问题，学术界早已有人从事研究与探索，而且有不少的创获。这确是稽古之快事。看起来，楚国的官名，有一部分是与周民族同一类型的名称，如“左司马”“右司马”等；有的是以楚民族所特有的语言命名的，如“连敖”“莫敖”等；也有的由于史籍简称，真相不明，以致造成千古以来以讹传讹的历史性误会，如“登徒”等。现在，由于曾侯乙墓竹简的大量出土，关于楚国官制问题的研究，可能会出现一个跃进式的发现与突破。

写于一九七九年十二月

四、《九章》时地管见

《九章》的写作时地，自汉以来，学术界的结论各异。因而，对屈原当时的流放路线、政治态度和生活感情等等，也就不容易得到一个统一的看法。

汉班固的《离骚赞叙》云："至于襄王，复用谗言，逐屈原在野，又作《九章》以风谏，卒不见纳，不忍浊世，自投汨罗。"这里只言写作时间是在襄王之世，而放逐地点则未明言。汉王逸《离骚序》则云："襄王复用谗言，迁屈原于江南。屈原放在草野，复作《九章》。"这里又提出写《九章》的地点是在江南，时间仍为襄王之世。迨至宋洪兴祖《楚辞补注》又引《史记·屈原列传》为证，认为："上官大夫短屈原于顷襄王，王怒而迁之，乃作怀沙之赋。则《九章》之作在顷襄时也。"但洪氏以《怀沙》概括全部《九章》，未作具体分析，说服力是不够的。而宋朱熹的《楚辞集注》则谓："屈原既放，思君念国，随事感触，辄形于声，后人辑之，得其九章，合为一卷，非必出于一时之言也。"朱熹之言虽未详其时地，但较前人为灵活。因而为近代以来学术界所信奉；而且也启发了学术界对《九章》的写作时地提出了不少的新观点；对《九章》的目次前后，亦各有新的安排。其中有代表性的，如：

林云铭是：《惜诵》、《思美人》、《抽思》、《涉江》、《橘颂》、《悲回风》、《惜往日》、《哀郢》、《怀沙》（见《楚辞灯》）；蒋骥是：《惜诵》、《涉江》、《哀郢》、《抽思》、《怀沙》、《思美人》、《惜往日》、《橘颂》、《悲回风》（见《山带阁注楚辞》）；近人，如游国恩同志是：《惜诵》、《抽思》、《思美人》、《哀郢》、《悲回风》、《涉江》、《橘颂》、《怀沙》、《惜往日》（见《楚辞论文集》）；郭沫若同志是：《橘颂》、《悲回风》、《惜诵》、《抽思》、《思美人》、《哀郢》、《涉江》、《怀沙》、《惜往日》（见《屈原研究》）；但郭氏晚年所定篇次，又改变为：《橘颂》、《惜诵》、《抽思》、《思美人》、《悲回风》、《涉江》、《哀郢》、《怀沙》、《惜往日》（见《屈原赋今译·解题》）。从上述情况不难看出，探索《九章》写作时地的问题，确实是很复杂的。

但是，解放以来到现在，由于《鄂君启节》及楚王子午墓文物的出土，为《九章》的研究提供了新的资料，给我们以新的启发，使我们有可能对《九章》的写作时地及屈原流放所经过的路线，有了新的体会。例如：(1) 传统的看法总认为，屈原放逐，乃彷徨山泽，出入荒凉之境，而现在看来，他的主要行程，全是走的楚国当时的交通干线，边疆要塞；(2) 传统的看法总认为，屈原被放后，只是愤懑彷徨，无目的地四处流浪，而现在看来，他的行踪，表现了他既关心宗国的命运，更关心敌国的动态；(3) 传统的看法总认为，屈原放居汉北，乃楚怀王时事，而现在看来，乃是顷襄王时东达陵阳以后才回头去汉北的；(4) 传统的看法或认为，《九章》乃写于怀襄两代，而现在看来，可能全是襄王时期的作品，班固、王逸的看法是有根据的。

现在，根据新的认识更定目次如下：

(1)《橘颂》(写于顷襄王元年被谗之时)

(2)《惜诵》(写于顷襄王元年被放将行之前)

——以上两章写于郢都。

(3)《哀郢》(写于顷襄王十年，即由郢都至陵阳九年之后，又欲折而西行之时)

——此章写于陵阳。

(4)《抽思》(写于顷襄王时泝汉而上，到达汉北之时)

(5)《思美人》(写于顷襄王时由汉北折而南下之时)

——以上两章写于汉北及南下途中。

(6)《涉江》(写于顷襄王时由鄂渚而西南到达溆浦之时)

(7)《悲回风》(写于顷襄王时西至溆浦欲暂停留之时)

——以上两章写于溆浦。

(8)《怀沙》(写于顷襄王时由沅水东渡资水，又泝湘而上之时)

(9)《惜往日》(写于顷襄王时泝湘北上抵达汨罗之时)

——以上两章写于沅湘流域。

从上述情况看，班固、王逸认为《九章》皆作于襄王时，是对的；而王逸认为《九章》皆写于“江南”，是不合乎事实的。现略抒己见于下，以就正于学术界。

(一)《橘颂》《惜诵》

这两章是写于顷襄王元年遭谗之后，以及被流放而犹未启行之前。

王逸《楚辞章句》列《橘颂》为第八。而主张把它提为第一章的，以郭沫若同志为最力。他在《屈原研究》中说：“《橘颂》作得最早，本来是一种比兴体。前半颂橘，后半颂人，所颂者不知究系何人。这里面找不出任何悲愤的情绪，而大体上是遵守四字句的古调。”在《屈原赋今译》中又说：“《九章》中，《橘颂》一篇，体裁和情趣不同，这可能是屈原早期的作品。”看来郭沫若同志前后的主张，对《橘颂》的看法一致，是“作得最早”的“早期作品”。原因只是两点：其一，“体裁”不同，“遵守四字句的古调”；其二，“情趣”不同，“找不出任何悲愤情绪”。后来詹安泰同志的《屈原》，则完全同意郭沫若同志的这个结论。

但我认为，“四字句”的形式，不一定能说明它是早期的作品，因为“四字句”散见于《九章》他篇者不少，并不影响其为晚年作品；《招魂》为“四字句”，并不影响其为怀王死后的作品；《天问》为“四字句”，也不影响其为顷襄王时被放后的作品。可见，屈赋的“体裁”，是因不同的内容而赋予不同的形式，不能以此为判断时代的根据。

其次，依“情趣”言，是否《橘颂》中就“找不出任何悲愤的情绪”呢？不然。我们读了《橘颂》以后，突出的感受有两点：首先是“受命不迁，生南国兮”的深厚的爱国主义与强烈的民族感情；再就是“行比伯夷，置以为象兮”的守志不移以死自誓的高尚情操。因此，它决不会是早期怀王信任时的作品，而应当是顷襄王初年令尹子兰、上官大夫交进谗言时的作品。由于不幸的事件虽然还没有表面化，但却大有“万木无声待雨来”之势，所以他在《橘颂》中才流露出决不会由于失意而远逝他国的“深固难徙”的爱国意志；从而把不食周粟而死的伯夷，作为自己的典范和榜样。如果说关于屈赋经常提到的愿遵其“遗则”的彭咸的事迹，大家还有些模糊的话，那么伯夷的为人及其史实，应当是再清楚不过的。而屈原之所以要“置以为象”的情怀不是昭然若揭的吗？而且《离骚》里的“忽临睨夫故乡”，这只不过是被疏时拟想式的自我抒情；而《橘颂》里的“受命不迁”则显然是被“迁”前矢志式的沉痛誓言。像郭沫若同志所说“找不出任何悲愤的情绪”，或像詹安泰同志所说“没有表露出一些悲郁愤恨的情思”，都是不符合事实的。

当然，也有人认为《橘颂》中有“嗟尔幼志，有以异兮”等句，用以证明是屈原少年作品。但《橘颂》虽然是屈原运用“拟人”手法自我写照，而所取的角度却不同于一般。即诗人并不是直接以橘树自况，乃是以“拟人”手法赋予橘树以崇高的品质，进而把橘树作为自己学习的对象、仿效的典范。故其中的“嗟尔幼志”的“幼”，“年岁虽少”的“少”，皆指橘树，而非自指。否则，“年岁虽少，可师长兮”，“行比伯夷，置以为象兮”，要别人以自己为“师长”，向自己学习，不仅立言不谦逊，而且也把诗人在诗篇中的主客地位搞颠倒了。故决不应当把《橘颂》中的“幼”“少”跟诗人的年龄混为一谈。当然，前人从另一极端来理解的又有蒋骥。他说：“然玩卒章之语（按指“行比伯夷”），慨然有不终永年之意焉，殆亦近死之音矣。”故列《橘颂》于末章《悲回风》之前，此则又未免失之过晚。因为《橘颂》乃作于遭谗未放之际，故展现的意境，是爆发前的沉静，奔流前的回旋，跟《悲回风》等的激昂悲愤是有很大距离的。

其次，谈《惜诵》：

《惜诵》一章，学术界大都认为是楚怀王时被谗见疏之作。但是从全部《九章》来看，对怀王时的往事回忆跟对顷襄王时的现实斗争，在抒写上往往是互相交叉、互相融合的，因而很容易引起研读者的误会。读《九章》，首先应当注意这一点。

拿《惜诵》来讲，前半篇，即从开始到“中闷瞀之忳忳”，主要是追叙怀王时遭谗被疏之事，抒写以忠事君与因忠遇罚之感。但是后半篇，即从“昔余梦之登天兮”到篇末，则是写顷襄王时重新受谗并遭放逐的现实斗争。这里一开始就出现了“昔”“初”“曩”等词，全是把现实与回忆相结合的口气。而且，下面一段话尤其值得注意：

终危独以离异兮，曰君可思而不可恃。
故众口其铄金兮，初若是而逢殆。
惩于羹者而吹齑兮，何不变此志也。
欲释阶而登天兮，犹有曩之态也。

这就是说，“初”在怀王时之“逢殆”，是由于谗口“铄金”；惩于前当戒于后，为什么现在还不改变过去的理想呢？既然孤立无援，理想难现，为什么仍旧抱着“曩”时的态度呢？这显然是说怀王时被疏的旧事，应当引以为戒，为什么还走老路。这正是承上文怀王时事抒写顷襄王时又遭放逐的原因和情景。尤其是“吾闻作忠以造怨兮，忽谓之过言，九折臂而成医兮，吾至今而知其信然”，就是说过去被疏，今天被放，都是因为“作忠以造怨”。对过去常常“闻”的这句老话，由于一而再、再而三地受到现实的打击，这才懂得了它的确实可信。这话如果放在怀王时初被废黜时来说，就未免格格不合。此外，如“恐情质之不信兮，故重著以自明”的这个“重”字，也说明了这是遭到二次打击之事，而不是初遭疏弃之言。或认为：“欲高飞而远集兮，君罔谓汝何之”，不像是放逐以后的话。其实，从篇末来看，此篇乃写于遭放临行之前，非写于放逐出走以后。而且“高飞远集”显指远逝他国而言。虽遭谗而犹欲自白，虽被放而不愿远逝他国，这正是屈原一贯忠君爱国的思想表现，没有什么不可理解的。

篇末的“檮木兰”“糳申椒”“播江离”“滋菊”以为临行时的“糗粮”，可见自顷襄王的流放令下达之后，屈原已作好“春日”起程的充分准备。如果以《离骚》“吾将远逝以自疏”跟本篇之末“愿曾思而远身”相比，前者不过是浪漫主义的悬想之笔，而后者则是现实斗争的决绝之词。蒋骥《山带阁注楚辞》认为《惜诵》乃“作于骚经之前”，固属误会；而游国恩同志《楚辞论文集》又认为《惜诵》“找不出丝毫有放逐的迹象”，也未免千虑之一失。

（二）《哀郢》

《哀郢》一章，写于放居陵阳的第九章；并追叙被放时于顷襄王二年启行的情况。

第一，关于顷襄王初年被放的时间问题：

《哀郢》的“方仲春而东迁”，跟上篇《惜诵》的“愿春日以为糗芳”，在时间上是紧相承接的。也就是说，屈原在顷襄王时被放启行，是在“仲春”之月。究竟是哪一年的“仲春”？《史记·屈原列传》在这个问题上，由于后人的窜改（详《〈屈原列传〉理惑》），叙述不够明确。但参以它篇如《楚世家》等，则屈子被放起程，当在顷襄王二年之春。即元年之末被放，二年的“仲春”起程。

《哀郢》一开始就追述了当时屈原启行之日所见到的情景：

皇天之不纯命兮，何百姓之震愆，

民离散而相失兮，方仲春而东迁。

为什么恰在这时百官震动而惊惶，人民离散而相失呢？古今说者不一。例如，或谓：屈原流放时，“适会凶荒，人民离散”（朱熹《楚辞集注》）；或谓：正值白起破郢，顷襄王迁陈之际（王夫之《楚辞通释》）；或谓：适当“庄蹻之乱”（谭戒甫同志《屈赋新编》）；或谓：“屈原东迁，疑即当顷襄元年，秦发兵，出武关，攻楚，大败楚军，取析十五城而去。时怀王辱于秦，兵败地丧，民散相失”（戴震《屈原赋注》附《音义》）。我认为朱说过于笼统，其他各说年代不确，只有《音义》之说颇与当时形势相吻合（《史记·楚世家》载秦取析之战在襄王元年。“斩首五万”，未纪月；《六国年表》亦未纪月；《秦本纪》未载取析之战。疑此役当在顷襄王元年岁末，故二年“仲春”犹有局势紧张之感，民多逃走）。当时，屈原就是在怀王被拘于秦，秦又大败楚军之际，混在“离散”的民众一起沿江东下，开始了他的流亡生活。至于《哀郢》的写作，则在“至今九年而不复”的九年之后，故这里所描述的被放出走情景，乃追述之笔。

第二，关于屈原这次放逐之后东西南北长期流浪的路线，准备先在这里作个全面的分析：

解放初期，我国出土了楚怀王时的珍贵文物《鄂君启节》。节为两件，一件是车节，详记当时官商的陆路路线；一件是舟节，详记当时官商通行的水路路线。经过专家们的考证，认为这是世界上详记两千多年以前交通要道的唯一无二的珍贵实物。

关于舟节所记的水路地名、路线先后，系以鄂为中心，(1) 首先走向西北，是以汉水为干线，直达“郧”及“芑阳”等汉北地区；(2) 再回折而东南，是以长江为干线，直达“彭蠡”“泸江”流域；(3) 最后又折而西南，则横绝“湘”“资”“沅”“澧”，到达郢都。这三条干线，无疑是楚国在历史上所形成的东连吴、越，西通秦、蜀的国际通商路线（至于车节，则是东北与陈、蔡相连的国际路线）。

现就《九章》考之，则屈原在顷襄王时被放后，所走的全是水路，跟“舟节”的干线完全相合。只是由于种种特殊原因，屈原对这三条路线，并没有按照旧习惯的先后行走。即屈原是：(1) 先从郢都沿江东下，到达“泸江”“陵阳”；(2) 再泝江而上，泝汉而行，直达汉北；(3) 又沿江而下，西南泝沅，直抵溆浦，最后又东济资、湘，到达汨罗。这里应当注意的有两个问题：(1) 屈原并不是按舟节惯例先去汉北，而是先东走陵阳、泸江；(2) 屈原并不是按舟节惯例由湘而资而沅，而是由沅而资而湘。第二个问题留在《怀沙》《惜往日》中分析，这里只谈第一个问题。

关于第一个问题，这是完全可以理解的。当顷襄王元年屈原被放起程之际，正是秦兵大举入侵，攻打汉北诸地之时，边关吃紧，威胁首都，使屈原不可能像舟节那样先走汉北，而只有根据秦楚战局的发展，随着百官和民众沿江而东，走舟节中的第二条干线（后来的迁陈、迁寿春，都是由于同一原因而向东）。这就是屈原在《哀郢》里所说的“方仲春而东迁”时西“背夏浦”、东达“陵阳”的流亡路线。

第三，这里需要附带说明的是，东行经过的几个问题：

《哀郢》里的“过夏首而西浮”的“西浮”问题。这里的“夏首”，即夏水分江而出之处。“夏首”在郢都之东（《水经注》云：夏水出江，流于江陵县东南），过夏首而东去，为何反而“西浮”？王逸《楚辞章句》谓：“言己从西浮而东行，过夏水之口。”牵强不通；朱熹《楚辞集注》谓：“浮，不进之而自流也。”既是“自流”，怎会逆流而西；王夫之《楚辞通释》谓：“西浮，西望汉水浮天际也。”但“西浮”与“西望”不是一个概念；蒋骥《楚辞余论》谓：“此舟行之径，小有曲折；而西面郢城，故感叹于龙门之不得见耳。”其实，“过夏首而西浮兮，顾龙门而不见”，乃表现屈原离开郢都时，三步一回首，五里一徘徊的留念之情。其人东行，其心西向，故过夏首时，又回舟而西浮；但顾视龙门，已不可见。犹《抽思》所记，本向汉北行进，但有时却“狂顾南行，聊以娱心”，都是同一心境的深刻抒发。

还有，“将运舟而下浮兮，上洞庭而下江”，指行至洞庭入江之口时的情景。从路程来讲，“上洞庭而下江”，即欲南行，则泝洞庭而上；欲东行，则沿长江而下。这时本有南去、东去的两条路可走，而屈原这时则是随着人民群众顺江东下。

其次是“当陵阳之焉至兮，淼南渡之焉如”。这是屈原东行的终点。“陵阳”在大江之南，故曰“南渡”。《汉书·地理志》“庐江郡”原注云：“庐江出陵阳东南，北入江。”当即屈原所至之处。故《招魂》又谓“路贯庐江兮左长薄”，盖屈原东行，到达陵阳之后，适值顷襄王三年怀王客死于秦的消息传来，故作《招魂》以吊之。《招魂》的“乱曰”往往由于现实与回忆融合抒写，多被人们所误解。

第四，现在我们再看看《鄂君启节》“舟节”的东行路线原文：

逾[illegible]（夏）入邔。逾江，庚彭[illegible]（蠡），庚松昜（陽）。入[illegible]（瀘）江，庚爰陵。

当然，这个“夏”乃汉水入江之前所经过的“夏”，跟《哀郢》的“夏首”不同。至于“邔”地何指，“松阳”在何处，“爰陵”跟“陵阳”有无关系，学术界尚无定说。但“彭[illegible]”之为“彭蠡”，意见一致；“[illegible]江”即“泸江”，商承祚、谭其骧同志之说亦确。而彭蠡、泸江，恰为屈原所至的“陵阳”一带。可见怀王之世，楚国沿江东下的交通要道，跟屈原当时沿江东行的路线，基本上是一致的。

屈原到达“陵阳”一带，共过了九年徘徊悒郁的悲愤生活。《哀郢》曾谓“忽若去不信兮，至今九年而不复”，这是时间的纪实，也是忧思的抒发。“信”字古人多歧解，今谓：古人“一宿曰宿，再宿曰信”。“忽若去不信兮，至今九年而不复”者，言恍惚没有住到几夜的工夫，哪知却已过了九年的流亡生活。那么，屈原之写《哀郢》，从顷襄王二年“仲春”算起，大约即在顷襄王十年。这时正住在泸江一带的“陵阳”。

第五，但这里应当注意的是：当时吴、越早已灭亡，楚之东境，毫无后顾之忧。如屈原仅为个人计，则优游卒岁，“陵阳”一带正是最理想最安全的大后方。而楚之西北与西南，则与秦境犬牙交错，强邻压境，兵戈不息，楚所遭到的是西南与西北的钳制之势。可见，当时屈原不肯身处安全之域，反而西北走向汉北，又西南走向溆浦等边疆要塞，其用心所在，决非偶然。这正是值得我们根据《九章》的内容作进一步探索的问题。

从屈原在《哀郢》里所流露出的思想感情来看，则有两点应当注意：(1) 关心祖国安危，反对顷襄王所执行的媚秦求和的外交路线，所谓“外承欢之汋约兮，谌荏弱而难持”，殆即指顷襄王七年迎妇于秦，秦楚和好。(2) 系念故都宗社、缅怀先辈遗烈的虽死不变的民族感情，即所谓“鸟飞反故乡兮，狐死必首丘”。这两点，正是促使他由陵阳转向汉北，又由汉北折向辰、溆的原因。下面我们准备结合《抽思》、《思美人》两章，对此作具体的分析。

(三)《抽思》《思美人》

《抽思》是写于从陵阳西上，又泝汉而行到达汉北之时。《思美人》则写于由汉北折而南下之时。

首先谈《抽思》：

这一章的写作时地，古无明确说法。如王逸对“有鸟自南兮”注云：“屈原自喻生楚国也。”对“来集汉北”注云：“虽移水土，志不革也。”看来王氏也以为是屈原放居他地之作，但“汉北”一语，显然跟王氏《九章叙》“放于江南之野“相矛盾，故他并未明注放地。迨王夫之《楚辞通释》、屈复《楚辞新注》、林云铭《楚辞灯》、蒋骥《山带阁注楚辞》以及近人郭沫若、游国恩、陆侃如、姜亮夫、刘永济诸同志，皆认定为屈原放居汉北之作。至于放居汉北的时间，则皆认定为怀王时期。但关于屈原的这段经历，并不见于古籍，大家所依据的只是《抽思》中“有鸟自南兮，来集汉北；好姱佳丽兮，牉独处此异域”这一段自喻式的诗句。此外，从《九章》本身来看，并无坚实的根据能确定屈原之到汉北是在怀王时代。因此，在这个问题上，我认为《抽思》并不是怀王时屈原放居汉北的作品，而应当是顷襄王时屈原被放后由陵阳转走汉北的作品。其理由如下：

第一，我们首先应当上承屈原身处陵阳又将转向汉北时所写的《哀郢》，以考查其北上的动机。在《哀郢》的结尾说：

曼余目以流观兮，冀一反之何时？

鸟飞反故乡兮，狐死必首丘。

对这节诗，近代的屈赋研究者多从一般意义上理解为屈原思念郢都、欲返故乡之语。现在看来，“鸟飞反故乡兮，狐死必首丘”，这是具有特定历史含义的诗句，而不是泛泛的抒情之笔。

据《礼记·檀弓》上云：

太公封于营丘，比及五世，皆反葬于周。君子曰：乐，乐其所自生；礼，不忘其本。古之人有言曰：“狐死正丘首”，仁也。

关于“狐死首丘”，《淮南子·说林》亦云：“鸟飞反乡，兔走归窟，狐死首丘，寒将翔水，各哀其所生。”《后汉书·寇荣传》载，荣被谗逃窜，上书云：“不胜狐死首丘之情，营魂识路之怀。”也都是用古人“狐死首丘”之语作为归死故乡的譬喻。可见《檀弓》所述“太公封于营丘，比及五世，皆反葬于周”的古老习俗，特别应当注意。它证明了屈原所说“狐死必首丘”，跟这一古老习俗是有关的。《礼记·檀弓·正义》云：“此一节论忠臣不欲离王室之事”，不过这只是谈了问题的一般意义。至于屈原，则九年于外，不得赦回，故有还乡之念，这是极其自然的。但当时的郢都，既是顷襄当政，投降派擅权，屈原亦自知不得如愿。因而，楚先祖开国辟疆、陵墓所在的旧都丹阳，就很自然地成了他的向往之地。这才是屈赋“狐死首丘”的特定含义。

楚先祖熊绎封于丹阳，其地究在何处，古人说者不一，至今不得统一。但我认为清宋翔凤《过庭录》卷九所作的结论，比较精确。他说：“战国丹阳在商州之东，南阳之西，当丹水、淅水入汉之处，故一名丹淅。鬻子所封，正在于此。”按这里的“鬻子”，当即《史记》“熊绎”之误。但他认为楚始都之丹阳在汉北丹淅之地，是可信的。其所以可信，是由于近年来考古发掘的结果得到了证明。

据近年来的考古发掘来看，一九七八年在河南省淅川县丹江水库的下寺，发现了春秋时期楚“王子午”墓，出土了《楚叔鼎》及《王子午鼎》，并有铭文。“王子午”，即楚令尹子庚，初曾为司马，数见于《左传》。如《左传》襄公十二年：“楚司马子庚聘于秦。”杜注云：“子庚，庄王子，午也。”但王子午卒于楚康王八年夏，其时楚早已都郢，北距丹淅之地千余里，为什么王子午会葬于丹淅。说者认为，此实楚之旧都丹阳，王子午死于郢而葬于丹阳，乃古人“归葬”之遗俗（古代民族迁移，死后多归葬故地。故北魏孝文帝犹有“迁洛之民，死葬河南，不得还北”的规定）。可证，楚熊绎所都丹阳，即在丹淅，地处丹水之阳，故名丹阳。宋翔凤的考证是正确的。因为丹水淅水由此南流入汉，地处汉北，故亦总名汉北。

当时屈原流浪“陵阳”九年之久，无时无刻不在怀念着郢都的“州土之平乐”，“江介之遗风”。但事与愿违，在顷襄执政、群小擅权之下，赦免既不可望，归郢自不可能，因而先烈陵墓所在的汉北丹阳废都，也竟成了他向往的目的地，从而发出了“鸟飞反故乡兮，狐死必首丘”的悲叹。他才决定走向汉北，希望能够瞻仰先烈的遗迹。这既是借以抒发其怀念故国之忧思，亦合乎楚民族归葬祖墓之遗风。这就是《哀郢》的“狐死必首丘”跟次篇《抽思》的“来集汉北”的内在联系。屈原的流亡路线，如果说开始的东走“陵阳”是由于战局失利所导致，那么这时的“来集汉北”，则是由于思念故国的强烈感情所驱使。王逸《章句》的《九章》篇次凌乱，但以《哀郢》《抽思》相次，却是合理的。

第二，从《哀郢》来看，其转走汉北的动机，可能比上述情况还要复杂得多。

《哀郢》曾说："外承欢之汋约兮，谌荏弱而难持；忠湛湛而愿进兮，妒被离而障之。"这话是有其历史内容的。考汉北丹淅一带，乃楚国的边疆要塞，为秦楚交战的必争之地。据《史记·楚世家》谓：楚怀王十六年曾受秦国商於六里之骗。这个"商於"即在丹淅附近。故《集解》云："商於之地在今顺阳郡南乡、丹水二县。"《楚世家》又云：怀王十七年春，"与秦战丹阳，秦大败我军，斩甲士八万，虏我大将军屈匄。"而《屈原列传》则谓：怀王"大兴师伐秦，秦发兵击之，大破楚师于丹淅，斩首八万，虏楚将屈匄。"可见"丹阳"即丹、淅一带（《索隐》云："丹、淅，二水名也。谓于丹水之北，淅水之南。皆为县名，在弘农。所谓丹阳、淅是也。"）尤其值得注意的是，《史记·楚世家》又云：楚顷襄王元年，秦拘怀王要地不得，竟"发兵出武关，攻楚，大败楚军，斩首五万，取析十五城而去"。《正义》引《括地》谓楚析邑"因析水为名也"。是析即丹淅之淅。可见，丹淅之地，除为楚先公先王的陵墓所在之外，又为楚国西北的门户，并屡遭秦国的袭击。而且正当屈原被放离郢都赴陵阳之时，曾由于丹淅大败，危及郢都，人民离散。作为爱国主义者的屈原，即使身遭流放，对此也决不会淡然忘却。而且，正在屈原放居陵阳之后，顷襄王七年，又迎妇于秦，以求媚秦苟安，这更使屈原放心不下。我们从《哀郢》中所说"外承欢之汋约兮，谌荏弱而难持"看来，他对顷襄王为了"承欢"暴秦所实行的和亲软弱政策是极为忧虑的。则屈原不远数千里由陵阳到汉北，决不完全是为了聊慰故都之思，而且当隐然有关心祖国安危、观察边疆动态的曲衷在内的。《史记·项羽本纪》："楚南公曰：楚虽三户，亡秦必楚。""三户"之说不一，但《左传》哀公四年"以畀楚师于三户"，杜注云："今丹水县北三户亭。"是三户亦在汉北丹淅。南公报秦之语，实从楚民族发祥地的角度而流露出的民族意识。这跟屈原的奔向汉北，在思想感情上或有其相通之处（据赵逵夫同志的考证，屈氏之先句亶王封地即在丹淅西南之近地汉水之滨。《左传》文公十六年之"句澨"，亦即庸国故地。《括地志》："房州竹山县，本汉上庸县，古之庸国。"《大清统一志》："上庸故城在今郧阳府竹山县东南。”据此，则屈子之去汉北，除省视故都丹阳，更缅怀屈氏始封之地，其情之切，可想而见。上庸与汉北相连）。

第三，《抽思》是到了汉北之后所写的。屈原到汉北之后，见景生情，使他不能不想起楚怀王西出武关而不返、竟至身死于秦的惨痛事实。这就促使他在《抽思》前半篇写下了怀王时对自己前信而后疏的回忆，这里也是用“昔”“初”等追叙语来抒写的。尤其是“初吾所陈之耿著兮，岂至今其庸亡”，更为悲痛之语。“庸亡”即“用亡”，当指怀王亡身于秦而言；则“所陈之耿著”，当指怀王入秦前屈原谏以“秦虎狼之国”不可受骗之语。意思是说：当初如采纳我所陈说的极其明白的道理，怎会遭到后来的亡身之祸呢？

第四，屈原由陵阳泝江西行之后，又转而泝汉北上的路线，跟《鄂君启节·舟节》泝汉北上的路线基本相同。《鄂君启节·舟节》原文云：

> 自鄂[illegible]（往），逾沽（湖），[illegible]（上）滩（汉），庚[illegible]（郧），庚芑昜（陽），逾滩（汉），庚[illegible]（黄）。

《舟节》为鄂君官商路线，故其出发地点在“鄂”。先通过鄂地附近的小湖，然后北向“上汉”，到达汉北各地。至于屈原当时则是从陵阳出发到达“鄂渚”以后，然后从“鄂渚”北上泝汉而行，到达汉北。《舟节》下文的郧、[illegible]等地，虽学术界的意见还不完全一致，但其地当皆属汉北一带。例如谭其骧同志释“[illegible]”为“黄”，即“黄棘”。当时“黄棘”乃楚国汉北重镇。至于“[illegible]”字，诸家皆释为“郧”，而黄盛璋同志认为其字从“[illegible]”不从“员”，“以声求之”，“此字是‘鄢’”。“‘员’在古韵元部，‘鄢’亦在元部，不仅同韵，声类亦同”。谭其骧同志竟放弃了自己释“郧”之说而从黄说（见《中华文史论丛》第五辑）。其实，谭氏释“郧”是对的。因为“员”与“[illegible]”，“以声求之”，并无差别。根据《说文》，“员”从“口”声，“[illegible]”亦从“口”声，其声符古音皆在脂部，只是“员”则由脂部转谆部，“[illegible]”则由脂部转寒部。故从“[illegible]”从“员”，不是问题的焦点，因而此字仍当释为“郧”（《舟节》沅、[illegible]、澧之“资”下部亦省从月，不从贝，则“员”之作“[illegible]”，当为楚书之常例）。但谭其骧同志置郧于今汉水下游的潜江境内，则不确切。其地当在今湖北西北部丹淅附近的郧县、郧阳一带，战国时系秦楚交界处。因为《舟节》泝汉而上的地名，都是接近楚国国境线的，故“[illegible]”既不应当是鄢，也不会属潜江流域。由此可见，屈原当时泝汉北上直达汉北等地的路线，跟《舟节》的官商大道也是一致的。

第五，附谈《抽思》篇末的“低徊夷犹，宿北姑兮”。其中的“北姑”，学术界多强求其所在而不可得。实则“北姑”当即“北岵”，“姑”“岵”互借耳，乃山无草木之通称，而非一地之专名。《诗·陟岵》：“陟彼岵兮，瞻望父兮。”毛传云：“山无草木曰岵。”《山海经》“岵”多作“姑”，如《北山经》：“姑灌之山，无草木。”又《东次二经》：“姑射之山无草木。”又曰：“北姑射之山，无草木，多石。”又曰：“南姑射之山，无草木。”这些“北姑”、“南姑”，乃由通称变为专名者。“岵”有时也写作“胡”。如《东次三经》云：“胡射之山，无草木，多沙石。”是“岵”“姑”“胡”，皆为山无草木之通称，故《抽思》篇末之“宿北姑”，亦不必强求其确为何地，知为屈原在汉北时曾跋涉经过的地方即可。据《南阳府志》：内乡县有“屈原冈”，或与此有关（《史记·楚世家》“取析十五城”句下，《正义》云：“括地志云：邓州内乡县城，本楚析邑。”是此“屈原冈”，即在丹淅地区附近）。古籍无屈原到汉北的记载，后人无从附会，盖口口相传之遗说欤？

其次，谈《思美人》：

这章的写作时地，说者不同。如林云铭、蒋骥、方晞原等，认为是怀王时屈原在汉北所作；王逸、王邦采以及游国恩同志等，认为是顷襄王时屈原被放江南的作品。今谓此章的写作，时间上是顷襄王时，而非怀王时。地点仍在汉北，而非在江南。

第一，从时间上讲：我们如果上承《抽思》来看，则可以发现屈原虽由陵阳走向汉北，仍系念郢都，从未忘怀。乃至对顷襄王也不是完全绝望。故《抽思》的后半篇所谓“望南山而流涕兮，临流水而太息”，“惟郢路之辽远兮，魂一夕而九逝”，“曾不知路之曲直兮，南指月与列星”；有时甚至“狂顾南行，聊以娱心”。从“望南”、“南指”、

"南行"来看，这跟初离郢都时"过夏首而西浮"的彷徨顾恋，正是同样的心情。前人多认为屈原只对怀王表示留恋，而对顷襄王则只有绝望，并无希望。其实不然。这是因为，在当时的历史条件下，屈原要救国，只有通过君王对他的信任，才能达到目的。屈原对顷襄王寄以希望，正是他炽烈的爱国思想的曲折反映。

因此，我们在《思美人》的前半（开头到"与曛黄以为期"），仍然可以看出屈原对于顷襄王的上述态度。如"独历年而离愍"，"宁隐闵而寿考"，"知前辙之不遂"，"勒骐骥而更驾"等语，完全表现了屈原虽长期来一再遇到政治上的挫败，而并没有放弃他再度起用、"更驾"而驰骋的壮志。因而像"媒绝路阻兮，言不可结而诒"这样的对待顷襄王的心情，即使他晚期作品直斥顷襄王为"壅君"时，也还有时流露出来。当然，在《思美人》里更重要的是表现出一切都是为了贯彻自己的政治理想，决不是"变节从俗"，"易初屈志"，而是"未改此度"，"何变易之可为"。

第二，从空间看：本篇前半之末，有"指嶓冢之西隈兮，与曛黄以为期"。当然，这不过是屈原上泝汉水继续西进的悬想之词。因为嶓冢山乃汉水发源之地，《禹贡》所谓"嶓冢导漾，东流为汉"是也。但嶓冢属秦之腹地，由眼前的汉水而想到遥远的嶓冢，也许不是偶然的。清戴震《屈原赋注》对《九歌》中"举长矢兮射天狼，操余弧兮反沦降"句注云："天狼，一星；弧，九星。皆在西宫，……《天官书》：秦之疆也，占于狼弧。此章有报秦之心，故与秦分野之星言之。"但不料"嶓冢"问题，亦竟与此暗合。

《文选·思玄赋》（张衡）：

弯威弧之拔剌兮，射嶓冢之封狼。

李善注云：

扬雄《河东赋》曰：玃天狼之威弧。

《汉书》曰：

狼下有四星曰弧。……《河图》曰：嶓冢，山名。此山之精，上为星，名封狼。

可见《九歌》的"天狼"指秦；《思美人》的"嶓冢"也指秦。而且嶓冢、天狼，两者古说是互相联系的。屈原明于星象之学，也曾斥秦为“虎狼之国”，则《思美人》所说“迁逡次而勿驱兮，聊假日以须时；指嶓冢之西隈兮，与曛黄以为期”，是否也表现了屈原有假以时日终必“报秦”之心，也未可知。固提供出来，作为学术界的参考。

第三，《思美人》的后半篇（从“开春发岁兮”以下），是写将由汉北沿汉而南下。这里首先提出了“吾将荡志而愉乐兮，遵江夏以娱忧”，叙写身居汉北，心向郢都之情。看来这次所谓“遵江夏以娱忧”的“遵江夏”，跟《哀郢》的“遵江夏以流亡”的“遵江夏”，心情各有不同。《哀郢》的“遵江夏以流亡”，是因为要沿江东行，“去故乡而就远”；而《思美人》的“遵江夏以娱忧”，则是要沿汉南下，瞭望郢都，“荡志而愉乐”。而且这也并不见得只是一种聊以慰情的“娱忧”之举，这从“吾且儃徊以娱忧兮，观南人之变态”中可以看出一些消息。即沿汉从北而来，故称郢之“党人”为“南人”。“变态”，乃指改变态度而言。即欲在接近郢都之际，借以觇视“党人”的政治态度是否有所改变。其结果当然是失望。而他自己呢，则是“广遂前画兮，未改此度也”，决不肯自媒以求容。这跟篇首所谓“媒绝路阻”的想法是完全不同了。知国事已无可为，故只有“茕茕南行”，踏上更遥远的征途——到辰阳、溆浦。

（四）《涉江》《悲回风》

《涉江》是由汉涉江，又转而西行，过洞庭口，泝沅而达溆浦所作。《悲回风》则系到达溆浦之后的作品。

首先谈《涉江》：

第一，这里要谈谈“哀南夷之莫吾知兮”的“南夷”指谁，过去不少学者认为，屈原不应称楚人为“南夷”，故指辰、溆之间少数民族而言。但从本篇行程看，这句话显然又是未济“江湘”以前的话，不得谓指“辰溆”蛮夷。故此解似有矛盾。事实上，这应当是屈原在郢都的外围地区徘徊了短时间之后，决定南走辰、溆之前的抒情之笔。意谓郢之党人既未“变态”，而辰、溆“南夷”又岂是知己。但为关心国防前线的爱国思想所驱使，只有“济乎江湘”，掠过郢都，向西南直赴辰、溆。

第二，“旦余济乎江湘”句。所谓“济江”，是指从汉北沿汉入江到达对岸的“鄂渚”（即今武昌）而言；所谓“济湘”，湘指江南的主流湘水经洞庭入江之处，济江而西行，故又“济湘”。篇题称为“涉江”，殆即指沿汉而下渡江而南的总称。如果像旧说，屈原是从陵阳直走辰、溆，则陵阳已在江之南，固然不必“涉江”；即从陵阳浮江泝流而西，则所谓“济”，所谓“涉”，亦皆不吻合。《鄂君启节·舟节》路线，即系由泸江流域泝江而上，经过洞庭而入湘水，故其铭文为：

𨑛（上）江，内（入）湘。

所谓“上江”，即泝江而上，跟屈赋的“涉江”不同；所谓“入湘”，即由江至于湘，也跟屈赋的“济湘”不同。这个区别是极其重要的。因为过去研究《九章》者，都认为屈原是东从陵阳直到沅水流域的辰、溆。果尔，则与《鄂君启节》一样，应当是“上江，入湘”，而不应当是“涉江”、“济湘”。这证明了屈原这时是从汉北而南下，决不是从陵阳而西上。因为他要掠郢都而过，以便观察政局，故“涉江”而南，又“济湘”而西。

第三，屈原的西南之行，是涉江而后，又渡过洞庭口，然后西掠郢都的对岸地带，才南入沅水。因为从“济湘”到“上沅”，郢都的南岸，是必经之地。入沅以后，即所谓“乘舲船余上沅兮，齐吴榜以击汰”；又由枉陼达辰阳，即所谓“朝发枉陼兮，夕宿辰阳”；最后到达溆浦，即所谓“入溆浦余儃佪兮，迷不知吾之所如”。这里已属楚之黔中郡地带，即与秦接壤之极西的国际线。

其次，谈《悲回风》：

第一，《悲回风》写于何地？从王逸《楚辞章句》列《悲回风》于《九章》之末，后世亦有其说者，认为是屈原的绝笔。但是，这里篇末虽有“骤谏君而不听兮，任重石之何益”，也不过是悬想，并不是事实。意思是说，由于谏君不听而怀石自沉，对国家又有何益呢？这显然是度量轻重利害之词，定为绝笔，并不妥当。况且以地望求之，似乎屈原这时仍徘徊于西境溆浦一带，并非湘水流域。例如：

冯昆仑以瞰雾兮，隐岷山以清江。

这是因为楚之黔中与蜀接壤，故有此想象。这里的“岷山”，即《禹贡》“岷山导江”之岷山，故与“清江”并举。因而这里的“昆仑”，也跟《离骚》等篇的神话境界不同，而是跟“岷山”一样，均系蜀中实地。如《文选·蜀都赋》（左思）云：

于后则却背华容，北指昆仑，缘以剑阁，阻以石门。

五臣注云：“华容，水名，在江由之北；昆仑，山名也。扬雄《蜀都赋》曰：北属昆仑。”是古人以昆仑为蜀地山名，故屈赋得与“岷山”、“清江”并举。此盖屈原身居楚之西南国境，故驰骋遐思以抒怀。可见《悲回风》之作，应仍在溆浦一带，而非湘水流域。这跟《思美人》身居汉北而想到“嶓冢”，有些相似（洪兴祖《考异》“瞰雾”一作“瀫雾露”，即澄清雾气；又王逸注“以清江”为“欲清澄邪恶”。则屈原身处国防前线，此语有无“报秦之心”，可供参考）。

第二，谈谈屈原流亡西南的原因：传统的说法，以为屈原当时是被放于“江南之野”，但从整个《九章》来看，其说并不可靠。盖顷襄王时屈原被放在外是事实，但并没有规定他必须住在哪里。因而，除了《哀郢》描写开始出发是迫于当时战局，不得不跟流民一起东下而外，其余的行踪，都是由他自己决定，有他自己的想法的。前文所谈远抵汉北的情况是如此，而这次西入溆浦，同样是如此。

据《史记·楚世家》：怀王三十年，怀王用子兰之言，北会秦王于武关，被拘于秦，“要以割巫、黔中之郡”。怀王不许，结果病发而死于秦。就在秦要怀王割“黔中”的第二年，即顷襄王的元年，屈原即被放。作为具有强烈爱国感情的屈原，对此后黔中的命运如何，决不会恝然忘怀。因此，他之由西北与秦接壤之汉北国境转到西南与秦接壤的溆浦国境，决非没有目的。因为这两个国境要塞，正在他被放的时刻都发生过严重的危机。因而他转到西南，不去别处而远极黔中边界，同样是为观察边疆动静的爱国心情之所驱使。

第三，从战国时期楚国与秦国的关系来看，所谓“纵则楚帝，横则秦王”，确实是如此。但自怀王时屈原被疏以后，纵势已破，楚国渐弱。尤其是怀王二十四年，秦昭王初立，与楚和亲；第二年楚又与秦盟于“黄棘”。自此以后，楚国国势，一蹶不振，处处被动，每战必败。不难看出，作为外交政策，“黄棘之会”，是楚国由强到弱的转折点。屈原到了西南国境，想起了外交失策的往事，故在《悲回风》里写道：

借光景以往来兮，施黄棘之枉策。

求介子之所存兮，见伯夷之放迹。

洪兴祖《补注》对“黄棘”之义，不同意王逸的曲解，而主张指怀王二十五年的“黄棘之会”，这是对的。介子之有功于晋文而被遗忘，伯夷由于不食周粟而被饿死，这些前人的往事，怎能不引起屈原想到在国家危亡之际的自处之道呢？

(五)《怀沙》《惜往日》

这两章，乃写于由沅水流域的溆浦东北走向湘水流域的汨罗时期。

第一，关于《九章》的篇次，郭沫若、游国恩同志都把这两章列在最后，认为是屈原的绝笔，我跟他们的意见是一致的。从具体时间来讲，《史记·楚世家》：楚顷襄王“二十一年，秦将白起遂拔我郢，烧先王墓夷陵”。“二十二年，秦复拔我巫、黔中郡”。屈原可能即在黔中失守时离开了溆浦所在的黔中郡，东北赴湘，自沉于汨罗（前342年—277，年六十五岁）。屈原的死，从当时的战局来讲，无疑是殉国；但从作品内容来看，无宁说是殉道。因为他的政治主张，正是国家兴亡的关键。《怀沙》既自誓以“前图”之未改，《惜往日》又反复强调“法度”之失败，其中苦衷，隐然可见。而且，屈原当时，未死于郢都陷落之日，而死于黔中不守之时；未死于黔中所属的溆浦之地，而死于湘水流域的汨罗。从这个过程来看，很可能郢都虽陷，屈原犹有兴国之志；黔中虽失，屈原犹存收复之心。故直至到达湘水流域，接近祖国腹地（汨罗江畔，乃古罗子国故地。一九八三年十一月中南五省考古队，在这里发现古罗城遗址和很多战国至西汉墓葬，出土很多楚兵器和楚文物；有几十座大墓，墓主身份是较高的。可证，长沙乃至罗城一带，乃战国时楚南的政治、文化、经济、军事的重镇，并非荒凉之地。则屈原的东北走长沙，并徘徊于汨罗，是有目的，并非信步流亡），耳闻目见，感到一切无望，才自沉于汨罗。如果仅仅是殉国，则在溆浦听到郢都陷落，即可一死，又何必东到汨罗耶？

第二，这里必须着重说明的是，《鄂君启节·舟节》的路线跟屈原这次所走的由沅水到湘水的路线异同问题。

《怀沙》开始所谓“汩徂南土”，乃叙其流亡西南的概括之词。而下文所谓“进路北次”，则指由溆浦一带折而东北，横跨资水向湘江进发。至于《怀沙》所谓“浩浩沅湘，分流汩兮”，《惜往日》所谓“临沅湘之玄渊兮，遂自忍而沉流”，皆沅、湘并举，则系概括叙述之语，泛指所经过的沅、湘流域的广大地区。故从其路线来讲，是上承“涉江”“济湘”“上沅”之后，住了一段时间，由于黔中失落，才又离开沅水流域，东北渡资水，入湘水，直达汨罗。亦即由沅、入资、入湘、入汨罗。而《鄂君启节·舟节》的路线则为：

[illegible]（上）江，内（入）湘，……内（入）[illegible]（资）、沅、澧、[illegible]（澮）。[illegible]（上）江，……庚郢。

这段舟节铭文中，还有不少地名至今未得到解决，如“[illegible]”字等。但是“湘”“资”“沅”“澧”四水，学术界是无异议的。这里先要谈的是“内（入）”字问题。从中国古代记载水道的《禹贡》来看，凡渡过此水陆行至彼水，亦可曰“入”。如《禹贡》云：“逾于沔，入于渭。”传云：“越沔而北入渭。”疏云：“计沔在渭南五百余里，故越沔陆行而北入渭。”可以证明《舟节》所谓“入湘”“入资、沅、澧”，皆指横渡而过，并非水路通转。而屈原当时由沅入资入湘，也指横跨三江流域而言。因此不难看出，屈原所走的路线跟当时官商所走的路线，基本上是相同的。只是屈原乃是由西南而东北，《舟节》则是由东北而西南。其所以方向不同，是因为《舟节》乃根据经济流通的需要，而屈原则是根据政治形势的变化。

据《九章》内容来看，屈原当时由汉北到达鄂渚之后，如欲西南觇视国境前线沅水溆浦一带情状，这从楚国的交通惯例来看，本来可以遵循当时官商大道，泝江而上，由洞庭“入湘”、“入资、沅”而到达溆浦。但屈原却是逆江行于南岸，过了洞庭口才泝沅而上。这正如上文所说：他可能欲借机接近郢都，以慰其“魂一夕而九逝”的故国深情，也同时欲达到“观南人之变态”的政治目的。正由于屈原是首先绕道到了沅水，因而他由沅水流域的溆浦出发东北走向湘水流域，虽然也是走的当时官商大道，而方向却是相反的。即《舟节》是由湘入资入沅直向西南，而屈原则是由沅入资入湘直向东北。屈原此行，除了迫于黔中战局以外，《怀沙》所谓“限之以大故”（大故即寇兵之至。《周礼·膳夫》注，《周礼·大祝》注皆谓“大故，寇戎之事”），这也正如上文所说，或跟屈原怀有救国苦衷而欲借此一瞻国内政治动态是分不开的。但结果只是失望，终于自沉汨罗。

（六）结语

《九章》的篇次，是屈赋研究中的一大疑案。与此相联系的问题，如：（1）屈原流亡的具体路线是怎样的？（2）屈原东到陵阳以后，为何不在这安全地带住下，反而西走祖国前线？（3）屈原到汉北，是怀王时期还是顷襄王时期？等等。也就是说，从《九章》看屈原的流亡路线，这不仅仅是时地的考证问题，而且对进一步理解屈原作为伟大爱国主义诗人的内心世界、精神面貌，也是很重要的。

游国恩同志在《楚辞论文集·屈原作品介绍》中曾说：关于《九章》的写作时地，“到今天已经完全解决了”。但学术研究是不断发展的。尤其由于出土文物的新发现，更不能不使我们对过去的结论进行重新考虑。故略抒所见，以就正于学术界。而且本文对某些问题只是作为参考意见提出的，希望屈赋研究者能作进一步的探讨。

写于一九八〇年十一月

五、《楚辞》成书之探索

《楚辞》是中国文学史的“总集之祖”，它对研究屈赋及屈赋在中国文学史上的深远影响，具有极其重要的意义。

根据传统的说法，都认为《楚辞》是西汉刘向编纂的。这个说法，是《楚辞章句》的著者东汉王逸首先提出的。他在《楚辞章句》的叙中说：“逮至刘向，典校经书，分为十六卷。”自此以后，历代著录及《楚辞》传本，皆题为刘向所辑。清《四库全书提要》曾有下列一段总结性的叙述：

> 裒屈宋诸赋，定名《楚辞》，自刘向始也。初向裒集屈原《离骚》、《九歌》、《天问》、《九章》、《远游》、《卜居》、《渔父》，宋玉《九辩》、《招魂》，景差《大招》，而以贾谊《惜誓》，淮南小山《招隐士》，东方朔《七谏》，严忌《哀时命》，王褒《九怀》，及向所作《九叹》，共为《楚辞》十六篇，是为总集之祖。

不难看出，《楚辞》编纂于刘向，已成为学术界的定论，历代迄无异议。例如游国恩同志在《楚辞讲录》的《楚辞的编辑过程》中曾肯定地说：“做这种楚辞的编辑工作的，头一个就是纪元前一世纪末的刘向。”（见中华书局《文史》第一辑）但是，如果追本溯源，加以研讨，则这个结论是存在很多问题的。只因几千年来囿于传统，习非为是，遂使历史真相，无由大白。本文即拟对此作一初步探索。

（一）古本《楚辞》的篇次

要探索这个问题，首先不能不对《楚辞》篇目编排的原始顺序作一番研究。因为宋代以来的篇次，是经过后人改编过的，不足为凭。只有原始篇次，才能反映出历史真实。《楚辞》的原始篇次见于古代著录的主要有下列几项：宋，晁公武《郡斋读书志》卷十七云：

《楚辞释文》一卷。未详撰人。其篇次不与世行本同。盖以《离骚经》、《九辩》、《九歌》、《天问》、《九章》、《远游》、《卜居》、《渔父》，《招隐士》、《招魂》、《九怀》、《七谏》、《九叹》、《哀时命》、《惜誓》、《大招》、《九思》为次。按今本《九章》第四，《九辩》第八，而王逸《九章》注云："皆解于《九辩》中"，知《释文》篇第，盖旧本也，后人始以作者先后次第之耳。或曰：天圣中陈说之所为也。

宋，陈振孙《直斋书录解题》卷十五云：

《楚辞释文》一卷。古本，无名氏。洪氏得之吴郡林虙德祖。其篇次不与今本同。……首《骚经》，次《九辩》，而后《九歌》、《天问》、《九章》、《远游》、《卜居》、《渔父》，《招隐士》、《招魂》、《九怀》、《七谏》、《九叹》、《哀时命》、《惜誓》、《大招》、《九思》。洪氏按王逸《九章》注云："皆解于《九辩》中"，则《释文》篇第盖旧本也，后人始以作者先后次序之耳。朱侍讲按，天圣十年陈说之序，以为旧本篇第混并，乃考其人之先后，重定其篇第。然则今本说之所定也。

除了上述二书外，宋洪兴祖《楚辞补注》目录也附注《楚辞释文》的篇次，与晁、陈二氏所著录者相同。兹将《楚辞释文》的篇次跟宋代以来经过更定的《楚辞章句》篇次对比如下：

《楚辞释文》篇次		今本《楚辞章句》篇次	
离骚	第一	离骚	第一
九辩	第二	九歌	第二
九歌	第三	天问	第三
天问	第四	九章	第四
九章	第五	远游	第五
远游	第六	卜居	第六
卜居	第七	渔父	第七
渔父	第八	九辩	第八
招隐士	第九	招魂	第九

招魂	第十	大招	第十
九怀	第十一	惜誓	第十一
七谏	第十二	招隐士	第十二
九叹	第十三	七谏	第十三
哀时命	第十四	哀时命	第十四
惜誓	第十五	九怀	第十五
大招	第十六	九叹	第十六
九思	第十七	九思	第十七

从以上的资料，可以看出四个问题：

第一，《楚辞释文》的篇次，跟宋代以来通行的王逸《楚辞章句》的篇次是极不相同的。宋代以来《楚辞章句》的篇次，是依作者的年代先后排列的；而《楚辞释文》的篇次，则比较混乱。

第二，但《楚辞释文》的篇次，却跟王逸《楚辞章句》的原始篇次相合。因为这个篇次是《九辩》在前，《九章》在后，所以王逸的《九章》注云："皆解于《九辩》中。"洪氏的这一重要发现，也见于他的《楚辞补注》目录后。凡见于前者即略于后，乃王逸《楚辞章句》的惯例。如《七谏》注云："已解于《九章》篇中"；又《哀时命》注云："已解于《七谏》也"。通贯全书，例不胜举。因此，王逸《楚辞章句》的原始篇次，乃《九辩》在前，是不容置疑的事实。近刘永济同志的《屈赋通笺》又有一个新的发现。他认为王逸的《楚辞章句》，于《九歌》、《九章》的叙文中都不释"九"字之义，而在《九辩》的叙文中则曰："九者，阳之数，道之纲纪也。故天有九星，以正机衡；地有九州，以成万邦；人有九窍，以通精明。"这更证明了王逸《楚辞章句》的原始篇次，《九辩》不仅在《九章》之前，而且在《九歌》之前，跟《楚辞释文》的篇次相同。据此可知，《楚辞释文》的篇次虽较混乱，而却是王逸《楚辞章句》的原始面貌。

第三，《楚辞释文》究竟成书于何时，晁、陈二氏已不得其详。但近人余嘉锡的《楚辞释文考》则根据《宋史·艺文志》及《通志·艺文略》确定其为南唐王勉所撰。并谓其书"当南宋之初，已在若存若亡之间。"这个考证是极精确的。据此可以推知王逸《楚辞章句》

的原本，南唐时期还通行于世，故王勉得据之而作《释文》。

第四，宋代以来通行的以时代先后为篇次的《楚辞章句》，据晁、陈二氏的说法，是始于宋代天圣中的陈说之。这项记载，也见于朱熹的《楚辞辨证》，应当是一项可靠的资料。但这是否说明改定篇次只有陈说之一人，或者只始于宋代初年，而这以前的本子都跟《楚辞释文》一样呢？恐怕也不尽然。据《宋文鑑》卷九十二载黄伯思《校定楚辞》自叙云：曾得"先唐旧本"，校定异同。但他并没有说所得的唐本篇次与宋时通行本有何不同。又洪兴祖著《楚辞考异》时，所据东坡手校本以下旧本十数种，其中亦有唐本。今洪氏《补注》于《天问》"中央共牧，后何怒"句下注云："牧，唐本作牧，注同。一作枚。"可证洪兴祖是见过唐本的。但洪氏在《补注》目录之下，则只注《楚辞释文》的篇次与宋时通行本不同，并没有提到唐本的篇次也跟通行本不同。以此推之，可能黄、洪二氏所见的唐本，或跟当时通行本的篇次没有什么两样。则是以时代顺序为篇次的本子，唐时或者已经有了，只是跟古本并行，不是唯一的本子，故《楚辞释文》的作者得以古本为据。特经过宋初陈说之重加整理之后，新本遂畅行于世，而古本也因之而绝迹。

根据以上的分析，可以这样判断：从汉代直到唐代，原本《楚辞章句》的篇次，跟《楚辞释文》是相同的；而唐到宋初则新旧两本并行；宋以来则新本通行古本完全失传。因此，魏晋南北朝时代的《楚辞章句》篇次，也应该跟《楚辞释文》的篇次相同。如梁刘勰的《文心雕龙·辨骚》中有这样一段话：

> 故《骚经》、《九章》，朗丽以哀志；《九歌》、《九辩》，绮靡以伤情；《远游》、《天问》，瓌诡而惠巧；《招魂》、《招隐》（传本或作《大招》），耀艳而深华；《卜居》标放言之致；《渔父》寄独往之才。故能气往轹古，辞来切今，惊采绝艳，难与并能矣。自《九怀》以下，遽蹑其迹，而屈、宋逸步，莫之能追。

从刘氏的这段评述中，可以看出两个问题：

第一，刘氏所列举的由《骚经》到《渔父》的篇次，既不同于《楚辞释文》，也不同于今本《楚辞章句》。但这并不足以证明他所根据的是第三种本子，而说明了他是根据屈、宋作品的艺术风格来归类排列的，不是依篇次来排列的。但从这个排列中也可以看出，当时流传的本子，这十篇的次第跟《楚辞释文》同样是集中在一起的；而且《招隐士》与《招魂》并列，不与《大招》并列，致使刘氏或传抄者连类而及，以《招魂》与汉人作品《招隐》并举，造成了错误。如依今本篇次，则《招隐士》厕于汉人的《惜誓》与《七谏》之间，而《大招》即次于《招魂》之下，必不致有此错误。以前的校者多认为《辨骚》中的“招隐当作大招”（范文澜同志《文心雕龙注》：“冯云：招隐，楚辞本作大招，下云：屈宋莫追，疑大招为是；孙云：唐写本招隐作大招；铃木云：洪本亦作大招”），但这只是据今本的《楚辞》篇次或古本《文心雕龙》来纠正刘文的错误，而未能据古本的篇次指出刘文致误之由。

第二，刘氏在历述屈、宋作品的艺术风格以后，接着写道：“自《九怀》以下，遽蹑其迹，而屈、宋逸步，莫之能追”，这就非常清楚地看到了刘氏所据的本子，对汉人的作品不像今本那样以贾谊的《惜誓》起首，依年代顺序排下来，而是跟《楚辞释文》的篇次一样，以王褒的《九怀》起首。所以才用“自《九怀》以下”一句概括汉人的作品。如果依今本篇次，则《九怀》以下，只有《九叹》、《九思》，而《九怀》以前的汉人作品还有贾谊的《惜誓》、东方朔的《七谏》、严忌的《哀时命》等，难道这些作品不是“遽蹑”屈、宋之“迹”的吗？难道这些人独能“追”“屈、宋逸步”吗？这显然不是刘氏立论的本旨。只有根据《楚辞释文》的篇次，才能正确理解刘文的意义。由此可以证明，梁代刘勰所据《楚辞章句》的篇次，也跟《楚辞释文》的篇次相同。

从上述的情况看，《楚辞释文》的篇次，的确反映了由汉代到宋代《楚辞章句》篇次结构的原始面貌。

但是，从另一方面看，《楚辞释文》的篇次虽古，却极凌乱，这是不可否认的。例如据王逸今本《楚辞章句》，从《离骚》到《渔父》皆标为屈原作品，而《释文》却在中间窜入宋玉的《九辩》一篇；《九辩》与《招魂》同标为宋玉的作品，却又分列在第二第十两卷；

《大招》既标为屈原或景差所作，反而列在汉人作品的最后；从第十一到第十五，同是汉人作品，而作者时代，先后错乱，不可究诘；尤其是相传为《楚辞》编纂者刘向的《九叹》，竟杂在东方朔的《七谏》和严忌的《哀时命》之间，而不是放在全书的最后，更与古书的通例不合。正由于它存在着以上的种种矛盾，就无怪乎当陈说之依时代先后更定篇次以后，很快就为世人所接受，有宋以来所遗留下的旧刊《楚辞章句》皆改从陈氏的篇次；也由于它存在着上述的种种矛盾，所以曾引起后来很多人对它的怀疑和否定。如《四库全书提要》说："必为《释文》为旧本，亦未可信"；孙志祖《读书脞录》卷七，又认为"《释文》旧本自误"；游国恩同志甚至在《楚辞论文集》中说："所谓《释文》的次第，乱七八糟，绝无道理"，并说它是"颠倒凌乱的烂本子"。当然，从篇次的时代顺序上看，这些说法也不是完全没有理由的。

但是，如果这种凌乱的篇次，只出现于《楚辞释文》一书，这还可以说它是个别本子的错误现象，可是这个篇次从汉代直到宋初，一直通行于世，这就很难以个别本子的错误来解释了；而如果说它的确是刘向纂辑的原始篇次，则典校群书的刘向，为什么在体例上会存在这样多的常识性的问题呢？这就不能不引起人们的深思。现在根据初步的探索，其根本原因是：《楚辞》一书的纂成，既非出于一人之手，也不出于一个时代；它是不同时代和不同的人们逐渐纂辑增补而成的，故造成上述的凌乱现象。至于它是哪些时代的哪些人所纂辑的，将在下面提出个人不成熟的看法。

（二）由古本篇次看《楚辞》的纂辑过程

今考，古本《楚辞章句》的篇次，如果作为一个首尾完备的整体来看，它似乎是非常凌乱的。但是如果把它分为五组来看，则每组基本上是自成篇次，各以时代为序的，只有个别问题需要说明。至于每篇的作者，虽为王逸所标定，但在一定程度上也反映了先秦两汉的传统看法。现在分为五组，附以作者，列表如下：

离骚	第一	屈原
九辩	第二	宋玉
——以上第一组		
九歌	第三	屈原
天问	第四	屈原
九章	第五	屈原
远游	第六	屈原
卜居	第七	屈原
渔父	第八	屈原
招隐士	第九	淮南小山
——以上第二组		
招魂	第十	宋玉
九怀	第十一	王褒
七谏	第十二	东方朔
九叹	第十三	刘向
——以上第三组		
哀时命	第十四	严忌
惜誓	第十五	贾谊
大招	第十六	屈原或景差
——以上第四组		
九思	第十七	王逸
——以上第五组		

按先秦诸子百家之流传于今者，多为其门弟子纂辑遗篇或其同一学派的后学补续旧说而成书；而且纂辑者或补续者往往又把自己的作品也附在后面。这几乎是古书的通例。《楚辞》一书的形成，也正是如此。世传王逸《楚辞章句》十七卷本，乃先秦到东汉这一较长的历史时期中累积而成的，并不是刘向一人所纂辑的（当然刘向也是其中的一个）。前表所列的五个组成部分，正标志着《楚辞》逐步成书的五个不同的时期和不同的纂辑者。

首先谈第一组作品：

第一组的纂成时间，当在先秦；其纂辑者或即为宋玉。此为屈、宋合集之始。

关于《离骚》第一《九辩》第二的篇次，自宋代王应麟的《汉书艺文志考证》以来，曾引起了学术界极大的纠纷。这其中分成两大派：第一派认为《楚辞释文》的篇次列《九辩》于《离骚》之下，是正确的；但却以此证明《九辩》是屈原的作品，王逸标为宋玉的作品，是错误的。提出这一意见的有明代的焦竑，他在《笔乘》第三、四卷中曾详言之；清代吴汝纶的《古文辞类纂校勘记》也同意焦氏的说法；后来梁启超的《楚辞解题及其读法》也有同样的意见；而近来刘永济同志在他的《屈赋通笺》里，则主张以此为定论，不容“纷纷致疑”。第二派则认为王逸标定《九辩》的作者为宋玉，是正确的；但却以此证明《九辩》当跟宋玉的作品列在一起，《楚辞释文》的篇次列《离骚》之下，是错误的。提出这一意见的有清代孙志祖的《读书脞录》；张云璈的《选学胶言》也有同样的看法；近来姜亮夫同志的《屈原赋校注》也同意此说；而游国恩同志在他的《楚辞论文集》中则认为当以此说为定论，《楚辞释文》的篇次是“颠倒凌乱”。今天看来，这两派的争论是各不相下的。

今按，引起这场争论的主要原因之一，是由于《楚辞释文》既列《九辩》于《离骚》之下，又定《九辩》为宋玉的作品。好像这是一个无法统一的矛盾。但是，实际上这二者并无矛盾。因为从《楚辞》编纂过程的初期阶段来讲，《离骚》与《九辩》两篇当时是辑在一起而独立成书的。篇次既不是“颠倒凌乱”，作者也不是“张冠李戴”。因此，关于篇次问题，当从刘永济同志的结论，肯定《九辩》第二的篇次，确为古本，而不能同意游国恩同志的看法；而关于作者问题，则当从游国恩同志的结论，肯定《九辩》为宋玉的作品，而不能同意刘永济同志的意见。因此，现在的结论是：《楚辞》古本，《九辩》的篇次确居第二，《九辩》作者确为宋玉。在这方面，刘、游两同志的意见，皆各有其正确的一面，而且阐述极为详尽，原著俱在，兹不复述。这里只谈谈造成《楚辞》古本篇次与作者之间的矛盾的历史原因：

前面已经说过，第一组作品，乃先秦时代《楚辞》的雏形，本是屈、宋合集，独立成书，后来逐渐增补，它才成了世传《楚辞》的第一组。其纂辑者，或即为宋玉本人。关于宋玉的事迹，古籍语焉不详，只零星散见于《史记·屈原列传》、《韩诗外传》、《新序·杂事》、《楚辞章句》、《襄阳耆旧记》、《渚宫旧事》、《水经注》等书。其较早的记载是《史记·屈原列传》。它说："屈原既死之后，楚有宋玉、唐勒、景差之徒者，皆好辞而以赋见称。然皆祖屈原之从容辞令，终莫敢直谏。"其较有系统的记载有《襄阳耆旧记》，在屈、宋关系问题上，它说：宋玉"始事屈原，原既放逐，求事楚友景差。""玉识音而善属文，襄王好乐爱赋，既美其才，而憎之似屈原也。"习书虽晚出，乃综合前人之记载而成。其称宋玉为屈原弟子，汉王逸已有此说。从以上事迹中，可以看出宋玉跟屈原有极密切的关系；他的身世也有些似屈原；他的创作也是继承了屈原的传统。以后学的身份而纂辑其前辈的著述并附以己作，乃先秦学术界惯例。因此，宋玉把屈原的代表作《离骚》提出来，并把自己学习屈赋的代表作《九辩》附在后面，成为一个集子，以资流传，这在当时的历史条件下，可能性是很大的。其只选取屈原的《离骚》而不选取屈原的其他作品，并不是偶然。盖《离骚》当时流行最广，影响最大，它是最足以代表屈原的精神面貌和艺术成就的诗篇。所以单独研究《离骚》，直到汉代犹存此风。如王逸《离骚》叙云："至于孝武帝恢廓道训，使淮南王安作《离骚经》章句，则大义粲然。""孝章即位，深弘道艺。而班固、贾逵，复以所见，改易前疑，各作《离骚经》章句，其余十五卷阙而不说。"（直到近代，仍然有此情况）可以看出，即在屈赋全部结集以后，而学者仍以《离骚》为单独研究的对象，则在先秦时代宋玉只选录了屈原的代表作《离骚》和自己的代表作《九辩》结为一集，并不是没有原因的。

关于《九辩》的作者问题，这里还须附加说明。《九辩》本来为宋玉所作，汉王逸《楚辞章句》、晋潘岳《秋兴赋》而下，皆无异说。后世之所以有人认为它是屈原所作，除了因为《九辩》篇次跟《离骚》联在一起，其另外的证据，是曹子建曾把《九辩》作为屈原的作品加以引用。如清代吴汝纶在他的《古文辞类纂校勘记》中说："曹子建《陈审举表》引屈平曰：'国有骥而不知乘兮，焉皇皇而更索'，……则子建固以《九辩》为屈子作，不用王氏闵师之说。"近来刘永济同志，也同意吴氏的说法，定《九辩》为屈原的作品（见《屈赋通笺》）。今按吴氏的证据是靠不住的。因为古人引书往往只凭记忆，其中偶有误引，是常见的事。曹子建之误引宋玉语为屈平语，即其一例。而曹氏所以致误之故，主要是由于古本《楚辞章句》的篇次，《九辩》一篇杂厕于屈原许多作品之间，以致造成记忆上的模糊，不能据此遽易旧说。古人引书，由于记忆不确而误引者极多。这里只举跟曹氏的错误情况有些相似的来谈谈。如《论语》是孔丘门人后学纂辑孔丘的话而成书的，但其间也夹杂着记了一些门人弟子自己的话。因此，后人在引用时，也多把把门人弟子的话误记为孔丘的话。如《后汉书·蔡邕传》云："上封事曰：小能小善，虽有可观，孔子以为致远则泥。"按"致远恐泥"是子夏的话，而误引为孔丘的话。又应劭《风俗通义·过誉》引"孔子曰：'可寄百里之命，托六尺之孤'"，这是曾参的话，也误引为孔丘的话。这是不是他们当时所据的古本《论语》就是如此呢？不是的。例如王充《论衡》的《命禄》、《辩祟》，两引"孔子曰：'死生有命，富贵在天。'"把子夏的话，误为孔丘的话。但是，他在《命义》篇，却又把它作为子夏的话来引用。可见这完全是由于一时记忆不确而造成的错误，决不应根据这些引文而变易旧说。曹子建把宋玉的话误忆为屈平的话，其性质正与此相同，不能据此孤证，断《九辩》为屈原的作品。

次谈第二组作品：

第二组作品的增辑时间，当在西汉武帝时；其增辑者为淮南王宾客淮南小山辈，或即为淮南王刘安本人。

这一组由《九歌》第三到《渔父》第八的六篇作品，是继第一组之后西汉人所能搜集到的而且断定其为屈原作品的全部。其卷末则附以增辑者本人的作品《招隐士》一篇。这一组共七篇作品，是第一组的续编。它跟第一组合在一起，是淮南王以后到刘向以前的《楚辞》通行本。

据《汉书·淮南王传》云："淮南王安，为人好书鼓琴，不喜弋猎狗马驰骋。亦欲以行阴德，拊循百姓，流名誉。招致宾客方术之士数千人，作为内书二十一篇，外书甚众，又有中篇八卷。"汉高诱《淮南子》叙目亦谓："天下方术之士多往归焉。于是遂与苏飞、李尚、左吴、田由、雷被、毛被、伍被、晋昌等八人及诸儒大山小山之徒，共讲论道德，总统仁义，而著此书。"可以看到淮南王当时招致宾客著书立说之盛况。淮南王都寿春，其地曾为楚之故都。由于屈原的高风亮节深入人心，其佚事佚作之流传于人间者必甚广泛。因此，淮南王及其宾客曾把屈原的作品作为研究学习的对象。淮南王喜屈赋，曾著有《离骚传》（见《汉书》本传）。其宾客所著的《淮南子》，也都受到屈原作品的影响。如《俶真训》云："今矰缴机而在上，网罟张而在下，虽欲翱翔，其势焉得"；《氾论训》云："而以知榘彟之所周也"（今《离骚》周作同，与调字不韵，误）；又云："是犹持方枘而周员凿也"；又云："尧有不慈之名"；《说林训》云："猛兽不群，鸷鸟不双。"可见淮南王及其宾客对屈赋是有深刻研究的。他们不仅是屈赋的研究者，而且是屈赋的拟作者。王逸《楚辞章句》的《招隐士》叙云："招隐士者，淮南小山之所作也。昔淮南王安，博雅好古，招怀天下俊伟之士，自八公之徒，咸慕其德而归其仁。各竭才智，著作篇章，分造辞赋，以类相从，故或称小山，故或称大山。……"其流传下来的作品，《汉书·艺文志》著录有《淮南王赋》八十二篇，《淮南王群臣赋》四十四篇。但是，他们在研究学习的同时，对屈赋必然有一番搜集整理的过程。上述由《九歌》到《渔父》这一组作品，正是淮南宾客当时所搜集到的流传于寿春乃至广大楚国旧域里的屈原作品的一个结集。所以这一组作品的纂辑，乃历次增补过程中收获最大的一次。凡当时所认为是屈原的作品，几乎被全部收入。在这以前《汉书·朱买臣传》所称《楚辞》当已系书名，则汉武帝时学者所习讲之《楚辞》，当为刘安以前逐渐收辑之本。如史迁《屈传》所谓："余读《离骚》、《天问》、《招魂》、《哀郢》，悲其志"，又录《怀沙》、《渔父》等，可见其时屈赋传世者已不少。但《哀郢》、《怀沙》分举，其时当尚未备九篇之数，故无《九章》之名。

也可能有人怀疑，《招魂》一篇，当时史迁曾在《史记》中与《离骚》、《天问》、《哀郢》并提，为什么在这次的补辑中没有收入。这首先应当知道当时补辑的体例；其次应当知道，汉代对屈赋的作者，看法还不一致。这次补辑的体例，跟第一组相同，即主要是结集屈原的作品，而纂辑者本人的作品也附在卷末。至于《招魂》一篇，史迁虽与屈原作品同列，但王逸的《楚辞章句》却认为是宋玉的作品。可以看出，对《招魂》的作者问题，当时是有分歧的。淮南王的宾客，并不是没有见到《招魂》。《招隐士》先述山林艰险，最后说："王孙兮归来，山中兮不可以久留"，就是拟《招魂》。但是，因为他们的看法与王逸一致，认为是宋玉的作品，所以在补辑屈原作品时，就没有把它窜入。这个情况，跟《卜居》、《渔父》二篇有些相似。史迁在《史记》中虽然采用了《渔父》的原文，但只作为资料用，并没有跟《怀沙》一样说成是屈原的作品；而王逸在《楚辞章句》里却认为《渔父》、《卜居》都是屈原作品。至于淮南王宾客，也同样跟王逸的看法一致，把它作为屈原作品而收入本组。因此，第二组的作品，除了卷末附入纂辑者的作品《招隐士》一篇外，其余全是作为屈原的作品而收入的。

关于本组附录的《招隐士》一篇的作者问题：这篇作品，王逸的《楚辞章句》定为淮南小山所作，而昭明《文选》却题为刘安所作。为什么题为刘安所作？这有两种可能性：第一，是援《淮南子》之例，把淮南宾客的集体著作，归之刘安个人，故淮南小山等作品，也改题为刘安。第二，是根据另外一种资料，《招隐士》确系刘安所作，而不是小山之作，故改题刘安。这两者当中，第二种可能性似乎比较大。因为根据《招隐士》的内容来看，乃招致贤人俊士之遁居山林者。这个内容，跟刘安当时招致宾客的事迹是相吻合的，跟刘安当时礼贤下士的心境也是相吻合的。王逸说它是"闵伤屈原"的作品，显然是有些牵强的。自抒胸臆之作而附在屈赋之末，这跟《九辩》乃宋玉自悼之作而附在《离骚》之后，是同样的体例。因为这些作品，都是继承屈赋传统的骚体，是属于一个文学流派。如果《招隐士》是刘安所作的说法可以成立，则《楚辞》第二次的增辑者，不是小山之流而是刘安本人了。

关于《汉书·艺文志》的“屈原赋二十五篇”，究竟包括哪些作品的问题，后世争论很多。从上述的情况看，这一组作品跟第一组作品相结合，就是刘安以后刘向以前《楚辞》的通行本。因为《汉书·艺文志》承刘向父子之旧而著录的《屈原赋》二十五篇，可能就是这两组里除《九辩》、《招隐士》外所包括屈原作品的全部。在这个问题上，我们还可以从刘安的《离骚传》窥见其梗概。窜入今本《屈原列传》中的《离骚传》有这样一段话：“其文约，其辞微，其志洁，其行廉，其称文小而其旨极大，举类迩而见义远。其志洁，故其称物芳；其行廉，故死而不容自疏。濯淖汙泥之中，蝉蜕于浊秽，以浮游尘埃之外，不获世之滋垢，皭然泥而不滓者也。推此志也，虽与日月争光可也。”这段话虽然是谈的《离骚》，但同时也是概括了屈原其他作品在内而作了综合性的分析。当然，“死而不容自疏”以上主要是概括《离骚》。但从“濯淖汙泥之中”以下，则进一步概括了《远游》、《渔父》等作品的中心思想在内。尤其是“推此志也，虽与日月争光可也”一句，更应当注意。因为《九歌》里的《云中君》有“与日月兮齐光”之句（《考异》：“齐一作争”）；《九章》里的《涉江》也有“与天地兮比寿，与日月兮同光”之句（《考异》：“同光”一作“齐光”）。从《离骚传》所说的“虽与日月争光可也”这句话来看，显然是把“与日月争光”作为屈原自己的现成论点而提出的，而“可也”则是刘安对上述论点的肯定。又《离骚传》云：“夫天者，人之始也；父母者，人之本也。人穷则反本，故劳苦倦极，未尝不呼天也，……”此言似与《天问》有关。据此则刘安不仅读过屈原的《离骚》、《远游》、《渔父》等篇，而且也读过屈原的《九歌》或《九章》、《天问》等。可见，刘安这次对屈原作品的纂辑，是相当全面的。关于这个问题，还可以从太炎先生的一段考据得到证明。太炎先生《訄书·官统中》曾说：“屈原称其君曰灵修，此非诡辞也。古铜器以灵终为令终，而《楚辞》传自淮南，以父讳，更长曰修，其本令长也。”以“令长”释“灵修”，是一大发明，而这一结论的根据之一，是“《楚辞》传自淮南”，故讳“长”曰“修”。先生自注又云：“《楚辞》

传本非一，然淮南王安为《离骚传》，则知定本出于淮南。”这就不仅为“灵修”一词提出了崭新的定义，同时也为《楚辞》纂辑于刘安增加了有力的证据。

最后是《楚辞》名称始于何时的问题。清戴震《屈原赋注》序云：“屈赋汉初传其书，不名楚辞”；而游国恩同志《楚辞论文集》则云：“屈原的作品，本是名为楚辞，并未自命为赋。”二说恰恰相反。但是，以理揣之，如果一个集子只包括一个人的作品，则应标以作者个人的名字。如《汉书·艺文志》称《屈原赋》二十五篇，《宋玉赋》十六篇是也。如果某种特殊文学样式起源于一个地域并形成了流派，则应冠以地名为合理。如《汉书·地理志》于列举屈原、宋玉、唐勒、枚乘、严夫子诸作家之后说“故世传楚辞”，是也。根据前段的考证，则西汉武帝时，刘安已将屈原的作品跟宋玉的《九辩》及自己的《招隐士》辑在一起，加以传播，则《楚辞》一名，这时当已通行；尤其是通行于淮南封域及其附近地区。证之史实，也确是如此。如《史记·酷吏列传》说：“朱买臣，会稽人也，读《春秋》。庄助使人言买臣，买臣以《楚辞》与助俱幸。”《汉书·朱买臣传》则说：“会邑子严助贵幸，荐买臣。召见。说《春秋》，言《楚辞》，帝甚说之。”又《汉书·王褒传》说：“宣帝时，修武帝故事，讲论六艺群书，博尽奇异之好。徵能为《楚辞》。九江被公召见诵读。”（九江即淮南地，则当时刘安传播《楚辞》的影响之深，可以想见）有人认为这些地方所提到的“楚辞”都是指的文体，而不是指的书名。但是，这里把《楚辞》跟《春秋》并举，并且把它包括在“六艺群书”之内，则显系指的书名，而不是指的文体。至于所谓“言”和“诵读”，也决不是指对某种文体的创作，而是指的对《楚辞》的讲解与传诵。据此可以证明《楚辞》的传播，在西汉武帝时已极盛；《楚辞》的名称，在西汉的前期已经确定。《四库全书提要》所谓“裒屈、宋诸赋，定名《楚辞》自刘向始也”，是错误的结论。但是，这个错误的结论，至今仍为学术界所袭用。有人且谓《汉书·朱买臣传》与《王褒传》中所称《楚辞》，乃“因为《汉书》是班固所著，班固是刘向以后的人，不过借用了刘向所创造的《楚辞》这个名称罢了”。而不知《汉书·朱买臣传》之称《楚辞》，乃上承《史记·酷吏列传》而来，并非因袭刘向。由此观之，《楚辞》之名不仅不是起于元、成之际，而且远在汉武帝时期刘安纂辑屈赋之时已经盛行。而这时《楚辞》的内容，就是包括上表所列的第一、二组的全部作品。所以《楚辞》的纂辑不始于刘向，《楚辞》的命名也决不是始于刘向。

再谈第三组作品：

第三组作品的增辑时间，当在西汉元、成之世；其增辑者即为刘向。

这一组的增辑体例与前两组不同。前两组的纂辑对象，主要是屈原的作品，只是纂辑者本人各附己作一篇。但经过宋玉与淮南王的两次纂辑，先秦到汉初被认为是屈原的作品，已全部收入。所以刘向这次的增辑，只收了当时被认为是宋玉的作品《招魂》一篇以及汉人的作品两篇，最后附刘向自己的《九叹》一篇。而且前两组所附录的屈赋以外的作品各一篇，只是继承骚体形式的作品，不一定在内容上跟屈原有什么密切关系。而刘向这次则是择要选录了跟伤悼屈原有关的作品由《招魂》到《九叹》四篇。所以，即以宋玉的作品而言，《汉书·艺文志》虽著录十六篇之多，也并没有全部入选。《招魂》一篇的作者及被招的对象，至今虽无定论，但在汉人看来却是宋玉闵屈之作，王逸的意见在当时是有代表性的。

其次，王褒的《九怀》和东方朔的《七谏》两篇，都是西汉中期前后辞赋家的作品，而且都被认为跟悼屈原有关，故继《招魂》之后连类收入。但是东方朔的《七谏》，由于不见于《汉书·东方朔传》曾引起了人们的怀疑。按《汉书·东方朔传》有这样一段话："朔之文辞，此二篇最善（指上文所录的《答客难》、《非有先生论》）。其余有《封泰山》，《责和氏璧》及《皇太子生禖》，《屏风》，《殿上柏柱》，《平乐观赋猎》，八言七言上下，《从公孙弘借车》，凡（刘）向所录朔书具是矣。世所传他事皆非也。"（据《汉书·枚皋传》及《武五子传》，上述诸赋，多有明确叙述及本事）。据此，则刘向《别录》并没有东方朔《七谏》，为什么刘向纂辑《楚辞》反而会收入《七谏》一篇？这个问题，前人也探索过。如王先谦《汉书补注》引沈钦韩曰：

"楚辞章句有东方朔《七谏》，疑即'八言七言'。不然，不应遗于刘向也。"但是，沈氏以"八言七言"为《七谏》，跟《七谏》的句式不完全相合。所以只能从《七谏》的内容进行解释。考《七谏》里有这样的话："……悲楚人之和氏兮，献宝玉以为石，遇厉武之不察兮，羌两足以毕斮，小人之居势兮，视忠正之何若。"下文又云："和抱璞而泣血兮，安得良工而剖之……"等等。从悼念屈原"怀瑾握瑜"而不见用来看，这几句反复强调的话，的确可以概括《七谏》全篇的中心主题。因此，《汉书》所举的《责和氏璧》一篇，当即《七谏》的原名。因此，刘向所录的《责和氏璧》跟《楚辞》所收入的《七谏》，事实上应当是一篇东西，名异而实同。班固在《两都赋》的叙里，曾以东方朔与司马相如、枚皋、王褒、刘向等并列为西汉的辞赋家，跟《东方朔传》的叙述也完全是一致的。所以刘向把东方朔的《七谏》收入《楚辞》，跟他的《别录》是没有矛盾的。

最后，经过刘向增辑的这个《楚辞》传本，共十三卷，直到后汉班固时期，其篇目并没有什么增减。洪兴祖《楚辞补注》目录附考云："鲍钦止云：'班孟坚二序，旧在《天问》、《九叹》之后'。今附于第一通之末云。"按洪氏《补注》，曾参校了很多唐、宋旧本。这里所征引的班序篇次，当是古本的形式。班固曾著过《离骚章句》，今佚，只剩下这两篇序文。但这两篇序文为什么古本会附在《天问》、《九叹》之后呢？其附在《天问》之后，至今无法理解（《四库全书提要》引鲍钦止语，并没有《天问》二字，可能古本无此二字）。而附在《九叹》之后，那完全是可以理解的。这是因为古人的书序皆附在全书之末。以此推之，则班固当时所见的《楚辞》，当即刘向的增辑本；其最后一篇，就是刘向的《九叹》，共十三卷。所以旧本《楚辞》才残留下班序竟在《九叹》之后的这样一个痕迹。自从后人把班氏的序文移在《离骚》之后，刘向增辑本的《楚辞》原型，就更不容易看到了。

从以上的考证中可以看出，自汉代王逸以来都认为十六卷本《楚辞》乃刘向所辑，是不可信的。实则刘向只是在第一、二组作品的基础上增加了四篇作品而已。

再谈第四组作品：

这一组作品的增辑，既不出于一人之手，也不在一个时期，而是在较长的时期里由不同的人一篇一篇地增辑起来的。增辑者已不可考；增辑的时期当在班固以后，王逸以前。

正由于上述的原因，所以这一组有三个特点：第一，不仅作者的时代顺序不合，而且是逆溯而上，由近及远，由汉代以至战国。这显然是本组的第一个增辑者上承第三组加上了一篇认为是悼屈的作品《哀时命》；接着又有人增加了一篇认为是悼屈的作品《惜誓》；最后又有人把后来发现而被认为是屈原作品的《大招》收了进去。这三篇作品，由于增补者各不相谋，后来增补的作品只能附在原来的作品之后。因此，这一组作品的篇次，乃是增补时代的顺序，而不是作者时代的顺序。第二，这一组所收的作品，作者多不明确。如王逸《惜誓》叙云："《惜誓》者，不知谁所作也。或曰：贾谊。疑不能明也。"《大招》叙云："《大招》者，屈原之所作也。或曰：景差。疑不能明也。"这种存疑的篇目，在王逸《章句》中只有这两篇；尤其是《大招》的作者，后世的争论很多。近来一般的结论，以为它不仅不是屈原的作品，也不是景差的作品，乃是汉人摹拟《招魂》之作。其论据不复述。这里只根据其收入《楚辞》的年代最晚这一点来看，似乎不会是屈原的作品。因为战国时代的作品，在一般情况下，不会沉没了这样久的时间到了东汉末年才突然出现。第三，前三组作品，最后都附有纂辑者的作品一篇，而这一组并没有。因为这些增补者，各自加入一篇，并没有以纂辑者自居，所以也就没有援引旧例，加入己作。总之，这一组的纂辑情况是相当复杂的。

其情况的复杂性，还表现在增补的篇数，直至王逸以后，仍有所增加。据宋黄伯思《校定楚辞》序云："按此书旧十有六篇，并王逸《九思》为十七。而伯思所见旧本，乃有扬雄《反骚》一篇，在《九叹》之后。此文亦见雄本传，与《九思》共十有八篇。"（《宋文鑑》卷九十二）这就不难想象到，在刘向之后王逸之前，这第四组的增补情况，正是这样逐渐进行的。

这一组跟上述的三组合为一集，就是王逸作《楚辞章句》时的根

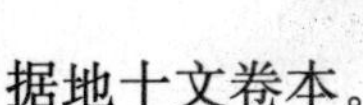

据地十文卷本。

最后谈第五组作品：

这一组只有王逸的《九思》一卷。它跟以前的十六卷合并，就是后世流传的王逸《楚辞章句》十七卷。把《九思》附入《楚辞章句》的，乃王逸自己；其叙及注文，乃后人所为。

按《后汉书·王逸传》云：逸“著楚辞章句行于世”，没有注明卷数。而王逸《楚辞章句》自叙云：“今臣复以所识所知，稽之旧章，合之经传，作十六卷章句。虽未能究其微妙，然大旨之趣，略可见矣。”是逸所为《章句》，只有十六卷，并不包括《九思》在内。但《隋书·经籍志》却说：王逸的《章句》，除屈、宋、汉人作品外，“逸又自为一篇，并叙而注之。今行于世。”是王逸的《章句》又包括《九思》在内，共十七卷。考之唐、宋著录，则有时称为十六卷，有时称为十七卷。如《唐书·经籍志》、《新唐书·艺文志》皆称“《楚辞》十六卷”；而《宋书·艺文志》则称“《楚辞》十七卷，后汉王逸章句”，《通志·艺文略》亦称“《楚辞》十七卷，后汉校书郎王逸注”。是隋、唐以降，有的本子有《九思》一卷，有的则没有《九思》一卷，二本并行于世。姚振宗《隋书经籍志考证》云：“王逸自叙称臣，则当时尝进于朝。其十六卷本自叙言之甚明，是为经进本；其十七卷者，盖私家别行本也。”按姚氏的说法似为合理。今世传本如《楚辞补注》，前十六卷，每卷皆题“校书郎王逸上”，而《九思》一卷则题为“汉侍中南郡王逸叔师作”。这个题名的款式，犹保存了《楚辞章句》的原始面貌。它说明了前十六卷，是献进本；附有《九思》的十七卷本，则是私家别行本。至宋代以来，则只有十七卷本行世，十六卷本不传。过去，关于《九思》一篇是王逸自附于十六卷之后，还是后人加进去的，意见极不一致。今以第一组附有《九辩》、第二组附有《招隐士》、第三组附有《九叹》例之，则王逸的私家别行本自附《九思》，也是继承了旧的传统，并不是他个人的独创。并且注骚者亦以己作附后，如宋代以来，黄伯思自附《洛阳九咏》、陆时雍自附《短招》、王夫之自附《九招》等，则已成为注骚者的惯例。

这里需要附带说明的，是《九思》一篇的叙文和注解，究竟是王逸所自为或他人所为？根据《隋书·经籍志》所说："逸又自为一篇，并叙而注之"，则似乎叙文和注解都是王逸所自为。但细绎叙文语气，此说恐不可靠。叙文有云："《九思》者，王逸之所作也。逸南阳人。博雅多览，……窃慕向褒之风，作颂一篇，号曰《九思》，以裨其辞，未有解说，故聊叙训谊焉。"首先，"博雅多览"等语，不似自叙语气；而且又明言"未有解说，故聊叙训谊"，这显然是说王逸并未自作注解，而作叙者为之作"训谊"。洪兴祖《楚辞补注》云："逸不应自为注解，恐其子延寿之徒为之尔"。虽是否延寿所作并无确证，但十七卷既为其私家别行本，则其子孙后代叙而注之，传布于世，那是很可能的。顾炎武《日知录》二十七卷云："《九思》：'思丁文兮圣明哲，哀平差兮迷谬愚；吕傅举兮殷周兴，忌嚭专兮郢吴虚。'此援古贤不肖君臣各二，丁谓商宗武丁，举傅说者也。注以丁为当，非。"曲园先生《俞楼杂纂》据此谓："丁者武丁也，文者文王也"，"文义甚明，而注者乃不知丁为武丁，以当释之。使逸自作注，何至有此谬乎。"我们认为顾、俞的说法是对的。而且注释《九思》的是后来的人，而不是王逸自己，我们从注例上也可以看出：王逸注《楚辞》，释于前者略于后，已成通例。但如吕望、傅说的事迹，在《离骚》、《天问》里王氏已作注解，故在《惜往日》里王注云："见《骚经》、《天问》。"因此，《九思》里出现的"吕傅"，例不应重作注解；而且既注"吕傅"于上文，又注"傅说"于下文，一篇之中重复出现。又如"芷"字屡见于屈赋，王注已解于《离骚》，而《九思》又注"芷"为"香草"。如系王逸自注《九思》，不应如此自乱其例。可证不仅《九思》叙文不出于王逸，注文也系后人所作。《隋志》之误，显而易见。

总之，王逸取第一，二、三、四组合集的《楚辞》十六卷本为之注解，并附以自作的《九思》一卷，即今世流传的《楚辞章句》十七卷。

（四）结语

通过以上的考证，可以看出《楚辞释文》中所保留下来的篇目次第，就是汉代古本《楚辞》的本来面貌；从这里，完全反映出了《楚辞》一书的纂辑过程和纂辑者的主名。它证明了《楚辞》一书是由战国到东汉这一漫长的历史时期中经过很多人的陆续编纂辑补而成的。至于刘向则不过是纂辑者之一，而且不是重要的纂辑者；他只是增补了四篇作品。对屈原作品搜集最多的是淮南王或其宾客；经过这次纂辑，已奠定了《楚辞》一书的基础，此后不过是零星增补而已。根据这个结论，不仅纠正了《楚辞》成书于元、成之世的片面看法，而且纠正了《楚辞》是刘向一人所集的错误传说；并且对确定某些篇章的作者也提供了新的论据。

王逸的《楚辞章句》十七卷，经过上述的五个纂辑阶段，已成为汉魏以来直到今天的定本。但其间由魏晋到隋唐，是《楚辞》研究的冷落时期，也是《楚辞》篇目篇次比较稳定的时期。至于从宋代以来，则《楚辞》的注释研究者辈出，而《楚辞》版本的变化也就特别剧烈，其间的改编、增补，始终没有停止过。举其大者言之，自陈说之"考其人之先后重定其篇"以后（见朱熹《楚辞辩证》），如晁补之的《重编楚辞》、朱熹《楚辞集注》、陆时雍的《楚辞疏》、王夫之的《楚辞通释》、林云铭的《楚辞灯》等，其篇目的增添，篇次的更定，纷歧淆乱，不可究诘。当然像陈说之那样依作者时代顺序改定《楚辞章句》篇次，是完全合理的；他的整理古籍之功，是不可磨灭的。但是另一方面，由于王勉《楚辞释文》和洪兴祖《楚辞补注》等保存了古本的篇次，使今天犹能追本溯源，探索《楚辞》成书的原委和战国两汉之际对屈原作品搜辑传播的情况，也不能不说是具有历史意义的。特揭而出之，以就正于高明。

写于一九六三年六月

六、释“温蠖”——兼论先秦汉初屈赋传本中两个不同的体系

司马迁的《史记·屈原列传》，曾引录了屈赋的《怀沙》、《渔父》两篇。把这两篇跟传世的王逸《楚辞章句》本相比较，其中异文异句极多。这些异文异句，有的虽然可用音近而转或形近而误来解释，但不少的字句，显系来自两个不同体系的传本，而不是由于后世辗转传写所致。例如《楚辞章句》的《渔父》中“安能以皓皓之白而蒙世俗之尘埃乎”；《史记·屈原列传》作“又安能以皓皓之白而蒙世之温蠖乎”。很显然，“尘埃”之作“温蠖”，决不是由于音近或形似所造成的歧异。虽然史迁引用古籍，有用浅近语言译述深奥文字之例；但“尘埃”之作“温蠖”，则正好相反，决不能认为这是史迁对屈赋的译述。因此，这里只能归之于传本来源的不同。据我所知，千百年来的屈赋研究者，对“温蠖”一语，始终未得到确切的解释，甚至斥为讹误而置之不理。本文即准备对“温蠖”的来历及其含义作些探索，并借此谈谈先秦汉初之际屈赋传本中的两个不同的体系。

（一）《渔父》传本的异文及“温蠖”的来历、含义

在这里，先把先秦及汉初典籍引用过与《渔父》“温蠖”一词有关的文字摘录如下，跟传世《楚辞章句》本作一番对比：

（1）《荀子·不苟》：

故新浴者振其衣，新沐者弹其冠，人之情也。其谁能以己之潐潐受人之掝掝者哉。

（2）《韩诗外传》卷一：

故新沐者必弹冠，新浴者必振衣。莫能以己之皭皭容人之混污然。

(3)《史记·屈原列传》：

吾闻之，新沐者必弹冠，新浴者必振衣；人又谁能以身之察察受物之汶汶者乎！宁赴常流而葬乎江鱼腹中耳，又安能以皓皓之白而蒙世之温蠖乎！

(4)《楚辞章句·渔父》：

吾闻之，新沐者必弹冠，新浴者必振衣；安能以身之察察受物之汶汶者乎！宁赴湘流葬于江鱼之腹中，安能以皓皓之白而蒙世俗之尘埃乎！

上述《荀子》及《韩诗外传》引用《渔父》的那段话，寻其文义，都是仅凭记忆而采用了一些句子，并不是按照原文的顺序而抄下的完整段落。例如《荀子》作“新浴者振其衣，新沐者弹其冠”，跟《韩诗外传》先沐后浴的顺序就不相同。其次，将它们跟《史记》、《楚辞》相比勘，除了从主要语词的音理通转等原则进行分析外，还必须考虑到传本体系的不同。否则必然龃龉难通，不得要领。

首先，《荀子》“其谁能以己之潐潐”的“潐潐”，跟《韩诗外传》“莫能以己之皭皭”的“皭皭”，都是《史记》及王逸《楚辞章句》“安能以皓皓之白”的“皓皓”之异文。“潐”乃“皭”的同音借字，两字古音在宵部及其入声，故相通转。《说文·口部》嚼字从口焦声；又作嚼，从口爵声。《礼记·少仪》“数噍”，《释文》：“噍本作嚼。”皆焦、爵二音互转之证。《史记·屈原列传》“皭然泥而不滓”句下，《正义》云：“皭然，上自若反，又子笑反。”（据日本泷川龟太郎《史记会注考证》本，今中国通行本《史记》无此条《正义》）所谓“子笑反”，即今“潐”字之音切；所谓“自若反”，即今“皭”字之音切。潐、皭一音之转，其迹确然可见（洪兴祖《渔父》补注引《荀子》又作“僬僬”，则又“潐潐”之异文）。但是，《史记》及《楚辞章句》又作“皓皓”，而洪兴祖《考异》又云：“皓一作皎。”是古本《楚辞》除作“潐”作“皭”外，又有作“皓”作“皎”者。《广雅·释训》云：“皭皭，白也。”皭与皎同。因为“皭”与“皎”古音亦在宵部及其入声，故通用；“皎”又作“皓”，则又由宵部转幽部入声，正如《韩诗外传》卷五“较猎”一本作“告猎”。古“皭皭”的通训为“白貌”，而“皎皎”“皓皓”的通训亦为“白貌”，音略转而义相同。正由于古“潐”与“皭”同音，而皭、皎、皓又以音近而通用无别，才造成了《渔父》传本同一句话的许多异文。

其次，《荀子》“受人之掝掝者哉”的“掝掝”，乃《史记》及《楚辞章句》“受物之汶汶者乎”的“汶汶”之异文。杨倞《荀子》注云：“掝当为惑。掝掝，惛也。《楚辞》曰：安能以身之察察受物之惛惛者乎。”可见，今本《楚辞》作“汶汶”，而杨氏所见唐本《楚辞》则作“惛惛”。“汶汶”实系“惛惛”的同音假借字。《说文·心部》云：“惛，不憭也。”正与上文“察察”相反为义。至于荀卿所据屈赋“汶汶”作“掝掝”者，杨注以为“掝”即“惑”的同音假借字，这意见是对的。但荀卿所见屈赋借“惑”为“惛”，乃由义近而引申，在声音上没有通转关系。因为“掝”、“惑”皆在古音喉纽之部，而“汶”、“惛”则皆在古音唇纽谆部，“掝”、“惑”之与“汶”、“惛”，古音并不相近。

最后，谈谈“温蠖”。《楚辞章句》“而蒙世俗之尘埃乎”，《史记》作“而蒙世之温蠖乎”，而《韩诗外传》则作“容人之混污然”。这里“尘埃”之作“混污”，显系意义相近的异文，并非声音上的通转；而“混污”之作“温蠖”，则完全是同音假借，跟意义并无关系。亦即“温”乃“混”之同音借字，“蠖”乃“污”之同音借字。“温”与“混”古音皆属喉纽谆部，“蠖”与“污”古音属喉纽鱼部及其入声。《广雅·释诂》三云：“緼，乱也。”又云：“惃，乱也。”是为“昆”、“昷”二音相通之证。又史载商汤祷雨于桑林，作乐名“大濩”，而《春秋》经凡祷雨之祭皆作“大雩”，是“亏”“蒦”二音相通之证。而《广雅·释诂》三云：“濩，污也。”尤为“蠖”“污”可相通假之确例。因此，《史记》之“温蠖”，实即《韩诗外传》之“混污”。“混污”为本字，而“温蠖”则为同音借字。但值得注意的是：清代学者张文虎《校刊史记集解索隐正义札记》云：“温蠖，索隐本误倒。”按张氏所谓“索隐本”，系指来源于北宋秘省本的毛刊单行本《索隐》。

其中多存《史记》唐以前古本原貌。“温蠖”之作“蠖温”，即其一例。张氏说它“误倒”，乃习非为是之见，不足为据。《韩诗外传》的“混污”亦当据此改为“污混”，这从《渔父》的韵律来看，是很显然的。说详下。

从上述的辨析中可以看出，荀卿在引用《渔父》时，并非按原文的顺序。虽然合乎原文反正面互相对应的意义，但原文是“察察”与“汶汶”相对应，而荀卿引文则是“潐潐”（相当于“皓皓”）跟“掝掝”（相当于“汶汶”）相对应。又韩婴在引用《渔父》时，也不是照录原文。虽然以“嚼嚼”（相当于“皓皓”）跟“混污”（相当于“温蠖”）相对应，与原文是一致的；但对“安能以身之察察受物之汶汶者乎”句则略而未引。这种顺序上的改变跟字句上的省略，无疑都是古人引书多凭记忆所致。但是，前人却往往不明此例，而强以引文跟《楚辞章句》及《史记》相比勘，以致发生不必要的误解。例如唐杨倞注《荀子》，误以为“其谁能以己之潐潐受人的掝掝者哉”即《史记》“人又谁能以身之察察受物之汶汶者乎”或《楚辞》“安能以身之察察受物之汶汶者乎”的异文。故虽解“掝掝”为“惑惑”，跟“汶汶”的含义相吻合，但同时却又误以为“潐潐”即“察察”，以致依违其词，进退失据。一方面说“潐潐，明察之貌”，显然以为“潐潐”即“察察”之异文；一方面又说“潐，尽。谓穷尽明于事。《易》曰：穷理尽性”，又显系依《说文》“潐，尽也”以为训。其实，以“潐”为“察”，固非；训“潐”为“尽”，离题更远。因为“潐潐”即“嚼嚼”，亦即下文“皓皓”或“皎皎”的异文，当然跟“潐”字的本义毫无关系。

根据上述异文并以屈赋用韵的规律加以推断，可以设想出荀卿和韩婴所见《渔父》原文（其中省文依今本《楚辞》补出，并加括号）当如下：

（1）荀卿所见：

故新浴者振其衣，新沐者弹其冠；

（安能以身之察察）受人之掝掝〔之部〕者哉！

（宁赴湘流葬于江鱼之腹中，）

其谁能以己之潐潐（而蒙世俗之尘埃〔之部〕乎）！

（2）韩婴所见：

故新沐者必弹冠，新浴者必振衣；

（安能以身之察察受物之汶汶〔谆部〕者乎！）

（宁赴湘流葬于江鱼之腹中，）

莫能以己之皭皭容人之污混〔谆部〕然！

在这里要附带谈个问题：关于《荀子·不苟》"新浴者振其衣，新沐者弹其冠"那段话，老早就引起过学术界的注意。例如宋代王应麟的《困学纪闻》曾说："荀卿适楚在屈原后，岂用《楚辞》语欤？抑二子皆述古语也？"王氏的意思是说："新浴者"那段话，究竟是荀卿引用了屈原的话，还是屈原跟荀卿都在引用古代谚语？是不易确定的。至于当代的屈赋研究者，则多数认为《渔父》跟《不苟》的那两句话，都是各自引用了古谚语，不一定是《不苟》引自《渔父》。当然，这样一来，《渔父》是荀卿前辈的屈原所作这一结论，就失掉了一条有力的证据。不过我们如果根据古代谚语的标准形式来衡量，则《渔父》里只有"新沐者必弹冠，新浴者必振衣"这两句话是古谚语，此下直到"尘埃乎"这一段话，全是《渔父》作者自己对古谚语的发挥。这同《孟子》里引用《沧浪歌》的情况一样，歌辞之后"清斯濯缨，浊斯濯足矣，自取之也"等一大段话，就是引用者对歌辞的发挥，而不是歌辞本身。值得注意的是：根据我们上文对《荀子·不苟》中"新浴者"一段话的分析考证来看，荀卿不仅仅是引用了那两句古谚语，而且连古谚语之后《渔父》作者的发挥之语也同时引用了。据此可以证明，并不是《不苟》跟《渔父》同时在引用古谚语，而是荀卿袭用了《渔父》的那段话。因为《渔父》的那段话，是体系完整的韵语结构，而荀卿的《不苟》则是对《渔父》那段话的概括、摄取和压缩。通过前面对荀卿所见《渔父》原文的复原，其痕迹宛然可见。《渔父》既然存在于荀卿之前，为荀卿所引用，那它应当就是荀卿的前辈屈原的作品。其他方面的论证，我很同意陈子展同志《论〈卜居〉〈渔父〉为屈原所作》一文（载《中华文史论丛》第七辑）的结论，兹不赘述。

（二）从“尘埃”与“污混”看两个不同体系的传本及其是非

本来，《渔父》这一段话的用韵问题，古往今来的《楚辞》研究者和古音学家，聚讼纷纭，莫衷一是。有的人抛开“汶汶”、“尘埃”等语，而以句尾的两个“乎”字相叶；有的人认为本段不必有韵，无须强求；有的甚至索性把“宁赴……尘埃”一节作为衍文删去。总之，问题是很复杂的。现在从上节所推断出的两段异文来看，不仅跟世传《楚辞章句》本不同，而且《荀子》跟《韩诗外传》之间也有很大的歧异。这主要表现在《荀子》所据本，末句作“尘埃”，跟上文的“掝掝”为韵，古音皆在之部；《韩诗外传》所据本，末句作“污混”（即“蠖温”），跟上文“汶汶”为韵，古音皆在谆部。这两家所引用的，不仅一般词语不同，而且韵律也各异，显然是出于不同体系的两个传本。

那么，上述两个传本为什么会出现词语和韵律的歧异？究竟哪个传本更为接近屈赋的本来面貌呢？

要解决上述问题，必须首先从“安能以身之察察受物之汶汶者乎”这句话着手。因为从《渔父》全篇来看，渔父显然是以道家“与世推移”的观点来讽谕屈原的。屈原生于道家学说盛行的楚国，对道家观点当然是习闻常见的。所以，他在回答渔父时所说的“安能以身之察察受物之汶汶者乎”，即系袭用道家《老子》的原话，反其意而用之以驳道家的观点。在《老子》里有这样一段话：

> 俗人皆昭昭，我独昏昏；
>
> 俗人皆察察，我独闵闵。

张文虎《校刊史记集解索隐正义札记》载“单行本《索隐》”：《渔父》“汶汶音闵闵”（日本泷川龟太郎《史记会注考证》本同）。可证唐司马贞正是把《渔父》的“汶汶”读如《老子》的“闵闵”。“汶”“闵”古音都是明纽谆部字，故相通假。可证《渔父》“察察”与“汶汶（闵闵）”对举，即袭用《老子》“俗人皆察察，我独闵闵”一语。他如《老子》“其政闵闵，其民淳淳；其政察察，其民缺缺”，也以“察察”与“闵闵（汶汶）”对举。故《渔父》的这段话，乃针对《老子》的观点而发，可以说是无疑义的。

上举《老子》这段话中的“闵闵”二字，自秦汉以来的异文是极多的，但都没有超出明纽谆部字。如今本“俗人皆察察，我独闵闵”这句话，马王堆出土甲本《老子》作“鬻人蔡蔡，我独悶悶呵”。当然“鬻”即“俗”的同音借字，“蔡”即“察”的同音借字；至于跟“察察”对举的“悶悶”，当即今本“闵闵”的异文。“悶”字从“心”，“问”声，或即“闷”字。今河上公本、王弼本《老子》皆作“闷”，可证。则作“悶”亦明纽谆部字。又马王堆出土乙本《老子》这句话作“鬻人察察，我独闽闽呵”，跟“察察”对举的“闽闽”，亦系今本“闵闵”的异文。“闽”字从“虫”，“门”声，亦明纽谆部字。不难看出，《老子》书中跟“察察”对举的“闵闵”、“闽闽”、“闷闷”、“悶悶”等，都是一字之异文。在这些异文中，不仅“闵”、“闽”是同音借字，并非本字，即“闷（悶）”亦非本字。因为《说文》云“闷，懑也”，“懑，烦也”，故从本义来讲，“闷闷”跟上文“察察”义不相应。在这个问题上，上节述及唐杨倞《荀子》注引《渔父》“汶汶”作“惛惛”。“惛”当即《老子》书“悶”、“闽”、“闵”、“闷”之本字。《说文》云：“惛，不憭也，从心昏声。”《广韵·慁》：“惛，迷忘也。”“不憭”与“察审”正相反为义。古从门从昏为音符的字多相通借，《说文》闻字从耳门声，古文作聒，从耳昏声，即其例证。上述《老子》书的“惛惛”，虽借字异文极多，而声音上有共同点：皆属古音明纽谆部。

因此，从上文的考查中可以看出，《老子》“俗人皆察察，我独惛惛”的“惛惛”，无论借用什么字形，都跟上文谆部字是叶韵的，这是《老子》全书行文用韵的规律，从秦汉写本到今日通行本，没有例外。那么，《楚辞章句·渔父》“安能以身之察察受物之汶汶者乎”这句反驳道家的话，既是针对《老子》的原话而立言，则其中跟“察察”对举成文的“汶汶”，亦即“惛惛”的同音借字是无疑的，古音同今本《老子》“闵闵”及马王堆本《老子》“悶悶”、“闽闽"一样，也是谆部字。我们如果以古韵谆部为出发点，作为考虑《渔父》下文叶韵的根据，则较为原始的《渔父》古本，其形式只有两种可能性：即其中一本下文的"温蠖（混污）"，当如《史记索隐》单行本作"蠖温（污混）"，跟上文"汶汶"叶韵；其中另一本下文的"尘埃"亦当为"埃尘"之倒误，也跟上文"汶汶"叶韵。其形式当如下：

（1）新沐者必弹冠，新浴者必振衣；
安能以身之察察受物之汶汶〔谆部〕者乎！
宁赴湘流葬于江鱼之腹中，
安能以己之皭皭而蒙世之污混〔谆部〕乎！

（2）新沐者必弹冠，新浴者必振衣；
安能以身之察察受物之汶汶〔谆部〕者乎！
宁赴湘流葬于江鱼之腹中，
安能以己之潐潐而蒙世之埃〔真部〕乎！

那么，从秦汉以来《渔父》的这段话，为什么会出现种种不同形式的歧异呢？

首先，从上述《荀子·不苟》所据的传本来看，"受物之汶汶者乎"作"受人之掝掝者哉"。这"掝掝"显然是跟下文"而蒙世之尘埃乎"的"埃"字叶韵，二字古音在之部及其入声。但是，这个本子无疑是有问题的。这主要是因为《老子》的原话是以"闵闵"同上文"察察"相对成文，又跟上句"昏昏"相叶成韵。《老子》传本虽多，却没有超出谆部以外的异文。屈原援用《老子》原文，虽借"汶汶"为"闵闵"，也仍然是谆部字。因此，荀卿所见之本"汶汶"作"掝掝"，既不会是《老子》有此别本，也不可能是《渔父》的本来面目。估计这个传本的原文当作"而蒙世之埃尘乎"，以"尘"字跟上文"汶汶"为韵，乃谆、真二部通叶之例（屈赋多如此，如《天问》以"分"叶"陈"，《悲回风》以"雰"叶"天"，《远游》以"闻"叶"邻"，《大司命》以"云"、"门"叶"尘"）。后来因"埃尘"传写误倒为"尘埃"，遂使这段话由有韵变为无韵。读者不得其故，乃臆改"汶汶"为"掝掝"，以求跟下文"尘埃"叶韵。人们之所以改"汶"

为“掝”，除了要求跟下文“埃”字叶韵外，还要求跟上文“察察”相反为义。因“掝”即“惑”之同音借字，古“惑”字通训为“迷”为“疑”，跟“察察”之训“审”恰相对应。这就是荀卿所见传本之由来。但这既不合于《老子》原文的韵律，也失掉了《渔父》的本来面貌。

其次，再来看《韩诗外传》所据的传本。这个本子的主要特点是末句的“埃尘”作“污混”，《史记》用同音借字则作“蠖温”，跟上文的“汶汶”为韵，已详前节。估计后世《史记》、《韩诗外传》之误倒为“温蠖”或“混污”，当在上句“安能以己之皓皓”传写演变为“安能以皓皓之白”以后才出现的。考这句话，荀卿所引为“谁能以己之潐潐”，韩婴所引为“莫能以己之皭皭”，都没有“之白”二字。这应当是古本句式的原型。因上文以“身之察察”与“物之汶汶”为对应句；下文亦当以“己之皓皓”与“世之污混”为对应句。当此句孳演出“之白”二字以后，浅人不察，遂乙转“蠖温”为“温蠖”，以求跟上句“之白”为韵（古音“白”、“蠖”皆为鱼部入声）。而不知这样一来，就完全跟上文“汶汶”失去了叶韵关系；更不知上文“汶汶”既无与“察察”相叶之例，则此处“蠖温”也不会有跟“之白”相叶之理。因此，“蠖温”之误倒为“温蠖”，显然是在上句误衍出“之白”二字以后。如果说“埃尘”误倒为“尘埃”，时间早在先秦，而“蠖温”误倒为“温蠖”或“污混”误倒为“混污”，时间就晚得多了。因为直到唐代司马贞撰写《史记索隐》时，还有未被误倒的本子传世。

先秦汉初流传着两种较为原始的《渔父》古本，已如上述。两种本子末句或作“埃尘”或作“污混”，虽然不同，而跟上文的“汶汶”叶韵这一点却是一致的。后来王逸《楚辞章句》本跟荀卿所据的“尘埃”本出于一个系统，只是上文“汶汶”还未被改为“掝掝”；《史记·屈原列传》所采录，跟《韩诗外传》所据的“污混”本出于一个系统，只是以“蠖温”代替了“污混”。

我把《史记·屈原列传》所引录的《怀沙》、《渔父》跟现行王逸《楚辞章句》本对勘，得出《怀沙》异文三十九处，《渔父》异文十一处。这些异文，很多都不能用形近而讹或同音假借来解释。例如《楚辞·渔父》“揹其泥”，《史记》作“随其流”；《楚辞·渔父》“深思高举”，《史记》作“怀瑾握瑜”；《楚辞·怀沙》“曾伤爰哀”四句在“何畏惧兮”下，而《史记》“曾唫恒悲”四句则在“道远忽兮”下；而且“乱曰”以下《楚辞》只是双句才有“兮”字，而《史记》则每句皆有“兮”字。所有这些歧异，都跟《楚辞》作“埃尘”而《史记》作“蠖温”属于同一性质，即说明传本有着两个不同的系统。

那么，“尘埃”本与“污混（蠖温）”本相比，究竟哪个传本更为接近原始面貌呢？当然这是不容易判断的。但有一点可作为考虑问题的参考。即从《渔父》全篇来看，是渔父用道家的观点讽谕屈原，而屈原亦多援用道家的语言反其意而驳之。除前述《老子》的“俗人皆察察，我独闵闵”为屈原所援用外，《老子》还有“和其光，同其尘，是谓玄同”之语，则屈原所谓“安能以己之皭皭而蒙世之埃尘乎”，亦当为针对道家“同其尘”的观点所进行的反诘。而且作“埃尘”也跟上文“弹冠”、“振衣”呼应得更为紧密。因此，荀卿所见的传本，虽然由于“埃尘”误倒为“尘埃”而出现“汶汶”被改为“掝掝”的现象，但很可能尚未误倒以前的那个“埃尘”本是更为接近屈赋原始面貌的先秦传本；至于“污混（蠖温）”本则是汉兴以后的别行本。

最后还要附带说明一下：《韩诗外传》那段话的全文，从“传曰”到“其势然也”，都是采自《荀子·不苟》的，为什么紧接下来的《渔父》那段话，反而会跟《荀子》所引出于两个不同体系的传本呢？这主要是因为韩婴援引古籍，常常根据自己的需要加以改动。例如《韩诗外传》卷四采用《荀子·非十二子》的一大段文字，但却只保留了十子，而删去了子思、孟子。而且在这十子当中，又把它嚣、陈仲、史鳅，改为范雎、田文、庄周。可能韩婴在引用《荀子·不苟》时，觉得《渔父》的那段话，跟他所见到的汉初传本不同，于是根据他所见到的传本加以改动，这样就出现了上述的歧异现象。

（三）结语

先秦典籍，在先秦或汉初，多已广泛流传。但由于时间变迁、地域不同及师承各异，传本的文字也就不完全一致。荀卿所见《渔父》跟韩婴、史迁所见传本不同，是极其自然的。

荀卿曾仕于楚，时间稍后与屈原。所以屈原所留下的诗篇及轶言轶行，荀卿应当有所接触。他所引用的《渔父》篇的那段话，很可能就是得之于当时开始流行于楚地的写本或口头传诵。降及汉兴，屈赋的流传更为广泛。淮南王刘安都寿春（为楚故都），对屈赋的搜辑不遗余力，其所著《离骚传》中有“浮游尘埃之外”，“皭然泥而不滓”等句，显然是概括了《渔父》的文字与意境在内的。因此其所见传本当与荀卿所见“埃尘”本相一致。他所辑录的屈赋传本，为后来王逸的《楚辞章句》本打下了基础。可见荀卿、刘安、王逸他们的传本都是属于一个体系的（别详拙著《〈楚辞〉成书之探索》）。

另外，武帝之世，“广开献书之路”，所得“书如山积”并有“太常、太史、博士之藏”（《文献》三十八李注引《七略》）。当时司马迁身为太史令，所能见到的屈赋传本应当是较多的。因此《屈原列传》中采入的《渔父》跟荀、刘、王等人的“埃尘”本不同，完全是可以理解的。至于撰写《韩诗外传》的韩婴，文、景、武帝之世为博士，所见传本得与史迁相同，也是极其自然的事。故史迁、韩婴所见之本（“蠖温”本或“污混”本）属于另外一个体系。但是这个体系的屈赋，除了《史记》录存的两篇及《韩诗外传》引用的一节外，已失传，这是很可惜的。

写于一九七九年六月

七、关于《九章》后四篇真伪的几个问题

屈原作品中某些篇章的真伪问题，学术界历来就有不同意见。争论的重点，尤其集中在《九章》的《怀沙》以下《思美人》《惜往日》《橘颂》《悲回风》四篇上。从总的倾向来看，正反两个方面的意见，是不相上下的。但是，主张这四篇是伪作的论著当中有两条历史资料，却迄今还没有人能提出有力的否定意见。第一条，《汉书·扬雄传》说：雄作《反离骚》《广骚》之后，“又旁《惜诵》以下至《怀沙》一卷，名曰《畔牢愁》。”这是否可以证明西汉之末的屈赋传本还没有《怀沙》以下四篇？第二条，刘向的《九叹》说：“叹《离骚》以扬意兮，犹未殚于《九章》。”这是否可以说明《九章》是屈原没有完成的作品，《怀沙》以下四篇乃后人的伪作？以上两个问题，是关系到如何正确地评价屈原的重要问题，故就管见所及，提出如下看法。

（一）扬雄所见“《惜诵》以下至《怀沙》一卷”的传本跟现行王逸《楚辞章句》本的演变关系

历来主张《思美人》《惜往日》《橘颂》《悲回风》四篇是后人伪作的这一派，其最得力的证据就是《汉书·扬雄传》。例如清吴汝纶的《古文辞类纂点勘记》说：“《九章》自《怀沙》以下，不似屈子之辞。子云《畔牢愁》所仿，自《惜诵》至《怀沙》而止。盖《怀沙》乃投汨罗时绝笔，以后不得有作。”直到现代，学术界主张此说者尚多，而最突出的是刘永济同志。他在《屈赋通笺》中认为：“雄好拟古，而所拟独此前五篇，则所见屈赋无《思美人》以下可知。”因此，

对《扬雄传》中所说的"《惜诵》以下至《怀沙》一卷"应该怎样理解，是十分重要的。

考《九章》虽非屈原一时一地的作品，但纂辑起来定名《九章》，看来是很早的。因为屈赋二十五篇之数，最晚在西汉景、武之际的刘安早已辑成定本（详见《楚辞》成书之探索》）。所以元、成之世的刘向，是见过《九章》的。他在《九叹》里曾以《九章》为屈原的作品而跟《离骚》并举，就是证明。而且刘向的《九叹》亦即摹拟《九章》的章数而写下来的。后汉班固的《汉书·艺文志》，就是根据刘向父子的《别录》《七略》而著录《屈原赋二十五篇》的。可见，西汉时期《九章》的篇数确为九篇，是毫无问题的。扬雄稍后于刘向，不仅应当见过刘向早已见过的通行屈赋定本，而且他们也都浏览过国家秘阁藏书，在篇章多少问题上决不会有所悬殊。

在这个问题上，当然首先应当考查一下西汉人读过《怀沙》以下的四篇没有？对此游国恩同志曾举出西汉景、武间东方朔《七谏》与严忌《哀时命》中对《九章》的"摹拟之迹"来证明《怀沙》以前的五篇和以后的四篇"悉为屈子之辞"（见《读骚论微初集》）。这个论证，我是完全同意的。不过我认为还应当上溯到宋玉，宋玉也见过今本《怀沙》以下的篇章；而且更应当注意，即使是"旁《惜诵》以下至《怀沙》一卷"而写下《畔牢愁》的扬雄，也读过今本《怀沙》以下的篇章。

先谈宋玉：

以今本《怀沙》以前的《哀郢》为例，其中说：

> 忠湛湛而愿进兮，妒被离而鄣之，尧舜之抗行兮，瞭杳杳而薄天，众谗人之嫉妒兮，被以不慈之伪名。

而宋玉的《九辩》里则有：

> 窃不自聊而愿忠兮，或黕点而污之，尧舜之抗行兮，瞭冥冥而薄天，何险巇之嫉妒兮，被以不慈之伪名。

这显然是根据屈原的《哀郢》而来的。

以今本《怀沙》以下的《思美人》为例，其中说：

> 愿寄言于浮云兮，遇丰隆而不将，因归鸟而致辞兮，羌迅高

而难当。

而宋玉的《九辩》里则有：

愿寄言夫流星兮，羌倏忽而难当。

这又显然是根据屈原的《思美人》而加以概括的。从这些例子来看，不仅证明了《怀沙》以前的篇章先秦早已存在，而且证明了《怀沙》以下的篇章宋玉早已见过，并且把它作为屈原的作品而进行了学习和摹拟。如果仅仅根据《扬雄传》的一句话而认为《怀沙》以下的四篇是扬雄以后的东西，不是屈原的作品，是不能使人信服的。

再谈扬雄：

扬雄的《畔牢愁》现虽失传，但根据他的《反离骚》来看，也足以证明他所依傍的“《惜诵》以下至《怀沙》一卷”的本子，其中已包括今本《怀沙》以下的四篇在内，而为扬雄所读过。因为《扬雄传》称：《反离骚》“往往摭《离骚》文而反之”，其实亦往往摭《九章》文而反之。其中如：

舒中情之烦惑兮，恐重华之不累与；陵阳侯之素波兮，岂吾累之独见许。

上句显然是依傍《思美人》中“申旦以舒中情兮”和《惜诵》中“申侘傺之烦惑兮”的词句反其意而用之；下句则显然是依傍《哀郢》中“凌阳侯之氾滥兮，忽翱翔之焉薄”和《悲回风》中“凌大波而流风兮，托彭咸之所居”的词句反其意而用之。而这其中的《思美人》和《悲回风》，则正是今本《九章》中《怀沙》以下的篇章。问题是当时的篇次不同于今本，遂引起后人的怀疑而已。

那么，当时《九章》的篇次为什么会是始《惜诵》终《怀沙》呢？这首先应当知道先秦古籍的篇次，在汉代还是极不稳定的这一历史事实。因为《九章》既非屈原一时一地的作品，因而纂辑者只得根据自己的判断来编排各篇的次第。而较早的纂辑者大概认为这九篇当中的《怀沙》，应当是屈原的绝笔，故列在九篇之末。扬雄所见到的本子就是如此。这个本子的来源当较早。司马迁所见到的本子，看来也是这个形式。所以他在《屈原列传》中说：“乃作‘怀沙之赋’，……于是怀石自投汨罗以死。”但是，从司马迁这段话来看，

《怀沙》之名，只不过是前人根据屈原“怀石自沉”的历史传说而称之谓“怀沙之赋”，并无其他根据。因为在《怀沙》里只说：“知死不可让兮，愿勿爱兮；明以告君子兮，吾将以为类兮。”这其中虽提到“死”，但既没有“自沉”的痕迹，更没有“怀石”的痕迹。这跟《九章》中其他八篇都是摘用诗篇中的词句命名，显然不同。因此，所谓“怀沙之赋”的命名，看来是在《九章》其他八篇还没有命名之前有人根据“怀石自沉”的历史传说而给予的名称。起自何时，不得而知。总之，《怀沙》一篇居于《九章》之末，是较早的原始篇次，这一点是肯定的，以上就是扬雄所见到的《九章》篇次始《惜诵》终《怀沙》的原因。决不能因此而断定今本《怀沙》以下四篇扬雄没有见过，并进而认为它们是扬雄以后的伪作。

为什么今本《九章》又移置《悲回风》于末章呢？因为在《九章》中提到“死”的篇章很多。除首二篇《惜诵》《涉江》没有提到“死”以外，其他各篇则都从不同的角度流露出这种感情。而且实在无法证明哪一篇是临死前的绝笔。其感情较激切的，如《怀沙》末尾所说“知死不可让兮，愿勿爱兮；明以告君子兮，吾将以为类兮”。所谓“将以为类”，只是说他最后将以死自处，并不是说马上要死。更激切的如《惜往日》的末尾所说“不毕辞而赴渊兮，惜壅君之不识”。对这两句话，王逸注云：“陈言未终，遂自投也。”显然未得其意。清人王闿运《楚辞释》的解释是：“言已不毕辞，则君终见壅，申作九章之意。”姜亮夫同志《屈原赋校注》的解释是：“言若不尽其辞，而闵默赴渊以死，则小人壅君之明，至使君上亦不之识矣。”这些解释都比较恰切，就是说他不能不把话讲完就去死。这并不能说明这就是他的绝笔。但是，如果根据屈原是“怀石自投汨罗以死”的历史传说来衡量，则跟《悲回风》一篇倒是有一定的联系。《悲回风》篇末说：

> 望大河之洲渚兮，悲申徒之抗迹，骤谏君而不听兮，任重石之何益！

《九章》的《惜往日》中，虽也提到“赴渊”自沉，但自己究竟将怎样“赴渊”，屈原却第一次在这里提出了“任重石”的问题。这就跟屈原“怀石自沉”的历史传说发生了密切关系。所以后汉蔡邕《吊屈原文》说“顾抱石其何补”，晋郭璞《江赋》也说“悲灵均之任石”。这显然都是根据《悲回风》中“任重石”一语而来的。蔡邕写有拟《九章》命名的《九惟》，郭璞撰有《楚辞注》，他们都对屈赋有研究，其解释“任石”为“抱石”是很精确的。因为《庄子·盗跖》有申徒狄“负石自投于河”的故事，《荀子·不苟》也有申徒狄“负石而投河”的故事。所以屈原所说的“任重石”，就是承上句“悲申徒之抗迹”而来的。如果说司马迁所谓的“怀沙之赋”其中并无“怀石”“抱石”“任石”的任何痕迹可作根据，那么《悲回风》里却明确地提出了“任重石”这个问题：“骤谏君而不听兮，任重石之何益”，意思是说既然谏君而不见采纳，效申徒狄的负石自沉，又有什么意义呢？盖为自沉之后的国家前途而悲伤。因此，人们就完全有理由根据屈原“怀石自沉”的历史传说，把《怀沙》和《悲回风》的位置调换过来，将《悲回风》置于《九章》之末，作为屈原的绝笔。这应当说是扬雄所看到的本子终于《怀沙》，而现在的本子终于《悲回风》的历史演变过程。

至于《九章》以《怀沙》为末章的这个本子什么时候被改为以《悲回风》为末章，现在还不得而知。但是，看来始《惜诵》终《怀沙》这个本子的影响是很大的。后汉的王逸在这个本子的影响下，还对《悲回风》中的“任重石”作了歪曲的解释。他在《楚辞章句》中说：“任，负也。百二十斤为石。言己数谏君而不见听，虽欲自任以重石，终无益于万分也。”是王逸以“石”为重量的名称（即读“石”为“祏”，《说文》云：“祏，百二十斤也。”），而把“任重石”解释为担负起重大的政治任务。这跟蔡邕和郭璞的解释，显然是不同的。所以唐李善注《江赋》“悲灵均之任石”时说：“怀沙即任石也。义与王逸不同。”看来王逸当时认为《怀沙》是屈原的绝笔，而《悲回风》的“任石”与“怀石自沉”无关，故曲为之解。可见，王逸所据的本子可能仍然跟司马迁以及扬雄所见到的本子是一样的，《怀沙》是最后一篇，而《悲回风》则在《怀沙》之前。但是，蔡邕和郭璞既然在解释“任重石”时已发现了它的本来意义，则这时也许已有了移置

《悲回风》于《九章》之末的本子，与王逸本并行，所以才跟王逸的解释发生了分歧；也有可能蔡、郭有了新的解释以后，才有人根据他们的意见移置《悲回风》于《九章》之末，才出现了现在这个形式的本子。而且由此可见王逸《楚辞章句》的原本，虽然《九章》的末篇也是《怀沙》，而《九章》的九篇之数是齐全的。这从现行的王注《楚辞章句》本看来，完全证明了这一点。

从上述情况可以看出，《悲回风》原来的篇次应在《怀沙》以前。而它究竟在《怀沙》以前的哪里，还不容易肯定。但是，如果根据《悲回风》末二句“心结纟圭而不解兮，思蹇产而不释”的错简问题，还是可以加以推断的。

在《悲回风》末二句下，洪氏《补注》说：“一本无此二句。”所以陆侃如同志认为：“这二句本是《哀郢》里的句子，后人误加于此。依《楚辞章句》例，凡已注过的文句，皆不再注。若《悲回风》原文确有此二句，则当说‘皆已解于哀郢之中’。今则不然，还是逐字加注，且与《哀郢》之注一字也不差。此可证明这是后人把《哀郢》的原文及注释照抄于此的。当删去。”（见陆侃如《屈原》）闻一多同志也同意这个意见，并认为：“古音释在鱼部，而此与支部之积、击、策、迹、适、慭相叶，与古韵不合。是亦二句后人私加之确证。”（见闻一多《楚辞校补》）我认为陆、闻的结论是对的。

但是，他们认为这二句是“后人误加”或“后人私加”，而没有说出“误加”“私加”的原因。其实，这是错简所致，并非有意加入的。而且，从今本《九章》的篇次来看，《哀郢》在第三篇，而《悲回风》在第九篇，相距如此之远，错简的可能性是不大的。而如果原来的篇次《悲回风》在《哀郢》之后、《抽思》之前，则这个错简的原因就完全可以理解了。因为《抽思》的篇首就有“思蹇产之不释兮”一语，接近在《悲回风》的篇尾，于是才可能有上述错简情况的发生：即《抽思》之首的“思蹇产之不释兮，曼遭夜之方长”二句首先错入《悲回风》之末，而抄校者由于韵律不叶，又进一步把《哀郢》里相似的句子“心纟圭结而不解兮，思蹇产而不释”换上去以略就其韵。这就造成了有的传本《悲回风》篇末窜有《哀郢》的句子。由此可证，扬雄所见的《九章》的篇次，《悲回风》也可能就在《哀郢》之后和《抽思》之前，跟王逸《楚辞章句》的原本是一致的。

又，陆侃如同志认为后人把《哀郢》的两句子原文移于《悲回风》之末，同时也把它的注文“一字也不差”地“照抄于此”。这话从当时的情况来讲是对的。但从现在的本子来看，《悲回风》既已移于《九章》之末，作为屈原的绝笔，因而读者又对这两句的王注也作了修改，并非“一字也不差”。这从两处相同的王注而又有不同的词语上就可以看出来。

《哀郢》的王逸注云：

> 挂，悬。蹇产，诘屈也。言己乘船蹈波，愁而恐惧，则心肝悬结，思念诘屈而不可解释也。

而《悲回风》的王逸注则云：

> 挂，悬。蹇产，犹诘屈。言己乘水蹈波，乃愁而恐惧，则心悬结诘屈不可解也。（一本“蹈波”作“陷波”）

很显然，因为《哀郢》篇在该二句之前后，是叙述的“楫齐扬以容与”，“将运舟而下浮”的乘船而行的情况，所以王注才以“乘船蹈波”来解释它；而《悲回风》该两句的上文，则是抒写的“任重石其何益”等自沉问题，所以有人就把王注的“乘船蹈波”改为“乘水蹈波”或“乘水陷波”以就其义。这个改动，显然已是把《悲回风》移置于《九章》之末，并把“任重石”解释为抱石自沉之后才出现的情况。而一字之差，情景全殊。这反映了人们对《悲回风》的不同的理解，也反映了《悲回风》篇次移动的过程。总之，从《悲回风》末二句的错简问题，可以推断《悲回风》的旧次，并不在《九章》之末，而是在《怀沙》以前的《哀郢》与《抽思》之间。

所有上述这些情况，都证明了扬雄所见和王逸所注的《九章》都是始《惜诵》终《怀沙》；而今本《怀沙》以下四篇，当时的篇次，都包括在《怀沙》以前。因此，如果根据《汉书·扬雄传》中的一句话，就认为今本《怀沙》以下四篇都是扬雄以后的伪作，那完全是错误的，必须予以澄清。

（二）对刘向《九叹》“叹《离骚》以扬意兮，犹未殚于《九章》”的重重误解

刘永济同志的《屈赋通笺》，不仅认为扬雄所见的《九章》只有五篇，而且认为这五篇是屈原的未竟之作。在这个问题上，他举出刘向的《九叹》为证。他说：“其《忧苦》篇有曰：‘叹离骚以扬意兮，犹未殚于九章’。王叔师注曰：‘殚，尽也，言己忧愁不解，乃叹吟离骚之经，以扬己意，尚未尽九章之篇，而愁思悲结也。’向下文曰：‘长嘘吸以于悒兮，涕横集而成行。’叔师注曰：‘言己吟叹九章未尽，自知言不见省用，故长嘘吸而啼，涕下交集，自闵伤也。’是此四句，叔师固以为向代屈子自述之辞，而有吟叹未尽之说，岂向亦以屈子未毕尽九章，止得五篇耶？”后来他在《笺屈余义》里又肯定地说：“九章亦屈子用古乐章名而作者，特未足九篇，骤尔自沉。后世儒者，见其题曰九章，而文止五篇，乃杂取无主名之作以足成之，故其辞多不类。”在这里，刘永济同志不仅认为《九章》只有五篇，而且以《九叹》为证，进一步认为《九章》之所以只有五篇，是因为屈原没有完成《九章》而投水自沉。我觉得这个论点同样是不能成立的。

首先，“九章亦屈子用古乐章名而作者”的提法是没有根据的。因为先秦古籍里找不到《九章》这一乐章名称，它跟《九歌》《九辩》是完全不同的。因此，历来的《楚辞》研究者，大都认为《九章》是后人搜辑屈原不同时、地的作品，适得九篇，故定名为《九章》。它并不是屈原预定母题为《九章》而逐章填写的艺术整体。正由于时、地不同，故艺术形式就不完全一致，如《橘颂》跟其他各篇相比，形式就很悬殊；正由于时、地不同，故思想感情也不完全一致，如《惜诵》跟其他各篇相比，感情就有所差异；正由于时、地不同，故艺术风格也不完全一致，如《悲回风》跟其他各篇相比，风格也就各有特色。《九章》出于后人纂辑的痕迹，在这里是极其显著的。因此，从《九章》本身来讲，根本不存在“殚”与“未殚”的问题，即不存在完成与未完成的问题。

那么，刘向《九叹》所谓“叹离骚以扬意兮，犹未殚于九章”这句话应当怎样理解呢？根据上节所述，刘向所见的《九章》本来就是九篇，它全部包括在刘向纂辑的《屈原赋二十五篇》之内，如果《九章》止于五篇，那就无从得出“二十五篇”之数。而且从刘向的《九叹》来看，他不仅根据《怀沙》以前的篇章以立言，也隐括《怀沙》以下的篇章以命意。如《九叹·忧苦》说：“三鸟飞以自南兮，览其志而欲北；愿寄言于三鸟兮，去飘疾而不可得。”这里前二句，显然是袭用《抽思》里的“有鸟自南兮，来集汉北”；后二句，显然是袭用《思美人》里的“因归鸟以致辞兮，羌迅高而难当。”《抽思》是《怀沙》以前的篇章，而《思美人》则是《怀沙》以下的篇章。可证，刘向是见过《九章》全文的。因此，刘向在这里所谓的“叹离骚以扬意兮，犹未殚于九章”是个连贯句，上句的宾语“意”作下句的主语而被省略了。“未殚”是其意未尽，并不是说《九章》的篇数未完。这两句话的意思不过是说：可叹息的是用《离骚》来表达自己的意志，而这意志在《九章》里还是没有能表达得完。“未殚”如果指《九章》的篇数，从《楚辞》的惯用文例来讲，则应为“犹未殚此九章”。也就是说，应当用指示词“此”，而不应该用介词“于”。这一点是很清楚的。

因此，王逸的注文所谓“尚未尽九章之篇”、“吟叹九章未尽”，以及刘永济同志又据王注得出王逸的“章句原本，止此五篇”的结论，都是错误的。我们对王逸的注文，首先应当从历史事实出发，来推断其问题所在。据现存的王逸《楚辞章句》来看，王不仅对《九章》的九篇全部作了注解，而且在《九章》的叙文及注文里，也一字未提《九章》的篇数未尽或某些篇章的真伪问题。并且王逸在《天问》序里也说“昔屈原所作凡二十五篇，世相教传”，可见王逸所见的屈原赋，跟刘向所见的篇数也是一致的。因而我们对王逸的上述注文，只能有两个解释：第一，刘向原句文例本极明显，而王逸误为之说；第二，王的注文别有含义，而刘永济同志又曲为之解。

从第一点来讲，后汉王逸的《楚辞章句》，由于去古未远，有很大的参考价值；但是，由于王逸不明《楚辞》文例，误解之处，在所难免。且不谈艰深词句，即对浅近词句也往往错误不少。举几个例来说——

《离骚》：

伏清白以死直兮，固前圣之所厚。

很清楚，这里的“厚”字是动词，即“赞许”之意。而王逸注却说：“言士有伏清白之志以死忠直之节者，固乃前世圣王之所厚哀也。”这里凭空加了个“哀”字，就把原来的“厚”字变成了副词，失掉了本意。

又《哀时命》：

然隐悯而不达兮，独徙倚而彷佯。

这里的“隐悯”即忧痛之意，显然是连绵词，跟下文的“惝罔”“纡轸”“踌躇”等相对成文。而王逸注却说：“言己隐身山泽，内自悯伤，志不得达，独徘徊彷徉而游戏也。”“隐”说成“隐身山泽”，“悯”说成“内自悯伤”，把“隐悯”分成两个单词来解释，而不知连绵词是一个词的整体，不能割裂。

又《九叹》：

始结言于庙堂兮，信中涂而叛之。

这里的“信”字，显然是副词。跟《哀郢》里的“信非吾罪而弃逐兮，何日夜而忘之”的“信”字是同样用法。而王逸注却说：“言君始尝与己结议连谋于明堂之上，今信用谗言，中道而更背我也。”把“信”字作为动词，又解释为“信用谗言”，弄得面目全非。

王逸由于不明《楚辞》文例而造成不少错误，则他把《九叹》的“犹未殚于九章”当作“犹未殚此九章”来解释，因而在注文中出现了“未尽九章之篇”及“九章未尽”等语，其错误是很清楚的。

从第二点来讲，王逸既然看到了《九章》的全部并为之注释，那么跟他的“未尽九章之篇”或“九章未尽”的话是不是有矛盾？其实并不矛盾。因为王逸虽然把“意”“犹未殚于九章”解释成屈原“犹未殚此九章”，而造成了错误，但从他的这两条注释的全文来看，他却别有含意，即“未尽九章之篇”或“九章未尽”，并不是作为创作的结果来讲，而是作为创作的过程来看的。如王注说：“尚未尽九章之篇而愁思悲结也”，也就是说，还未写完九章就自我悲愁起来。王注又说：“九章未尽，自知言不见省用，故长嘘吸而啼，涕下交集，自闵伤也。”也就是说，九章还没有写完，自知言不见用而闵伤起来。这都不是用以说明屈原的《九章》尚未写完就从此搁笔，而是说在写《九章》的过程中悲愁而涕下。据此，则刘永济同志把王注“尚未尽九章之篇”和“九章未尽”这两句话孤立起来，作为《九章》是屈原未竟之作或“章句原本，止此五篇”的证据，显然又是对王逸注的错误理解。

总之，王逸既误解《九叹》于前，刘永济同志又误解王注于后，所谓歧中有歧，一误再误。从而为正确对待先秦以来早已流传于世的《九章》问题，增加了纠纷，造成了混乱，故不能不为之辨析如上。

（三）结语

其实，《九章》篇次的不稳定，不仅汉代如此，后世的《楚辞》研究者，对《九章》篇次的更动，也是极其频繁的。例如明黄文焕的《楚辞听直》，清林云铭的《楚辞灯》，蒋骥的《山带阁注楚辞》，以及郭沫若、游国恩同志等，都曾各自根据不同的理解改定了篇次。这些篇次，既不完全同于史迁《屈原列传》所采用的本子，也不完全同于现行王逸《楚辞章句》的本子。如果仅就哪一篇是屈原的绝笔这一点来讲，则古往今来约有下列几种主张：第一，以《怀沙》为绝笔，如史迁《屈原列传》，王逸原本《楚辞章句》，以及高亨、陆侃如、黄孝纾等同志的《楚辞选》，刘永济同志的《屈赋通笺》等；第二，以《悲回风》为绝笔，如今本王逸《楚辞章句》，明王夫之的《楚辞通释》，清王闿运的《楚辞释》等；第三，以《惜往日》为绝笔的，如清蒋骥的《山带阁注楚辞》，以及游国恩同志的《楚辞论文集》，姜亮夫同志的《屈原赋校注》等；第四，也有以《哀郢》为绝笔的，如明黄文焕的《楚辞听直》等；……。从上述情况看，则汉代《九章》篇次不同于汉以后的篇次，而出现了扬雄所见到的始《惜诵》终《怀沙》的本子，又有什么值得奇怪？正如我们今天不能根据历代学人所改定的种种篇次来否定某些篇章的存在一样，我们也决不能根据扬雄所见的篇次来否定《怀沙》以下四篇的存在。这就是问题的结论。

对古代遗留下的典籍，我们固然不能无原则地相信，但也不应当盲目地否定。而必须从具体资料出发，实事求是地作出科学的分析和论断。例如《晏子春秋》《尉缭子》等书，过去被很多人提出种种理由宣判为伪书。而近年从银雀山汉墓出土的竹简来看，它们确实都是先秦古籍。而且该墓出土的《孙子兵法》，以其伴随出土的“木牍”篇题来看，其篇次与今本亦有不同。又如今本《老子》是道经在前，德经在后。前人根据《韩非子》的《解老》《喻老》推断先秦的古本《老子》是先德经后道经。近年马王堆汉墓出土的帛书《老子》，证明古本确是如此。我们深望屈原赋和有关屈赋的资料也有出土的机会，再据以作出科学的结论。

写于一九七七年三月

八、论《史记》屈、贾合传

汉司马迁的《史记》，在人物列传的分合上，后人颇多异议。如清殿本《伯夷列传·考证》云：关于老、庄、韩非同传问题，明监本小注有司马贞《索隐》云：“二人教迹全乖，不宜同传，先贤已有成说，今则不可依循。宜令老子、尹喜、庄周同为传；其韩非，可居商君传末。”

清殿本《鲁仲连、邹阳列传》下，司马贞《索隐》又云：“鲁连、屈原当六国之时，贾谊、邹阳在文景之日，事迹虽复相类，年代甚为乖绝。其邹阳不可上同鲁连，贾生亦不可下同屈原。宜抽鲁连同田单为传，其屈原与宋玉等为一传，其邹阳与枚乘、贾生等同传。”

但是，司马贞主张韩非与商君同传，故属肤浅之见；而反对屈、贾合传，主张屈原与宋玉为一传，贾生与枚乘为一传，更属不经之谈。因为史迁对列传的分合，不完全以“时代相同”为限，也不完全以“事迹相类”为据，而更多的是从思想实质上着眼。司马贞的话，说明了他既不理解屈原的思想特征，更不知道贾谊跟屈原在学派上一脉相承的渊源。

近代以来的学术界，虽没有反对屈、贾合传的论调，但大都以为有志改革、遭谗被谪、工于辞赋等方面两人有共同之处；而且以为贾又作赋吊屈，引屈自况，尤为两人应当合传的理由。此外，如王闿运《屈贾文合编序》则云：

> 屈贾宜合，则司马子长已有定论。盖两君子俱以文儒赅通政事，有名世王佐之业。

又如郭沫若同志《关于宋玉》一文云：

> 贾谊之所以能与屈原同传，毫无疑问，并不仅是由于他的辞赋私淑屈原，而更主要的是由于他有政治抱负．而能“痛哭流

> 涕”地直言敢谏。（见《新建设》一九五五年第二期）

詹安泰同志《论屈原的阶级出身、政治地位及其在文学上的作用》云：

> 司马迁有意识地把贾谊和屈原合传，除开他们其它许多共同点之外，在这种政治观点上也是一致的。在贾谊传里有“易服色，法制度”，和屈原传里的“草宪令”，都可以说是他们主张改革内政的一种具体表现。（见《中山大学学报》一九五五年第二期）

可见，这些论点仍局限于两人的政治抱负、政治态度和政治主张而立言，并未涉及哲学思想的流派问题。

对此，本文拟就屈原与贾谊的思想体系与哲学流派的异同点作一些探讨，以就正于高明。

（一）“百家争鸣”中的分化与综合

战国时期，尤其是战国中期以后，在政治形势上，已向着封建大一统的方向发展。在思想领域里，虽然百家争鸣，其势未衰，但在矛盾斗争中，也有逐渐演变、互相渗透的形势出现。因为诸子百家“各推所长，穷知究虑，以明其指”（《汉书・艺文志》），经过长期的探索与钻研，对自己领域中的问题的认识，已达到了相当的深度与精度，这无疑是中国思想史上的光辉成就。但也正如人们的思维过程一样，在分析之后必然走向综合，“百家争鸣”到了一定的阶段，由互相吸收、互相借鉴，乃至走向综合运用，这也正是战国中期以后思想界合乎逻辑的发展趋势。《汉书・艺文志》曾谓：诸子之间，“其言虽殊，辟犹水火”，但是，“相灭亦相生也”，“相反而皆相成也”。这也正足说明战国时期思想发展史上会由分化走向综合的辩证关系。正如列宁所说：“一种现象，如果离开了它和周围条件的相互联系、相互作用，就会成为不可理解的、毫无意义的东西。”（《列宁全集》卷二十）因此，我们既应当注意百家之间的独立性，同样也应当注意百家之间的“互相联系”、“互相作用”。

《韩非子·显学》曾谓："故孔墨之后，儒分为八，墨分为三。"我们读了《庄子·天下篇》与《荀子·非十二子》等，完全看出了春秋战国之际，百家争鸣的盛况。而且学派愈分愈细，甚至一派之间，又分门别户，各是其是。

但是，随之而来的，也应当看到由分化走向综合的这一事实。所谓"百家"，并不如一般人所想象那样，一家之内，总是铁板一块，毫无变化；也不是各家之间，永远壁垒森严，互不相谋。《史记》在人物列传的分合上固然有其种种复杂原因，但有时往往就反映了当时思想界有分化有综合的种种客观事实的存在。我们现在不妨先以司马贞所提出的《史记》老庄与申韩应当分传而韩非与商鞅应当合传的问题来谈谈：

《史记》之所以把老庄申韩合为一传的原因，在本传里史迁是作了确切的说明的，史迁认为："申子之学，本于黄老而主刑名。"又说：韩非"喜刑名法术之学，而其归本于黄老。"也就是说，申韩二人都是以法家而吸取道家黄老之学及名家的"名实论"以构成一家之言者。尤其韩非的时代较晚，他不仅把法家内部的法、术、势三大派加以融会贯通，而且对法家之外的道家、名家学说，也加以综合而为己所用。并特撰有《解老》《喻老》等篇，从新的角度阐述道家老子虚静无为、不为物先等哲学含义，从而形成了独树一帜的法家的集大成者。史迁正是从这个意义上把韩跟老庄合为一传，以表示申韩对道家学说继承、吸取与综合运用的密切关系。

至于商鞅虽然也是法家，也曾吸取过别家的学说，但他对道家学说却采取排斥态度，走着一条跟申韩完全不同的路子。例如《史记·商君列传》，虽也说商鞅"少好刑名之学"，显示了名、法综合的趋向，而《商君书·开塞》亦有"二者名贸实易，不可不察也"之语，他"好刑名"之迹，宛然可见。在这一点上，当然他跟申韩是一致的。但是另一方面，却又跟申韩大相径庭之处，决不能忽视。那就是对道家黄老之学所持的反对态度。如《商君书·禁使》中说："或曰：'人主执虚后以应，则物应稽验，稽验则得奸。'臣以为不然。"这里所说的"虚"，即道家的"虚静无为"；所说的"后"，即道家的"不为物先”。《庄子·天下篇》评老子为“人皆取先，己独取后”；“人皆取实，己独取虚”，正是以“虚”“后”来概括道家学说。在这里，商鞅用极其鲜明的态度反对以道家黄老之术为法家服务。在他看来，是“夫物至，则目不得不见；言薄，则耳不得不闻。”“故治国之制，民不得避罪，如目不能以所见遁心。”反对道家“无为而无不为”的观点。事实上，秦始皇虽然曾经赏识过韩非子的书，但在政治实践上，却是走着商鞅所确定的路线。据《史记》载：“天下之事无大小，皆决于上。上至以衡石量书，日夜有呈，不中呈，不得休息。”（《秦始皇本纪》）《汉书·刑法志》亦有同样记载。直到始皇死后，李斯才向二世提出“修申韩之明术”，反对“苦形劳神”，以纠正商鞅的偏向（见《史记·李斯列传》）。可见，申韩是“归本于黄老”，而商鞅则反对“黄老”。史迁之所以“老庄”跟“申韩”同传，而商鞅跟韩非分传，决不是偶然的。它不仅反映了诸子之间由分化而综合的趋势，而且也反映了在综合吸收的过程中各家又有各自不同的倾向。我们对司马贞所指摘的《史记》韩非不跟商鞅合传、申韩却跟老庄合传的问题，就是这样看法。

在这里，还要附带提及的是，《汉书·司马迁传》云：“贾谊、晁错明申韩。”这里因皆“明申韩”之故，以贾谊与晁错并举。而且《史记·晁错列传》亦云：错“学申商刑名于轵张恢先所。”因此，《汉书·司马迁传》以贾谊、晁错并举，不是没有原因的。但是二人既然都“明申韩”，而且也都传授过儒家经典，那么史迁撰《史记》，为什么又不以贾谊与晁错合传反而跟屈原合传呢？这同样不能不考虑到上文所提的商鞅学派与申韩学派的区别问题。

先秦两汉，关于申、商两家，对言则有别，浑言则不分。以其皆属法家，故史家往往“申商”并举。但事实上，申子韩非一派，综合吸收道家黄老之言；而商鞅一派，则极力反对道家黄老学说。此为两派最大分歧，上文已详之。从汉代来看，贾谊带有申韩黄老特色；而晁错则属于商鞅一派，反对黄老。故汉当文帝之世，黄老盛行，而晁错这时对政治上的“清静无为”，却甚有反感。他曾以商鞅反“虚”“后”的观点，提出皇帝当“躬亲”的主张。其对策云：“闻五帝其臣莫能及，则自亲之；三王臣主具贤，则共忧之；五伯不及其臣，则任使之。此所以神明不遗而贤圣不废也。故各当其世而立功德焉。……窃闻战不胜者易其地，民贫穷者变其业。今陛下神明德厚，资财不下五帝，临制天下至今十有六年，民不益富，盗贼不衰，边境未安，其所以然，意者陛下未之躬亲而待群臣也。……（《汉书·晁错传》）如果把晁错的这个对策跟贾谊《新书·道术》中的"明主者，南面而正，清虚而静"之说相对比，则《史记》晁错与贾谊之不合传，正如申韩与商鞅之不合传，完全是由于同一个原因。史迁父子，深明黄老之学，在这一点上，不仅辨析入微，而且分合之间，自有准则。益见司马贞对《史记》列传的分合问题，不免为肤浅之见。

因此，司马贞指摘史迁，认为商韩应合传，老庄申韩应分传，固然是错误的；而认为屈原只能与宋玉同传、而不应当跟贾谊合传的问题，也同样同是一偏之见，不足为据。因此我们对此仍然应当从哲学流派上的渗透、综合与发展趋向上去探索其原因。

当然，随着封建大一统的政治形势的不断发展，思想界由分化到综合的形势也在随之而发展。只有在封建大一统行将完成的前夕，像《吕氏春秋》这样的著述才会出现；也只有到了西汉前期大一统基本稳定的形势下，《淮南子》这样包罗万有的著述才会完成。如果说，这不过是书成众手，并非融合诸说、自成一家，则汉初陆贾的《新语》，武帝时董仲舒的《春秋繁露》，以儒家面貌而杂采百家者，不能不说是历史事实。虽然秦始皇曾销毁百家之书，汉武帝又曾定儒家为一尊，但思想界的渗透、融合之迹，却完全是客观存在，并未因此而停顿。

总地说来，屈原跟贾谊，都是在思想体系上综合了儒、法、道、名四家学说而熔于一炉的。不过由于两人的时代不同而各具不同的特征。即屈原处在战国时代，变法革新之势方盛，因而屈原的思想，法家色彩比较浓重；而贾谊生于西汉前期，由于封建大一统的完成，正处在汉武帝"独尊儒术"的前夕，因而贾谊的思想，儒家色彩比较鲜明。也就是说，屈、贾二人在综合诸家方面，其思想内含基本上是一致的。贾谊虽然处在新的历史条件下，而其思想体系却跟屈原一脉相通。深通百家之说、古今之变的史迁，其所以屈、贾合传，恐怕这是诸多原因当中最核心的原因。兹阐其说如下。

（二）屈、贾思想的共同点

屈、贾思想的共同点，是极其鲜明的，这主要表现在下列几个方面。

（1）屈、贾的儒家色彩：

从春秋时代起，儒家的思想在楚国已有所传播。孔子曾到过楚国，跟楚国的叶公子高有不少来往与问答（见《史记·孔子世家》、《论语·子路》），孔子跟楚国白公胜也有所接触（见《吕氏春秋·精谕》、《淮南子·道应训》）。据《论语》所载，楚狂接舆歌而过孔子曰："凤兮凤兮，何德之衰；往者不可谏，来者犹可追；已而已而，今之从政者殆而。"不难看出，孔子在楚国，为推行儒家学说曾进行了一番积极活动，楚狂的话，是有针对性的。孔子的弟子如任不齐、秦商等，亦皆楚人（见《史记·仲尼弟子列传·集解》引郑康成注）。后来，孔门的曾子也曾"南游于楚"，"得尊官"，即任较高的官职（见《韩诗外传》卷七）。因此，儒家学说在楚国是有一定的社会基础的。《孟子》说过："陈良楚产也，悦周公仲尼之道，北学于中国，北方之学者未能或之先也。"足见战国时期，楚虽远处南国，儒家思想的影响是很深的。

尤其应当注意的是，屈原所景仰的、在楚国搞过革新的吴起，他就是儒家出身，并传授过儒家经典《左氏春秋》。故他虽以法家、兵家知名，而有浓厚的儒家思想。据《史记·吴起列传》：吴起"好用兵，尝学于曾子，事鲁君。"又据《春秋左传序·正义》引刘向《别录》云：《左传》的传授过程是，"左丘明授曾申，申授吴起，起授其子期，期授楚人铎椒，铎椒作撮抄八卷授虞卿，虞卿作撮抄九卷授荀卿，荀卿授张苍。"《史记·十二诸侯年表·序》谓"铎椒为楚威王傅"。这不仅看出儒家经典跟吴起的关系，更可看出儒家经典在楚国的传播情况。《说苑·建本》记载吴起对魏武侯《春秋》"元年"之问，以为“言国者必慎始”，俨然是儒家经生的口气。郭沫若同志在《青铜器时代》中曾谓：吴起是法家，但较之商鞅“要爱民一点”；也有的同志认为吴起是兵家，但他强调“在德不在险”，有儒家风。这些观点，无疑都是很中肯的。

以博闻多识的屈原，生长在这样具体的历史条件下，则儒家思想成了他思想体系中的重要构成部分，决非偶然。从屈赋里我们看到屈原所津津乐道的，大都是儒家经典中奉为典范的圣君贤臣。如“尧舜之耿介兮，既遵道而得路”，“汤禹严而求合兮，挚咎繇而能调”，“说操筑于傅岩兮，武丁用而不疑”，“吕望之鼓刀兮，遭周文而得举”（以上皆见《离骚》）；“重华不可遌兮，孰知余之从容”（见《怀沙》）；“行比伯夷，置以为象兮”（见《橘颂》）。……虽然屈赋里不少历史传说不完全与儒家经典一致，如鲧之事迹与对鲧之评价等，但上述的那些历史传说跟儒家基本一致。其次，某些儒家的品德条目如“道”“德”“仁”“义”“忠”“孝”“慈”等，在屈赋里也都频繁出现。尤其像“重仁袭义兮，谨厚以为丰”（《怀沙》），“夫孰非义而可用兮，孰非善而可服”（《离骚》），俨然儒家的道德风貌。这些问题，有不少的研究者早已指出，不赘述。

从贾谊来讲，也同样深受儒家学说的熏陶。

汉除秦“挟书”律，百家之学渐渐流传。不过当时学者，有时虽以儒家面貌出现，而实综合诸家，糅为一体。如楚人陆贾的《新语》，《汉书·艺文志》虽列儒家而杂有道法等家思想在内，是其最显著的例子。据《史记·屈原贾生列传》：贾年少，即“能诵诗属书，闻于郡中”，并“颇通诸子百家之书。文帝诏以为博士。”故他一方面受法家李斯的学生河南守吴公的赏识，因而史称贾谊“明申韩”；一方面他又向儒家荀卿的弟子张苍受《春秋左氏传》，并撰有《左氏传训故》，是儒家经典的重要传受人之一。其所著《新书》中就引用了不少的《春秋左氏传》及其他儒家经典。而且《新书》中的不少篇章，如《官人》《君道》《退让》《谕诚》《保傅》等篇，提倡诗、书、礼、乐，强调忠、孝、仁、义，皆儒家思想表现。故有些篇章如《胎教》等，多被收入儒家经典《大戴礼记》中，决非偶然。贾谊在《新书·

治安策》中曾说："今或谓礼谊（义）之不如法令，教化之不如刑罚。人主胡不引殷周秦事以观之也。"看来，他的儒家思想是很鲜明的。

而这里应当特别注意的是贾谊的民本思想。对此，他曾在《新书·大政》上下两篇中作了深入的阐述，鲜明提出"民无不为本"，"夫民者万世之本"的观点。这无疑是对战国时期儒家思想的继承与发扬。而跟早已为学术界所肯定的民本主义者屈原的这一儒家品质，当然也是一脉相承的。

（2）屈、贾的法家色彩：

屈原有儒家思想，但又带有浓重的法家色彩。在拙文《"先功"及其他》《草"宪"发微》中已可见其梗概。即无论从屈原所处的楚国历史条件，或屈原在革新运动中的政治主张，都可以看出这一点来。《惜往日》里所谓的"明法度之嫌疑"，"国富强而法立"，就是屈原法制精神的体现。因此，屈原又曾进一步把"背法度而心治"对国家所造成的危害，跟"乘骐骥"而"无辔衔"、"乘氾泭"而"无舟楫"看成一样的严重。他说：

乘骐骥而驰骋兮，无辔衔而自载。
乘氾泭以下流兮，无舟楫而自备。
背法度而心治兮，辟与此其无异。

强调"法度"，反对"心治"，乃春秋战国时期一切法家的共同点。如《管子·版法解》："若倍法弃令而行喜怒，祸乱乃生，上位乃殆。"《慎子·君人》："君舍法而以心裁轻重，则同功殊赏，同罪殊罚矣。"《韩非子·用人》："释法术而任心治，尧不能正一国；去规矩而妄意度，奚仲不能成一轮；……"这一系列强调法制的论点，皆跟屈原的法家思想是一致的。应当肯定这一历史事实。

到了汉代的贾谊，他总结了秦亡的历史教训，曾用儒家的观点，严肃地批判了法家商鞅，认为秦之亡是由于"仁义不施"，是由于"先诈力而后仁义"。不过在这里，贾谊也并没有对商鞅全盘否定，而是从不同的历史条件出发，提出由于"攻守之势异"，应当"取与守不同术。"（《新书·过秦论》）因为贾谊本身既是以"仁义"为本的儒家，又是"学申商刑名"之术，并深"明申韩"之法的人物。在新的时代，即封建大一统已趋稳定的西汉前期，他总想“观之上古，参之人事，察盛衰之理，审权势之宜，去就有序，变化因时”（《新书·过秦论》）。从而综合百家，为汉立法。他认为汉“当改正朔，易服色，法制度，定官名，兴礼乐”，“诸律令所更定，及列侯悉就国，其说皆自贾生发之”（《史记·屈原贾生列传》）。贾谊的《新书·服疑》有云：

> 衣服疑者，是谓争光，泽厚疑者，是谓争赏；权力疑者，是谓争强；等级无限，是谓争尊。彼人者，近则冀幸，疑则比争。……

这正是贾谊要更定律令的原因，不难看出，他跟屈原“明法度之嫌疑”的精神，何其相似乃尔。

有些人，把儒法两家讲成中国历史上不可调和的长期斗争，这完全是抹煞历史事实的胡说。我们仅从屈、贾二人的思想体系中，就不难看出从战国中期到西汉前期儒法思想互相渗透、综合运用的历史痕迹是极其清楚的。

太炎先生《诸子学略说》早曾指出：儒法两家，从汉代已“稍合”；到宋代以后，就“合而为一”了。事实上，儒法综合，还可以上泝到战国中期。屈原稍前的吴起，屈原稍后的荀子，固不赘述；即以屈原本人来讲，一方面“重仁袭义”，一方面“明法度之嫌疑”，已具儒家综合之迹。尤其儒家“法先王”，乐称尧、舜、汤、武；法家“法后王”，标榜齐桓、晋文。在战国时期，这个界限本来是很严格的。所以孟子曾说：“仲尼之徒无道桓、文之事者。”荀子也说：“仲尼之门，五尺之竖子，言羞称乎五伯。”但我们发现，在屈赋的不少篇章里，却往往是把尧、舜、禹、汤、文、武之盛德，跟齐桓公、秦缪公的业绩同时并称。可见，汉宣帝所谓“汉家自有制度，本以霸、王道杂之”的政治局面，在屈原思想体系中早已见其端倪。

郭沫若同志建国前在《屈原研究》中认为屈原“彻底的接受了儒家的思想”；建国后在《伟大的爱国诗人——屈原》中又说屈原“相当浓厚地表示着法家色彩”。其实，这两者在屈原思想中已被融成了一体。郭沫若同志不过在不同的时期各见其一端而已。

如果说屈原综合儒法还处于初级阶段，那么在贾谊的思想体系中儒法综合运用之势，就已达到非常鲜明与非常自觉的水平。他在《新书·傅职》里，既强调教太子以诗、书、礼、乐、春秋，是儒家经典；但又不忘“教之任术，使能纪万官之职任”，则为法家说教。在《新书·道术》里，既强调慈、孝、忠、惠、友、悌等儒家的道德规范，但又不忽视“缘法循理谓之轨，反轨为易”的法家准则。而更重要的是他总结儒法两家的历史经验，而提出异“势”不同“术”的观点，以调和儒法矛盾，指导当时的政治斗争。如《新书·制不定》中有下列一段话：

> 屠牛坦一朝解十二牛，而芒刃不顿者，所排击、所剥割，皆众理解也。然至髋髀之所，非斤则斧矣。仁义恩厚，此人主之芒刃也；权势法制，此人主之斤斧也。势已定矣，权已足矣，乃以仁义恩厚因而泽之，故德布而天下有慕志。今诸侯王皆众髋髀也，释斤斧之制，而欲婴以芒刃，臣以为刃不折则缺耳。

这跟他批判商鞅时的论点，完全是一致的。儒家的“仁义恩厚”，法家的“权势法制”，在贾谊思想中形成了一个完整的统一体。

(3) 屈、贾的道家色彩：

此问题较复杂，不得不多说几句：

从历史上看，楚国是道家的发源地，又是战国时期黄老学说盛行的国家。据《汉书·艺文志》，道家收有“《鬻子》二十二篇”，原注：“名熊，为周师，自文王以下问焉。周封为楚祖。”按此当与道家《伊尹》《太公》一样，或战国时楚人所依托。汉志道家又收有《老子》经传四种，《史记·老庄申韩列传》谓：老子“楚苦县厉乡曲仁里人。”此外又收“《蜎子》十三篇”，原注：“名渊，楚人，老子弟子。”盖即《史记·孟子荀卿列传》所谓“环渊，楚人，皆学黄老道德之术”者。又收“《长卢子》九篇”，原注：“楚人。”又收“《老莱子》十六篇”，原注：“楚人，与孔子同时。”又收“《鹖冠子》一篇”，原注：“楚人，居深山，以鹖为冠。”……庄子虽为宋蒙县人，但据古籍所载，其游迹多在楚国。《史记》本传曾谓：“楚威王闻庄周贤，使使厚币迎之，许以为相。”综上所述，则道家及其后来的黄老学说在楚国的影响之大，可想而见。现录《战国策·楚策》四的一段记载如下，以见一斑：

> 或谓楚王曰：臣闻从者欲合天下以朝大王，臣愿大王听之也。夫因诎为信（伸），旧患有成，勇者义之；摄祸为福，裁少为多，知者官之。……祸与福相贯，生与亡为邻。不偏于死，不偏于生，不足以载大名；无所寇艾，不足以横世。……

《楚策》这段记载中的“楚王”指谁，不得而知。但从“从者欲合天下以朝大王”句，以及与之紧接的下段记载“夫人郑袖”事，则此“楚王”或即怀王。而值得注意的是，这位说客的话，全是把道家黄老学说运用于当时联齐抗秦的政治斗争。不难设想，屈原生活在这样的历史条件与政治环境中，在思想意识上受到道家黄老学说的影响，是完全可以理解的。

屈原在《远游》里曾谓：“道可受兮不可传，其小无内兮其大无限。”首先提出了“道”。而在“道”的内容上，则认为“漠虚静以恬愉兮，澹无为而自得”，“虚以待之兮，无为之先”。这些正是道家学说中所谓“虚静无为”、“不为物先”等中心论点的高度概括。此外，屈原在《渔父》里也通过渔父之口提出了“圣人不凝滞于物，而能与世推移”的道家观点，作为驳诘的对象。总之，在屈赋里所反映出的道家观点，是多方面的，不可否认。而问题在于，上述道家观点跟屈原革新斗争之间的矛盾，应当怎样解释？例如：（甲）既然提出“虚静无为”，为什么又要“忽奔走以先后兮”？（乙）既然提出“不为物先”为什么又要“来吾导夫先路”？（丙）既然知道道家要“与世推移”，为什么又说“知前辙之不遂兮，未改此度”？所有这些，前人或以道家思想出世、屈原思想入世为理由，断定凡具有道家思想的屈赋皆为伪作，这固然错误；即使仅仅以思想变化发展来理解，或以世界观的矛盾来说明，也都未免把问题简单化了。

我们认为，在这里首先应当从战国时期法家与道家思想如何渗透、综合的角度来寻求答案。

上节曾引用司马迁在《史记》中论述韩非、申子等法家跟道家黄老学说互相渗透、综合的事实，兹不赘述。而这里要分析的是，法家接受了道家学说以后，是怎样吸取其精华而加以发展、改造的？

首先谈谈“虚静无为”：

道家的“虚静无为”，从《老子》的更为完整的意义来讲，即所谓“无为而无不为”（四十八章）；引而申之，亦即“我无为而民自化，我好静而民自正，我无事而民自富”（五十七章）。可见，道家认为，“无为”跟“无不为”是辩证关系。如果说道家老子更着重的是“无为”；那么，法家接受这一观点以后，更着重的则是“无不为”。他们对“无为”与“无不为”的矛盾是怎样统一起来的呢？老子以后的道家如庄子等，以及法家如申韩等，对此曾有多方面的阐述，而其中的“君佚臣劳”的观点，是应当特别注意的。因为道家老子所言，本为人君南面之术，故法家以“无为”归之君，以“无不为”责之臣，这完全是富有实践意义的解释。在这里，我们发现了屈原正是由于思想中渗透着这种“君佚臣劳”的观点，故一方面流露出道家“澹无为而自得”的思想，一方面又提出法家“国富强而法立兮，属贞臣而日娭”的政治观点。

《惜往日》“属贞臣而日娭”这句话，王逸注云：“委政忠良，而游息也。”洪氏《补注》云：“属，音烛。付也。娭音嬉。戏也。”“游息”跟“嬉戏”是一个意思。用现在的话讲，即：人君把国事付之忠良之臣，而自己则游乐无事。这不正是道家法家所谓“君佚臣劳”的同义语吗？

关于道家后学及法家在老子“无为而无不为”的思想基础上提出“君佚臣劳”的观点，为例繁多，现选举几例如下：

《庄子·在宥》云：

> 何谓道？有天道，有人道。无为而尊者天道也，有为而累者人道也。主者天道也。臣者人道也。天道之与人道也相去远矣，不可不察也。（郭象注：“君任无为而委百官，百官有所司而君不与焉。二者俱以不为而自得，而君道逸，臣道劳，劳逸之际，不可同日而论之也。”）

《庄子·天道》又云：

> 故古之人贵夫无为也。上无为也，下亦无为也，是下与上同

德，下与上同德，则不臣；下有为也，上亦有为也，是上与下同道，上与下同道，则不主。上必无为而用天下，下必有为为天下用，此不易之道也。

《管子·宙合》云：

君出令佚，故立于左；臣任力劳，故立于右。

又《形势解》云：

明主不用其智而任圣人之智，不用其力而任众人之力，……则身逸而福多。

《慎子·民杂》云：

君臣之道，臣有事而君无事也，君逸乐而臣任劳。臣尽智力以善其事，而君无与焉，仰成而已，事无不治，治之正道然也。

《申子》云

古之王者，其所为少，其所因多。因者，君术也；为者，臣道也。为则扰矣，因则静矣。

《韩非子·外储说右》云：

昔桓公之霸也，内事属鲍叔，外事属管仲．桓公被发而御妇人，日游于市。

从上述的资料看，由道家的“无为而无不为”到法家的“君佚臣劳”，是一脉相承的。不仅法家，即使是儒家有的也接受了这一观点。例如《荀子·王霸》有云“故治国有道，人主有职。若夫贯日而治详，一日而曲列之，是所使夫百吏官人为也，不足以是伤游玩安燕之乐。”《荀子·君道》云：“急得其人，则身佚而国治，功大而名美，上可以王，下可以霸。”屈原所谓“国富强而法立兮，属贞臣而日娭”，正是由道法渗透综合的思想发展而来的治国之道。屈原用“娭”字概括“君佚”的“佚”字，不仅准确，而且形象。王逸训“娭”为“游息”，洪兴祖训“娭”为“嬉戏”，事实上跟荀子所谓“游玩安燕之乐”是一回事。宋玉《九辩》有云：“尧舜皆有所举任兮，故高枕而自适。”“自适”也跟“娭”同义。《九辩》多袭屈赋，此盖即从“属贞臣而日娭”脱化而来。因此，屈原在《远游》里既反映出了“漠虚静以恬愉兮，澹无为而自得”的道家观点，而在政治革新当中，又表现出了“忽奔走以先后兮，及前王之踵武”的积极有为的态度，这不仅没有矛盾，而且正是道家思想在屈原身上的鲜明体现。

其次，再谈谈“不为物先”：

屈原在《远游》里又提出了“虚以待之兮，无为之先”。这个“无为之先”，即道家的“不为物先”，亦即《老子》所谓“不敢为天下先”（六十七章）。但是，老子在这个问题上的看法，也是辩证的。所以他又说：“是以圣人后其身而身先”（七章），“欲先民，必以身后之，……以其不争，故天下莫能与之争。”（六十六章）这就是老子对“先”与“后”的辩证观点。但是，在老子身上，重点是“不为物先”。所以他特别强调“夫唯不争，故无尤”（八章）。《庄子·天下篇》也谓老子：“人皆取先，己独取后”；谓关尹：“未尝先人而尝随人。”可是，道家后学及道法综合的黄老学派在接受和继承道家的这一观点时，是有所改造与发展的。如《淮南子·原道训》，极力推崇老子“不为物先”之妙用，但又说：

> 所谓后者，非谓其底滞不发，凝竭而不流，贵其周于数而合于时也。
>
> 禹之趋时也，履遗而弗取，冠挂而弗顾，非争其先也，而争其得时也。

马王堆出土先秦黄老佚书《十大经》也认为“先者恒凶，后者恒吉”，但又谓：

> 夫作争者凶，不争亦无以成功。

从上述情况看，屈原的思想虽然也受到道家思想的影响，在《远游》里流露出了“无为之先”的论点，但这跟《离骚》里抒写他在革新运动中“乘骐骥以驰骋兮，来吾道夫先路”的积极进取的政治态度不仅没有矛盾，而且从道家黄老学说看来，这正是辩证的统一的关系。《史记·太史公自序》论六家要旨，对道家的上述论点，曾谓：如果“主倡而臣和，主先而臣随，如此，则主劳而臣佚。”这又可见，道家“不为物先”的论点跟上文“虚静无为”的论点是互相联系着的思想体系。

再其次，谈谈“与世推移”：

我们晓得，作为儒家或法家，在接受道家影响时，于改造、发展之外，有时还出以批判的态度。例如在《渔父》中，屈原对渔父所提出的“圣人不凝滞于物，而能与世推移”的道家观点，就曾予以极其严肃的批判。因为处在“举世皆浊”的恶劣环境里而能坚贞不移，这正是屈原人格的伟大之处。他在《怀沙》中曾云：

易初本迪兮，君子所鄙。
章画志墨兮，前图未改。

又在《思美人》中云：

独历年而离愍兮，羌冯心犹未化，
宁隐闵而寿考兮，何变易之可为，
知前辙之不遂兮，未改此度，
车既覆而马颠兮，蹇独怀此异路，
勒骐骥而更驾兮，造父为我操之。

这些都表现了屈原的这一坚强不屈的伟大精神。

当然，太史公论六家要旨，曾谓：道家“与时迁移，应物变化”。但又谓：“有法无法，因时为业；有度无度，因物与合。”（《史记·太史公自序》）故法家如韩非等，在主张变法革新的著述中所提出的“世异则事异”的原则，虽然由他们的历史观所决定，但跟道家的“与世推移”的论点，无疑是一拍即合的。不过在这一点上，法家的“移”与“不移，”“变”与“不变”，仍然吸取了道家朴素的辩证观。例如《韩非子·心度》云：“法与时转，则治；法与世移，则有功。”这固然跟道家“与世推移”的精神是一致的。但如《管子·任法》，则一方面认为“民不道法则不祥，国更立法以典民则祥”，而另一方面又认为“法不一，则有国者不祥”，“置法而不变，使民安其法者也”。在革新家看来，旧法已弊，当立新法；而新法已定，即不便轻易改变。这正是道家“变”与“不变”都要“与世推移”的辩证观点在法家变法革新中的体现。

从上述的分析中可以看出，屈原批判片面强调所谓“与世推移”

的“变”的观点，应当是不仅表现为在人格上“虽九死其犹未悔”的崇高精神境界，而应当也包括他所推行的具体政治措施在内的。即已定的新法，已经付诸实施的“美政”，决不能因奴隶主贵族顽固派的反对而改弦更辙。这样解释，则《思美人》中所说的“知前辙之不遂兮，未改此度，车既覆而马颠兮，蹇独怀此异路，勒骐骥而更驾兮，造父为我操之”这一段话的内容，就更富有新的历史意义。

以上就是我们对屈原既有法家思想又受道家影响的看法；而贾谊在接受法家思想的同时，也同样有道家思想：

贾谊处在汉初黄老学说盛行之际，又“颇通诸子百家之书”。因此，道家黄老思想对他的影响是很深的。我们翻阅他的《鹏鸟赋》，当读到“祸兮福所倚，福兮祸所伏；忧喜聚门兮，吉凶同域”，就会使我们想到《老子》的“祸兮福所倚，福兮祸所伏，孰知其极”（五十八章）。当读到“夫天地为炉兮，造化为工；阴阳为炭兮，万物为铜；合散消息，安有常则”，就会使我们想到《庄子·大宗师》的“以天地为大炉，以造化为大冶，恶乎往而不可哉”。当读到“德人无累兮，知命不忧”，又会使我们想到《庄子·德充符》的“知不可奈何而安之若命，唯有德者能之”。可见贾谊受道家思想熏陶，也是客观事实。

而更重要的是贾谊把道家学说融会在他的政治见解中，成了他的政治思想的有机组成部分。例如《庄子·天道》在阐发“虚静无为”之妙用时，曾谓：“水静则明烛鬚眉，平中准，大匠取法焉。水静犹明，而况精神。圣人之心静乎，天地之鉴也，万物之镜也。夫虚静恬淡、寂寞无为者，天地之平而道德之至。”而贾谊在《新书·道术》中则认为：“道者，所以接物也。其本者谓之虚，其末者谓之术。”而对“虚之接物”，有下列一段话，跟《庄子》的论点是一致的：

> 镜仪而居，无执不臧，美恶毕至，各得其当。衡虚无私，平静而处，轻重毕悬，各得其所。明主者，南面而正，清虚而静，令名自命，令物自定，如鉴之应，如衡之称。有衅和之，有端随之，物鞠其极，而以当施之。此虚之接物也。

毫无疑问，因为贾谊有申韩学派的法家思想，故吸取道家虚静之说以为己用，往往跟韩非有些相似。韩非也尝谓："故镜执清而无事，美恶从而比焉；衡执正而无事，轻重从而载焉。"（《韩非子·饰邪》）可谓所见略同。而所不同者，在于谈到"术"的问题，韩非得自老子的权诈，而贾谊则取之儒家的仁义。贾谊是把"人主仁而境内和矣，故其士民莫弗亲也；人主义而境内理矣，故其士民莫弗顺也"都纳入了"术之接物"的范畴之内。

但是，这里必须注意的是，"静"跟"动"的关系，贾谊跟屈原一样，也接受了道家黄老的辩证观点。他既如上述，强调"静"的妙用，但在《新书·宗首》中对裁减诸侯王的"权势"问题，却引黄帝曰"日中必熭，操刀必割"，强调及时而动。又《汉书·贾谊传》引《治安策》主张限制富人大贾的侈靡僭越，又曾谓：

> 国已屈矣，盗贼直须时耳，然而献计者曰："毋动为大"耳。夫俗至大不敬也，至亡等也，至冒上也，进计者犹曰"毋为"，可为长太息者也。

考《新书·孽产子》也有与此相似的一段话，"毋动"作"无动"，"毋为"作"无为"。可见贾谊在政治上既承认黄老学派"虚静无为"的妙用，但在具体条件下又反对把"静"片面化，而强调"操刀必割"、及时而动的精神。

总之，对待道家的"虚静无为"、"不为物先"、"与世推移"的辩证态度，是黄老学派的特点，同时也是屈原、贾谊在接受道家思想时的共同之处。

（4）屈、贾皆受名家影响：

在战国时期，百家争鸣。为了折服对方，名家的名辩之术，对儒、法、道家等都有影响。名学起于墨家，尤其后期墨家的"名实论"，其基本精神是符合唯物主义的反映论的。

儒家孔子，本来是讲"正名"的。但到了荀子，一方面曾批判诡辩派"惠子蔽于辞而不知实"（《解蔽》），但另一方面又建立了自己的"正名"论。道家老子本来言"名"不言"形"，但道家发展为黄老学派，名家的"名实论"，竟成了他们阐述"无为"的重要论点之一。

法家，尤其是申韩一派的法家，又把名家的“名实论”作为御下之“术”的一个主要内容进行了充分发挥。史迁称申子“本于黄老而主刑名”，韩非“喜刑名法术之学而其归本于黄老”，其中所谓“刑名”，实际即指名家的“名实论”而言。可见当时名家学说的影响是极其广泛的。

关于“刑名”这个词，古今的解释并不一致。如有人认为：“刑，刑家也；名，名家也。言治刑法及名实也。”（《史记·万石张叔列传·正义》）把“刑”解释为法家，把“名”解释成名家，这显然是错误的。因为“刑”即“形”之同音借字，“刑名”实即“形名”。如《韩非子》多言“刑名”，但《扬权》中却作“不知其名，复脩（循）其形，形名参同，用其所生。”又云：“君操其名，臣效其形，形名参同，上下和调。”可见，“形”即指与“名”相对的“实”而言。故《史记·万石张叔列传·索隐》引“刘向别录云：申子学号为刑名者，循名以责实。”又《集解》引“韦昭曰：有刑名之书，欲令名实相副也。”故“刑名”即专指名家的“名实论”而言，与法家本无涉。如《战国策·赵策》二云：“夫刑名之家，皆曰：白马非马也。”这里的“刑名之家”，显然专指名家公孙龙而言。不过后来法家如申韩派，把名家“循名责实”的“名实论”作为“参验”之术的主要内容，“刑名”才跟法家发生了关系。如韩非所说：“循名实而定是非，因参验而审言辞，是以左右近习之臣，知伪诈之不可得安也。”（《奸劫弑臣》）又云：“人主虽使人，必以度量准之，以刑名参之，……功当其言则赏，不当则诛。”（《难二》）这就是所谓“刑名”之术的基本内容。

屈原对名家学说，也是受到熏陶的。在他的诗篇里，经常流露出名家的观点。他除了强调“嘉名”“修名”（《离骚》）“忠名”（《天问》）而外，特别反对“伪名”（《哀郢》）“虚名”（《抽思》），尤其对于“贤士无名”（《卜居》）“没身绝名”（《惜往日》）的现象感到极其愤懑。这正跟《管子·枢言》里所说的“名正则治，名倚则乱，无名则死，故先王贵名”的观点是一致的。

但更为重要的是，从名家的“名实论”来讲，“实”是第一性的，

"名"是第二性的。"名"是从"实"而来的。所以屈原在《抽思》里说：

善不由外来兮，名不可以虚作。

孰无施而有报兮，孰不实而有穫。

这里，屈原明确指出，第一性的"实"与第二性的"名"，它们之间的关系，正如"施"与"报"的关系，"实"与"穫"的关系。所以他的结论是："名不可以虚作。"这正是名家朴素唯物主义"名实论"的观点。马王堆出土的黄老佚书《经法·四度》中说："毋为虚名，声洫（溢）于实，是胃（谓）威（灭）名。"《亡论》中又说："声华实寡，危国亡土。"屈原在《离骚》中之所以揭露子兰为"余以兰可恃兮，羌无实而容长"，正是从"名实论"的角度看问题的。

不仅如此，屈原在名家的影响下，又同样以"名实论"的观点指斥楚怀王在轻信谗言问题上不能"循名核实"的错误。如《惜往日》云：

蔽晦君之聪明兮，虚惑误又以欺。

弗参验以考实兮，远迁臣而弗思。

又云：

或忠信而死节兮，或訑谩而不疑。

弗省察而按实兮，听谗人之虚辞。

"参验"一词，在战国时期运用较为广泛，尤其是法家。而且其主要内容之一，即刘向所谓"循名以责实"。上文所引韩非《奸劫弑臣》中主张的以"参验"辨"伪诈"，可见一斑。此外如《荀子·大略》云：

是非疑，则度之以远事，验之以近物，参之以平心，流言止焉，恶言死焉。

因此，屈原遭谗之时，而怀王在"流言""恶言"面前，不能"参验考实"，不能"省察按实"，以致"听谗人之虚辞"、"远迁臣而弗思"，这种不"参验"而定赏罚之举，怎能不使屈原感到愤懑与不平？

在贾谊的思想体系中，同样受名家的影响。

贾谊《新书·道术》中有这样一段话：

明主者，南面而正，清虚而静，令名自命，令物自定，如鉴之应，如衡之称。

这其中“令名自命，令物自定”，当是两句古成语，而战国黄老学派的法家，往往借用之以阐明其名学理论。远在春秋晋穆侯时，师服就曾说过：“异哉君之命子也。太子曰仇，仇者雠也。少子曰成师，成师大号，成之者也。名自命也，物自定也。今适庶名反逆，此后晋其能毋乱乎?”（见《史记·晋世家》）而后来黄老学派的法家，把道家的“虚静无为”跟名家的“循名责实”互相结合起来，形成了所谓南面之“术”。就把古人“名自命也，物自定也”作为概括问题最精炼的术语而沿用下来。如《申子·大体》云：

名自命也，事自定也，是以有道者，自名而正之，随事而定之也。

又《韩非子·扬权》云：

故圣人执一以静，使名自命，令事自定，不见其采，下故素正。

又马王堆出土的先秦黄老佚书《经法·论》云：

名实相应则定，名实不相应则静（争），勿（物）自正也，名自命也，事自定也。

不难看出，贾谊从“清虚而静”出发所提出的“令名自命，令物自定”之说，实即名家的“名实论”学说在南面之“术”上的应用。这跟申子等的思想体系完全是一致的。故《新书·审微》对周行人使卫侯“辟疆”更其名的历史事件评谓：“故善守上下之分者，虽空名弗使逾焉。”这充分说明了贾谊的名家观点是极其鲜明的。

综上所述，可见屈原跟贾谊在思想体系上是一致的，都具有儒、法、道、名四家的思想特征。不过，屈原处在战国时代，列强争夺统一权，国内奴隶主贵族贪婪保守，是社会进步的绊脚石，故法家色彩更为浓厚；而贾谊处在汉代大一统的完成时期，封建制度已巩固，而防微杜渐成了主要任务，故儒家特征更为突出。由于屈原以革新为主，故以法家身份吸取了儒、道、名家的有用成分；贾谊则以守成为主，故以儒家面貌综合了法、道、名家的适用部分。这种综合百家的思想趋向，从战国中期开始，到西汉的贾谊而渐具规模。当时号称儒家的贾谊，事实上综合百家而以儒家的面貌出现的。自《汉书·艺文志》列贾谊于儒家，隋、唐史志，皆遵其例。而到了《宋史·艺文志》却改列贾谊于子部杂家类，这决不是偶然的。

但是，我们所说的“渗透”“综合”，决不等于一般所谓“杂家”，而是说屈原、贾谊都是对诸家学说经过吸收与扬弃而形成了个人的思想整体。当然，屈原留下的作品，是抒情诗篇，他不可能对自己的哲学思想作出系统的阐述。而贾谊的大量论著，却对此发挥得淋漓尽致。例如他以“势”（指“攻守之势”）为根据而沟通了儒、法两家的关系；又以“法”（指“更定律令”）为枢纽，使道、名两家互相结合而为己所用。屈原的诗篇，虽然不可能表现出这种精密的逻辑性，屈原的时代也还不可能总结各家达到融合无间的程度，但我们也不难从中看出这种明显的综合各家的倾向。列宁曾经说过：“在为阶级矛盾所分裂的社会中，任何时候也不能有非阶级的或超阶级的思想体系。”（《怎么办》，见《列宁选集》一卷）因此，屈、贾的思想虽然综合了各派，但却都是统帅在作为新兴资产阶级的思想体系之内的，为新兴的封建阶级服务的。只是时代不同，故各有特点耳。

因此，史迁的《史记》，以屈、贾合传，其原因当然不只一个，但屈、贾思想体系的一致性，应当是合传的根本原因。司马贞对史迁的指摘，是没有任何根据的。

（三）《远游》与《鹏鸟赋》

谈到《史记》屈、贾合传问题，一定要涉及屈原的《远游》和贾谊的《鹏鸟赋》。因为这个问题比较复杂，故别列专节，以抒己见。

屈赋《远游》的真伪问题，近代以来的学术界一直争论不休。这其中分歧最大而又最不易解决的是：《远游》跟屈原思想体系不相一致的问题，亦即所谓道家的“出世”思想与屈原的“入世”思想互相矛盾的问题。但我们发现，不仅屈原的《远游》存在着这样的问题，贾谊的《鹏鸟赋》也恰恰存在着道家消极的宿命论跟贾谊积极改革的政治观互相矛盾。而值得注意的是：学术界判定《远游》为伪作的，有增无已；而对贾谊的《鹏鸟赋》，却没有一个人提出任何疑问。因此，我认为，既然承认贾谊写过《鹏鸟赋》这一历史事实，就不能排斥屈原也写过《远游》的可能性。因为，他们的这种思想状态，都是在道家思想的影响下、在特定的生活条件下合乎逻辑的发展与体现。

从原则上讲，我们同意王夫之的意见。他说：

> 后世不得志于时者，如郑所南、雪菴类逃于浮屠，未有浮屠之先，逃于长生久视之说，其为寄焉一也。《楚辞通释·序例》）

我们虽然不能同意王夫之以后世“铅汞龙虎”之说诠释《远游》，但他所提出的“寄托说”，还是有道理的。不过所谓“寄托”，应指在忧思愤懑之际求其所以自我排遣、自我解脱的手段，而不是在探寻人生的归宿。下面，我们就准备从这方面对屈原的《远游》与贾谊的《鹏鸟赋》作些探讨：

我们知道，道家的“虚静无为”“不为物先”等观点为法家所吸取，而成为政治革新的理论基础，这是道家思想的向左发展；道家的“虚静无为”“不为物先”等观念为神仙方术之士所利用，而走入了“羽化登仙”之途，则是道家思想的向右发展。

关于屈原道家思想向左发展的情况，上文已详，兹不赘述。现在谈谈他的道家思想是怎样跟神仙方术思想发生联系的。

战国时期，道家的“虚静恬愉”“长生久视”之说与神仙方术之士相结合，所谓“导引长生”“羽化登仙”之言，已极流行。如《庄子·大宗师》形容“道”之妙用，曾说：“黄帝得之，以登云天”，“彭祖得之，上及有虞，下及五伯。”《荀子·修身》则说：“以治气养生，则后彭祖。”《战国策·楚策》四又云：“有献不死之药于荆王者。”陆贾《新语·怀虑》：“楚灵王……不先仁义，而尚道德，怀奇伎……作乾谿之台，立百仞之高，欲登浮云，窥天文。”或疑黄老神仙之说出现较晚，但考之古史，战国中期以前，早已有之。又如《抱朴子》引《汲郡中竹书》云：“黄帝既仙去，其臣有左辙者，削木为黄帝之像，帅诸侯朝奉之。”（见《太平御览》七十九引《抱朴子》。今本《抱朴子》脱此文）《竹书》纪事，终于魏”“今王”“二十年，即楚怀王三十年。这都反映了战国时期神仙方术之说早已盛行。但是所有这些，当时跟道家学说仍然是有区别的。如庄子主张“一死生”“尽天年”，而反对长生不死。《庄子·刻意》有云：

> 吹呴呼吸，吐故纳新，熊经鸟申，为寿而已矣。此道引之士、养形之人、彭祖寿考者之所好也。若夫不刻意而高，无仁义而修，无功名而治，无江海而闲，不道引而寿，无不忘也，无不有也。澹然无极，而众美从之，此天地之道，圣人之德也。故曰：夫恬惔寂寞、虚无无为，此天地之平而道德之质也。

老、庄有所不同，但这段话跟《老子》以“重积德”为“长生久视”的根柢（五十九章），以及强调“不失其所者久，死而不亡者寿”（三十三章）的观点基本一致，并不同意“长生”“羽化”的方士之说。

同样，屈原虽有道家的思想因素，而他对“长生”“羽化”之说，曾不只一次地提出了反对与质诘。他在《天问》里说：“何所不死，长人何守？”“延年不死，寿何所止？”“彭铿斟雉，帝何飨？受寿永多，夫何久长？”这些都是对“导引长生”之说所表示的反对态度。又如《天问》“天式从横，阳离爰死；大鸟何鸣，夫焉丧厥体”等八句，王逸注以为是指“崔文子学仙于王子乔”的故事。但今本《列仙传》中王子乔、崔文子两传中皆无其事。而《汉书·郊祀志》应劭注引《列仙传》有之，则王逸注盖引之古本《列仙传》。蔡邕的《王子乔碑》也有大鸟迹见于王子乔墓上之事，与《天问》之说相合。由此可见，崔文子学仙于王子乔的故事，可能是流行于先秦时期的神仙方术之士的传说，故屈原特以“阳离爰死”的原则提出了“羽化登仙”之不可信。

但是，尽管如此，屈原在诗歌中基于浪漫主义创作方法的需要，却常常把上述的羽化飞升、吸露餐霞等等意境融进诗篇里，作为他爱国忠君、向往“美政”、追求理想的抒情手段。这正如他在《天问》里对“昆仑”“县圃”等已提出了质疑，而在《离骚》《涉江》中却照样运用，宛如身历其境。这是因为前者是认识世界的“穷理”之作，后者则是浪漫主义的抒情手法，由于目的不同而作了不同的处理。

可是，近代以来的学术界，并没有因为上述的矛盾现象而怀疑

《天问》或《离骚》等是伪作，却一口咬定《远游》不是屈原的作品。这其中也不是没有原因的。盖由于《离骚》等篇跟《远游》相比，虽然同是抒情之作，而它们之间确实存在不小的差距。但是，这个差距，我们认为这又是艺术手法跟精神寄托之间的不同。

我们先举《离骚》为例。《离骚》里“驷玉虬以乘鹥兮”一大段，及“为余驾飞龙兮”一大段，对上天下地，周游八荒的描写，都带有浓厚的游仙飞升的色彩。但诗人对此，只不过是借以抒发自己追求君明臣良、共施“美政”的理想而“上下求索”的迫切心情，也就是他所说的“勉升降以上下兮，求榘矱之所同”。这并不是为了追求虚无缥缈的神仙境界，只不过是一种抒情的浪漫主义艺术手法。但是《远游》则不同，他所希望的是“神倏忽而不返兮，形枯槁而独留”，所追求的是“因气变而遂曾举兮，忽神奔而鬼怪”，所向往的又是“贵真人之休德兮，美往世之登仙”。这显然不能仅仅用艺术手法来解释。

其次，屈原的《涉江》里，也曾提出过“吾与重华游兮瑶之圃，登昆仑兮食玉英，与天地兮同寿，与日月兮齐光”的话。但这不过是以高度形象化的艺术手法来展示其纯真无瑕、与世永存的崇高人格而已。跟《远游》里追求“长生久视”的生活理想不同。《远游》云：“闻至贵而遂徂兮，忽乎吾将行。仍羽人于丹丘兮，留不死之旧乡。”如果说《涉江》是艺术手法，而《远游》则确实近于生活理想。因为从《涉江》的全篇中心来看，是在抒写流亡生活中的艰苦历程。他的目的地，是“虽僻远之何伤”的异域，而不是“仍羽人于丹丘”的仙境；他的结果是“固将愁苦而终穷”，并不是“留不死之旧乡”的永生。

再其次，“吹呴呼吸，吐故纳新”乃方士导引养生之术，故《远游》里曾云：“餐六气而饮沆瀣兮，漱正阳而含朝霞。保神明之清澄兮，精气入而粗秽除。”而《悲回风》里也有类似的描写，如：“据青冥而攄虹兮，遂倏忽而扪天。吸湛露之浮源兮，漱凝霜之雰雰。”但《悲回风》的全篇中心，是写诗人流亡过程中寂寞幽愤的心情，有时“登石峦以远望”，有时“上高岩之峭岸”，因而借用“吸露”“漱霜”的意境以舒泄其“戚戚而不可解”的郁闷之气。但《远游》的“保神明之清澄”句，王逸注云：“常吞天地之英华也”；“精气入而粗秽除”句，王逸注云：“纳新吐故，垢浊清也。”因此，诗人的目的，是借此达到“玉色頩以脕颜兮，精醇粹而始壮”，都近于对导引之术的理论阐述。这跟《悲回风》的意境无疑是有区别的。

从上述的情况看，《远游》跟屈赋其他篇章显然有所不同。故学术界判定《远游》为伪作，决不是偶然的。但我们认为：不同是事实，可是这种不同，并不是真伪的差别，而是艺术手法跟精神寄托之间的差别。即屈原对自己所习闻常见的跟道家“虚静无为”“长生久视”有密切关系的神仙方士之言，在一般情况下，跟神话一样，都被作为艺术上的表现手法，从而使诗篇的艺术意境更为深邃，艺术形象更为丰满。然而，当诗人在政治理想彻底幻灭之际，对人生意义感到绝望之时，那就很自然地使思想意识上的这些因素，由艺术手法的运用转而为精神寄托的境界。

我们这里说的“精神寄托”，是意味着跟“人生归宿”不同。“寄托”者，是一时的“排遣”；而“归宿”者，是终身的“信仰”。在这一点上，《远游》本身就显示着极其鲜明的标志。

当然，我们从《远游》的思想内容来看，确实有些神仙方士之气。尤其读到全篇的结尾的“超无为以至清兮，与泰初而为邻”，这不正是诗人的“归宿”吗？无怪乎洪兴祖《补注》云：

> 骚经、九章，皆托游天地之间，以泄愤懑，卒从彭咸之所居，以毕其志。至此章独不然。初曰“长太息以掩涕”，思故国也；终曰“与泰初而为邻”，则世莫知其所如矣。

但是我们认为，要解决《远游》的“寄托”与“归宿”之别，更重要的是《远游》的篇首而不是篇尾。诗人在篇首一大段里（凡十六句），抒写了自己在政治上遭到毁灭性打击之后的惨痛，也正是在表白自己要离开尘世而“远游”的原因；亦即寻找“寄托”、摆脱痛苦的动机。而特别应当注意的是开篇的两句：

> 悲时俗之迫阨兮，愿轻举而远游。

一个“悲”字，写出了诗人感情的基调；而一个“愿”字，又道出了诗人思想的起点。由于要排遣“悲”，所以才提出了“愿”。“愿”是设想，是企图，是意识上自我慰藉。而这以下的全篇描绘，都是从“愿”字引出的。我们认为，从“时俗之迫阨”所逼出来的“愿”，决不会是心安理得的“愿”；因而所谓“游”，也只是假想中的“神游”，而不是事实上的“仙游”；只是诗人一时的“精神寄托”，而决不是诗人终身的“人生归宿”。正因为如此，所以汨罗的自沉，就成了不可避免的历史悲剧！

如上所述，我们认为屈原在道家思想基础上对当时方士之流的神仙导引之说，虽然并未接受，但却有所影响。具体问题应当具体分析，总括屈赋来看，有三种情况：

（1）从**哲理**上讲，诗人曾提出质诘与批判，如《天问》；

（2）从**艺术**上讲，诗人曾取之以为创作手法，如《离骚》《涉江》《悲回风》；

（3）从**感情**上讲，诗人曾借此以为精神寄托，如《远游》。

这三者之间，不仅没有真伪之别，也没有矛盾可言；但却不当混为一谈，要作具体分析。因此，梁启超的《要籍解题及其读法》认为：《远游》乃“屈原宇宙观人生观的全部表现”，固然荒谬；而郭沫若同志《屈原赋今译·后记》又认为《远游》“基本上是一种神仙家言，与屈原思想不合”，断为伪作，也未免考虑不周。

跟屈原《远游》有些相似的是贾谊的《鹏鸟赋》。

我们如果了解贾谊的生平，他的积极投身于政治改革，以及他所写下的《过秦论》《治安策》和《新书》的全部内容，也许会发现，他的《鹏鸟赋》跟他的政治理论和哲学思想并不一致，甚至是互相矛盾的。但即使如此，我们也决不能简单地把《鹏鸟赋》判定为伪作，也决不能用《鹏鸟赋》来说明贾谊的“宇宙观人生观的全部”，而同样应当具体问题具体分析。

我们认为，如果从贾谊的思想体系与生平遭遇来看，他的《鹏鸟赋》跟屈原的《远游》一样，也是自我排遣、一时寄托之作。由于他的思想意识中如上文所说，道家因素是占一定比重的，因而从道家思想中寻找寄托，也就成为极其自然的趋势。但他跟屈原一样，因为政治上的失败，道家派别中的消极的东西，这时却起了推波助澜的作用。

但是应当注意的是，屈原、贾谊虽然都是在失意之际从道家思想中寻找慰藉，而各人有个人的特点。即屈原是求寄于黄老学派演化出的神仙导引之术，而贾谊则是求寄于庄子学派中的相对主义与宿命论。

当然，贾谊在《惜誓》中，也曾偶然提到过“攀北极而一息兮，吸沆瀣以充虚”，“驰骛于杳冥之中兮，休息兮昆仑之墟”，“乃至少原之野兮，赤松王乔皆在旁”等等，颇与《远游》相一致。但这并不是贾谊自我寄托的代表作，而真正的寄托之作是《鵩鸟赋》。

《鵩鸟赋》乃写于贾谊谪居长沙之时。他由于政治上的失意，思想上的忧郁，乃借鵩鸟以抒感：

祸兮福所倚。福兮祸所伏；
忧喜聚门兮，吉凶同域。
……
其生兮若浮，其死兮若休；
澹乎若深渊之静，泛乎若不系之舟。

赋中又云：

小知自私兮，贱彼贵我。
达人大观兮，物无不可。

我们知道，庄子是主张“一死生”“齐祸福”“同彼我”的，而贾谊的《鵩鸟赋》，则正是借用庄子的这种相对主义来排遣自己的愤懑。然而归根结蒂，最后又把一切无可奈何之事，皆归于“命”：

夫祸之与福兮，何异纠缠；
命不可说兮，孰知其极。
……
天不可与虑兮，道不可与谋；
迟速有命兮，乌识其时。
……
德人无累兮，知命不忧；
细故芥蒂兮，何足以疑。

不难看出，庄子的宿命论思想，竟成了贾谊自我排遣的有力武器。《庄子·德充符》曾云：

死生存亡，穷达贫富，贤与不肖，毁誉饥渴寒暑，是事之变，命之行也，日夕相待乎前，而知不能规乎其始者也。

这正是庄子所经常强调的“性不可易，命不可变”（《天运》），“不知吾所以然而然，命也”（《达生》）。而庄子对“命”的态度，则是“圣也者，达于情而遂于命也”（《天运》），“知不可奈何而安之若命，唯有德者能之”（《德充符》）。这种“遂命”“安命”的人生哲学，不正是贾谊所说的“德人无累兮，知命不忧”的“宿命论”观点吗？这跟《新书·道德说》中所说的“礐坚谓之命”的“命”的含义，显然不是属于一个范畴的东西。

因此，从贾谊改革政治的积极态度以及上述的思想体系来讲，跟《鹏鸟赋》的消极内容，的确是不相称的。但几千年来，怀疑《鹏鸟赋》是伪作的，并无其人。相反，由于屈原的积极的政治态度与人生观跟《远游》内容不相一致，竟因此剥夺了屈原的著作权，这就未免把作为时代的人、作为阶级的人、作为各种意识形态互相渗透的社会中的人简单化了。

当然，我们说屈原的《远游》，贾谊的《鹏鸟赋》都是一时寄托之作，这是从他们整个思想因素上的主流来看问题的；如果把他们在那个时代所受到的某些意识形态的极其细微的影响或一刹那间的显现，也作为世界观的构成部分，则认为他们对这个问题存在着世界观上某种程度的矛盾，也未尝不可。

关于人们的世界观与处事态度问题，由于种种客观原因，确实是呈现着极其复杂的形态。在中国文学史上，跟屈原、贾谊有些相似情况，例不胜举。

从汉代来看，除贾谊外，最突出的是张衡。张衡是东汉著名的科学家和文学家。由于他有唯物主义思想倾向，曾发明过“浑天仪”“地动仪”等在中国科技史上价值极高的仪器，又曾上疏反驳过荒诞无稽的“图纬”之学。但当他在朝之日，“阉竖恐终为其患，遂共谗之。衡常思图身之事，以为吉凶倚伏，幽微难明，乃作《思玄赋》，以宣寄情志”。现在看来，《思玄赋》的基调跟《远游》是极相似的。他要“漱飞泉之沥液兮，咀石菌之流英”，“留瀛州而采芝兮，聊且以乎长生”，“涉青霄而升遐兮，浮蔑蒙而上征”……（详《后汉书·张衡传》）所有这些，又何尝不是神仙导引飞升之事，不是跟他的唯物主义思想互相矛盾的唯心主义思想？至于魏晋以来，佛教、道教思想在文人当中广泛传播，因而儒、道、佛互相矛盾又互相融合的情况，更是极其寻常的现象。不仅以儒家道统自居的韩愈、以唯物主义思想名世的柳宗元接受佛家思想，即大力提倡“文章合为时而著，歌诗合为事而作”的白居易，晚年《病中诗十五首序》中不同样也流露出“栖心释梵，浪迹老庄”的消极情绪吗？诗中不同样在宣扬“欲界凡夫何足道，四禅天始免风灾”的佛家“色界四天”思想吗？

因此，我们对屈、贾的《远游》和《鹏鸟赋》，也应当跟上述历史现象同样对待。我们当然不会无故地否定贾谊的《鹏鸟赋》，也不应当简单化地否定屈原的《远游》。

（四）结语

从上述的情况看，史迁在《史记》里屈、贾二人合传，是有极其坚实的历史根据的。史迁在《屈原列传》中虽然只提到《怀沙》《渔父》《离骚》《天问》《招魂》《哀郢》等少数篇章，但从屈、贾合传的角度看，包括被后人怀疑过的《惜往日》《远游》等在内的其他篇章，史迁也应当是都读过的。否则把屈原跟具有儒、法、道、名四家思想特征的贾谊合传，就缺乏充分的论据。当然，从《史记·屈原贾生列传》末太史公的评语来看，由于读到贾谊《吊屈原赋》而对屈原的不肯“游诸侯”曾提出不同看法。但这不过是属于个人的民族意识、爱国感情问题。跟学派不能混为一谈。其次，史迁由于读到贾谊的《鹏鸟赋》，又对屈原的死生去就问题，感到“爽然自失”。但这不过是用贾赋自我排遣的观点来评价屈原的自处之道，这跟屈原、贾谊在政治思想上的一致性并没有矛盾。况且屈原的沉渊而死，不正跟贾谊的“哭泣岁余亦死”的人生态度一致吗？换言之，这都不过是史迁借贾谊一时寄托之作，对屈原的死生去就问题表示自己的看法而已，并不是在对屈、贾的学派评定异同。

关于《远游》真伪问题，学术界曾各从不同的角度进行了探索。本篇上文系从屈、贾合传以及学派问题作了分析，认为《远游》仍应为屈原作品。这里要附带提一下的是：从宋玉《九辩》的末章看，显然是从《远游》脱化而来的；从西汉前期东方朔《七谏》的《自悲》，到西汉晚期刘向《九叹·远游》的“叹曰”看，也都摄取了《远游》的思想与意境。可见，从《远游》的传授渊源来考察，跟从学派思想来考察，其所得的结论是一致的，即不能认为《远游》是伪作。

或认为，在今天来讲，不必要用先秦学派的框框来评价屈原。但我觉得屈原的思想固然不囿于一个学派，但为了便于说明问题，先秦学派的名称，仍可采用。我们知道，自从《庄子·天下篇》到《荀子·非十二子》，先秦学派的划分，已初具规模。到了司马谈的“论六家要旨”，脉络日益明晰。而刘向父子的《别录》《七略》，九流十家之说已大备，班氏因之，世传《汉书·艺文志》。我们今天利用汉人所定学派名称来说明先秦学术思想形态。亦犹利用宋人《广韵》的韵目来标志先秦古韵一样，更便于探讨说明其古今分合演变之迹。问题的焦点，在于不能胶柱鼓瑟，把各家的区别看作一成不变的事物；而应当根据不同的时代条件，分析九流十家之间的互相渗透与不断演变的发展规律而已。

写于一九七八年十月

九、草“宪”发微

一九五三年，世界和平理事会号召全世界人民纪念世界四大文化名人。屈原就是其中的一个。当时我国《文艺报》为此发表了一篇代表我国论点的社论《屈原和我们》。社论一方面认为“屈原是世界性的伟大诗人，是登上了世界文学史上最高峰的人物之一”，但另一方面却又认为“屈原的政治思想中，有好些思想在当时都已经是过时了的，更正确地说，是历史上未曾实现过的空想。但我们应该加倍注意的，不是他的一套政治理想，而是他的实际的政治态度和斗争。”我认为社论的这个论点是错误的。

毛泽东同志说过：“无产阶级对于过去时代的文学艺术作品，也必须首先检查它们对待人民的态度如何，在历史上有无进步意义，而分别采取不同态度。”我们对屈原就应当以此为标准来进行评价。而社论既然认为屈原的政治思想“在当时都已经是过时了的”，则屈原在战国时期也不过是一个时代的落伍者。因此，“他的实际的政治态度和斗争”无论怎样坚定，只会把历史车轮拉向后转，又有什么“进步意义”呢？很显然，抹煞屈原的历史的阶级的“政治思想”而抽象地肯定其“政治态度和斗争”，是违背了历史唯物主义精神的。因为我们不仅仅应当承认屈原是“世界性的伟大诗人”，而且应当承认他是中国历史上最杰出的进步文学家。

我们知道，春秋战国时期，是我国由奴隶制向封建制转化的大变革时期，各个国家都在不同程度上出现了变法革新运动。因此，评价屈原“在历史上有无进步意义”，就必然要涉及到他究竟是代表新兴地主阶级利益还是代表没落奴隶主贵族阶级利益的问题。但是一九五三年纪念屈原时，在这个问题上学术界的意见是不一致的。例如跟《文艺报》的社论相反，丁力同志曾说：“秦白商鞅变法而兴。楚悼王时，亦由吴起主持过变法。悼王死，吴起被反动派所杀害。至屈原时，怀王叫屈原草宪令。这宪令恐怕包含了变法的内容，才为楚国贵族顽固派所反对。仅仅诬他夸口，是动摇不了怀王对屈原的信任的。惜无材料可证。”（见一九五四年四月十二日《光明日报》的《文学遗产》第四期《读屈原作品》）丁力同志虽然认为屈原所草的“宪令”里“恐怕包含了变法的内容”，但是又感到“惜无材料可证”。又如刘永济同志，也认为屈原进行过变法革新，“然宪令内容如何，却无一字记载，屈赋中亦未言及”，为“研究者必须决定者，亦无从确实考证”，这是研究屈赋的“根本困难”（见《屈赋通笺·笺屈餘义》）。本文就是准备在这个问题上作一番研讨，即根据屈赋来探索这个“宪令”的基本倾向。当然，从屈赋来看“宪令”精神，这不过是以文证史的一种手段，而决不意味着这是对屈赋所作的全面的、艺术的评价。

马克思列宁主义认为：“法律就是取得胜利、掌握国家政权的阶级的意志的表现。”（《列宁全集》十三卷）当然，屈原所留给我们的是政治抒情诗，而不是政论性的散文。因此，他不可能在抒情诗里提供出具体的变法革新的措施和主张。但是，屈原既是我国历史上伟大的诗人，同时也是我国历史上伟大的政治家，在他的光辉诗篇里所表现的“掌握国家政权的阶级的意志”，是极其强烈的。因此，根据屈赋来探索“宪令”的根本精神，仍不难略见其梗概。而《离骚》之所谓“美政”，亦可借此得其端倪。

（一）“国富强而法立兮，属贞臣而日娭”

我们知道，春秋时孔子早已提出“足食足兵”的问题。而“励耕战”政策，到了战国时期更是一切进步的政治家为了富国强兵而提出的共同纲领。商鞅相秦，首先就是：“变法修刑，内务耕稼，外劝死战之赏罚。”（《史记·秦本纪》）吴起相楚，也强调“精耕战之士”（《史记·范雎蔡泽列传》）。而屈原在《惜往日》里所提出的“国富强而法立”，正是鲜明地体现了“无事则国富，有事则兵强”（韩非子·

五蠹》）的“励耕战”政策。

在“励战”问题上，《史记·楚世家》里的一段话，可供参考：

（楚怀王）六年，楚使柱国昭阳将兵而攻魏，破之于襄陵，得八邑。又移兵而攻齐，齐王患之。陈轸适为秦使齐，齐王曰：“为之奈何？”陈轸曰：“王勿忧，请令罢之。”即往见昭阳军中，曰：“愿闻楚国之法，破军杀将者何以贵之？”昭阳曰：“其官为上柱国，封上爵执珪。”陈轸曰：“其有贵于此者乎？”昭阳曰：“令尹。”陈轸曰：“今君已为令尹矣，此国冠之上。……”

按《战国策·齐二》也记载了这件事。怀王六年屈原已二十多岁，当时昭阳为令尹，屈原是否已为左徒，不得而知。但昭阳将兵攻魏，“破之于襄陵，得八邑”，这是怀王之世，国势盛强的时期。尤其应当注意的是，当陈轸问及“楚国之法，破军杀将者何以贵之”，昭阳答以“其官为上柱国，封上爵执珪”，这就说明了当时楚国确已实行了“有军功者，各以率受上爵”（《史记·商君列传》）的政策。当然，这一政策，在楚国来讲，吴起早已实行过。吴起死后，他的遗教也没有完全被废弃。例如《淮南子·道应训》记载：楚“子发攻蔡，踰之。宣王郊迎。列田百顷而封之执圭”。可见这种“励战”政策，在楚怀王之前的悼王、宣王时也实行过。而在屈原时期，也正是他在《惜往日》里所说“奉先功以照下”的措施之一。因此，我们可以说：“励战”的政策，在楚国虽非屈原所首创，而屈原确是继承“先功”把这一政策推向前进的革新政治家。

在这里，我们如果从“励战”角度来读屈原的《国殇》，更是十分有意义的。《国殇》是一首悼念阵亡将士的祭歌，然而也是一只发扬蹈厉、鼓舞士气的战歌。《九歌》本来是屈原在民间祭歌的基础上进行了一番再创造的一组乐歌。因而，《国殇》既深刻地体现了当时楚国人民的精神面貌，更形象地展示了屈原“励战”的政治思想。

在治军方面，鼓舞将士勇往直前、不怕牺牲的战斗情绪，是当时先进的政治家的共同要求。楚吴起曾跟商文有这样一段对话：

吴起谓商文曰：“……士马成列，马与人敌，人在马前，援

桴一鼓，使三军之士乐死若生，子与我孰贤？”商文曰：“吾不若子。”（《吕氏春秋·执一》）

吴起的这种治军精神，不但行之于楚，也曾行之于魏。《战国策·魏一》记载：“魏公叔痤为魏将，而与韩赵战浍北，禽乐祚。魏王说，迎郊，以赏田百万禄之。公叔痤反走再拜辞曰：‘夫使士卒不崩，直而不倚，挠拣而不辟者，此吴起之余教也，臣不能为也。……县赏罚于前，使民昭然信之于后者，王之明法也。……’王曰：‘善。’于是索吴起之后，赐之田二十万。”在楚国，屈原显然也是继承了吴起的这种治军的“余教”。在这一点上，《国殇》里的“旌蔽日兮敌若云，矢交坠兮士争先”，“霾两轮兮絷驷马，援玉枹兮击鸣鼓”，“出不入兮往不返，平原忽兮路超远。带长剑兮挟秦弓，身首离兮心不惩。诚既勇兮又以武，终刚强兮不可凌。”这无疑地都是屈原“励战”精神形象化的体现。

在“励战”政策下，对战死将士的待遇，据《管子·揆度》说：“君问其若有子弟师役而死者，父母为独，上必葬之，衣衾三领，木必三寸，乡吏视事，葬于公壤。若产而无弟兄，上必赐之匹马之壤。故亲之杀其子以为上用，不苦也。”又《战国策·中山》说：“长平之事，秦军大尅，赵军大破，秦人欢喜，赵人畏惧。秦民之死者厚葬，伤者厚养，劳者相飨，饮食餔餽，以靡其财。”在秦国对“死者厚葬”之外，在齐国对生者“赐之匹马之壤”以外，有没有悼念战死者的祭典，不得而知；有没有对祭战死者的特制的赞歌，也不得而知。但从屈原的《国殇》看来，则当时楚国不仅民间或国家都有悼念战死者的祭典，而且还有通过祭歌对战死者进行热烈的赞颂。这不仅说明了《国殇》是屈原推行“励战”政策的产物，同时也大大丰富了我们想象中屈原所草“宪令”的具体而生动的历史内容。

关于“励耕”的问题，在屈赋里是找不到的。但是，如果从屈赋里所流露出的对“力耕”的态度来看，仍然可以从侧面得到一些启发。屈原在《卜居》里有一段话，列举了互相矛盾着的八对问题，用反诘的语气，肯定了前者而否定了后者，表示了他跟没落奴隶主贵族根本对立的思想观点和处世态度。其中有一条是：

宁诛锄草茅以力耕乎，
将游大人以成名乎？

对这两句话学术界各有理解。如王逸对上句只云：“种稼穑也。”对下句只云：“事贵戚也。”郭沫若同志则用以证明屈原“是特别同情农民的”（见《伟大的爱国诗人——屈原》）；丁力同志则用以证明屈原是“熟悉农民生活”的（见《关于屈原作品的真伪问题》）。很显然，这些理解都是把“宁诛锄草茅以力耕”这句话孤立起来所作出的片面结论。而我们如果把屈原肯定“力耕”和反对“游大人”紧密联系起来，从而探索他形成这一观念的思想根源，就不得不归结到他的“励耕”思想。当然，《卜居》并不是“宪令”，因此，我们只能说它是屈原的“励耕”思想从一个侧面的流露和反映。

为了说明这个问题，我们必须从下列几段资料来进行考察。

先谈商鞅的论点。《商君书·农战》：

> 说者成伍，烦言饰辞而无实用。主好其辩，不求其实；说者得意，道路曲辩，辈辈成群。民见其可以取王公大人也，而皆学之。夫人聚党与说议于国，纷纷焉，小民乐之，大人说之。故其民农者寡，而游食者众；众则农者殆，农者殆则土地荒。学者成俗，则民舍农从事于谈说。高言伪议，舍农游食，而以言相高也，故民离上，不臣者成群。此贫国弱兵之教也。

在主张“力耕”，反对“游说”这个问题上，商鞅曾从各个方面反复阐述，并采取措施。他认为“夫民之不可用也，见言谈游士事君之可以尊身也，……则必避农，避农则民轻其居，轻其居则必不为上守战也。”又认为“夫农者寡而游食者众，故其国贫危。”为了制止这种情况，其措施之一，是“无以外权爵任与官，则民不贵学问，又不贱农。……无外交，则国安而不殆。民不贱农，则勉农而不偷。国安不殆，勉农而不偷，则草必垦矣。”（《垦令》）可以看出，商鞅在这里是把上述问题作为富国强兵的重要问题而提出的。而且商鞅所指斥的“言谈游士事君之可以尊身”，以及“民见其可以取王公大人也”，这不正是屈原所反对的“游大人以成名”的具体说明吗？商鞅所指出的由于“游士”成风，“避农”“贱农”，乃“贫国弱兵之教”，这不正是屈原之所以肯定“诛锄草茅以力耕”的根本原因吗？可见，屈原所说的“宁诛锄草茅以力耕乎，将游大人以成名乎”，完全是盛行于当时的政治革新的“励耕”思想在他的抒情诗篇中的偶然流露，决不应当简单地理解为诗人的一时愤激之情。

再看韩非的论点。《韩非子·显学》：

> 藏书策，习谈论，聚徒役，服文学而议说，世主必从而礼之曰：“敬贤士，先王之道也。”夫吏之所税，耕者也；而上之所养，学士也。耕者则重税，学士则多赏，而索民之疾作而少言谈者，不可得也。

韩非从主张“力耕”反对“游说”的角度出发，曾对此作了反复的阐述。他特别反对“不急力田疾作，皆欲行货财、事富贵、为私善、立名誉以取尊官厚禄”（《奸劫弑臣》）。他更特别反对在这个问题上颠倒黑白，淆乱是非：“力作而食，生利之民，而世少之曰：寡能之民也”；“游民厚养，牟食之民也，而世尊之曰：有能之士。”（《六反》）韩非在这里所指出的“服文学而议说，世主必从而礼之”，“事富贵”“立名誉”“以取尊官厚禄”，“游居厚养，牟食之民”，正是屈原所反对的“游大人以成名”的游说之风；而韩非所提出的“力作而食”，“力田疾作”，也正是屈原所肯定的“诛锄草茅以力耕”的“生利之民”。可见，屈原的“宁诛锄草茅以力耕乎，将游大人以成名乎”这两句话，完全是诗人“励耕”观点的反映。

再看楚国的吴起。《史记·范雎蔡泽列传》：

> （吴起相楚悼王），禁游客之民，精耕战之士。南收扬越，北并陈蔡，破横散从，使驰说之士无所开其口。

吴起在这里所反对的“游客之民”、“驰说之士”，当然就是屈原所反对的“游大人以成名”；吴起在这里所肯定的“耕战之士”，当然就是屈原所肯定的“诛锄草茅以力耕”。《韩非子·和氏》总结商鞅相秦的政策，也曾以“禁游宦之民，而显耕战之士”两语进行了概括。可见吴起“禁游客之民，精耕战之士”的政策，跟商鞅是一致的。屈原在《卜居》里所流露出的感情，正是当时“励耕”学说给予他的深刻影响。

我们从以上的事实来看，“励耕战”的主张，在屈赋里是有所反映的。屈原在他的政治抒情诗里既然表现了如此强烈的“意志”，则他作左徒时所草“宪令”的内容至少跟他的“意志”应当是一致的，这是可以肯定的。最近云梦出土的《秦律》中就有《军爵律》详细规定了以军功受爵的具体措施；又在《田律》及《游士律》里，一方面奖励“力耕”，一方面严禁“游大人以成名”的“游士”之风。《秦律》是秦国在统一战争中，采取六国旧典，增损而成的。其中有的明确标出采自《魏户律》《魏奔命律》的。可以证明当时新兴封建阶级在变法革新中，包括屈原草拟的“宪令”在内，其条文应多有共同之处。

（二）“举贤而授能兮，循绳墨而不颇”

孔子主张“举贤才”，墨子主张“尚贤”，皆各有不同的历史背景与思想基础。而战国时期的政治革新家所提出的“举贤授能”，则充分反映了新兴的封建阶级为了改变阶级力量的对比，以“举贤授能”取代奴隶主贵族的“世卿世禄”制，从而为新兴地主阶级登上政治舞台创造条件的政治意图。

作为新兴地主阶级“意志”的表现，屈原在他的诗篇里曾一再提出这个问题。

《离骚》：

汤禹俨而祇敬兮，周论道而莫差，
举贤而授能兮，循绳墨而不颇。

《离骚》：

勉升降以上下兮，求榘矱之所同，
汤禹严而求合兮，挚咎繇而能调。
苟中情其好修兮，又何必用夫行媒，
说操筑于傅岩兮，武丁用而不疑。
吕望之鼓刀兮，遭周文而得举，
甯戚之讴歌兮，齐桓闻以该辅。

《惜往日》：

闻百里之为虏兮，伊尹烹于庖厨，
吕望屠于朝歌兮，甯戚歌而饭牛，
不逢汤武与桓缪兮，世孰云而知之。

在屈原的诗篇里，到处都流露着“举贤授能”的思想。屈原把这些古代历史作为“举贤授能”的典型事件来提出，虽然是由于他遭到废黜以后，结合楚国当时的情况所抒写的愤懑之情，但却体现了他总结历史经验而提出的一条带有根本性质的问题。《荀子·君子》说：“尊贤者王，贵贤者霸，敬贤者存，慢贤者亡，古今一也。”而屈原也正是从古代历史经验中提出了这一用人唯贤的路线。

在这里，首先应当注意的是屈原所称述的历史传说中，所被举用的大都是社会下层的卑贱人物。如伊尹“烹于庖厨”，傅说“筑于傅岩”，吕望“屠于朝歌”，甯戚“歌而饭牛”，百里奚“为虏”，都是从这个角度提出来的。在屈原的《天问》里，也曾涉及到他们的这些事迹。这样的历史传统，战国时期的载籍是经常有所记述的。尤其是先秦的政治革新家，出于本阶级的政治需要，对此更作了广泛的宣传和赞扬。《韩非子》的《难言》《说难》《难一》《难二》《说疑》等篇，对上述的这些人物和事件，是赞不绝口的。他在《说疑》里曾有下述一段话：

观其所举，或在山林薮泽岩穴之间，或在图圄緤绁缠索之中，或在割烹刍牧饭牛之事。然明主不羞其卑贱也，以其能为可以明法，便国利民，从而举之，身安名尊。

对“举贤授能”而“不羞其卑贱”的历史意义，荀况也曾作了不少的分析。如《荀子·君子》说：“先祖当贤，后世子孙必显，行虽如桀纣，列从必尊，此以世举贤也。………以世举贤，虽欲无乱，得乎哉。”又《荀子·王制》说：“虽王公大夫之子孙也，不能属于礼义，则归之庶人；虽庶人之子孙也，积文学，正身行，能属于礼义，则归之卿相士大夫。”不难看出，“举贤授能”“不羞其卑贱”的历史意义，正在于它取代奴隶主贵族的“世卿世禄”制，从而为新兴封建阶级登上政治舞台开辟道路。

总之，关于伊尹等人的历史真相究竟如何，那是另外的问题，而当时他们根据新兴封建阶级的政治需要从而得出了上述的结论，则是事实。可见，屈原在这个问题上的政治革新立场是很鲜明的。

其次，应当注意的是屈赋中所提出的上述伊尹等历史人物之所以为诗人所重视，还有一个重要原因，那就是这些人物在诗人的心目中，曾被认为是政治革新的理想人物，即韩非《说疑》中所说的“可以明法”的人物。当然，从这些人物所处的历史条件来讲，除百里奚、甯戚而外，其余都是处于奴隶社会的稳定时期，他们不可能成为真正的革新家的先驱。但是，不管他们在历史上的真实面貌如何，而战国时期的先进人物，却总是把他们的政治理想附加在这些人物身上，把他们塑造成最理想的形象，为自己的政治路线服务。《韩非子·显学》曾说：“孔子墨子俱道尧舜，而取舍不同，皆自谓真尧舜。尧舜不复生，将谁使定儒墨之诚乎？”其实，不但儒墨如此，其他学派又何尝不是如此；不但对尧舜如此，即对其他历史人物，又何尝不是如此。而且他们不仅“取舍不同”，有时简直是根据自己的政治需要把历史人物加以改造。即使是新兴的封建阶级代表人物，也不可能历史地对待古人。

郭沫若同志在《屈原研究》中曾认为屈原的称道古人，“并不是迷恋旧时代的魂”，而是“表现着他的革命的、前进的精神”。这话是对的。不过“举贤授能”的政治主张，当时各家之间在不同的情况下，其提法上的轻重缓急是有区别的。例如荀况特别强调举贤的作用，认为“有治人，无治法”（《荀子·君道》；而韩非在强调法术的作用时，则认为“无术以用人，任智则君欺，任修则君事乱”（《韩非子·八说》），“废常上贤则乱，舍法任智则危”（《韩非子·忠孝》；而商鞅在强调君权的作用时，则认为“立君者，使贤无用也”（《商君书·开塞》）。但在一般的情况下，尤其是跟“世卿世禄”相对而言时，他们都是把任贤能提到极其重要的地位上而予以肯定。《管子·君臣下》说：“布法出宪，而贤人列士尽功能于上矣。”可见革新政治家的“宪令”是贯穿着“举贤授能”的精神的，屈原的“宪令”，当然也不会忽视这一问题。

（三）“独障壅而蔽隐兮，使贞臣为无由”

“反蔽壅”的问题，是新兴封建阶级作为巩固君主集权、沟通上下关系、贯彻政策法令的保证而提出来的。在屈原的诗篇里也曾一再提到这个问题。例如《惜往日》：

临沅湘之玄渊兮，遂自忍而沉流。
卒没身而绝名兮，惜壅君之不昭。
君无度而弗察兮，使芳草为薮幽。
焉舒情而抽信兮，恬死亡而不聊。
独障壅而蔽隐兮，使贞臣为无由。
………
谅聪不明而蔽壅兮，使谗谀而日得，
自前世之嫉贤兮，谓蕙若其不可佩。
……
宁溘死而流亡兮，恐祸殃之有再，
不毕辞而赴渊兮，惜壅君之不识。

（《考异》云：“壅，古本皆作廱。”又云：“壅，一作雍。”）可见，屈原对“蔽壅”的问题是如何的深恶痛绝。但是，“反蔽壅”在当时的变法革新运动中是否就会成为“宪令”的内容之一，这就需要作一番考查。

《战国策·赵四》有这样一段记载：

> 赵建信君专宠，客说赵王曰：“郭偃之法，有所谓‘桑雍’者，王知之乎？”王曰：“未之闻也。”“所谓‘桑雍’者，便辟左右之近者，及夫人优爱孺子也。此皆能乘王之醉昏而求所欲于王者也。是能得之乎内，则大臣为之枉法于外矣。故日月彫晖于外，其贼在于内。谨备其所憎，而祸在于所爱。”

按《战国策》这段记载，文字多误，兹据姚本旧校及黄丕烈《札记》摘录如上。但在这里首先要知道的是，所谓“郭偃之法”的郭偃究竟是什么样的人物？根据《国语·晋语》韦昭注，认为郭偃就是春秋时晋国的大夫。又《晋语》有这样的记载：晋“文公问于郭偃曰：‘始也吾以治国为易，今也难。’对曰：‘君以为易，其难也将至矣；君以为难，其易也将至焉。’”可见郭偃是晋文公时的大夫。又《韩非子·南面》说：“管仲毋易齐，郭偃毋更晋，则桓文不霸矣。”可见，郭偃是辅佐晋文公变法革新的人物（《墨子·所染》：“晋文染于舅犯、高偃。”毕沅注云：“未详。吕氏春秋高作卻，疑当为郤，晋有郤氏。”今按毕说误。高偃，即郭偃之误。高乃郭之坏字，郤亦郭之坏体）。晋文公变法革新，“旧田半税，新田不税”等措施（《新序·杂事》），可能就是在郭偃“更晋”时推行的。

当时，郭偃曾为晋国写了一部成文法，即后世所称引的“郭偃之法”。如《商君书·更法》：商鞅变法时，对秦孝公说：“郭偃之法曰：论至德者不和于俗，成大功者不谋于众。”《新序·善谋》里也有同样的记载，而《史记·商君列传》则于这两句话之前删去了“郭偃之法曰”五字以就简。除商鞅外，从上引《战国策·赵四》说客也引“郭偃之法”为立论根据，则战国时“郭偃之法”是相当流行的一部成文法。而且还可以看出，“郭偃之法”的内容是比较广泛的，除了“论至德者不和于俗，成大功者不谋于众”等政治原则以外，还提出了反对“桑雍”等具体的问题。

“桑雍”是什么意思，前人没有谈过。我们根据上下文的论点及春秋战国其他政治家著作来看，“桑雍”其实就是“塞壅”。“桑”与“塞”，古音都在心纽；又“桑”古韵在阳部，“塞”古韵在之部，阳、之二部为次对转。以“桑”为“塞”，乃一声之转的假借字（今山东土语犹呼“塞”为“桑”音）。至于“雍”之为“壅”，乃古书惯例，例多不举。“塞壅”也就是《管子·明法》所谓“塞擁”，也就是屈原《惜往日》里的“障壅”“蔽壅”。故“塞壅”的含义，即指大臣枉法、内外勾结、君主壅蔽、政令不通的政治局面。在春秋战国时期的进步政治家，对于反“塞壅”或反“蔽壅”的问题，都曾作过广泛而深入的阐述。

对此，我们不妨多引点例证。

《管子·明法》：

夫国有四亡：令求不出谓之灭，出而道留谓之擁（壅），下情求不上通谓之塞，下情上而道止谓之侵。故夫灭侵塞擁之所生，从法之不立也。

关于“塞”“擁”的含义，《管子·明法解》里曾进一步作了很详细的解释：

明主之道，卑贱不待尊贵而见，大臣不因左右而进。百僚条通，群臣显见。有罚者主见其罪，有赏者主知其功。见知不悖，赏罚不差。有不蔽之术，故无壅遏之患。乱主则不然，法令不得至于民，疏远鬲闭而不得闻。如此者，壅遏之道也。故明法曰：令出而留谓之壅。

……

人臣之所乘而为奸者，擅主也。臣有擅主者，则主令不得行，而下情不上通。人臣之力能鬲君臣之间，而使美恶之情不扬闻，祸福之事不通彻，人主迷惑而无从悟。如此者，塞主之道也。故明法曰：下情不上通谓之塞。

从上文引述的这几段话来看，“塞”“壅”的特征，含有政令不行、上下壅塞之义。故简言之，也都可以用郭偃的“桑壅”和屈原的“障壅”“蔽壅”或“壅君”来概括。至于造成这样政治恶果的根本原因，那就是由于“法之不立”。当然，屈原的《惜往日》，主要由于遭谗被黜，欲谏不得，障壅蔽塞，情不上达，故借此抒其愤慨。但其精神实质却跟《管子》所谓“人臣之力能鬲君臣之间，而使美恶之情不扬闻，祸福之事不通彻，人主迷惑而无从悟”，以及“主明蔽而聪塞，忠臣之欲谋谏者不得见”（《管子·明法解》）等等分析是完全一致的。

应当注意的是跟管仲同时同地的甯戚，也跟管仲的观点是一致的。在《说苑·君道》里曾记载甯戚答桓公如何得贤的问题，他又提出了所谓“五阻”，“阻”即蔽塞之意。马王堆汉帛书《经法·四度》亦言“三壅”。从其内容看来，名称不同，本质是一样。可见，屈原所反对的“蔽壅”“障壅”“壅君”，在当时的变法革新运动中，确实是被极端重视的中心问题。“郭偃之法”之所以把反“桑壅”列入法令条文，决不是没有原因的。

韩非处在战国末期，《韩非子》一书，正是他总结前辈政治家的历史经验而写成的。因此，他也特别重视反“壅蔽”的问题。例如：

> 是故人主有五壅：臣蔽其主曰壅，臣制财利曰壅，臣擅行令曰壅，臣得行义曰壅，臣得树人曰壅。（《主道》）

韩非的这些论点，固然是继承管仲的学说而来的，但也是继承“郭偃之法”而来的。在《韩非子·八奸》里有这样一段话：“贵夫人，爱孺子，便辟好色，此人主之所惑也。托于燕处之虞，乘醉饱之时，而求其所欲，此必听之术也。为人臣者，内事之以金玉，使惑其主。此之谓同床。”这是“世主之所以壅劫失其所有”的原因之一。不难看出，这段文字完全是从上述“郭偃之法”反“桑痤”中摘录下来的。又《韩非子·备内》说：“故日月晕围于外，其贼在内，备其所憎，祸在所爱。”也是袭用上述“郭偃之法”的成文，几乎一字不差。当然，韩非的这一论点，同时也是对他的老师荀况所说的“上壅蔽，失辅势，任用谗夫不能制”（《荀子·成相》）的进一步发挥，和对他的前辈申子所反对的“蔽君之明，塞君之听，夺之政而专其令，有其民而取其国”（《群书治要》卷一引）的观点的阐明。而屈原的遭遇和屈原的诗篇更是韩非总结历史经验的来源。

在这里，自然也要涉及到楚国的传统。吴起是反“壅蔽”的。《说苑·建本》有这样一段记载：

> 魏武侯问元年于吴子，吴子对曰：“言国君必慎始也。”“慎始奈何?”曰：“正之。”“正之奈何?”曰：“明智。智不明何以见正。多闻而择焉，所以明智也。是故古者君始听治，大夫而一言，士而一见，庶人有谒必达，公族请问必语，四方至者勿距，可谓不壅蔽矣。

吴起的这一“不壅蔽”的见解，当然后来会在楚国的变法革新中见诸实施。屈原上承吴起之遗教，所草“宪令”，当跟“郭偃之法”一样，对此决不会忽视。尤其屈原在革新运动遭到失败后，个人的感受更为深刻。因此屈原除了在《惜往日》里慨乎言之而外，其他诗篇对“壅蔽”之患，也屡屡提到：

何琼佩之偃蹇兮，众薆然而蔽之，
惟此党人之不谅兮，恐嫉妬而折之。（《离骚》）

纷逢尤以离谤兮，謇不可释，
情沉抑而不达兮，又蔽而莫之白。
心郁邑余侘傺兮，又莫察余之中情，
固烦言不可结而诒兮，愿陈志而无路。
退静默而莫余知兮，进呼号又莫吾闻。
申侘傺之烦惑兮，中闷瞀之忳忳。（《惜诵》）

掺郁郁而不通兮，蹇侘傺而含慼，
外承欢之汋约兮，谌荏弱而难持，
忠湛湛而愿进兮，妬被离而鄣之。（《哀郢》）

屈原在变法革新期间，外有上官、靳尚，内有南后、郑袖，内外勾结，狼狈为奸，使屈原遭谗被黜，变法失败。这正是"郭偃之法"所指出的"便辟左右之近者及夫人优爱孺子"之流当权擅国的时期。屈原在《卜居》所说的"哫訾栗斯，喔咿儒儿，以事妇人"，正是对上官、靳尚之流的揭露。屈原处在这样的环境中，欲申诉而情不上达，所以忧郁愤激而写下了《惜往日》等诗篇。诗篇是对丑恶现实的控诉，也无疑是"宪令"精神的流露。

（四）"惟夫党人之偷乐兮，路幽昧以险隘"

"禁朋党"，是先秦政治革新家为了强化君主集权的又一重要措施。所以"吴起为楚悼王立法"，特别提出"禁朋党以厉百姓"（《史记·范睢蔡泽列传》）。因为奴隶主贵族在平时结党营私，祸国殃民；在变法革新时，则结成死党，进行反扑。所以要进步的政治措施得到贯彻，必须强化君主集权，禁止朋党活动。荀况在谈到入秦所见时，特别强调：

入其国，观其士大夫，出于其门，入于公门；出于公门，归于其家，无有私事也。不比周，不朋党，偶然莫不明通而公也。（《荀子·强国》）

荀况对商鞅变法后的秦国的观感，特别提出这一点，不是没有原因的。太炎先生在《訄书·正葛》中曾指出："韩非所诛，莫先于务朋党，取权誉。"其实何只韩非，春秋战国时期的进步政治家，大都能在朋党擅国问题上予以应有的重视。屈原生在战国中期以后，从前辈变法革新的经验教训中，从个人变法前后的现实斗争中，早已懂得了这一点。因此，屈原的诗篇，矛头所指正是这样一批朋比为奸的"党人"。例如：

惟夫党人之偷乐兮，路幽昧以险隘。
岂余身之惮殃兮，恐皇舆之败绩。
忽奔走以先后兮，及前王之踵武，
荃不察余之中情兮，反信谗而齌怒。（《离骚》）

从这一段揭露中可以看出，屈原之所以"奔走""先后"进行变法，首先因为"党人"是导致国家危亡、"皇舆败绩"的祸根；而屈原变法之所以遭到失败，也是因为这批"党人"反扑的结果，使怀王"信谗而齌怒"。而且这里对"党人"的揭露，特别着重地提出党人的"偷乐"。"偷乐"，正是对没落奴隶主贵族集团阶级本性的深刻揭示。因为，"偷乐"既概括了"党人"腐朽堕落的生活方式，更概括了"党人"苟且偷安的政治态度。"偷乐"跟革新路线是不相容的。所以《韩非子·六反》说："故法之为道，前苦而长利；仁之为道，偷乐而后穷。圣人权其轻重，求其大利。"原来所谓"偷乐"，在他们看来，是会导致国家走向"穷"的道路，也就是屈原所说的"幽昧险隘""皇舆败绩"的结局。

屈原笔下"党人"的第二个特征，就是"贪婪""求索"。例如：

众皆竞进以贪婪兮，冯不厌乎求索，
羌内恕己以谅人兮，各兴心而嫉妒。
忽驰骛以追逐兮，非予心之所急，
老冉冉其将至兮，恐修名之不立。（《离骚》）

这批奴隶主贵族，是一伙吸血鬼，寄生虫。屈原所揭露的"贪婪""不厌"地向奴隶们搜刮"求索"，正是"党人"的阶级本性和奴隶主剥削制度的又一重要特征。这一奴隶主剥削制度的特征，严重地束缚了当时生产力的发展。从历史记载来看，楚国早在昭王时就是“四境盈垒，道殣相望，盗贼司目，民无所放。是之不恤，而蓄积不厌，其速怨于民多矣。积货滋多，蓄怨滋厚，不亡何待。”（《国语·楚语》）而在怀王时同样也是“大臣父兄，好伤贤以为资，厚赋敛诸臣百姓”（《战国策·楚三》）。这都是屈原这一揭露的事实根据。屈原的这一揭露，是很重要的。在这一点上，韩非和屈原一样，曾作为“党人”的“大罪”来宣布的：“大臣挟愚污之人，上与之欺主，下与之收利侵渔。朋党比周，相与一口，惑主败法，以乱士民。使国家危削，主上劳辱，此大罪也。”（《韩非子·孤愤》）韩非的所谓“朋党比周”“收利侵渔”，正是屈原所揭露的“党人”“贪婪”“求索”而“不厌”的阶级特征。

正因为如此，屈原的革新运动，遭到“党人”的抵制破坏。他们的破坏活动，就是结成死党，排斥异己，淆乱是非，颠倒黑白。即《离骚》所指出的：

民好恶其不同兮，惟此党人其独异，
户服艾以盈要兮。谓幽兰其不可佩。
览察草木其犹未得兮，岂珵美之能当，
苏粪壤以充帏兮，谓申椒其不芳。

屈原的这一揭露，不单纯是为个人的遭遇鸣不平，而更重要的是它体现了一个革新政治家的政治见解。在《管子·立政九败解》中早已总结了这方面的历史教训：“人君唯无听群徒比周。□□□□□，则群臣朋党，蔽美扬恶。然则国之情伪，不见于上。于是则朋党者处于前，寡党者处于后。夫朋党者处前，贤不肖不分，则争夺之乱起，而君在危殆之中矣。故曰：群徒比周之说胜，则贤不肖不分。”《韩非子·南面》又说：“相爱者比周而相誉，相憎者朋党而相非。”屈原笔下的“服艾盈要”而“幽兰不佩”，“粪壤充帏”而“申椒不芳”，事实上就是对“群臣朋党，蔽美扬恶”，“朋党者处于前，寡党者处于后”以及以爱憎为非誉的这一政治危机的形象化的刻划。而且屈原简直是用《管子》同样的语言指出“党人”：“世溷浊而嫉贤兮，好蔽美而称恶。”（《离骚》）这实际上都是对奴隶主贵族集团的“党人”的尖锐的批判。

屈原在《怀沙》里又曾指出：

> 夫惟党人之鄙固兮，羌不知余之所臧。
> 任重载盛兮，陷滞而不济，
> 怀瑾握瑜兮，穷不知所示。
> 邑犬群吠兮，吠所怪也，
> 非俊疑杰兮，固庸态也。

屈原在“党人”的“群吠”之下，使他的确陷入了困境。虽然他在《离骚》里曾借女媭之口提出“世并举而好朋兮，夫何茕独而不予听”的告诫，但屈原并没有停止揭露和斗争。因为在屈原看来，他跟“党人”的斗争，是两条道路的尖锐矛盾，没有调协的余地：

> 鸷鸟之不群兮，自前世而固然，
> 何方圆之能周兮，夫孰异道而相安。（《离骚》）

在这一点上，先秦的革新政治家的看法几乎是一致的。《韩非子·人主》说：“当途之臣，得势擅事以环其私，左右近习，朋党比周，以制疏远。则法术之士奚时得进用，人主奚时得论裁。故有术不必用而势不两立，法术之士，焉得无危。”正因为“势不两立”，所以韩非主张作为“法术之士”，必须“作斗以散朋党”（《八经》）这个主张，跟上文所提到的吴起为楚悼王“立法”，“禁朋党以厉百姓”的办法完全相同。因此，可以得出这样的结论：“散朋党”或“禁朋党”，也必然包括在屈原的变法革新的“宪令”之内。屈赋所抒写的，正是这一政治思想的反映。

（五）“忠何罪以遇罚兮，亦非余心之所志”

“明赏罚”，是战国时期革新路线的主要精神。它贯穿在“励耕战”、“举贤能”、“反蔽壅”、“禁朋党”等一系列措施之中。因为如果赏罚不明，则一切改革都无从贯彻执行。当然，革新路线的精神，不完全体现在“明赏罚”这一点上，还有其他的种种，如《管子·权修》所说：“厚爱利足以亲之，明智礼足以教之，上身服以先之，审度量以闲之，乡置师以说道之。然后申之以宪令，劝之以庆赏，振之以刑罚。故百姓皆说为善，则暴乱之行无由至矣。”但史称商鞅相秦“信刑赏以致治”（《战国策·秦三》）；吴起治西河“民信吴起之赏罚”（《吕氏春秋·慎小》）……都说明了“明赏罚”的重要性。而且这种“明赏罚”的精神，又必以成文法的形式在“宪令”中体现出来。所谓“赏善罚奸，国之宪法”（《国语·晋九》），“宪令著于官府，刑罚必于民心”（《韩非子·定法》），“宪令行之时，有功者必赏，有罪者必诛”（《韩非子·饰邪》），这都说明了“宪令”内容的主要精神是“明赏罚”。屈原作为变法革新的先进政治家，决不会忽视“赏不加于无功，罚不加于无罪”的这一根本原则。因此，在他的诗篇里，曾从不同的角度结合个人遭遇反复控诉楚国当时赏罚不明的黑暗现实。他在《惜诵》里说：

> 忠何罪以遇罚兮，亦非余心之所志，
> 行不群以颠越兮，又众兆之所咍。

《哀郢》又说：

> 鸟飞反故乡兮，狐死必首丘，
> 信非吾罪而弃逐兮，何日夜而忘之。

《惜往日》又说：

> 何贞臣之无罪兮，被离谤而见尤，
> 惭光景之诚信兮，身幽隐而备之。

在这里屈原所强调指出的“何罪”而“遇罚”，“非罪”而“弃逐”，“无罪”而“见尤”，显然都是跟“罚不加于无罪”的原则相违背的。所以他在《惜往日》里曾对上述情况作出“君无度而弗察兮，使芳草为薮幽”的结论。什么是“无度”？“度”就是法度，“无度”就是没有法度。战国时期先进的政治家，往往用“无度”“有度”这一术语来区别君主能否“明赏罚”的标准。如《荀子·成相》：“恶正直，心无度”；《韩非子·显学》：“此说者之巫祝，有度之主不受也”。韩非曾为此专著《有度》一章，以阐明“审得失有法度之制”的重要性，认为“巧匠目意中绳，然必以规矩为度”，用以说明人主必以法为度，反对“以誉为赏，以毁为罚”。据此，则屈原的诗篇里所控诉的无罪遇罚，决不仅是一般的抒情写愤，而是把它提到“明赏罚”这一政治高度来认识的。

从当时楚国的情况来看，由于赏罚不明而造成的是非淆乱、贤愚颠倒的恶果是严重的。屈原曾在《天问》里借历史事实来揭发赏罚不明的现实：“彼纣之躬，孰使乱惑？何恶辅弼，谗谄是服？比干何逆，而抑沉之？雷开何顺，而赐封之？”又在《卜居》里说：“世溷濁而不清，蝉翼为重，千钧为轻，黄钟毁弃，瓦釜雷鸣。谗人高张，贤士无名。吁嗟默默兮，谁知吾之廉贞。”也是针对上述问题而发的。《管子·明法解》认为“忠臣无罪而困死，奸臣无功而富贵”，“忠臣死于非罪，而邪臣起于非功”，是由于“主无术数”“国无明法”所造成的。这跟屈原《惜往日》里把“或忠信而死节兮，或訑谩而不疑”归结为“背法度而心治”的恶果，正是用法度观点来理解这个问题的。

从上述的情况看，不难设想，屈原当时为楚国立法的“宪令”精神，决不会忽视“赏善罚奸，国之宪法”这一根本原则。在屈赋里，不过是从不同的角度反映了这种精神而已。

当然，除上述五个方面而外，凡我们在《“先功”及其他》中所列举的“先功”，都应当在“宪令”里有所反映。特以屈赋无明文涉及，故此略而不谈。

（六）关于草“宪”斗争

在这里，准备谈谈屈原的草“宪”斗争：

考“宪令”之名，来源很早，并非始于战国。但各时代有各时代不同的内容。如《逸周书·度邑》有云：“其有宪命，求兹无远。”“宪命”即“宪令”，古人“令”“命”通用。又《穆天子传》云：“乃发宪命，诏六师之人。”又《墨子·尚同》云：“国君亦为发宪布令于国之众。”（《墨子·非命》上、中，亦有“发宪出令”之语）。从春秋战国时期的“宪令”内容来看，皆包括内政、外交各个方面的大法。《战国策·魏策》：安陵君说：“吾先君成侯受诏襄王以守此地也，手受大府之宪。宪之上篇曰：子弑父，臣弑君，有常不赦。”是“宪令”

内容包括内政大法；又《左传》襄公二十八年：郑子太叔对楚人说："宋之盟，君命将利小国，而亦使安定其社稷，镇抚其民人，以礼承天之休，此君之宪令而小国之望也。"是"宪令"之内容，又包括外交大法。因此，上文所探测的屈原的"宪令"精神，是仅就屈赋所反映者而立说，并非屈原"宪令"的全部蓝图；而且即就内政而言，也仅限于内政当中的一小部分。但即使如此，也就够使奴隶主阶级贵族顽强抗拒、拼命抵制了。

屈原的草"宪"斗争，在《史记·屈原列传》里是这样记载的：

> （屈原）为楚怀王左徒。博闻强志，明于治乱，娴于辞令，入则与王图议国事，以出号令；出则接遇宾客，应对诸侯。王甚任之。上官大夫与之同列，争宠，而心害其能。怀王使屈原造为宪令，屈平属草稿，未定，上官大夫见而欲夺之，屈平不与。因谗之曰："王使屈平为令，众莫不知，每一令出，平伐其功，以为非我莫能为也。"王怒而疏屈平。……（按今本"功"下有"曰"字，《群书治要》引此无"曰"字，据删）

司马迁的这段记载，对屈原由于制定"宪令"而遭谗被疏的经过，其所根据的，当是一项比较原始的资料。因此，我们应当从这一段简单的叙述中进一步探索问题的实质。例如：

（1）上官大夫为什么要"夺稿"？是否由于"害能"而引起的？

（2）屈原为什么"不与"？是否由于"同列"之间的"争宠"？

（3）上官大夫的谗言，为什么能激怒怀王？是否仅仅由于屈原"伐功"？

正由于存在以上三个问题，因而导致后代的某些人把屈原的这场斗争歪曲为"露才扬己"，或陷于"轻薄"等等。因此，我们要解决这个问题，首先必须对《史记》的这段记载，去粗取精，由表及里地进行一番考查，恩格斯曾说："过去的全部历史是阶级斗争的历史。在全部纷繁和复杂的政治斗争中，问题的中心始终是社会阶级的社会和政治的统治，即旧的阶级要保持统治，新兴的阶级要争得统治。"（《卡尔·马克思》）根据这一原则，我们对上述三个问题试作如下的解释：

第一个问题，上官大夫的“夺稿”，是否由于“言能”而引起的？我们认为“害能”决不是问题的实质。就其实质来讲，这是新兴封建阶级专政取代奴隶主阶级专政时期阶级斗争尖锐化的反映。因为屈原所草的“宪令”，是新兴封建阶级专政的有力武器。从本文前几节所阐述的“宪令”精神来看，它不仅关系到新兴封建阶级的政治前途，更关系到没落奴隶主阶级的命运。因此，上官大夫的“夺稿”，显然是奴隶主贵族的一种阶级斗争手段，是妄图破坏屈原变法革新运动的阴谋之一。这些奴隶主贵族，决不会忘记他们在楚国历史上的几次革新运动中所遭到的沉重打击。如果屈原的革新措施写入“宪令”，付诸实行，则楚庄王时贵族“二世而收封地”的法令，楚悼王时驱贵族“实广虚之地”的方针，等等，都说不定会落在他们头上，从而失掉他们原有的“天堂”。这就是上官大夫“夺稿”斗争的阶级实质。因此，上官大夫的行径，决不是个人之间的“害能”问题。而是通过“夺稿”事件揭开了这场阶级斗争的序幕。

当然，在屈赋里也曾提到嫉贤、害能的问题。但这是针对奴隶主贵族违反“举贤授能”的原则而言。至于涉及“夺稿”问题的实质，我们就不能不提出《离骚》里的另一段话来进行分析：

固时俗之工巧兮，偭规矩而改错，
背绳墨以追曲兮，竞周容以为度。
忳郁邑余侘傺兮，吾独穷固乎此时也，
宁溘死以流亡兮，余不忍为此态也。

“绳墨”“规矩”之喻，是一般人所惯用的。然而在政治革新家笔下，则“绳墨”“规矩”是作为法令的代词来运用的。他们认为“不待法令绳墨而无不正者，千万之一也”（《商君书·定分》）。“百吏畏法循绳，然后国常不乱”（《荀子·王霸》）。“法不阿贵，绳不挠曲”（《韩非子·有度》）。“绳之外，法之内，雠也，不柤受也”（《韩非子·外储说右上》）。这都跟屈原所说的“绳墨”“规矩”是同样的意思。因此，“偭规矩而改错”“背绳墨以追曲”，正是斥责奴隶主贵族违法乱纪的行径，当然也包括上官大夫“夺稿”的阴谋破坏在内。而且应当注意的是屈原是把上述的一切，作为自己的遭谗被黜“穷困乎此时”

的原因来控诉的。据此可以看出，上官大夫的“夺稿”，决不是因为“害能”而引起的，而“绳之外，法之内，雠也，不相受也”，才是问题的实质。郑振铎同志在他的《屈原传》里认为上官“夺稿”，是想把“宪令”据为己有，“做为他自己所写定的东西”（《新建设》一九五三年六月号），这显然是“害能说”所引出的错误结论。

第二个问题，上官“夺稿”而屈原“不与”，是否由于“同列”之间的“争宠”？要解答这个问题，必须首先搞清楚春秋战国时期进步的政治家对“宪令”的态度与主张。在《管子·重令》里曾说：“凡国君之重器，莫重于令。令重则君尊，君尊则国安；令轻则君卑，君卑则国危。”可见他们认为“宪令”是关系到国家安危的大事。因此，国家把“布宪”工作是作为一项神圣严肃的任务来进行的。《管子·立政》里说：国家颁发了宪令，百官必须立即传布并严格执行；“宪未布，使者未发，不敢就舍，就舍谓之留令，罪死不舍。宪既布，有不行宪者，谓之不从令，罪死不赦。考宪而有不合于太府之籍者，侈曰专制，不足曰亏令，罪死不赦。”这充分显示了宣布“宪令”的严肃性。其次，国家对“宪令”的保管工作也是极其严肃的。《商君书·定分》里对此曾作了详细的叙述，其中包括：（1）必须抄有副本，一本置“殿中”，一本置“禁室”，都“封以禁印”；（2）有擅入“禁室”私视法令及对原文窜改“一字以上者”“罪皆死不赦”；（3）“为法令置官吏”，民欲知法者“皆问法官”，“有敢剟定法令，损益一字以上，罪死不舍”；……这里，又充分显示了保管“宪令”的严肃性。从以上的记载来看，虽然没有提到草拟“宪令”的严肃性，但从颁布和保管制度来推断，恐怕其神圣不可侵犯的程度，决不会低于颁布和保管。因而屈原“草宪”时，在“草稿未定”之际而上官“夺稿”，屈原为了维护“草宪”工作的严肃性，对上官的破坏行为加以抵制，拒而“不与”，这是很自然的。决不是“同列”之间的“争宠”问题。

包括屈原在内的革新政治家之所以把“宪令”看得如此神圣、尊严，是有原因的。在这里有必要把《管子·重令》里的一段话摘录于下：

令出而留者无罪，则是教民不敬也；令出而不行者无罪，行之者有罪，是皆教民不听也；令出而论可与不可者在官，是威下分也；益损者无罪，则是教民邪途也。如此，则巧佞之人将以此成私为交，比周之人将以此阿党取与，贪利之人将以此收货聚财，懦弱之人将以此阿贵事富，便辟伐矜之人将以此买誉成名。故令一出，示民邪途五衢，而求上之毋危，下之毋乱，不可得也。

在这里，集中地说明了如果不维护“宪令”的尊严，就会给坏人钻空子、搞阴谋以可乘之机，从而导致“上危”“下乱”的严重后果。而且这里所指出的几种坏人，如“巧佞之人”、“比周之人”、“贪利之人”、“便辟伐矜之人”等，在屈原诗篇里揭露奴隶主贵族的特征时，是经常提到的。不难设想，如果上官“夺稿”的阴谋得逞，则窥测方向，破坏革新，那是必然的。因此，屈原的“不与”，正是对他们的破坏行为的有力回击，决不是什么个人之间的“争宠”问题。当然更不是有的研究者所说的“个人恩怨”。

因此，在这里还必须谈到古人在政治上的保密精神。其实，《易传》里早就提出了“君不密则失臣，臣不密则失身，几事不密则害成”的问题。故韩非也曾不只一次地强调“夫事以密成，语以泄败”（《说难》），“言通事泄，则事不行”（《起乱》），甚至举史事为例来说明这个问题：韩昭侯“欲发天下之大事，未尝不独寝，恐梦言而使人知其谋也”（《外储说右上》）。这也都跟《管子·宙合》里所说的“谋不可泄，谋泄菑极”是一个意思，是古人一脉相承的在政治上的保密精神。屈原在《惜往日》里曾经回忆说：

秘密事之载心兮，虽过失犹弗治，
心纯庬而不泄兮，遭谗人而嫉之，
君含怒而待臣兮，不清澂其然否。

这里所说的“秘密事”，显然是指的包括“造为宪令”在内的变法革新之事；而这里所说的“不泄”，则显然是指的包括夺稿“不与”在内的对变法革新之谋的极端保密。尤其是把“心纯庬而不泄”跟“遭谗人而嫉之”连在一起，作为因果关系来谈，显然是揭示了夺稿“不与”之后，上官大夫从而进谗的事实真相。这里表现了屈原的高度保密精神。因此，夺稿“不与”，完全是服从当时尖锐复杂的阶级斗争的需要，而不是个人之间的“争宠”。屈原的《惜诵》曾说：“事君而不贰兮，迷不知宠之门”，事实上早已对这个问题作出了明确的答案。

第三个问题，上官大夫的谗言，为什么能激怒怀王？是否仅仅因为屈原“伐功”？据司马迁《屈原列传》的记载，上官大夫的谗言，只寥寥数语，即：“王使屈平为令，众莫不知，每一令出，平伐其功，以为非我莫能为也。”对于这段谗言的作用，曾引起不少研究者的怀疑，认为这是“几句不相干的闲话”。如前引丁力同志的话就曾认为“仅仅诬他夸口，是动摇不了怀王对屈原的信任的”。对此，我们应当从两个方面来分析：

首先，这段谗言的内容，是屈原真有其事，还是纯属谗人的捏造？我们从上文所阐述的屈原的保密精神来看，他绝不会如此浅薄；即“秘事载心”“纯厖不泄”的屈原，他是决不会自“伐其功”，犯禁取祸的。屈原在《惜往日》里曾说“蔽晦君之聪明兮，虚惑误又以欺；弗参验以考实兮，远迁臣而弗思”。这里所谓“虚惑误又以欺”，正是揭露这一谗言的欺骗性；“弗参验而考实”，正是责怪怀王不应当信此无稽之谈。因此，谗言的内容，无疑是纯系谗人的捏造。

其次，这段捏造的谗言，其内容是否“仅仅诬他夸口”，还是值得探讨的。因为司马迁因袭旧说，语焉不详，对谗言的恶毒本质，还有待于分析。这里有必要引一段商鞅遭谗被害的事迹作为参考。据《战国策·秦一》记载：

> （商鞅之法）孝公行之八年，疾且不起，欲传商君，辞不受。孝公已死，惠王代后，莅政有顷，商君告归。人说惠王曰：“大臣太重者国危，左右太亲者国危。今秦妇人婴儿皆言商君之法，莫言大王之法，是商君反为主，大王更为臣也。且夫商君固大王之仇雠也，愿大王图之。”商君归还，惠王车裂之，而秦人不怜。

当然，历史是不会重演的，但也往往会出现惊人的相似之处。从阶级斗争的观点来看，《战国策》记载的这段谗言，是接触到问题实质的。因此，所谓“每一令出，平伐其功，以为非我莫能为也”这句话，按照上述逻辑推下去，无异于是说“今秦妇人婴儿皆言商君之法，莫言大王之法”。如果从君臣关系上讲，不就是“商君反为主，大王更为臣”吗？如果从对国家的危害来讲，不就是“大臣太重者国危，左右太亲者国危”吗？我们要知道，关于“国富强而法立”的变法革新规划，屈原跟怀王是“成言”相约，意见一致的。如从“宪令”本身进谗，不易得逞，上官大夫对此不会没有考虑。因此，他避开政治问题，只说他对国人“伐功”，决不是偶然的。因为“伐功”的后果，乃涉及君位安危的大事，怎会不触及怀王的痛处，不引起怀王的警惕呢？因为或谗商鞅之语跟上官谗屈原之语，虽有隐显之异，而本质是一致的。这样看来，屈原的仅仅被“疏”，还算侥幸。其实，当屈原被疏之后，对商鞅遭谗“车裂”的惨痛教训，他是有充分的精神准备的。《离骚》说：“虽体解吾犹未变兮，岂余心之可惩。”这正是屈原处在这样尖锐复杂的阶级斗争中所立下的坚定誓言。

汉代班固在他的《离骚序》里诽谤屈原是“露才扬己”，这固然是出于他的阶级偏见，但《屈原列传》中这段极其简单的记载，无疑是造成这种诽谤的“事实”根据。因此必须辨明问题的真相，揭示其阶级斗争的实质。

总之，由于草“宪令”而引起的一系列斗争，是关系到对屈原的正确评价的问题，有必要作如上的阐述。

（七）结语

以上是从屈赋来探索屈原“宪令”的根本精神，也就是屈原变法革新的主要倾向。当然，屈赋不等于“宪令”，这里只能得其大体，已难言其细节；只能得其局部，而难详其全貌。决不能据此对屈原作出全面的评价。但屈原在《离骚》中所倾心向往的“美政”，已不难由此窥其梗概。也就是说，屈原是代表新兴封建阶级利益的，而不是代表没落奴隶主贵族利益的。他的这种“政治思想”，在当时来讲，是前进的，革新的，而不是“已经过时了的”；而跟他的“政治思想”互相适应的经济制度，在当时来讲，已先后在各国不同程度地得到了实现，而不是“历史上未曾实现过的空想”。我们肯定屈原及其作品在历史上具有“进步意义”，正是从这一点出发的。而且只有从这一点出发，“他的实际的政治态度和斗争”才是可取的。也就是说，只有在这个基础上来评价屈原由草“宪令”而展开的斗争，才是有历史意义的。如果具体地否定了前者，而抽象地肯定后者，那就无法对屈原作出公允的评价。

写于一九六〇年七月

修改于一九七九年六月

十、"先功"及其他

屈原在《九章·惜往日》里有下列一节：

> 惜往日之曾信兮，受命诏以昭时。
> 奉先功以照下兮，明法度之嫌疑。
> 国富强而法立兮，属贞臣而日娭。

对"先功"二字如何理解，不仅涉及到楚国的政治经济发展史，而且涉及到屈原的政治理想。王逸对"奉先功以照下兮"句注云："承宣祖业，以示民也。"对"明法度之嫌疑"句注云："草创宪度，定众难也。"王氏此注是极精确的。但是，以"祖业"解"先功"，显然有些笼统。因为他分明是指的"功"，而不仅仅是"业"。而且从下句"明法度之嫌疑"来看，屈原作为革新家，他所要继承的，决不会是先代当中保守昏庸之主所留下的什么，而必须是前王当中能适应社会发展并在政治上有所建树的法治业绩。《离骚》又说："忽奔走以先后兮，及前王之踵武。"这也应当跟《惜往日》中的"奉先功以照下兮，明法度之嫌疑"是一脉相承的思想体系。

根据上述论点，准备对楚国"前王"当中具有革新之"功"的人物作如下的探讨。

（一）楚之"先功"

（1）楚庄王（公元前613年——591年）

《韩非子·有度》云："国无常强，无常弱。奉法者强则国强，奉法者弱则国弱。荆庄王并国二十六，开地三千里。庄王之氓社稷也，而荆以亡。"这里所谓"奉法"，显然跟屈原所谓"奉先功""明法度"的精神是一致的。从历史上看，楚庄王确实是一位颇有改革精神的人物。《吕氏春秋·重言》载：楚庄王莅政，曾自称：“虽无飞，飞将冲天；虽无鸣，鸣将骇人。”“所进者五人，所退者十人，群众大说，荆国之众相贺也。”庄王新政的内容，据典籍资料，有下列几项：

甲　“禄臣再世而收地”——《淮南子·人间训》、《韩非子·喻老》皆谓庄王时，“楚邦之法，禄臣再世而收地”。即改革“世卿世禄”制。

乙　“辟草而施教”——《新书·先党》云：楚庄王“内领国政，辟草而施教”。即鼓励私人开垦草莱。

丙　提倡“立法从令，尊敬社稷”——《韩非子·外储说右上》云：“荆庄王有茅门之法曰：‘群臣大夫诸公子入朝，马蹄践霤者，廷理斩其辀，戮其御。’于是太子入朝，马蹄践霤，廷理斩其辀，戮其御。太子怒，入为王泣曰：‘为我诛戮廷理。’王曰：‘法者所以敬宗庙，尊社稷。故能立法从令，尊敬社稷者，社稷之臣也，焉可诛也？夫犯法废令不尊敬社稷者，是臣乘君而下尚校也。……’于是太子乃还走，避舍露宿三日，北面再拜请死罪。”《说苑·至公》又载：楚庄王令尹孙叔敖戮“国老”虞丘子家人之犯法者，“奉国法而不党，施刑戮而不骪”，庄王善之。

丁　“退避邪而进忠正，能者任事而后在高位”——《史记·楚世家》云：楚庄王“听政，所诛者数百人，所进者数百人，任伍举、苏从以政，国人大说。”《新书·先醒》亦云：“楚庄王即位，自静三年以讲得失，乃退避邪而进忠正，能者任事而后在高位。”《说苑·尊贤》又云：“楚庄王用孙叔敖、司马子反、将军子重，征陈从郑，败强晋，无敌于天下。”

关于楚庄王“举贤授能”的历史记载是很多的。例如《新序·杂事》载：楚庄王听善相者之言，“乃招聘四方之士，夙夜不懈，遂得孙叔敖、将军子重之属，以备卿相，遂成霸功”。又《荀子·尧问》谓：吴起对魏武侯曾称引楚庄王的一段名言：“诸侯自为得师者王，得友者霸，得疑者存，自为谋而莫己若者亡。”而且楚庄王用贤，颇有“不羞其卑贱”的精神。如他的令尹孙叔敖，就是出身微贱的人。据古代记载，或谓“孙叔敖举于海”（《孟子·告子》下）；或谓孙叔敖是“下里之士”（《说苑·至公》）；或谓“孙叔敖，期思之鄙人”（《荀子·非相》）。

戊　重视水利灌溉——《淮南子·人间训》云：“孙叔敖决期思之水，而灌雩娄之野，庄王知其可以为令尹也。”故《水经·肥水注》又谓：楚相孙叔敖引水为湖，谓之“芍陂”，“陂有五门，吐纳川流”。可见庄王对楚国水利灌溉是很重视的，而且确实留下了“先功”。

(2) 楚康王（公元前559年——545年）

楚康王在政治革新之前，曾走过一段弯路。即不仅不能适应已经向前发展了的生产力，改变生产关系，反而企图用旧的生产关系来制约已经发展了的生产力。据《左传》襄公二十二年载有这样一段故事：楚令尹子南有个家臣叫观起，“有宠于令尹子南，未益禄而有马数十乘”。这显然是封建私有制的经济因素发展的结果。而康王为了扭转这一局面，竟“杀子南于朝，轘（车裂）观起于四竟（境）。”而继任令尹蔿子冯也有宠臣八人。“皆无禄而多马”。因惩于前令尹之被诛，只好开除了这八个人，才安然无事。但是，历史规律不可抗拒，大批私有者的出现，怠于公田而勤于私垦，奴隶主的国家经济遭到严重破坏。就在康王诛令尹子南之后三年，康王迫于形势，不得不实行“量入修赋”的新法。因此，康王成了楚国历史上的革新人物。其政绩见于载籍者：

甲　“量入修赋”——《左传》襄公二十五年：“楚蔿掩为司马，子木（即令尹屈建）使庀（治也）赋，数甲兵。甲午，蔿掩书土田，度山林，鸠薮泽，辨京陵，表淳卤，数疆潦，规偃豬，町原防，牧隰皋，井衍沃。量入修赋，赋车籍马，赋车兵、徒卒、甲楯之数。既成，以授子木。”

“税以足食，赋以足兵”（《汉书·刑法志》），“赋”即征取车马、徒卒以及军备物资等。过去是按“井田”取赋，现在楚国则是核定“井田”以外所有新垦的山林薮泽等的收入，以征取军赋。康王及令尹子木的这一措施，主观上是为了增加国家的经济收入和军备设置，但客观上却承认了封建土地私有制，为解放生产力开辟了道路。

根据春秋战国时代各国经济发展情况看，鲁国是先实行“税亩”，后来才进一步“用田赋”；秦国也是先实行“租禾”，后来才进一步“初为赋”。因此，楚国在“量入修赋”之前，是否也曾有“税亩”“租禾”之举，史无记载，已不可考。

乙　造“宪令”——《左传》襄公二十八年：郑子太叔对楚康王说：“宋之盟，君命将利小国，而亦使安定其社稷，镇抚其民人，以礼承天之休。此君之宪令，而小国之望也。”可见楚康王时，曾制有“宪令”，内容不仅包括内政，而且对外交路线亦有所规定。

丙　“能官人”——《左传》襄公十五年：“楚公子午为令尹，公子罢戎为右尹，蒍子冯为大司马，公子橐师为右司马，公子成为左司马，屈到为莫敖，公子追舒为箴尹，屈荡为连尹，养右基为宫厩尹，以靖国人。君子谓楚于是乎能官人。官人，国之急也。能官人则民无觎心。”可见，楚康王即位之初，在整顿机构、举贤授能方面，是颇有气魄的。在楚国来讲，他是一个奋发图强的人物。

(3) 楚悼王（公元前401年——381年）

楚悼王用吴起为相，在楚国进行了一次比较全面、彻底的革新运动。但是，在开始时，并不是一帆风顺的，曾遭到过奴隶主贵族的强烈反对。据《说苑·指武》曾有一段生动的记载：“吴起为苑守，行县适息，问屈宜臼曰：‘王不知起不肖，以为苑守，先生将何以教之?’屈公不对。居一年，王以为令尹，行县适息，问屈宜臼曰：‘起问先生，先生不教；今王不知起不肖，以为令尹，先生试观起为之也。’屈公曰：‘子将奈何?’吴起曰：‘将均楚国之爵而平其禄，损其有余而继其不足；厉甲兵以时争于天下。’屈公曰：‘吾闻昔善治国家者，不变故，不易常。今子将均楚国之爵而平其禄，损其余而继其不足，是变其故而易其常也。且吾闻兵者凶器也，争者逆德也。今子阴谋逆德，好用凶器，殆人所弃，逆之至也。淫佚之事也，行者不利。……子不如敦处而笃行之，楚国无贵于举贤。”（《淮南子·道应训》略同）从这里可以看出，吴起主张“平爵禄”，而奴隶主贵族认为是“变故易常”；吴起主张“厉甲兵”，而奴隶主贵族则认为“兵者凶器”。反映了楚悼王在实行革新之前，阻力是很大的。

吴起革新的内容，据古籍所载，是多方面的：

甲　“封君之子孙三世而收爵禄”——见《韩非子·和氏》。《史记·孙子吴起列传》作“废公族疏远者”，义同。

乙　“裁减百吏之禄秩，捐不急之枝官，以奉选练之士”——见《韩非子·和氏》。“裁减”原作“绝灭”，据顾广圻校改。《史记·孙子吴起列传》作“捐不急之官”，“以抚养战斗之士”，义同。

丙　“卑减大臣之威重，罢无能，废无用”—— 见《史记·范雎蔡泽列传》。

丁　“塞私门之请，一楚国之俗”——见《史记·范雎蔡泽列传》。

戊　“禁游客之民，精耕战之士”——见《史记·范雎蔡泽列传》。

己　“禁朋党以厉百姓”——见《史记·范雎蔡泽列传》。

庚　“令贵人往实广虚之地”——《吕氏春秋·贵卒》云：“吴起谓荆王曰：‘荆所有余者地也，所不足者民也。今王以所不足益所有余，臣不得而为也。’于是令贵人往实广虚之地。皆甚苦之。”

辛　“厉甲兵以时争于天下”——见前引《说苑·指武》。又《史记·孙子吴起列传》亦云“要在强兵”，“于是南平百越，北并陈蔡，却三晋，西伐秦，诸侯患楚之强。”

壬　改革“两版筑垣”——《吕氏春秋·义赏》云：“郢人之以两版垣也，吴起变之而民恶。”高诱注云：“楚人以两版筑垣。吴起术人也，楚以为将，变其两版，教之用四，楚俗习久见怨也。”按《吕氏春秋》举此事以证明“教成而赏罚弗能禁”，但也说明了吴起当时在建设上曾大力推广技术革新。余知古《诸宫旧事》亦引此事。

从上述楚庄王、康王、悼王的政治革新事迹来看，其总的精神，都跟屈原所说“国富强而法立”以及“举贤而授能”的政治主张是一致的。则屈原所说的“奉先功以照下”，决不是泛泛之言，而是实有所指。即继承楚国先王适应形势、改革政治、奋发图强的业绩，使楚国富强起来。

过去学术界对“先功”及“前王”的讲法是不一致的。如谢无量同志的《楚辞新论》认为“先功”及“前王”皆指楚威王而言。又谭戒甫同志的《楚辞新编》则又谓“先功”乃指楚悼王、宣王、威王而言。但是，如果一方面脱离了《离骚》《惜往日》的上下文义，一方面又脱离了楚国政治历史的实际，也就必然跟屈原的生平及思想体系不相符合。学术界也有的同志认为屈赋里“没有一处说到楚国的先公先王”，这显然也是一种误解。

（二）“先功”与“三后”

屈原在《离骚》里又有这样一段叙述：

> 昔三后之纯粹兮，固众芳之所在。
> 杂申椒与菌桂兮，岂惟纫夫蕙茝。

这里的“三后”究竟指谁？古今注屈赋者，众说纷纭，各是其是，这里不准备多谈。

今按“三后”一语，在屈原以前的典籍中，也经常出现。但不是专名，所指并不固定。注家都是根据上下文义及历史条件加以不同的解释。例如《尚书·吕刑》云：“乃命三后，恤功于民。”因下文言及伯夷、禹、稷的事迹，故孔《疏》即定此三人为“三后”。又如《诗·下武》云：“三后在天，王配于京。”因《诗序》谓此诗乃美“武王有德”，故毛《传》即定为“三后，太王、王季、文王。”又如《左传》昭公三十二年云：“三后之姓，于今为庶。”杜《注》谓：“三后，虞、夏、商。”孔《疏》说：“从周而上，故数此三代。”又如《淮南子·人间训》云：“故三后之后，无不王者。”据上文，则显指禹、契、后稷而言。又如《文选·鲁灵光殿赋》云：“上及三后，淫妃乱主。”李善注引《国语》史苏语，谓“三后”指夏桀、商纣、周幽。可见，古人用“三后”一语，并非专有所指，要看具体情况而定。因此，古今注屈赋“三后”者，多引经据典，以证己说。以《吕刑》为据者，则谓“三后”乃指伯夷、禹、稷；以《下武》为据者，则谓“三后”乃指太王、王季、文王；以《左传》为据者，则谓“三后”乃指虞、夏、商；……。而不知上述古人那些不同的讲法，皆各有根据，即上下文义与历史条件。脱离这些而生搬硬套地用来解释

《离骚》的“三后”，无怪他们谁也说服不了谁。

在这个问题上，王夫之和戴震两家的解释，是很有启发性的。王夫之《楚辞通释》云：“三后，旧说以为三王。或鬻熊、熊绎、庄王也。”戴震《屈原赋注》云：“三后，谓楚之先君贤而昭显者。故径省其辞，以国人共知之也。今未闻。在楚言楚，其熊绎、若敖、蚡冒三君乎?”此外，如明汪瑗的《楚辞集解》，清马其昶的《屈赋微》，亦皆主张“在楚言楚”之说。而具体所指，则马同戴，汪指“祝融、鬻熊、熊绎”。看来，这几家“在楚言楚”的方向是对的，但究竟应当指楚国哪三君，说法仍不一致。

要解决这个问题，我认为首先要结合《离骚》本段的上下文；其次，要根据楚国革新政治的历史事实；再其次，要符合屈原的思想状态。这样就不得不把“三后”跟《惜往日》里的“奉先功以照下兮”的“先功”联系起来考虑。因此，《离骚》的“三后”，最大的可能性是指楚庄王、康王、悼王而言。

这“三后”在楚国历史上革新政治的事迹，上文已言之极详，不必重复。不过在这里必须加以强调的是结合《离骚》本段原文进行分析的问题。原文是：“昔三后之纯粹兮，固众芳之所在。杂申椒与菌桂兮，岂维纫夫蕙茝。”这里的“众芳”“申椒”“菌桂”“蕙茝”，从汉王逸《楚辞章句》开始，就认为是“谕群贤”。全节的意思是“举用众贤，使居显职”；是“杂用众贤以致于治，非独索蕙茝任一人也。”历代注家多主王说。而王说，跟楚庄王、康王、悼王的用贤举能、“群芳”在位的历史事实恰相吻合。例如楚庄王之举用孙叔敖、伍举、苏从、子反、子重等，“所进者数百人”。楚康王之举用公子午、公子罢戎、蔿子冯、公子橐师、公子成、屈到、公子追舒、屈荡、养由基等，舆论认为“楚于是乎能官人”。至于楚悼王，曾将吴起从苑守一举而为令尹，主持国政；在革新当中，“奉选练之士”，“精耕战之士”。不难看出，《离骚》所谓“昔三后之纯粹兮，固众芳之所在，……”云云，在楚国历史上，除了庄王、康王、悼王而外，很难找到更为恰当的人物。

此外，楚也有“三王”之称。但从注家来看，“三王”亦非专名，而视具体情况确定。如《左传》宣公四年：楚越椒为乱，“将攻王，王以三王之子为质焉，弗受”。杜注云：“三王，文、成、穆。”又《左传》成公十三年：“楚人恶君之二三其德也，亦来告我曰：秦背令狐之盟，而来求盟于我，昭告昊天上帝、秦三公、楚三王。”杜注又云：“三王，成、穆、庄。”都是根据具体历史条件来解释的。又如《荀子·强国》云：“今楚父死焉，国举焉，负三王之庙而辟于陈蔡之间。”此“三王”，注者其说亦不一。今人多谓：指楚立业、受封、称霸的三君，即鬻熊、熊绎、庄王。看来，即使把楚“三后”与楚“三王”等同起来，也必须根据历史条件来决定其具体人物。

从上述情况看，屈原正是在楚庄王、康王、悼王等“前王”政治革新的基础上辅佐怀王走富国强兵的道路的。故在《惜往日》里才写下了“奉先功以照下兮，明法度之嫌疑”这一具有鲜明倾向性的诗句。马克思说过：“人们自己创造自己的历史，但是他们并不是随心所欲地创造，并不是在他们自己选定的条件下创造，而是在直接碰到的、既定的、从过去承继下来的条件下创造。”（《路易·波拿巴的雾月十八日》，见《马克思恩格斯选集》一卷）屈原在楚怀王时的革新运动，正是如此。

但是，在这里特别引起我们注意的是，楚国当时从奴隶制过渡到封建制的迂回迟缓问题。

我们知道，从春秋中期的楚庄王到战国中期以后的楚怀王，中间经过了将近三个世纪的漫长岁月。而屈原在前人的基础上进行革新，却仍然困难重重，并遭到失败，这原因可能是很复杂的。但仅从上述“三后”革新的情况看，我们觉得跟下列三个问题是有关系的：

首先是，改革的不彻底性。由这一剥削制度取代另一剥削制度，在改革过程中不可能是很彻底的。例如楚庄王立法，“禄臣再世而收地”。但据《史记·滑稽列传》、《韩非子·喻老》、《淮南子·人间训》等，都说孙叔敖的儿子封于“沙石之处”，不仅“再世”没有“收地”，而且“九世而祀不绝”。可见庄王执法，也不见得怎样彻底。所以直到悼王时，吴起仍以“封君太众”为患，重新提出“封君之子孙三世而收爵禄”的规定。

其次，生产关系的改变，一般是落后于生产力的发展，而楚国更为突出。例如楚康王在封建私有经济的迅速发展下，对“无禄而多马”的私有者，曾予以严厉的裁制，直到封建土地占有制的形势达到不可遏抑的情况下，为了增加收入，才被迫实行了“量入修赋”的经济制度改革。但即使如此，在改革中仍然保留奴隶主所有权的“井田”制。如蔿掩在“量入修赋”的进行过程中，“山林”曰“度”，“薮泽”曰“鸠”，“京陵”曰“辨”，“淳卤”曰“表”，“疆潦”曰“数”，“偃豬”曰“规”，“原防”曰“町”，“湿皋”曰“牧”。而只有对“衍沃”，即平坦肥沃的土地，则独曰“井”。也就是说，对“山林”“薮泽”等地区，经过丈量规划之后，已开发者，可归私有；未开发者，可以开发。而“衍沃”之地，一向为奴隶主所有制的“田井”所在，仍然保留原有的“经界”，不予改变。实际上，这是既承认了封建个体私有制，仍保留了奴隶主“井田”所有制的尾巴，并未真正过渡到封建所有制。这跟商鞅在秦国“初为赋”的两年之前，早已废除井田，“决裂阡陌”，显然是不能相比的。虽然生产关系的改变总是落后于生产力的发展，但从楚国当时的情况看，其迂回迟滞的现象，确实是严重的。

再其次，是改革过程中的反复性。庄王、康王、悼王的政治改革，在奴隶主贵族们看来，显然是一种威胁，因此，“三后”生前的措施，死后未必就能继续下去。在这个问题上，悼王去世后表现得更为突出。据《史记·孙子吴起列传》云：“及悼王死，宗室大臣作乱而攻吴起。吴起走之王尸而伏之。击起之徒，因射刺吴起，并中悼王。悼王及葬，太子立，乃使令尹尽诛射吴起而并中王尸者。坐射吴起而夷宗死者七十余家。”对这件史事，郭沫若同志是这样解释的：“在吴起死后，射杀吴起的反动派有七十多家被治罪而整个消灭了。由此可见，吴起的余教在楚国必然还有存留。”（《伟大的爱国诗人——屈原》，见一九五三年六月十六日《人民日报》）我认为郭老在这里显然是对《孙子吴起列传》中那段叙述的一种误解。当然，吴起死后，不见得他的一切措施完全被废除，那些为各国所通行而又对奴隶主无多大损害者，或亦有所保留。例如《淮南子·道应训》云：楚子发胜蔡，宣王赏以“田百顷而封之执圭”。这种“励耕战之士”的厚赏，吴起行之，宣王仍行之。但是，悼王死后太子所诛灭的七十余家，却决不是因为太子站在吴起的政治立场，因而据此断定，他必然会继续推行吴起的“余教”。因为从《史记》这段叙述中看，太子对七十余家的诛杀，其罪状在于射吴起时“并中悼王”，故以“中王尸”之罪而诛之，决不是因为射刺吴起而被治罪。这在《吕氏春秋·贵卒》中是讲得很清楚的。它说：“荆国之法，丽兵于王尸者，尽加重罪，逮三族。”可见，射王尸者治罪，这是楚国的旧法。七十余家之被“夷宗”，正是因此。所以，毫无疑问，吴起死后，楚国的革新运动又进入了一个低潮。《韩非子·和氏》云“楚不用吴起而削乱”，这确是事实。

吴起死后，不过半个世纪，屈原又以革新政治的杰出人物而出现在楚国的政治舞台上。但是，他的遭遇，虽然没有吴起那样惨，而由于奴隶主贵族旧势力根深蒂固，改革运动也同样以失败而告终。因此，屈原失败后，回顾楚国的历史与个人的遭遇，对“昔三后之纯粹兮，固众芳之所在，杂申椒与菌桂兮，岂维纫夫蕙茝”的先世盛况，怎会不低徊沉吟，无限向往？对“往日之曾信兮，受命诏以昭时；奉先功以照下兮，明法度之嫌疑；国富强而法立兮，属贞臣而日娭”的个人业绩，又怎能不满腔悲愤，无限惋惜呢？

在这里，屈原特别提出“明法度之嫌疑”，这是具有深刻的历史意义的。因为楚自庄王以来，在革新运动中三起三落的政治动荡，以及奴隶主贵族的干扰破坏，祖业“先功”，已被搞得是非不分，法度不明。因此，屈原在“奉先功以照下”时，当务之急，首先就是“明法度之嫌疑”。《管子·禁藏》曾说：“法者，天下之仪也。所以决疑而明是非也，百姓所悬命也。”因此，立法度，“明嫌疑”，正是楚国革新运动所赋予屈原的历史使命。

（三）结语

战国时期，从各国形势来看，当时一致的估计是：“横成则秦帝，从成即楚王。”（《战国策·秦四》）故汉刘向《战国策·书录》亦云：战国之势，“横则秦帝，从则楚王”。可见屈原当时联齐抗秦的“合纵”政策，无疑是正确的。但是，“合纵”“连横”，只不过是外交上的战略问题，而国内的政治革新，解放生产力，发展封建所有制，这对完成中国大一统的历史使命，才是起决定作用的因素。因此，屈原在他的诗篇里对“前王”“三后”革新运动的“先功”无限向往，决不是偶然。

但是，列宁说过：“如果认为只要社会经济发展的条件使变革完全成熟了，革命的阶级就总会有足够的力量来实现变革，那是错误的。人类社会的安排对于先进分子并不会这样合适，不会这样‘方便’。变革可能已经成熟，而完成变革的革命者可能还没有充分的力量来实现这个变革。在这种情况下，社会就会继续腐烂下去，有时能达几十年之久。”（《“火星派”策略的最新发明：滑稽的选举是推动起义的新因素》。见《列宁全集》卷九）战国时代，楚国“经济发展的条件，对革新来讲，确实是“完全成熟了”。在楚国，“铁耕”已广泛推行（《孟子·滕文公上》）；“宛钜铁鉇”，兵器精良（《荀子·议兵》）；“地方五千余里，带甲百万，车千乘，骑万匹，粟支十年”（《史记·苏秦列传》）。但是，即使如此，而屈原的改革并没有取得成功，“还没有充分的力量来实现这个变革”。而楚国也正是在这样情况下，“继续腐烂下去”，以至于走向了灭亡。

先秦的文献资料，本来就不够；尤其有关屈原问题的记载，更感不足。因此，以诗证史，固然重要；而以史证诗，也不能忽视。本文对此略作尝试，并就正于有道。

写于一九七八年二月

十一、试论《天问》所反映的周、楚民族的两次斗争

屈赋以《天问》为最难读。历代学者对其中的历史传说、神话故事以及文字训诂的钻研探讨，用力最勤。但由于年代久远，资料缺乏，尤其是第一手材料不易见到，以致有很多问题，至今仍然得不到解决。例如《天问》里有下列两节云：

昭后成游，南土爰底，
厥利惟何？逢彼白雉。
穆王巧梅，夫何为周流？
环理天下，夫何索求？

本来这两节诗所诘问的是周昭王与周穆王的历史事实，这是没有问题的。但其中的“成游”“巧梅”等词语（尤其是“巧梅”），不仅古今版本的文字多异，而且历代注家的训诂，也够使人眼花缭乱。要在其中找出接近事实的结论是很难的。因而也就影响了我们进一步理解屈原这两节诗里所包含的历史意义与思想感情。幸而近年来陕西扶风出土了西周窖藏的《史墙盘》，其铭文的内容极丰富，使我们有可能对上述问题作一番新的探索。

（一）“成游”“巧梅”的含义及其历史内容

《史墙盘》作于周共王时代，故铭文一开始就用简括的语言历述和颂扬了周文王、武王、成王、康王、昭王、穆王六代的历史业绩。共王是周王朝的第七代，距昭、穆二王时间极近。因而这无疑是研究昭、穆二王历史事迹不可多得的第一手资料。现节录其中称述昭王、穆王的一段原话如下：

弦（弘）鲁邵（昭）王，广𢿱（笞）楚㓝（荆），隹（唯）寏（狩）南行。祗䫻（显）穆王，井（刑）帅宇（讦）诲（谋），𤔲（緟）宁天子。（参唐兰、裘锡圭两同志释文。如“寏”从唐兰同志释“狩”，“宇诲”从裘锡圭同志释“讦谋”。皆详《文物》一九七八年第三期）

从这段铭文里，很显然可以看出：所谓“弘鲁昭王，广笞楚荆，唯狩南行”，实际上跟《天问》里的“昭后成游，南土爰底，……”所指的是同一件事；铭文所谓“祗显穆王，刑帅讦谋，緟宁天子”，实际上跟《天问》里的“穆王巧梅，夫何为周流，……”所指的也是同一件事。其间不仅史事相同，甚至所用词语亦多相同。因此，只有以《史墙盘》铭文这一原始资料为依据，才能对“成游”“巧梅”等作出较为符合历史事实的解释；也只有从解释“成游”“巧梅”等词语入手，才能对周、楚民族的两次斗争以及屈原对这两次斗争的态度，作出较为合理的分析与探索。

首先谈“成游”：

对“昭后成游，南土爰底”，王逸注云：“言昭王背成王之制而出游，南至于楚，楚人沉之而遂不还也。”这条注文，把“成游”解释为“背成王之制而出游”，显然跟正文之义不相合。因此，刘师培《楚辞考异》认为“据注，后疑作倍。”意欲改正文之“后”字作“倍”，为王注“背”字找根据。而不知“增字解经”，乃王注惯例。“以注文校正文”的校勘方法，在此并不适用。因为根据金文及典籍，周之南行伐楚，正自成王始。故所谓“昭王背成王之制而出游，南至于楚”云云，是不符合历史事实的。因此，自王逸之后，“成游”一语，新解极多。如或谓：“成游，谓成南征之游。犹所谓斯游遂成也。”（洪兴祖）或谓：“成，犹遂也。昭王南游至楚，楚人凿其船而沉之，遂不还也。”（朱熹）或谓：“成游者，不成乎游也。君王而贪利轻出，丧身辱国，为天下笑，其游荒矣。”（周拱宸）或谓：“成游，谓昭王作方城之游也。省城作成。”（陈直）或谓：“成，疑巡之误。成在庚韵，巡在真韵，因声误写。”（刘永济）或谓：“昭后成游”是“昭王很高兴巡游。”（郭沫若）或谓：“成疑盛字之讹。盛游，以兵车从游。即《吕氏春秋》所谓昭王亲征荆也。”（姜亮夫）……。今按姜亮夫同志此说，见所著《屈原赋校注》。在诸说中，姜说坚实可信，而发挥未尽。

我认为姜说之所以坚实可信，应当从下列两个方面来看：首先，证之古字通假之例，古代典籍“成”“盛”二字多通用。如《易·系辞》：“成象之谓乾”，《释文》云：“蜀才作盛象”；《左传》宣公二年：“盛服将朝”，《释文》云：“盛音成，本或作成”；《潜夫论·志氏姓》：“太子晋幼有成德”，《风俗通》作“盛德”。不仅如此，即证之以《楚辞》古传本，“成”“盛”二字亦多通用。如《九歌·礼魂》：“成礼兮会鼓”，洪兴祖《考异》云：“成一作盛”。则《天问》“昭王成游”亦即“昭后盛游”之异文，当属可信。其次，证之以当时的史实，作“盛游”尤为吻合。据前述新出土的《史墙盘》铭文，谓周昭王“广笞楚荆，唯狩南行”，所谓“广笞”，即大规模地挞伐之意（这跟《不其簋》的“广伐西俞”，《禹鼎》的“广伐南国东国”中的“广伐”义略同）。由于军容盛大，故《天问》称之为“盛游”。又据《初学记》七，引古本《竹书纪年》，这次昭王伐楚，曾出动了“六师”，其军容之盛，可想而见。这跟《天问》称为“盛游”，也是相符合的。故“昭后成游”，实即谓周昭王以大军伐楚耳。“游”与“伐”的关系，详后。

这里必须谈及的是：跟“昭后成游，南土爰底”紧相联系的“厥利惟何，逢彼白雉”句中的“白雉”。王逸注谓：“此为越裳氏献白雉，昭王德不能致，欲亲往逢迎之乎。”洪兴祖《补注》又以《后汉书》“交阯之南有越裳国，周公居摄时，越裳重译而献白雉”之事说之。但以时间言，周公与昭王不相及；以疆域言，荆楚与越裳非一地。故朱熹《楚辞集注》谓“白雉事无所见”，“旧注……亦恐未必然也”。迨清毛奇龄《天问补注》始云：“按《竹书纪年》：‘昭王之季，荆人卑词致于王曰：愿献白雉。昭王信之而南巡，遂遇害。’是昭王之南游，本利而迎之也。”考毛氏《天问补注》叙曾云：“世或窃取《天问》造饰襞积，因以为说；而浅陋者且牵引而注之于下。”其实毛氏正蹈此弊。其所谓“按《竹书纪年》”云云，并非古本《竹书》，恰为后世窃取《天问》“白雉”句而演绎出来的故事情节，不足为据。而此后不少楚辞注家多用其说，误矣。

今据《初学记》七，引古本《竹书纪年》云：昭王“十九年，天大曀，雉兔皆震，丧六师于汉。”盖当昭王涉汉遇害时，适逢天气阴霾昏暗，以致雉兔震惊窜突，此乃常有之自然现象。故云“天大曀，雉兔皆震”（据《淮南子·览冥训》云：“武王伐纣，渡于孟津，……疾风晦冥，人马不相见。”虽胜败之势不同，而所逢之自然现象有些相似，可供参考）。《天问》所谓“逢彼白雉”，殆指此事而言。因而《天问》的“白雉”，亦或原作“兔雉”；“白”字乃“兔”字坏其下半而致误。昭王逢兔雉而丧六师于汉水，故《天问》的“逢彼兔雉”，实暗指昭王之南征不返。清戴震《屈原赋注》附《音义》已意识到《竹书》此说当与《天问》有关，惜未究其详。至于闻一多同志《楚辞校补》认为“雉当为兕，声之误”，并引古本《竹书纪年》昭王十六年伐荆楚“遇大兕”为证。其实仅据古本《竹书纪年》所载，昭王伐楚前后就有两次。十六年伐楚，当指《宗周钟》铭文所记者，大胜而还。故十六年获胜遇兕，不当与十九年逢雉丧师混为一谈。

因此，《天问》所谓“昭后成游，南土爰底，厥利惟何？逢彼白雉”，实即指周昭王伐楚不返而言。稽之古籍，虽所记异词，而确有其事。如《左传》僖公四年谓：“昭王南征不复”，以及《史记·周本纪》谓：“昭王南巡狩不返”，即指此事。《吕氏春秋·音初》又谓：“周昭王亲征荆蛮，……反涉汉，梁败，陨于汉中。”《帝王世纪》则谓：“昭王德衰，南征济于汉，船人恶之，以胶船进王，王御船，至中流，胶液船解，王及祭公具没于水中而崩。”（《史记·周本纪·正义》引）虽各书细节不同，但都跟《初学记》七所引古本《竹书纪年》“十九年”昭王“丧六师于汉”及《太平御览》八百七十四所引古本《竹书纪年》“昭王末年”“南巡不反”的记载是一致的。尤其重要的是：昭王这次征楚而动用“六师”，跟《史墙盘》铭文所谓“广笞楚荆”的语意相合；同时《天问》的“昭后成游”之为“盛游”，也从《史墙盘》的铭文得到了历史的证明。

其次谈“巧梅”：

关于《天问》“穆王巧梅，夫何为周流”的“巧梅”究应如何解释，乃将近两千年来屈赋研究中的难题之一。根据宋洪兴祖的《楚辞考异》，“巧梅”的“梅”字，古本就有“梅”“挴”“珻”三种不同的异文。至于古今学者对“巧梅”的解释，则更为复杂。汉王逸注云：“梅，贪也。言穆王乃巧于辞令，贪好攻伐，远征犬戎，得四白狼，四白鹿。自是后夷狄不至，诸侯不朝。穆王乃更巧词周流而往说之，欲以怀来也。”自宋代以迄于今，嫌王注之牵强而别作新解者蜂起。例如，或谓：“巧梅，言巧于贪求也。”（洪兴祖、朱熹）或谓：“梅与枚通，马策也。巧梅，善御也。”（王夫之）或谓：“《方言》：吴越饰貌为竘，或谓之巧。郭璞注云：语楚声转耳。梅，《方言》云：贪也。”（戴震）或谓：“梅”读为“敏”，“巧敏”为便敏之义（王引之）。或谓：“挴拇同。巧梅，疾足也。”（吴文英）或谓：“挴，鋂也。言犬马是好。”（王闿运）或谓：“梅、珻并当作㙁，字之误也。”“巧读考，㙁古通牧”，“考牧者，《诗·无羊·序》曰‘无羊，宣王考牧也’。此考牧同义。惟彼牧谓牛羊，此谓马耳。考谓考校，周流天下，将以考八骏之德力，故曰考牧也。”（闻一多）或谓：“梅本作㙁，㙁牧声近通用。”“巧㙁即巧牧”，“穆王好游，又得良马及善御之人，故世称其巧牧。”（刘永济）或谓：“穆王巧梅”是“穆王更加轻佻”（郭沫若）。不难看出，前人对“巧梅”一语，在探讨上虽付出了巨大的劳动，仍难定于一是。

但是，由于第一手材料《史墙盘》的出土，细读铭文，使我们对“巧梅”这一费解的词语，得到了新的启示。如上所述，铭文中的“宇诲”二字，裘锡圭同志释为“讦谋”。他说：“诲、谋二字古通（《金文编》第一一〇页）。《诗·大雅·抑》：‘讦谟定命’，毛传‘讦，大。谟，谋。’‘宇诲’当读为‘讦谋’，与‘讦谟’同意。”今按：裘说极是。“讦谋”当为古人颂德之惯用语，有时直称为“大谟”。如《陈侯因資敦》中之“大慕克成”，实即“讦谟克成”。又《诗·抑》“讦谟定命”之下句即为“远猷辰告”，以“讦谟”与“远猷”相对成文，“讦谟”之义尤显。而且，《史墙盘》上文有“刑帅宇诲（讦谟）”，下文亦有“厥辟远猷”，也是“讦谟”与“远猷”遥遥相应。

又近年扶风出土的西周《𤼈𣪘》铭文，则以“宇慕远猷”相连成句。可证《史墙盘》之“宇诲”当为“讦谟”，亦即“讦谋”，是无疑的。“讦谋”即弘大的谋略，乃周人用此语以赞颂周穆王的业绩。

在这里，自然会使人联想到《天问》的“穆王巧梅”这句话。“巧梅”二字，实即《史墙盘》铭文“宇诲”二字的又一异形；亦系“讦谋”之同音借字。今申其说如下：

关于“巧”跟“宇（讦）”的关系：按“宇”或“讦”的音符都是“亏”，而“巧”的音符则为“丂”。字各有别，音亦不同。但据《说文》云：“丂，古文以为亏字，又以为巧字。”则“丂”“亏”二字，不仅形近，声亦相通。故“巧梅”之“巧”，实即“宇诲（讦谋）”之“宇”，亦即“讦”之假借字。魏《三体石经》中《春秋经》的“于殺”之“殺”作“哗”。“哗”的原始音符为“亏”而得与“殺”字相通假，这跟“宇”或“讦”音符为“亏”而得与“巧”字相通假同理。因为“亏”古有“巧”音，此乃鱼部与幽部旁转之常例，故《天问》“巧梅”之“巧”，实即“宇”或“讦”之转音借字，当无问题。

至于“梅”跟“诲（谋、谟）”的关系：按《天问》“巧梅”之“梅”通“谋”，亦犹金文“诲”之通“谋”。因“每”“某”二音符古音同在之部，故通用。《说文》“梅”字“或从某”作“楳”。《诗》“摽有梅”，《释文》亦云：“梅韩诗作楳。”又《诗》“墓门有梅”，《列女传》八引“梅”也作“楳”。此与《天问》“梅”之通“谋”，同一原因。至于“梅”之与“诲”，则以音符相同而得通；“梅”之与“谟”，又以鱼、之旁转而得通。例不枚举。故《天问》“巧梅”之“梅”，实即“诲”之异文，“谟”或“谋”之借字，当无问题。

故《天问》之“穆王巧梅”，实即《史墙盘》铭文之“穆王”“宇诲”。至于《天问》“巧梅”古本或作“巧挴”，或作“巧晦”，跟“梅”字一样，皆为以“每”为音符之借字，其本字皆当作“谋”或“谟”。而洪兴祖、朱熹等，在“梅”“挴”“晦”字形上计较是非，已属多事；而肯定“挴”字，否定“梅”“晦”，更属郢书燕说，不足为据。

如果从意义上讲，《天问》之“巧梅”，《史墙盘》之“宇诲”，等于《诗·抑》之“讦谟”，亦即《陈侯因資敦》的“大慕”，义为庞大的谋略与规划。故“穆王巧梅”，盖指穆王周游天下，征徐、伐楚等历史事件而言。据《逸周书·祭公》等典籍看，穆王是个好大喜功的人物。他曾对祭公说：“用克龛绍成、康之业，以将大命”；又说：“以余小子扬文、武大勋，弘成、康、昭考之烈。”从口气上看，所谓“大命”“大勋”，都跟“穆王巧梅”的意义是一致的。不过前者是穆王自我夸耀，而后者则是周人对穆王的赞颂。

但对《天问》“穆王巧梅，夫何为周流”一节诗，历来的研究者，都只认为是指穆王周游天下而言。总之，与伐楚不相涉。而现在如果把《史墙盘》铭文中叙及昭、穆二王的事迹联系起来，完全可以看出，所谓“巧梅”或“宇诲”“讦谋”，都跟伐楚密切相关。因为《史墙盘》铭文说：穆王“刑帅宇诲（讦谋），緟宁天子”，“刑帅”即效法遵循之意；“讦谋”即指上文昭王“广笞楚荆”的庞大规划而言。故“刑帅讦谋”，亦即穆王自己所谓弘“昭考之烈”；说穿了，即认为穆王能继承昭王的遗志而伐楚。“緟宁天子”的“緟”，今习俗作“重”（平声），指穆王伐楚得胜，重新稳定了周王朝的统治。这是因为昭王“南征不返”，对周王朝的统治是很大的挫败与动摇，故穆王伐楚得胜，就是对周王朝的“緟宁”——重新得到安定。我们如果用这一观点来看《天问》所涉及的昭、穆两代的事迹，也应该注意他们的联系性。即“穆王巧梅（讦谋），夫何为周流”，正上承“昭后成（盛）游，南土爰底”而来。当然，“周流”一语并不排斥周游天下的含义，但在这里，主要应包括伐楚的战役在内。因为根据典籍及金文的记载，古帝王巡游，狩猎，征伐，常常是分不开的（例如《尚书·武成·序》：“武王伐殷，往伐归兽。”《史记·周本纪》即读“兽”为“狩”，谓武王“乃罢兵西归，行狩。”《逸周书·世俘》记武王伐纣，亦言狩事。可证武王当时亦征伐与狩猎兼行。《尚书》伪孔传释“归兽”为“归马”“放牛”，极误。即《孟子》所谓“巡狩者，巡所守也”，亦后起之义）。《天问》穆王“周流”与“巡游”同义，故亦指征伐而言。这正如昭王伐楚一事，《左传》作“昭王南征不复”，《史记》则作“昭王南巡不返”，《史墙盘》又作“唯狩南行”，《天问》则直作“昭后成游”。昭王的“成（盛）游”既代表伐楚，则穆王的“周流（游）”自然也可包括伐楚。

当然，周穆王继昭王而伐楚的问题，曾为他八骏游天下的传说所掩盖。不见于《史记·周本纪》等典籍中，但地下资料却保留了不少痕迹。除《史墙盘》外，如《白帖》三，引古本《竹书纪年》云：穆王“三十七年，伐荆。”又《艺文类聚》九及《通鉴外记》三，皆引古本《竹书纪年》云：穆王“三十七年，伐楚。大起九师，东至于九江，叱鼋鼍以为梁。”又敦煌唐写本《修文殿御览》残卷引古本《竹书纪年》云：“穆王南征，君子为鹤，小人为飞鸮。”这些记载，虽有的已演化为神话式的传说，而实际上是真实历史的投影。故穆王时的《竞卣》铭文，亦有“隹白屖父以成自即东，命伐南尸（夷）”等纪录。事实上穆王不仅曾南伐荆楚，而史亦载其东伐徐国（《后汉书·东夷传》）。楚椒举还说：“穆有涂山之会。”（《左传》昭公四年）盖即伐楚、胜徐之后而大会诸侯于涂山。

正因为如此，《天问》所谓“昭后成游，南土爰底”，乃针对周昭王伐楚不返一事所提出的诘问；而“穆王巧梅，夫何为周流”，亦系紧承上文，针对穆王时包括伐楚在内的“周流”所提出的诘问。这就是《天问》这两节诗中“成游”“巧梅”的原始含义及其所涉及的丰富的历史内容。

（二）屈原对昭、穆伐楚的民族态度

荆楚，是中国古代繁衍、发展于长江流域的一个相当强大的民族。周民族在没有克殷前，偏处西方，跟南方的楚民族矛盾不多。而殷、楚民族则常常发生冲突。《诗·商颂·殷武》所云：“挞彼殷武，奋伐荆楚”是也。迨周克殷以后，乘三监之叛，楚民族也起而与周对抗。《逸周书·作雒》云：“三叔及殷、东徐、奄及熊盈以畔。”所谓“熊盈”当即指楚“熊绎”而言。故《后汉书·东夷传》亦谓“管蔡畔周，乃招诱夷狄。”自此，周之成王、康王、昭王、穆王等，几乎世世伐楚，从未停止过。这从历次出土的《令段》《禽段》《宗周钟》《过伯段》《䱷驭段》《竞卣》的铭文中是可以看出来的。而作为一个南方强大民族的楚国来讲，也始终没有被征服过。故周昭王时的《过伯段》铭文有“过白（伯）从王伐反荆”之语。“反”，殆即背叛不服之意（《中方鼎》铭文有“唯王令南宫伐反荆方之年”）。

春秋时，楚民族日益强大。周民族系统中的中原国家，被楚吞并殆尽。《左传》定公四年：吴人谓随人曰；“周之子孙在汉川者，楚实尽之。”故中原民族对楚民族是怀有戒心的。鲁国季文子曾认为：“非我族类，其心必异。楚虽大，非吾族也。”（《左传》成公四年）而楚民族的统治者，确实野心勃勃。楚王向周“问鼎”“求鼎”之事，史不绝书。楚武王甚至说：“我蛮夷也。今诸侯皆为叛，相侵或相杀。我有敝甲，欲以观中国之政，请王室尊吾号。”“……乃自立为武王。”（《史记·楚世家》）这些史实，一方面固然说明了一个新兴的诸侯大国对名存实亡的大奴隶主周天子统治权的极端蔑视；但另一方面也说明了一个相当强大而且具有自己的文化特征的楚民族，在我国民族大融合的历史进程中，所显示出的不可避免的倔强与不驯。《公羊传》僖公四年云：“楚，有王者则后服，无王者则先叛。夷狄也，而亟病中国。”这正概括了当时楚民族对周民族的政治态度。

因此，在周、楚两大民族的矛盾斗争问题上，必然会引起屈原对周昭王伐楚不返和周穆王伐楚获胜这两个巨大历史事件抱有自己的民族观点：

关于周昭王伐楚不返问题，《史记·周本纪》是这样说的：“昭王之时，王道微缺。昭王南巡狩，不返，卒于江上。其卒不赴告，讳之也。”这正是周民族的统治者对昭王这次伐楚失败的真相秘而不宣的一贯态度，即共王时的《史墙盘》铭文，仍然只说：“弘鲁昭王，广笞楚荆，唯狩南行。”至于“南行”的结果如何，一字不提。这当然也是“讳之也”。到了齐桓公称霸，欲借尊王之名对楚施加压力，才在召陵之会上向楚提出质问：“尔贡包茅不入，王祭不共，无以缩酒，寡人是征；昭王南征而不复，寡人是问。”而楚国对此则作了避重就轻的答复："贡之不入，寡人之罪也，敢不共给；昭王之不复，君其问诸水滨。"（《左传》僖公四年）其实，昭王当时之溺死于汉水，既非偶然的自然灾害，也决非人民自发的反抗行为，而显然是楚国军事行动的一个组成部分。因此，所谓"君其问诸水滨"，表面虽未作正面答复，而实际上是表现了对昭王伐楚的满腔怨愤；故用此讽刺、幽默的口吻来回答对方的责难。这正如范宁的《谷梁传》注所云："此乃不服罪之言。"

同样，屈原对昭王伐楚不返这件事，在《天问》里一方面借用周民族一贯的传统提法，称此举为"昭后成（盛）游，南土爰底"，亦即《史墙盘》所谓"广笞楚荆，唯狩南行"；而另一方面则进一步指出"厥利惟何？逢彼白（兔）雉"。言外之意，即除了"雉兔皆震，丧六师于汉水"，又得到什么好处呢？这跟"君其问诸水滨"的字面虽然不同，而实际也是用旁敲侧击的手法对昭王伐楚的诘难与讽刺。据《谷梁传》，召陵之会楚国对齐桓公致答词者，乃楚大臣屈完，系屈原的先辈，他们都是站在楚民族的立场上看问题的。因此，意见与态度的一致性，决不是偶然的。

其次，关于周穆王伐楚获胜的问题：穆王好大喜功，南征北伐，周游天下。当时祭公谋父就曾进过谏言，认为"先王耀德不观兵"（《周语》）。但《史墙盘》铭文作为歌功颂德之词来讲，对穆王的行径，却是肯定的。上文已指出，所谓"刑帅讦谋，緟宁天子"，即主要指穆王继承昭王而伐楚获胜的武功而言。周民族的统治者，对歌颂祖先功德，似有一套固定的成语。如跟《史墙盘》同时出土的《瘐钟》铭文，歌颂周文王的业绩时，就有"敷有四方，会受万邦"等跟《史墙盘》完全相同的话。因此，用"讦谋"这个语词歌颂穆王的业绩，也可能是周民族的惯用语。但周民族把征伐异族说成是弘伟的谋略，楚民族是不能接受的。恰恰相反，他们认为这是穆王肆无忌惮的不正当行为。《左传》昭公十二年楚国的右尹子革曾对楚灵王说："昔穆王欲肆其心，周行天下，将皆必有车辙马迹焉。"周人说他是"刑帅讦谋"，而楚人说他是"欲肆其心"，这正是对同一问题的两种截然相反的评价。右尹子革最后又说：由于祭公之谏，穆王才"获没于祗宫”。这虽系警戒灵王之言，但言外之意则认为：如穆王“肆心”不止，也照样会遭到昭王“南征不返”的可耻下场。这就是楚民族对周穆王的看法。

同样，屈原在《天问》里，首先提出“穆王巧梅（讦谋）”，再加以诘问、批判。这里的“讦谋”，显然又是借用周人歌颂穆王的传统成语。所谓“穆王讦谋，夫何为周流？……”就是说：周穆王既然有讦谋远猷，为什么竟会“周流”忘返、“索求”无厌呢？这跟楚右尹子革所说的“欲肆其心，周行天下”，完全是一个意思。即对周穆王包括伐楚在内的巡游征伐是抱否定态度的。

总之，在《天问》里对周、楚民族的两次斗争，屈原的态度，跟周民族的传统看法是相反的；而跟楚国当时的民族观点是完全一致的。它既表示了一个新兴的诸侯大国对周王朝的批判，也体现了屈原极其鲜明的民族立场和强烈的民族感情。

（三）结语

据解放以来考古学界对长江流域史前文化遗址的考察报告，说明了六、七千年前，我国湖北、湖南、江西等地，已诞生了自成体系的古老文化。它在发展过程中，虽然不断地跟黄河流域的文化相融合、渗透，但是始终保持着浓厚的“楚文化”的特殊风貌。

春秋战国时期，楚国已发展成长江流域的强大民族，仍然具有鲜明的文化特征。据典籍所载，无论是语言（“南蛮鴂舌之人”）、宗教、风俗习惯，文学艺术、历史传说、神话故事、乃至衣冠装饰等等，一方面对中原文化不断吸收与融合，一方面始终没有消失“楚文化”的特色。故当时对南北不同体系的文化，人们常以长江中游的楚与华夏对称。如《荀子·儒效》：“居楚而楚，居越而越，居夏而夏”，是其明证。屈原作为楚民族政治上、文化上杰出的代表人物，在评价周、楚两次斗争的历史问题时表现出强烈的民族感情，那是完全可以理解的。

在这里，不能不使我们联想到关于屈原研究中的一个重大问题，即：屈原被疏放以后，为什么不肯远游他国，以谋有所建树？

自从史迁提出这个问题以来，历代学者多论及之。例如，或谓：屈原忠于君，而君臣之义，理不容去；或谓：屈原曾被信任，故感知遇之恩，情难决绝；或谓：屈原乃同姓宗臣，宗臣无可去之道；或谓：楚有统一中国的雄厚基础，要有所建树，不必舍近求远；近人则多以爱国主义说之。事实上屈原之所以不肯远游他国，原因可能是相当复杂的。但是应当引起人们注意的，那就是屈原的强烈的民族感情。

战国时期，秦国的势力从西陲渗入中原以后对楚民族的严重威胁，跟周人灭殷以后对楚民族的巨大压力，在某些方面，颇有相似之处。因此，屈原的民族感情，表现在对待现实的态度上，跟表现在对待历史事件的评价上，基本上是一致的。

为了进一步理解这个问题，我们不妨重新讽咏一道屈原自我写照的著名诗篇《橘颂》中的一段话：

后皇嘉树，橘来服兮，
受命不迁，生南国兮；
深固难徙，更壹志兮；
绿叶素荣，纷其可喜兮。

王逸注云："言橘受天命生于江南，不可移徙；种于北地，则化而为枳也。屈原自比志节如橘，亦不可移徙。"按王注极是。橘逾淮而北则化为枳，据《考工记》《晏子春秋》等文献，这个传说，春秋战国时期已很流行。屈原正是借这深深扎根于"南国"泥土中的橘的形象性格，来展示自己"受命不迁"、"深固难徙"、执着、坚定的民族立场。我们知道，虽"楚材晋用"在春秋时早已成风（《左传》襄公二十六年），但对乐操"土风"、首着"南冠"、言称"先职"的楚囚钟仪这样的人物，还是受到当时人们的崇敬与赞扬的（《左传》成公九年）。如果说《橘颂》并非屈原临终的作品，那就充分说明了他忠于自己民族的决心，是早已下定了的。因此，他虽在被疏乃至被放的情况下，而对自己民族的前途命运之"险隘"、自己民族的人民群众之"多艰"、甚至对既为楚民族安危所系而又"数化""多怒"的灵修，……低徊郁悒，愁肠百转，终不忍一去了之。这种深厚的民族感情，正是屈原为自己民族而献身的崇高精神。

正因为如此，与其说屈原的爱国与忠君是分不开的，不如说屈原深厚的爱国主义跟他强烈的民族思想是紧紧联系在一起的。

写于一九七八年六月

十二、民德·计极·天命观

屈原的《离骚》里有这样一节诗：

皇天无私阿兮，览民德焉错辅；
夫维圣哲以茂行兮，苟得用此下土。
瞻前而顾后兮，相观民之计极；
夫孰非义而可用兮，孰非善而可服。

对这节诗，古今的屈赋研究者虽提出了种种不同的解释，仍然诘诎难通。而造成这种情况的原因，主要由于“民德”“计极”的确切含义没有得到彻底解决。尤其“计极”一语，简直成了屈赋研究中的拦路虎。这当然就会影响到对屈原思想的理解与评价。

（一）“计极”与“所极”

我准备首先从“计极”谈起。在这个基础上，“民德”的问题也就容易解决了。

“计极”二字连用，不见于先秦古籍，缺乏参验资料。因而千百年来的屈赋注家，不得不牵强缭绕，强为之解。其中名家，难免此弊。例如：

(1) 王逸云：“相，视也。计，谋也。极，穷也。言前观汤武之所以兴，顾视桀纣之所以亡，足以观察万民忠佞之谋，穷其真伪也。”（《楚辞章句》）

(2) 洪兴祖云：“言观民之策，此为至矣。计，策也。极，至也。”（《楚辞补注》）

(3) 朱熹云：“计，谋也。极，穷也。……言瞻前顾后则人事之变尽矣。故见民之计谋，于是为极，而知唯义为可用，唯善为可行

也。”（《楚辞集注》）

（4）钱杲之云：“相观斯民计策之极至。”（《离骚集传》）

（5）王夫之云：“计极，计其兴亡得失之度数也。”（《楚辞通释》）

（6）蒋骥云：“极，标准也。……故上下古今，观民谋虑之准，舍义善之外，更无可为。”（《山带阁注楚辞》）

（7）戴震云：“言人之情计变所极，已周祥审视，知其未有踰乎义与善而可行者。”（《屈原赋注》）

（8）胡文英云：“相视民之所以计君立极者何如，……”（《屈骚指掌》）

（9）郭沫若同志云：“既经考察了前王而又观省后代，我省察得人生的路径十分详明。”（《屈原赋今译》）

（10）高亨同志云：“极，意同终。民之计极，指人们的企图与结果。”（《楚辞选》）

（11）游国恩同志云：“盖计极者，即极计，……或倒词以取韵耳。极计云者，犹言极则。此承上言，览察往古兴亡之事，以推断成败之极则也。”（《离骚纂义》）

以上所言，不过举例。从这些解释来看，由于既找不到训诂上的确凿根据，又缺乏史籍上的坚实证验，故只得就字作解，望文生义。因而在本句则词气扞隔，在全节则语意乖舛，当然缺乏说服力。近两千年来，诸家新解，层出不穷，就是由于这个原因。

前人在训诂上既无能为力，这就使我们不得不转而从校勘的角度进行新的试探。当然，从校勘角度着眼者，前人已有之。如王树枏曰：“计当为讫字之误。言观人善恶成败之终极。”（《离骚注》）但这只是校勘的开始，并未解决问题。

考《离骚》此节用韵，以“极”字与下句“服”字叶，皆为古韵之部入声职部字，则“极”字非误文，可以肯定。问题当出于与“极”字连用的“计”字。按屈赋句末“极”字与他字连用而构成语句者甚多。如：“四极”（《离骚》）、“未极”（《湘君》）、“既极”（《大司命》）、“能极”（《天问》）、“爰极”（《天问》）、“焉极”（《哀郢》）、“终极”（《远游》）、“所极”（《天问》）凡一见，《招魂》凡二见），等等。从字形来看，上述各条“极”上一字皆无与“计”字混讹的可能。只有“所极”的“所”字，如果据古代典籍多以同音关系与“许”字相通假之例进行考虑，则“许”以形近讹而为“计”，则是有可能的。古人“所”“许”通用，如《诗经·伐木》“伐木许许”，《说文·斤部》引“许许”作“所所”；又如《墨子·非乐》“吾将恶许用之”，即吾将何所用之；《礼记·檀弓》“高四尺所”，即高四尺许。此皆“所”可通“许”之证。故疑《离骚》原作“相观民之所极”，古本“所”或借“许”为之。因“许”与“计”形近而传写为“计”。金文“许”字，如《五祀卫鼎》作“𧦝”，《中山王鼎》作“𧦝”，尤易与“计”互讹。

《离骚》的“相观民之所极”的“所极”，从词语结构来讲，与《天问》“璜台十成，谁所极焉”，《招魂》“彷徉无所倚，广大无所极些”，“人有所极，同心赋些”三个例子是一致的。在这里，“所”下的“极”字，只能是动词，而不是形容词或名词，这是屈赋的通例。如“所急”、“所厚”、“所止”、“所同”（以上皆见《离骚》），“所咍”、“所仇”（以上皆见《惜诵》），“所倚”（见《招魂》），等等，可以为证。因此，如前人训“民之所极”的“极”为“度数”“标准”“此为至矣”“如是为极”等等，皆不能成立。从“极”为动词的角度考虑，“极”当为“亟”的同音借字（《易·说卦》“为亟心”，《释文》“荀本作极”；《书·微子》“亟行暴虐”，《释文》“亟本作极”；《庄子·盗跖》“亟去走归”，《释文》“亟本作极”）。《广雅·释诂》：“亟，敬也。”又《方言》一：“亟，爱也。”是“民之所极”意即“民之所敬爱者”。

这样解释，同时也可以解决《招魂》里的“人有所极，同心赋些”这个疑难句子。因为《天问》“谁所极焉”，《招魂》“广大无所极些”的“极”字，解为动词的“穷”或“尽”，是可以讲得通的。而对《招魂》“人有所极，同心赋些”则解不通。如王逸谓“言众坐之人，各欲尽情”；五臣云“贤人尽至，则同心相聚”；王夫之云“极，思所至也，人各尽其思之所至，相竞美也”；胡文英《屈骚指掌》云“极，如同极而异路之极，言人有拱向之极，而适与我赋同心”；郭沫若同志云："人到乐极心相同，缔结同心，相知对饮酒千盅"，显然皆牵强不顺。而如果释"极"为"敬爱"，则"人有所极，同心赋些"意谓"人们有所敬爱者，则赋诗以互表心情"，不仅词通，而意亦畅达，而且跟下文的"酎饮尽欢，乐先故些"也情调一致。故《离骚》的"民之所极"的"所极"，亦应与此同一词例。

因此，从"皇天无私阿兮"到"孰非善而可服"这八句诗，在理解上有两个问题必须提出来重新考虑：

第一，"民之所极"跟上文"民德"的对应关系问题。上文"览民德焉错辅"这句话，古今讲法极其矛盾复杂。而林云铭《楚辞灯》云："见为民所德者，而默置佑助。"意即视万民之所德（感戴）者，为之置贤臣以辅之。此解颇可取。因为把"德"作为动词，"民德"谓民之所感戴者，则跟下文"相观民之所极"互相对应。虽语有繁简，而脉络贯通。这八句诗，是以首句"皇天无私阿"为前提的。前四句主要是说"皇天"立君，必须是"民之所德者"，故接着提出"夫惟圣哲以茂行兮，苟得用此下土"（闻一多同志训"用"为"享用"之"用"，"用此下土"即"享此天下"，谓此为倒装句。极是）。言"民之所德者"应以"圣哲"跟"茂行"为道德准则。后四句，主要是说"皇天"举贤，必须是"民之所敬者"，故接着提出"夫孰非义而可用兮，孰非善而可服"。言"民之所敬者"应以"义"与"善"为道德准则。这样看来，这节诗共八句，对上文来讲，是带有总结性的。因为上文从"启九辩与九歌兮，夏康娱以自纵"直到"举贤而授能兮，循绳墨而不颇"这一大段，从历史上的昏君乱臣之相残，说到明主贤臣之相得，以讽谕怀王，故最后用这八句话作为总结。

第二，"瞻""顾""相""观"跟上文"览"字的对应关系问题。前人对"瞻前而顾后兮，相观民之计极"四句诗，多与上文"皇天无私阿兮，览民德焉错辅"四句诗互相分割而别为起迄。这主要是由于对"民之计极"这句话不得其解所造成的。但也有个别注家如胡文英的《屈骚指掌》，虽仍误解"计极"，而把"瞻""顾""相""观"跟上文"览民德"的"览"字互相联系起来，作为"皇天"的行为来解释，这是很有见地的。因为古人在天命论思想统治下，总是把"皇天”予以人格化。故上文的“览民德”，是“皇天”在“览”，而下文的“瞻”“顾”“相”“观”，也是上承“皇天”而言。古人所谓“天视”“天听”，就是这种思想的反映。《左传》庄公三十二年：内史过曾说：“国之将兴，神明降之，监其德也；将亡，神又降之，观其恶也。”这里所谓“监”“观”，跟《离骚》所谓“览”“观”等，其意义是相似的。又《诗·皇矣》云：“皇矣上帝，临下有赫。监观四方，求民之莫。”言“临”，言“监”，言“观”，也都是把“皇天”人格化的描绘。

（二）“民之所极”系楚国称颂大臣的习用语

“民之所极”这句话，是不见于先秦典籍的。但由于近年来楚国文物不断出土，这句话竟在楚令尹子庚鼎铭中出现了。

一九七九年，我国在河南西南淅川县的下寺楚墓中出土楚令尹子庚鼎七件，形制相同，并都有八十四字的相同的铭文。铭文记述楚令尹子庚作器的用途并自颂功德。其中就有这样几句话：

令尹子庚，殹民之所亟，万年无期，……。

按楚“子庚”即“子午”，其名屡见于《左传》。《左传》襄公十二年：“秦嬴归于楚，楚司马子庚聘于秦，……。”杜预注：“子庚，庄王子，午也。”《左传》襄公十五年，又有“楚公子午为令尹”的记载。因此，铭文前言“王子午择其吉金”，后言“令尹子庚，殹民之所亟”，说明了这个鼎的铭主就是楚“令尹子庚”，这是没有问题的。

关于“民之所亟”的“亟”字，释者尚不统一。如《光明日报》一九八〇年十月十四日《文物与考古》中释为“亟”；而《文物》一九八〇年第十期的几篇论文中则皆释为“敬”。我认为“亟”与“敬”，义虽相通，而字各有别。尤其是在此鼎铭文中则只能释为“亟”，决不能释为“敬”。其理由如下：

第一，从文字的结构讲，细审拓片，“亟”字的上下二横之间，以“人”字为主体，左“口”右“攴”，了如指掌。金文“攴”“又”

通用，乃属惯例。故当释“亟”，决无问题。而且鼎铭上文已出现“敬”字，其形作“[illegible]”，跟“亟”字划然有别，不相混淆。

第二，此鼎铭系韵语，“亟”字与上文“趩”“祀”“福”“德”为韵，与下文“諆（期）”为韵，皆在古韵之部及其入声。如果释“亟”为“敬”，则失其韵读。

第三，“亟”字表“敬爱”之义，当与楚语有关。《方言》一云：“亟，爱也。东齐海岱之间曰亟，自关而西秦晋之间凡相敬爱谓之亟。”据此，则以“亟”表“敬爱”的方言区相当广阔，东至海岱，西至秦晋，都有此语。当时楚与齐、秦、晋疆界交错，偶有某些相同的方言，是可能的。

根据以上理由，王子庚鼎铭文当释为“民之所亟”，是没有问题的。至于“令尹子庚，殹民之所亟”的“殹”字，古与“繄”通用。《吴语》“繄起死人而肉白骨也”，韦昭注云：“繄，是也。”子庚为令尹，乃楚国大臣之位。“殹民之所亟”，意即“是民之所敬爱者”。身为国家大臣，是否能为人民所爱戴，此当为楚人用以称颂大臣的道德准则，故王子庚鼎用为歌颂之辞。因此，《离骚》所谓“相观民之所极”，决不是偶然的，而是借用楚人评价大臣的习用语，作为选择大臣的原则。在屈原看来，大臣要能做到为万民所敬这一点，必须有“善”与“义”的高尚道德，故接着提出“孰非义而可用兮，孰非善而可服”，即不“善”不“义”则决不能为人民所敬爱。

因此，如王逸等各家所谓“观察万民忠佞之谋，穷其真伪也”，“观民之策，此为至矣”，“观民谋虑之准”等等缭绕欠通的训释，显然都是由于“所极”误为“计极”所造成的。然而从上文“启九辩与九歌兮”到“循绳墨而不颇”这一大段诗歌，所谈的都是君臣关系问题，怎会突然又把矛头指向万民，去观察万民的“忠佞”“真伪”呢？

《离骚》的“民之所极”是屈原作为选择大臣的道德准则而提出的；而王子庚鼎铭的“民之所亟”，则是王子午以大臣的身份作为颂扬之辞而提出的。虽然他们所处的场合不同，而就其意义来讲，则是相通的。其次，《离骚》的“相观民之所极”，是紧承上文作为“皇天无私”的具体表现而提出的；而王子庚鼎铭的“殹民之所亟”，则是结合下文“万年无期”的祝嘏之辞而提出的。虽然出发点不同，但却同样带有天命论的色彩。因此，《离骚》与鼎铭不谋而合地采用了楚人的这一习用语，不是没有原因的。

（三）屈原民本思想的体现与天命观的发展

通过以上的考释，则《离骚》里的那节诗，应当进一步引起人们注意的是“皇天无私阿兮”这句话。因为，下文所说立君是以民之所德者为准则，举贤是以民之所敬者为准则。在屈原看来，这都是“皇天”在立君、举贤问题上“无私阿”的表现。显然，这就涉及到了屈原的天命观问题。

前几年，在评价屈原的不少论文中，认为屈原的思想已达到了荀况“制天命而用之”的高度；然而对这节诗却不加引用，也回避分析。这不是科学的态度。其实，屈原一生对天命问题的看法，是处于不断发展的过程中。他既没有停留在旧时代“从天而颂之”的水平，但也始终没有达到他的后辈荀子“制天命而用之”的高度。

我们知道，在周以前，人们认为“皇天”的主宰是绝对的，人类服从天命是无条件的。但在殷灭夏、周灭殷等一系列历史事变面前，周人不得不在天、人之际加上一个“德”来作为条件。如《周书》曰：“皇天无亲，惟德是辅。”又曰：“黍稷非馨，明德惟馨。”（《左传》僖公五年虞国宫之奇引）这无疑是天命观问题上的一个进步。此外，他们在天命问题上又曾强调了“民”的作用。如《泰誓》云：“天视自我民视，天听自我民听。”（《孟子·万章》引）“民之所欲，天必从之。”（《左传》襄公三十一年鲁穆叔引）这无疑也是天命观问题上的又一重要的发展。

我们如果回头看看《离骚》“皇天无私阿兮，览民德焉错辅”这句话，就会发现，屈原事实上就是对《周书》“皇天无亲，惟德是辅”的观点的继承。不过这个继承，与其说是强调了“德”的因素，无宁说是更加强调了“民”的作用。据《新书·春秋》对楚惠王吞蛭问题，令尹拜贺之词，也引用了“皇天无亲，惟德是辅”这句成语，但这是原封不动地照搬。而在屈原的《离骚》里，却变成了“皇天无私阿兮，览民德焉错辅”，即在楚国前辈的基础上，“德”之外，又加进了一个“民”字。即在这句诗当中，屈原是接受了当时在天命观问题上最精华的部分。他认为“皇天”在立君问题上，要看民之所德者；在选贤问题上，要看民之所敬者，亦即“民之所欲，天必从之”。把这个问题提出而且加以强调，这无疑是战国时期民本思想进一步高涨的必然反映。屈原的民本思想是强烈的。例如“长太息以掩涕兮，哀民生之多艰”，“怨灵修之浩荡兮，终不察夫民心”（《离骚》）；“愿摇起而横奔兮，览民尤以自镇”（《抽思》）等等。可见他在天命观问题上特别强调了“民”的作用，这决不是偶然的。

《离骚》的写作时期，根据我的考证，是在屈原三十多岁见疏于怀王之时，是属于他刚刚在政治上受到挫折的情况下的思想状态。因而他虽然强调了“民”的作用，仍然是在承认“天命”的前提下提出来的。

但是，残酷无情的政治斗争和阶级矛盾，不能不使屈原的“民之所欲，天必从之”的信念趋于破灭。顷襄王时代，屈原身遭流放，这就给了他以更多的接近人民的机会。他目睹人民的苦难生活，不能不进一步提出：

皇天之不纯命兮，何百姓之震愆；
民离散而相失兮，方仲春而东迁。（《哀郢》）

还是那个“无私阿”的以“民”的视听为视听的“皇天”，为什么反而使人民“离散而相失”，陷入朝不保夕的境地呢？这就不能不使屈原心目中的“皇天”，由“无私阿”变成了“不纯命”。这不仅是用活生生的事实否定了“天”与“民”的关系，而且作为具有强烈的民本思想的诗人来讲，这简直是对他原来的天命观的彻底否定。

正是在这样的思想基础上，屈原在后期的作品中，无论对待历史或现实，都开始摆脱了《离骚》里所表现的天命观的偏见，对一切传统观念都提出了大胆的质疑，表现了深刻的思想变化。

例如，《离骚》云：“皇天无私阿兮，览民德焉错辅。夫惟圣哲以茂行兮，苟得用此下土。”而《天问》则云：“天命反侧，何罚何佑；

齐桓九会，卒然身杀。”又如，《离骚》云：“瞻前而顾后兮，相观民之所计极；夫孰非义而可用兮，孰非善而可服。”而《涉江》则云：“忠不必用兮，贤不必以。伍子逢殃兮，比干菹醢。与（举）前世而皆然兮，吾又何怨乎今之人。”其前后期思想演化的过程，脉络是极其清楚的。屈原就是这样，在现实斗争中，逐渐摆脱了天命观的束缚而进入了更高的思想境界。

当然，作为诗人来讲，荀况虽然也写下了《成相》等有名的篇章，但他的成就远远不及“与日月争光”的屈原；而作为思想家来讲，屈原虽然也写下了《天问》等有名的哲理诗，但他的成就却并没有达到他的后辈荀况“制天命而用之”的高度。我们应当尊重这一客观事实。不过，文学的作用主要是对社会意识进行启迪与熏陶，而哲学的作用则主要是对宇宙人生作出结论与答案。如果从这个角度看问题，则屈原所留下的瑰丽诗篇，对人类思维发展的影响，并不下于荀况所留下的辉煌论著。

（四）结语

从前面的分析看，不少地方涉及到校雠、训诂问题。但是，作为先秦典籍，尤其是屈原的作品，语言文字上没有解决的问题，虽然经过前人的不断努力，仍然大量存在。对这样的具体情况，不先解决语言文字问题，则所谓思想的剖析、文艺的评价，都是空中楼阁。因此，我在评价屈原时，固然常从大处着眼，但却不得不从小处着手。

其次，在屈赋研究上，由于先秦的第一手资料有限，仅凭传世典籍，有时就无能为力。因此，就不得不充分利用新出土的地下文物，才能使研究工作有所推进，千百年来没有解决的问题，往往有可能得到解决，从而提出新的结论。否则只有无限期地作为悬案而被搁置下来。当然，这仅仅是试探，错误总是难免的。

写于一九八一年二月

十三、从屈赋看古代神话的演化

屈赋充满积极浪漫主义精神，因而瑰丽的神话在诗篇中放射着夺目的光彩。神话，是形象的反映了人类童年认识自然的水平和征服自然的理想。但神话在长期流传的过程中，是不断演化的。任何一个神话，都不可能是一成不变的模式。这个演化，当然首先是现实的复杂矛盾的折光，是人类的主观想象的飞翔。然而这其中神话的分化、融合，神话的社会化、历史化等等，在不少的情况下，往往是以语言因素为其媒介的。屈赋里的神话，在这方面也有所反映；并且有时曾因此引起了屈赋研究者的怀疑与误解。故特略举数事，以明其例。

（一）“赤螘若象，玄蜂若壶些”

《山海经·海内北经》云：“大蠭，其状如螽；朱蛾，其状如蛾。”王念孙、郝懿行皆谓“螽”乃“蠭”之形近而讹；按与下句词义相比，此校极是。蠭今作蜂；古人“蛾”即“蟻”之本字（今简化为“蚁”），亦与“螘”字声近义通。寻《山海经》原意，盖“大蜂”乃仅就其体积之硕大而言；“朱蚁”乃仅就其颜色之特殊而言。至于形状则跟一般“蜂”“蚁”是一样的。故曰：“大蜂，其状如蜂；朱蚁，其状如蚁。”《山海经》此条下郭璞注云：“蛾，蚍蜉也。楚词曰‘玄蜂如壶，赤蛾如象’谓此也。”按郭注所引，即今《楚辞·招魂》“赤螘若象，玄蜂若壶些”那句话。只系以意援引，故文字略有不同耳。

但是，我们应当注意的是：《招魂》对“蚁”“蜂”状态的描写，跟《山海经》相比，却有极大的差别。换言之，即这个神话传说，《招魂》在《山海经》的基础上，已向着更为奇异可惊的方面演化。《山海经》只言蜂之“大”，究竟好大，也没有谈。但《招魂》则不但言其大，而且言其腹大如“壶”，作了形象化的夸张。《山海经》只言蚁之“朱”，是否很大，也没有谈。但《招魂》则不但言其赤，而且言其大如“象”，也作了形象化的夸张。不过，这决不是屈原毫无根据的主观想象，而是说明了这是神话不断演化的结果，而屈原予以采用。并且，这个神话的演化过程，从语言因素来讲，是有规律可寻的。

首先谈“赤螘若象”：

考《方言》十一云：“蚍蜉，齐鲁之间谓之蚼蟓；西南梁益之间谓之玄蚼；燕谓之蛾蛘。”又《广雅·释虫》云：“蛾蛘、玄蚼、蚼蟓、蟞蜉，螘也。”据此，可知古人在方言中“蚁”还有“蛘”“蟓”等名。其实，“蛘”与“蟓”乃一音之转。因凡从“羊”得声之字，古多与“象”音相转。如栩实之“样”，今称为“橡”；式样的“样”，今借为“像”；从“羊”得声之字有“祥”“详”等，皆其例证。故今鲁东方言，犹称“蚁”为“马几蛘子”。是古人称“蚁”为“蟓”之残痕，至今犹存。正由于某些方言中“蚁”有“蟓”名，故对古老神话中的“赤螘”“朱蚁”，人们即以语言因素为媒介，由“蚁”到“蟓”，又由“蟓”到“象”，最后把细小的虫儿，想象为其大如象的庞然大物。这就是“赤螘若象”这个神话的来源，及其在古代人民辗转传述中的演化过程。

其次，从“玄蜂若壶”来讲：

在这里必须提到的是，古人对某一物中的品种之大者，往往加“马”“牛”“王”“胡”等于名称之前以示区别。如《尔雅·释虫》：“蛹，马蜩。”郭注云：“蜩中最大者为马蝉。”又《尔雅·释草》：“莙，牛藻。”郭注云：“似藻，叶大。江东呼为马藻。”又《尔雅·释虫》：“蟒，王蛇。”郭注云：“蟒，蛇最大者，故曰王蛇。”又《广雅·释诂》云：“胡，大也。”故《释名·释饮食》：“胡饼，作之大漫冱也。”今按，古人用以表大义的“胡”字，当为“嘏”之同音借字。故《尔雅·释诂》云：“嘏，大也。”《方言》亦云：“嘏，大也。”因此，古籍中凡物之大者多冠以“胡”，乃来自“嘏”之借音，不必皆来自胡狄之地。有时，人们或将“胡”字转写为“壶”，这也只是借音字，不必皆与壶形有关。但古代注家，对此多强调“壶”状，反失“大”义；或游移于“大”义与“壶”状之间，未得命名之原。例如《尔雅·释木》“壶枣”，郭注云：“今江东呼枣大而锐上者为壶。壶犹瓠也。”而郝懿行《义疏》则云：“今枣形长有似瓠者，俗呼为马枣。”可证，“壶”之不表壶形，亦犹“马”之不表马形；皆只表大，不表状。但郭、郝二氏却皆在“大”义与“壶”状之间游移其词，决不是偶然的。因为语言因素的相似或相同，既会影响古今字形的变化，也会引起人们意识上的联想。而郭、郝二氏的游移其词，则正是处于这联想的过渡状态之中。

从上述物名变化的情况来看，则《招魂》的“玄蜂若壶”，跟上句“赤螘若象”的神话演化规律，基本上是一致的。据《方言》十一云：“蜂，其大而蜜者谓之壶蜂。”又《尔雅·释虫》云“土蜂”，郭注：“今江东呼大蜂在地中作房者为土蜂，啖其子，即马蜂。”可见“壶蜂”原即“胡蜂”，跟“马蜂”一样，皆言其“大”，并非状其形之如“壶”如“马”。与上文“壶枣”之与“马枣”同例。因为“壶”“胡”实皆“嘏”之借音字，只表“大”义。既与胡狄无涉，也与“壶”形无关。但《山海经·海内北经》所载“大蜂”的神话传说，在长期的流传中，人们以语言因素为媒介，由“大蜂”演而为“胡蜂”；又由“胡蜂”转而为“壶蜂”；而“壶蜂”又在意义上被想象为腹大如壶的庞然大物。这就是从《山海经》“大蜂，其状如蜂”发展到《招魂》“玄蜂若壶”这一神话传说的演化过程。

当然从社会心理讲，凡神话中的丑恶事物，愈演变其凶狠的特征就愈突出。上述“蜂”“蚁”的形象演化就是如此。而屈赋《招魂》正是为了突出四方上下的险恶、强调楚国生活之美好，而采用了这一被夸张了的神话传说。

(二)“凤皇既受诒兮，恐高辛之先我”“玄鸟致贻，女何嘉”“羿淫游以佚畋兮，又好射夫封狐”“冯珧利决，封豨是射”

从神话故事来讲，《离骚》认为简狄是吞凤皇卵而生契，《天问》

则认为简狄是吞玄鸟（燕）卵而生契。这两个说法是不同的。其次，《离骚》认为后羿所射的是“封狐”，《天问》则认为后羿所射的是“封豨”。二者之间也有歧异。前人对此曾作过不少的考证，也发生了不少的误会。我认为这都是神话在长期流传中不断演化的反映。屈原不过根据不同的传说，取以为抒情写意的资料而已。当然，这种演化的原因也许是多方面的，但语言因素所起的媒介作用，是很显然的。

首先谈“凤皇”与“玄鸟”问题：

闻一多同志在这个问题上曾根据《尔雅·释鸟》“鶠，凤，其雌皇”这条资料，认为典籍“宴”“燕”同声通用，金文“匽”“燕”同声借用，故“凤皇即玄鸟”、“玄鸟即凤皇”，“非屈子之误，亦非传说有异。”（详《闻一多全集·离骚解诂》）当然，谓“非屈子之误”，这句话是对的；但从神话演化的角度看，谓“非传说有异”，则值得商榷。因为从闻一多同志所引用的《尔雅》《说文》《禽经》来考查，凤皇的特征是其色“黄”，而燕既称为“玄鸟”，则玄鸟的特征是其色“黑”。是“玄鸟”与“凤皇”不能混而为一，是很清楚的。故谓“凤皇即玄鸟”，“非传说有异”，是不容易说得通的。

其实这个神话是有个演化过程的：简狄吞燕卵而生契，可能是比较原始的传说。屈赋谓“玄鸟致诒”，见于《天问》，也见于《思美人》。《诗·商颂·玄鸟》所谓“天命玄鸟，降而生商”，也即指此而言。古人谓玄鸟即燕。故《吕氏春秋·音初》亦谓“燕遗二卵”，“二女作歌，一终，曰：燕燕往飞。”这种“圣人感天而生”之说，本是远古母系社会的残痕在神话中的反映。但这个神话在流传的过程中，人们为了把“圣人感天而生”加以神圣化，故由平凡的燕卵，一变而为灵异的凤卵。因此《离骚》所谓“凤鸟受诒”，《礼记·月令·疏》引《郑志》亦谓：“娀简狄吞凤子（卵）……”，决不是偶然的。但是仅就其社会根源而言，还不足以说明这个神话必然要由燕变凤而不会变为其他鸟类的原因。因而如果进一步探索其白“燕”到“凤”的演化媒介，则语言因素是决不能忽视的。那就是由于“燕”（玄鸟）“鶠”（凤皇）同音的关系，才由玄鸟演化为凤皇。形成了不同的传说。屈赋既言“玄鸟致贻”，又言“凤皇受诒”，就是这样来的。

从上述的分析中不难看出，闻一多同志谓“非屈子之误”，是也；谓“非传说有异”，则非也。至于有的屈赋研究者为了统一“玄鸟”与“凤皇”的矛盾，谓“玄鸟致贻”是玄鸟向简狄送卵；而“凤皇受诒”则是简狄派凤皇去接受燕卵。而不知“受”“授”古人通用无别，“授诒”即“致贻”；况从《郑志》来看，明明是“简狄吞凤子(卵)”，而不是派凤皇去接受燕卵，是显而易见的。

其次，谈“封狐”与“封豨”问题：

对这个问题，闻一多同志认为：据古籍，后羿有射“封豨”“封豕”“封豬”之事，而无射“封狐”之事，故今本《离骚》“又好射夫封狐”之“狐”字，“当为豬字之误”（详《闻一多全集·楚辞校补》）。今按，如果单纯从校雠学角度看问题，则闻说当然无可非议。但如果从古代神话的演化规律来看，则它应该跟上文所举的“赤螘”演化为“如象”、“玄鸟”演化为“凤皇”，其性质是相近的。因为这个神话在原始阶段，可能是后羿“射封豕”“射封豨”“射封豬”，总之，都是一物之异名。而“射封狐”的“狐”，则显系另一种动物，不容混淆。但后羿作为古代神话人物来看，情况相当复杂。据古籍所载，其所生活的时代，流传的事迹，皆各不相同。这是古代神话中常见的现象。其中有神话历史化的成分，也有历史神话化的痕迹。因此，后羿所射的，有的传说为“封豨”，有的传说为“封狐”，这其间也应该是神话演化的现象，而决不是屈赋在流传中由于缣帛抄录、版本刊刻所造成的错误。

由“豨”“豕”“豬”演化而为“狐”，如果从古代神话演化惯例来看，则语言因素所起的媒介作用，还是有痕迹可寻的。例如《方言》八云：“豬，北燕朝鲜之间谓之豭；关东西或谓之彘，或谓之豕；南楚谓之豨。”由此可见，《天问》所谓“封豨是射”，或系后羿神话流传于“南楚”者，故据方言称为“封豨”。《淮南子·本经》也谓羿射“封豨”，当亦系“南楚”之传说。至于《左传》昭公二十八年，晋人又称后羿灭“封豕”，则或系神话之流行于北方者（已向历史化发展），故据方言称为“封豕”。至于扬雄《上林苑箴》谓羿射“封豬”，则显系用通语，故称“豬”。但根据《方言》所记，又谓“豬，北燕朝鲜之间谓之豭”。而且现在看来，春秋时称豬为“豭”者，也并不限于“北燕朝鲜之间”。如《左传》昭公四年谓穆子梦见一人“深目而豭喙”；哀公十五年，亦有“舆豭从之”之语。可见齐鲁之间当时亦称豬为“豭”。因此，很可能后羿射“封狶”的神话流传于齐鲁之间者，或据方言称“封狶”为“封豭”。而“豭”与“狐”古系同音字，皆属喉纽鱼部。由于“豭”“狐”同音无别，故后羿射“封狶”的神话，以语言为媒介，从“封狶”转为“封豭”，又由“封豭”演化而为“封狐”。屈原在《天问》里称“封狶”，可能是用南楚传说；而在《离骚》里又称“封狐”，或齐鲁传说之流入楚地者。当然，楚人接受这个传说，也有现实的传统根据。如《招魂》所述，南方即有“封狐千里”的神话。因而，《离骚》出现了“又好射夫封狐”，这是很自然的。

从上述情况看，闻一多同志认为“狐”乃“豬”之误字，固然不对；即有的屈赋研究者认为屈原为了诗歌的押韵关系，故改“狶”为“狐”，更属错误。由于强调韵律而不顾事实，大诗人屈原决不会如此。

（三）“蓱号起雨，何以兴之”

按《天问》“蓱号起雨，何以兴之”的“蓱”字，古本异文极多。如洪兴祖《补注》、朱熹《集注》皆引一本作“荓”，一本作“萍”。又《周礼·秋官·萍氏》，郑玄注：“郑司农云：萍读为蛢，或为萍号起雨之萍。”可见“蓱”“荓”“萍”“蛢”，古字是通用的。但是如果把“蓱号”联系起来看，则作植物，文义难通，作“蛢”当为更原始一些。据《说文》虫部云：“蛢，蟠蟥，以翼鸣者。从虫，并声。”又《尔雅·释虫》云：“蛂蟥，蛢。”《广韵·青》亦谓“蛢，以翼鸣虫。”《周礼·考工记》“以翼鸣者”，郑注云：“翼鸣，发皇属。”是“蛢”乃虫名；“以翼鸣”，乃其特征。《天问》所谓“蓱号”，原作“蛢号”，即指蛢虫之鸣叫而言。至于所谓“蛢号起雨”，殆如《博物志》所云：“蚁知将雨”（《艺文类聚》九十七引）；《说苑·辨物》所云：“天将大雨，商羊起舞”；《诗·东山》郑笺所云：“鹳将阴雨则鸣”之类。又按《说文》鸟部云：“鷸，知天将雨鸟也。从鸟，矞声。”而“蛢”又名“蟠”，亦从“矞”得声。此盖皆因知雨而袭用同名。这也是古人命名的通例之一（《尔雅·释草》有“果蠃”，而《释虫》亦有“果蠃”；《释草》有“蒺藜”，而《释虫》亦有“蒺藜”。此皆以有共同特征而同名）。因此，《天问》“蛢号起雨，何以兴之”者，即谓：蛢鸣则雨起，它是怎样把雨引起来的呢？本来是先有气候的变化，虫鸟感之而鸣。但在古人对自然规律尚未掌握以前，却倒果为因，把这类自然现象神秘化了。故屈原在这里对此传统观念提出诘问。《天问》此句上文有“大鸟何鸣”之问，下文又有“鹿何膺之”与“鼇戴山抃”之问，则“蛢号”也应跟“鸟鸣”“鹿膺”“鼇抃”一样，是指的动物“的”，而不是指的植物“蓱”“萍”“苹”。

从上述情况看，“蛢”或名“蟠蟥”，或名“蚑蟥”，或名“发皇”（即“蚑蟥”之异文）。而郭璞《尔雅》注则云“今江东呼黄蛢”，《一切经音义》十五又作“江南呼为黄瓦蚑”。是“蛢”“蟠”“蟥”“蚑”等名在互相组合上是比较多样的。盖古人亦或以“蛢蟠”联称，故雨神之名为“屏翳”，殆即由知雨的“蛢蟠”一名因声音相近演化而来（蟠在入声物部，翳在入声质部，二部旁转极近）。故古人曾因鹏飞则风生，故风从鹏得名，而风神“飞廉”，即由“风”字的复辅音演化而来。这跟雨神“屏翳”由虫儿“蛢蟠”演化而来，是同样的演化规律。可见，由自然界的小虫，演化为人们心目中的大神，这中间虽然也有某种社会心理上的联想，但语言因素却起着很大的作用。《天问》“蓱号起雨，何以兴之”，王逸注云：“蓱，蓱翳，雨师名也。”按王氏此注，作为“雨师”这一神话的演化结果看来，并没有错；但从“雨师”这一神话产生的来源来看，则显然跟《天问》的本义是不相符合的。因为屈原所问的明明是原始性的鸣则有雨的“蛢”虫，而不是雨师“蓱翳”。至于《初学记》一引《纂要》，误以“屏号”为雨师之名；《搜神记》卷四又误以雨师之名为“号屏”，此皆误读《天问》所致。

从字形来讲，“蛢蟠”之转为“屏翳”，殆因“蛢蟠”起雨被人们神话化以后，而云气掩翳乃雨师所带来的自然特征，故即以“屏翳”为名。但再演化下去，古人又谓水神为“冯夷”（冰夷、无夷）。实则“冯夷”即“屏翳”之异文，水神即雨神之伸延。屈赋《远游》云：“令海若舞冯夷”，王逸注云：“冯夷，水仙人。”即由此而来。再演化下去，水神冯夷的神话，古人又常与河伯神话融合而为一。如《水经注·洛水》引《竹书纪年》云：“洛伯用与河伯冯夷斗。”《北堂书钞》卷一四四引《太公金匮》亦谓“河伯名冯夷”。屈赋《九歌·河伯》作为祭祀的乐歌来讲，其所祭者，实即神话中的河伯冯夷。洪兴祖《补注》引《山海经》《穆天子传》以说《河伯》，极是。而所引《抱朴子》《清泠传》之说，则已近“仙话”“鬼话”，与此无涉。

最后，必须回顾一下首段所引《周礼·秋官》“萍氏”一职的名称问题。我觉得先郑认为“萍”当读为“蛢”，是很有意思的。从郑玄的注来看，他说：“萍氏主水禁。萍之草无根而浮，取名于其不沉溺。”今按《周礼》职官名称，大都跟其所司职责有关。郑玄从这个角度来解释“萍氏”的含义，不是没有道理的，但是，“萍氏”之职既掌“水禁”，使人“不沉溺”，则显然跟雨师“屏翳”、水神“冯夷”或河伯“冯夷”的神话有关。先郑读“萍”为“蛢”，无疑是从这一神话的起源来理解的；而郑玄所谓萍草无根不沉之说，或系附会之谈。

（四）结语

屈赋里所保留的我国古代神话，是一份瑰丽多姿的文化遗产。尤其难得的是，在不少的诗篇里，更为我们展现出古代神话不断演化的历史痕迹。这是过去的屈赋研究者所没有予以充分注意、因而也没有合理解决的问题。

前人对此，虽然有时也接触到了神话中的声韵通转问题，但目的是要勘正所谓文字上的讹误，以还原所谓屈赋的本来面貌。而不是根据屈赋所展现出的客观事实，溯源导流，以揭示神话的演变规律。故对屈赋中的神话素材，往往提出不必要的怀疑、辩解、以致于纠误。

现在看来，这是不必要的。

当然，正如上文所述，神话的演化，有极其复杂的社会根源。但在语言因素的触发和诱导下，曾使古人的想象力由此到彼，浮想联翩，则是不可否认的客观事实。虽然这在逻辑思维上是不可思议的，但跟形象思维却是一脉相通的。故特表而出之，以供学术界参考，并予以指正。

写于一九七八年十二月

十四、《天问》“顾菟在腹”别解

我在《四川师院学报》一九八一年第二期上发表了《从屈赋看古代神话的演化》之后，又于一九八二年四月得到了一本一九八一年第一期的《江汉考古》。其中有郭德维同志的《曾侯乙墓中漆箧上日、月和伏羲、女娲图像试释》一文，并影印出箧（即衣箱）盖上的全部图像。我看图读文之后，觉得这件文物的出土与公布，对拙文《从屈赋看古代神话的演化》中所提出的“古代神话的演化往往以语言因素为媒介”之说，又增加了新的论据，故特草此文，以阐其义。

（一）“顾菟”即“於菟”

郭德维同志对箱盖图像的解释，有些论点我基本上是同意的。例如对月中阴影的古代神话传说问题，闻一多同志曾认为《天问》“厥利维何，而顾菟在腹”（洪氏《考异》：“菟一作兔。”）句中的“顾菟”，“即蟾蜍之异名”；又谓：“必谓蟾蜍，不谓兔也。”又说：“其在两汉，则言蟾蜍莫早于《淮南》；两言蟾蜍与兔者莫早于刘向；单言兔者，莫早于诸纬书。”“蟾蜍为最先，蟾与兔次之，兔又次之。”而郭德维同志的文章，根据近年历次出土文物考之，纠正了闻一多同志的上述结论。他认为：“曾侯乙衣箱上已有菟，而马王堆一号汉墓帛画里已有蟾蜍（或蛤蟆）与兔。因此，应该是先为菟（《楚辞》里也提到“顾菟在腹”），再演变为蟾蜍，后来就变成蛤蟆与兔了。”郭文对闻一多同志上述结论的纠正，无疑是有根据的。

但是，郭文对曾侯乙墓箱盖上图像的另一结论，则我有些不同的看法。郭文谓扶桑树上的乌，代表太阳；跟扶桑对立的树上的兽，是兔，代表月亮。前者是对的，而后者那棵树上的兽形，究竟应当怎样

理解，颇有具体考虑的必要（见附图）。郭文认为：“从兽的形象看，

面部有些似虎，而身上像兔，尾亦似兔很短。高树的金乌既象征太阳，这矮树上（的）应就是象征月亮的玉兔。”郭文虽然也引了《左传》等书楚人谓虎为“於菟”“於䖘”之说，但接下去的结论却是：“现在看看衣箱画的形状，不是有些近虎而似兔么，可能就是䖘。这个䖘，应就是月中的菟（兔）。”（着重号是引者加的，下同）郭文指出图像上的兽形头似虎而身尾似兔，这个观察是很准确的。但结论却认为这“就是月中的兔”，下文并又说是“像征月亮的玉兔”。很显然，这个结论，还没有能把这幅图像中所显现的古代神话的演化过程揭示出来。

我的初步看法，认为：曾侯乙墓箱盖图像中似虎又似兔的兽形，乃月中阴影的神话传说以语言因素为媒介而由兔变虎的过渡形象。兹略申其说如次：

首先，我认为《天问》里“厥利维何，而顾菟在腹”的“顾菟”，实即《左传》宣公四年“楚人……谓虎於菟”的“於菟”，是指虎而

言。既不是闻一多同志所谓的“蟾蜍”，也不是郭文所谓的“玉兔”。因为“於菟”与“顾菟”，乃一音相转的异文。

“於菟”的异文之见于古籍者极多。如：

(1)“於菟”——《左传》宣公四年：“楚人……谓虎於菟。”《释文》：“於音乌，菟音徒。”

(2)“於虪”——《方言》八：“虎，……江淮南楚间谓之李耳，或谓之於虪。”郭璞注云：“於音乌，今江南山夷呼虎为虪，音狗窦。”

(3)“於𦦁”——《广雅·释兽》：“於𦦁，虎也。”曹宪《博雅音》：“於音乌，𦦁音涂。”

(4)“於檡”——《汉书·叙传》：“楚人谓虎於檡。”颜师古注云：“於音乌，檡字或作菟，并音涂。”

(5)“乌虪”——大徐《说文》新附：“虪，楚人谓虎为乌虪。从虎，兔声，同都切。”

从上述五种异文来看，“於”“乌”古为一字，“於”乃“乌”之古文，古音当然没有区别；“菟”“虪”“𦦁”三形虽不同，而皆以“兔”为声符，古音当然也无区别；至于《汉书·叙传》虽变“菟”为“檡”，从古音来讲，“菟”在鱼部，“檡”则在鱼部入声铎部，仍为一音之转，故颜师古认为“檡”跟“菟”“并音涂”。因而五种异文，从音读来讲，虽有的略有转变，实质并没有什么区别。我们如果把它们跟《天问》的“顾菟”结合起来看，则“顾菟”当即“於菟”的另一同音异文。因为“於”之与“顾”，只有深浅喉之别；而古韵皆在鱼部，亦一音之转。例如“於”“亏（于）”，古人同音通用（《仪礼》“於”字，今文经皆作“于”）。而古代从“户”得声之字，又多与从“亏（于）”得声之字相通。《说文》“雇或从雩”作“雩鸟”；《尚书·甘誓》“有扈氏”，而《汉书·地理志》“扈”作“鄠”，是其证。“顾菟”之通“於菟”，与此同理。对此，下文还要进一步探讨。至于王逸训“顾”为“顾望”之说，早已为学术界所否定，不赘述。

现在首先需要提出探讨的是《方言》里郭璞的音注问题。

《方言》八云：“虎，……江淮南楚之间谓之李耳，或谓之於虪。”而“於虪”则郭璞注云：“於音乌。今江南山夷呼虎为虪，音狗窦。”

今以郭注《方言》的情况来看，多举异世异地甚至少数民族的语言对《方言》所载名物，证其义并及其音。故郭氏这条注文中“今江南山夷呼虎为虪”句，“虪”上疑脱“於”字。此注是用以证明“於虪”之称，晋时仍存于“江南山夷”之间。下文的“音狗窦”，即是标出山夷呼“於虪”二字的转音为“狗窦”。

从郭璞注《方言》的音例来看，凡二字连音，多用“两音”或“二音”字样以别之，如“噭咷，叫逃两音”，亦即噭读叫，咷读逃；凡单注一音而用成语为譬况者则不加“两音”二字，如“镏音屋霤”，言镏读如“屋霤”之“霤”。然亦有二字连音而不加“两音”“二音”者，如“蜘蛛，……北燕朝鲜洌冰之间谓之蝳蜍”，郭注云“蝳蜍音毒餘”；又如“蟒，……南楚外谓之蟅蟒”，郭注云“蟅音近诈，亦呼蚝蛨”。“蚝蛨”即标出楚地读“蟅蟒”二字之转音。这种例子，即跟郭注“江南山夷”呼“於虪”音如“狗窦”同例。但由于上句脱“於”字，而后世注家或认为“音狗窦”只是读“虪”如“狗窦”之“窦”，与“於”无关。这应当是一种误会。

考“於”之得转为“狗”音，乃南夷语之惯例。如《春秋》定公五年云：“於越入吴。”杜注云：“於，发声也。”《疏》云：“南夷夷言有此发声。”又《汉书·地理志》云：“号曰句吴。”颜师古云：“句，夷俗语之发声也。亦犹越为於越也。”今按夷语的发声“於”变为发声“句”，跟郭注《方言》“江南山夷”呼“於菟”的“於”为“狗窦”的“狗”，是同一转变规律，即古韵鱼、侯二部之转。

在《方言》中，郭璞还有一条音注，可以证明《天问》的“顾菟”之“顾”跟“狗窦”之“狗”，也有极其密切的关系。《方言》八云：“北燕朝鲜洌冰之间，……爵子及鸡鶵皆谓之鷇。”郭注“鷇”云：“恪遘反。关西曰鷇，音顾。”按鷇音本同彀（今音彀如够）郭音“恪遘反”。即为侯部字；亦即古音“鷇”字跟“狗”字同声类同韵部。但据郭注关西又读鷇“音顾”，这恰跟“顾菟”之“顾”而“江南山夷”呼为“狗窦”之“狗”，是同样道理。所不同者，不过“鷇”之读“顾”，乃由侯部转鱼部；而“顾”之呼“狗”，则由鱼部转侯部。

至于山夷呼“菟”如“窦”，也是一音之转。上文已言“於菟”之“菟”《汉书》作“檡”，而凡从“睪”得声之字，古多与从“賣（今简化为卖）”得声之字相通。如《史记·孔子世家》“鸣犊”，《集解》引徐广作“鸣铎”；《说苑》则作“鸣泽”。而《汉书·刘辅传》注则又云：“盖铎、犊及窦其声相近。”是皆“檡”得转为“窦”之证。而且，《说文》“殬，败也”，“殰，胎败也”，实则“殬”“殰”亦一语之异文。晋时山夷之读“菟（檡）”为“窦”，与此同一转变规律。

由上述情况可以看出，《天问》的“顾菟在腹”，实即“於菟在腹”，山夷呼虎为“狗窦”，实即“顾菟”之转音，亦即“於菟”之异读耳。

问题还要探讨，即郭注瞉之“音顾”，是否有传写讹误问题。这里我们可引周祖谟同志的《方言校笺》一段话如下：“按故宫藏王仁煦《切韵·暮韵》：嘏音‘古暮反’。注云：‘郭璞云：《方言》关西谓鸡雀雏曰嘏。’嘏即瞉字，古暮反，即音顾。”周祖谟同志虽然并没有把这个问题跟“顾菟”联系起来，但校语是很精确的。至于唐写本《切韵》“瞉”作“嘏”，改“鸟”为“古”，正因当时读“瞉”为“顾”，与“古”音近，故即去掉义符“鸟”字，而换上“古”字作为音符。此乃古人创造异体字的规律之一。足证“瞉”“狗”同音，又皆与“顾”音相通，并非偶然。而“顾菟”实即“於菟”之异文，不仅符合语音转变规律，也符合语音转变的事实。

因此，不管“於菟”“乌菟”“於檡”“顾菟”，都是鱼部的迭韵词（檡乃鱼部入声）；而读如“狗窦”，则转为侯部的迭韵词（窦乃侯部入声）。鱼、侯二部在迭韵词中互转之例极多。“江南山夷”由“於菟（顾菟）”而转呼为“狗窦”，其原因即在此。

上述转化之迹，列表如下：

顾菟 → 於菟 → 於䖘 → 乌䖘 → 於檡 → 狗窦

因此，《天问》之“顾菟”，既非“玉兔”，亦非“蟾蜍”，乃指“於菟”而言。即楚人“谓虎於菟”之“於菟”。盖当时楚人的神话传说，实以月中阴影为“虎”，故屈原以“顾菟在腹”为问。

（二）由兔到虎的演化

“於菟”与“顾菟”等都是迭韵词，不过从其形成的过程来讲，开始“於”当为“菟”之发语词；“顾”也是发语词“於”字的异形字；夷人读“於”为“狗”音，也是发语词，这跟上文所举“於越”之“於”及“句吴”之“句”皆为夷语之发语词，其道理是一样的。可见“吴”“越”既可单称，则“於菟”“顾菟”之“菟”亦可单称，是无疑的。但是，从文字的结构看，“兔”乃雉兔之本字（见《说文》），菟乃瓜名之本字（见《尔雅》），虪、䖘乃虎名之本字（见《方言》《广雅》），檡乃虪、䖘之同音借字（见《汉书·叙传》）。故“於菟”“顾菟”之“菟”既为“虎”，则其本字当为“虪”或“䖘”，此乃楚地所特造的地域性的文字。因为楚人或呼“虎”如“兔”音，故以“虎”为义符，而“兔”则不过是音符，与字义无关。

但是，应当注意的是，古代神话传说之演化，往往以语言因素为媒介，由这一神话形态转变为另一神话形态：

把月中阴影说成是兔的神话传说，我同意郭德维同志的说法，是较早的；而且应当是起源于中原地域。而这个月中有“兔”的神话逐渐传到楚地之后，楚即以呼虎如“兔”音的语言因素为媒介，故将月中有“兔”的传说逐渐演化为月中有“虎”的神话。《天问》“夜光何德？死则又育；厥利维何？而顾菟在腹”，“顾菟”即“於菟”，亦即虎。屈原正是针对流行于楚地的月中有虎的神话而发问的。

“厥利维何”句，《天问》凡两见，除了“厥利维何？而顾菟在腹”外，还有“厥利维何？逢彼白雉”，都是从利害角度提出问题的。关于“逢彼白雉”之问，是指周昭王伐楚而被溺死于汉的事件（详《从〈天问〉看周楚民族的两次斗争》）；而“顾菟在腹”之问，则是指月既缺又圆的生死问题而言。虎狼乃极凶残之猛兽，屈原曾以“虎狼之国”称秦，以喻其为害之本质。因此，如果月中有虎，这对月有何利益，自然会引起诗人对这个神话传说提出诘问。要是月中仅有个小小的白兔或"蟾蜍"，则有何利与害之可言？即使提问，也不一定从利害角度着眼了。从这点上看，则《天问》之"顾菟"必谓虎，决非兔，亦非"蟾蜍"，是极自然的。

如果以出土文物为据，则这次曾侯乙墓出土的衣箱画，就是上述神话演化的历史见证。但箱画上站在月亮神树上的兽形，为什么头似虎而身、足、尾又似兔呢？

我们晓得，随国地处汉水流域，在中原之南，又在楚国之北。战国之初，早已沦为楚国的附庸。从这次出土的大批文物来看，既有中原文化特征，也有楚文化特征。因此，中原各国月中有兔的神话，跟楚国月中有虎的神话，当时或曾并行于随国，而且互相混淆。故在箱画上的形象，竟把两个神话融为一体，而出现了虎头兔尾的怪物，这是不足为奇的。这样形象的出现，不仅为我们所说神话演化往往以语言因素为媒介这一事实提供了实物证据，而且对当时楚文化与中原文化互相交融、渗透的历史事实，也提供了珍贵的资料。

从上述的情况看，由月中阴影所引出的古代神话，是多种多样的。而较为古老的传说，则除了兔以外，还有蟾蜍，并且还有虎。以传播的情况来讲，最多是兔，其次是蟾蜍，再其次才是虎（於菟）。这三者，都是以同一语言因素为媒介而演化为三种不同的神话传说（古称"蟾蜍"为"居蠩"，与"於菟""顾菟"同音）。而且，月中有虎（於菟）这一传说，只限于楚地。如果没有《天问》"顾菟在腹"那句话，则月中有虎的楚国神话，几乎失传。同样，如果没有曾侯乙墓出土的衣箱图像的启发，也不可能引起我们探讨这个问题的兴趣和信心。闻一多同志曾断定《天问》的"顾菟"是"蟾蜍"不是兔子；而我们今天又断定《天问》的"顾菟"即"於菟"，是老虎，不是蟾蜍。这仅仅是屈赋研究中的一个小进展，也是神话学上的一点新发现。是否有当，愿就正于有道。

古代方言中，异物而同名者不少，而由于语言因素的混同，往往会引起概念的转移。《战国策·秦策》曾有这样一段故事：

郑人谓玉未理者璞，周人谓鼠未腊者朴。周人怀朴过郑贾曰："欲买朴乎？"郑贾曰："欲之。"出其朴示之，乃鼠也。因谢不取。……眩于名不知其实也。

可见，由于方言的不同，古代交通又不发达，"眩于名不知其实"的事是并不稀奇的。因此，以语言因素为媒介，导致神话传说的分歧演化，确实是屡见不鲜的。"眩于名不知其实"，我们并不承认这是合理的；但往往因此而使神话有所演化，却又不得不承认这是历史事实。否认事实，就不是唯物主义的态度。

（三）结语

古籍中所谓楚人呼虎为"於菟"，不一定是楚国广大区域内所有的地方都是如此。即以《方言》所载来看，是说虎在"江淮南楚之间谓之李耳，或谓之於䖘"，可见，"於菟"之名，乃通行于楚国东南地区；而且即使东南地区，"於菟"之外，也还有"李耳"之名。因此，我们在《招魂》里又看到"虎豹九关""参目虎首"等句。这就说明了，在楚国，"虎"的通名，还是存在的。而且呼虎为"於菟"的区域越来越缩小，到了晋代郭璞注《方言》时，已经只在"江南山夷"中才听到这种称呼了。

曾侯乙墓衣箱图像的出土，为拙文《从屈赋看古代神话的演化》提供了地下资料，增加了极其生动的图像证明，故特重申其说如上。

写于一九八二年四月

十五、曾侯乙墓的棺画与《招魂》中的“土伯”

一九七八年，湖北随县发掘的曾侯乙墓，从葬制及出土文物考查，其时代当为战国初期，曾国已沦为楚之附庸。因而从出土文物来看，其文化特征，皆与楚国相同。故此墓之发现，为研究楚文化提供了丰富而珍贵的资料。

据《发掘报告》谓：其主棺的棺画，有“持双戈同柲或双戈戟的神兽像，当是用来表示守卫的武士”（见《文物》一九七九年第七期）。对此，我曾把曾侯棺画上所绘的“神兽像”跟《楚辞·招魂》中的“土伯”，互相对照，作过初步试探。试探的结果，不仅证明了所谓“神兽像”实即《招魂》里所描写的“土伯”，而且对《招魂》中两千年来一直被误解的某些词句，也寻到了新的解释。

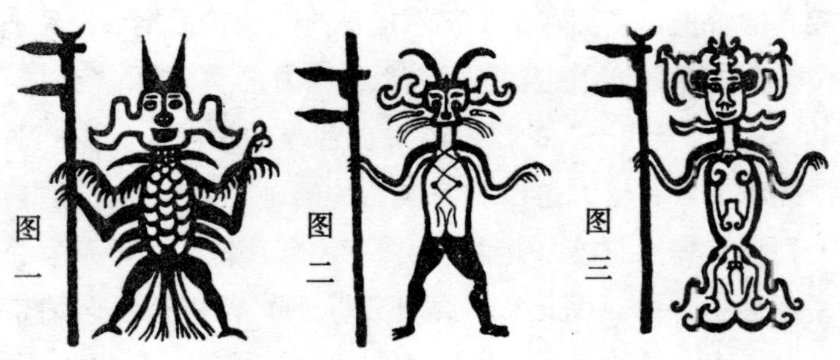
图一　图二　图三

（一）“神兽”实即“土伯”

屈赋《招魂》里有下列一节诗：

魂兮归来，君无下此幽都些。

土伯九约，其角觺觺些。

敦胨血拇，逐人駓駓些。

参目虎首，其身若牛些。

此皆甘人，归来恐自遗灾些。

按此节诗第一句的“幽部”，王逸注云：“幽都，地下后土所治也。地下幽冥，故称幽都。”作为古代神话传说来讲，王逸注是对的。《招魂》前半篇，先谈四方的险恶，次谈“天”上与“幽都”的恐怖景象。以“幽都”跟“天”上互相对应，则“幽都”系指幽冥的“地下”而言，这是无疑义的。王逸注又云“土伯，后土之侯伯也”，“言地有土伯，执卫门户”。这跟上文天上的“虎豹九关”，“执其关闭”，也是相对应的。王氏此注虽未言所本，当有传统神话为根据。如解放前后出土的东汉“镇墓文”中即有“冢伯”“墓伯”之类名字，殆与“土伯”有渊源关系。

据《招魂》所描绘的“土伯”的形象特征，跟曾侯棺画中的“神兽”相对照，显然可以看出所谓“神兽”实即“土伯”。这在下文要作具体分析。而现在应当首先提出的是：《招魂》中的“土伯”是为“幽都”“执卫门户”的，而且是喜欢吃人的怪物。那么，曾侯乙的棺画为什么绘有“土伯”形象呢？现在看来，这可能是由于在人世间统治地位较高的曾侯，企图在地下仍然能保持其前护后拥、左侍右卫的显赫地位。而在地下的侍卫者，当然最得力的莫过于“土伯”。故“土伯”即以“守卫武士”的身份出现在曾侯的棺画上。据当时出土棺椁的情况看，只有作为主棺的曾侯乙的棺画上才有“土伯”，其余的陪棺上则只有其他花纹，并无“土伯”，则其旨在为尊贵者侍卫于地下的用意甚明。据典籍记载：楚怀王生前，曾铸造各国诸侯的偶像，出行时作为自己的侍卫，以此为骄傲（见贾谊《新书·春秋》）。这跟曾侯利用地下的“土伯”作为死后的侍从，可能具有同样的心理状态。当然，如果从浪漫主义色彩极为浓厚的楚文化来讲，在屈赋里曾经不只一次地出现“令羲和”“召丰隆”“前望舒使先驱”“后飞廉使奔属”等驱遣神灵的场面，则曾侯死后欲使“土伯”为守卫的想法，也就不足为奇了。

在曾侯棺画上的“土伯”形象，据《随县曾侯乙墓》所载，棺的左侧绘有十个，则棺的右侧似亦当绘有相对称的十个。郭沫若同志曾认为：《招魂》谈“土伯”时有“此皆甘人”之语，以“皆”字看，则上文所写的“土伯”决不只是一个（见《屈原赋今译·后记》）。郭老此说很精细，且与曾侯棺画暗合。不过从棺画看来，“土伯”不仅不是一个，且每个的形状也不完全一样，而是奇形怪状，各具特征。因此，《招魂》里所描写的“土伯”形象特征，并不是一个“土伯”兼而有之，而是不同的“土伯”的不同的特征。现在仅就《随县曾侯乙墓》封面上摹印得特别清楚的六个“土伯”形象（每和模样都有相似的两个，故六个“土伯”，三种典型）跟《招魂》里的“土伯”加以对照，就不难发现它们之间的主要特征基本上是一致的（后来在武汉参观曾侯乙墓出土文物展览，细审棺画的全貌，跟上述的推断相符合——作者附记）。

首先，《招魂》在描写“土伯”形象时，说它们是“其角觺觺”。王逸注云：觺觺，“角利貌”，“有角觺觺，主触害人也。”而现在从全部棺画来看，每个“土伯”头上都是有角的，只是角的形状不同而已。本文附图一、二、三：第一图是双角尖锐而直立；第二图是两角弯曲而外张；第三图则双角盘绕，形状复杂。而角端锋利，则是其共同特征。故《招魂》用“其角觺觺”来描绘“土伯”的形象，是极其典型的。其次，《招魂》里又用“血拇”来刻划“土伯”的形象。王逸注云：“拇，手母指也。”其实是用拇指代表整个手爪。所谓“血拇”，就是血迹淋漓的手爪。而现在从全部棺画来看，每个“土伯”都生有状如钩镰的手爪。一手执戈，一手举臂作攫人状。因此，《招魂》所谓“血拇”，正是诗人对他们凶恶残暴之状的渲染。再其次，是“虎首”问题。《招魂》说“土伯”之状是“参目虎首”。“参目”问题待下文详谈，这里只就“虎首”来看。棺画中有一对“土伯”，的确是虎头虎脑，鼻眼毕肖，而且还有长长的虎须分别于两颊。详见附图第二例。王逸注云：“言土伯之头，其状如虎。”这话是很对的。最后，《招魂》里还说“土伯”是“其身若牛”。王逸注云：“身又肥大，状如牛也。”现在从全部棺画来看，所谓“若牛”，不仅是状其“肥大”，而且是状其体型的特征。即其整个躯干从腋到腰，上下小而中间大，呈椭圆形，跟牛的躯干是极其相似的；而跟人的体型上大下小是不同的。参看附图三例，棺画的确体现了“其身若牛”的特征。

仅从以上四个方面，已不难看出曾侯乙棺画上的“神兽”，实即《招魂》中的“土伯”。其形象特征，基本上是一致的。以时代言，虽然棺画在前而《招魂》在后，但是，这并不一定意味着是楚国的诗歌因袭了曾国的绘画；而最大的可能，是“土伯”的传说，作为楚文化的构成部分，长期流传于楚国及其附庸国的领域之内。而曾侯乙墓的棺画跟屈原的《招魂》，各自根据主题的需要而摄取传说中的“土伯”形象进行描绘的。

（二）“九约”“敦脄”“参目”新解

两千多年来，由于屈原《招魂》里的神话世界，大部分已不见于文字记载，故对其中一些怪异物象的描写，很多字句无法索解。虽经前人不断研究，不断提出新的看法，但悬案还是很多的。现在由于曾侯乙墓棺画的出土，为我们提供了两千多年珍贵的图像纪录，这对我们进一步探索《招魂》中的疑难问题，无疑是极其重要的。现在准备仅就《招魂》中对“土伯”的描写提出三个新的问题来谈谈。

第一，谈“九约”：

自王逸释“土伯九约”中的“九约”为“其身九屈”以来，至今将近两千年，学者们对“九约”的不同解释，偻指难数。但始终都是就字求义，既无典籍记录作说明，亦无文物图像作佐证。现在既知曾侯棺画为“土伯”形象，则《招魂》中的“九约”一语，不难得到较为切合实际的解释。考《招魂》“土伯九约”这句话，跟上文描写天下景象的“虎豹九关”这句话，其句法结构是相似的。“九”为虚数，表示多；“约”为实词，表示物。那么，“约”究竟是什么？我认为是指“戈”而言。在棺画中，每个“土伯”都是手执双戈戟，以为侍卫之用，状如附图。这种双戈戟，与一般单戈不同，即一柄两戈。在曾侯墓出土实物中，还有三戈戟，上带矛头，与此类似。棺画中“土伯”所执的戈矛，殆即《招魂》中“土伯九约”中的“约”。因为：

根据马王堆出土的《战国从横家书》等，凡赵国的“赵（趙）”字多作“勺”。可见战国时，尤其是楚地，“肖”“勺”二字通用无别。因为“肖”在古韵宵部，而“勺”则在宵部的入声药部。据此，则“九约”的“约”从“勺”得声，当为从“肖”得声的“矟”之借字。《广雅·释器》云：“矟，矛也。”《一切经音义》二引《埤苍》云：“矛长丈八者谓之矟。”是“土伯九矟”者，“九”言其多，谓每个“土伯”皆手执长矛耳。因为曾侯乙棺画正是如此。又《广韵·锡》收“矵”字，云：“矵，矛也。”据“肖”“勺”通用之例，则“矵”字当即“矟”字之异文，乃是“矟”之转为宵部入声药部者。因此，“矵”跟“矟”的通转关系，亦犹“约”跟“矟”的通转关系。故《招魂》的“九约”实即“九矟”，就是这个道理。棺画中“土伯”成行，戈戟成列，则“土伯九约”一语，的确展示了武士们守卫森严的景象，正与天上的“虎豹九关”相对应。

第二，谈“敦脄”：

《招魂》“敦脄血拇”中的“敦脄”，王逸注云：“敦，厚也。脄，背也。”殆即俗语所谓宽肩大背之意。这个解释，虽与下文“其身若牛”在形象上有些重复，但仅就训诂学来讲，是没有错误的。故几乎两千年来，很少有人提出异议。但现在由于曾侯乙墓棺画的出土，使我们感到在棺画的“土伯”身上，并没有给人以所谓宽肩大背的印象。反之，却发现了一个极其引人注意的特殊状态，即其中有两个相同模样的“土伯”，面部两颊的颧骨，以弯曲的形状突兀伸延而出（见附图一），跟其他几个“土伯”耳部突出者显然不同。“土伯”的这一形象特征，给我们以很大的启发。即《招魂》中的“敦脄”，很可能原作“敦頯”。由于后人习见“脄”字，少见“頯”字，故以同音的“脄”字代替“頯”字，变成了同音假借字（古人熟悉的《礼·内则》等书中常见“脄”字。以习见之字改换不习见之同音字，乃古书出现异文的原因之一）。据《说文》页部云：“頯，权也。从页，䶒声（渠追切）。”这里的“权”，即后世“颧骨”之“颧”。所谓“敦脄”，实即“敦頯”，亦即指“土伯”的颧骨高大突出而言。“頯”字从“䶒”得声，故《说文》廾部云：“䶒，持弓拚。从廾肉。读若逵。”而《说文》九部又谓“逵”以“似龟背”而得名，显系以“龟”“逵”同音为训。“龟”“逵”古音皆在之部。故“[illegible]”之与“頯”同为喉纽之部字，此古人之所以能用“脄”代“頯”在语音上的原因。清代古音学家，多将“逵”字划归幽部，事实上《诗经》等古韵幽、之二部合韵极多，其音极近。故清代江有诰氏幽、之二部比次之说为最得。详拙著《古韵学管见》。如果从这个观点来讲，则“脄”之与“頯”乃之、幽二部旁转关系，亦为古人音近通假之常例。

从以上的分析中可以看出，如果以曾侯乙棺画中的“土伯”特征为根据，则《招魂》中“土伯”的“敦脄”即““敦頯”，亦即形容“土伯”顴骨高大突出之怪状。《招魂》的古本原文，当跟曾侯乙棺画是完全相符合的。

第三谈“参目”：

《招魂》中之“参目虎首”，自王逸注谓“其状如虎而有三目”，将近两千年来无人提出不同的解释。按把“参目”释为“三目”，从一般训诂上讲，“参”“三”古通用，这是没有问题的。但由于曾侯乙墓棺画的出土，我们发现“土伯”的形状虽各有不同，却没有一个是三只眼睛的。因此，这个“参目虎首”的“参”字，当为“虎视眈眈”的“眈”之借字。据《说文》目部：“眈，视近而志远。从目，冘声。《易》曰：虎视眈眈。”《汉书·叙传下》注则谓“眈，威视貌。”但据《张寿碑》用《易》语，则作“戡戡虎视”，是“冘”声与“甚”声古通之证（此例极多，如《诗·常棣》“和乐且湛”，《礼·中庸》引“湛”作“耽”；《诗·抑》“荒湛于酒”，《汉书·五行志》引“湛”作“沈”）。其次，古人“甚”声又与“参”声多通用。如《说文》米部云：“糂，以米和羹也。从米，甚声。糁，古文糂从参。”又《荀子·宥坐》“藜羹不糂”，而《风俗通义·穷通》作“藜羹不糁”。可证古人“甚”“参”二声亦通用。这是因为“冘”“甚”“参”古音都是侵部字，故以同音关系通用无别。因此，《招魂》所谓“参目”，并非“三目”，实为“戡目”之异文，“眈目”之借字。“眈目”，即形容“虎视眈眈”之貌。故《招魂》以“眈目”跟“虎首”相连成句，决不是偶然的。殆与上文“豺狼从目”之“从目”，同一语例。

我们现在细审曾侯乙棺画的“土伯”形象，如附图二，的确“虎视眈眈”、怒目逼人之状，宛然如生，堪称传神之笔。故自王逸以来所谓“如虎而有三目”之说，当系误解。

又按“三”“参”二字，古籍虽多通用，但屈赋凡用作数目字者，皆作“三”，不作“参”。如《离骚》“三后之纯粹”，《天问》“三危安在”，“夫何三年而不施”，《抽思》“望三五以为象”，《山鬼》“采三秀於山间”，《卜居》“三年不得复见”，这些“三”字，皆数目字。屈赋凡出现“参”字，皆非数目字。如《惜往日》“弗参验以考实”，《湘君》“吹参差兮谁思”，《橘颂》“参天地兮”，是其例证。《招魂》的“参目虎首”，世传各本皆作“参目”，不作“三目”，则“参”非数目字无疑。洪氏《考异》谓“参一作三”，当系个别本子据王逸注误改；亦系古书改繁就简之通例（《天问》“阴阳三合”的“三”，王逸虽作数字解，但后世意见不一，故暂不为例）。

（三）结语

从上述的分析中可以看出，屈赋《招魂》，虽然描写了人类世界之外，还有所谓地下的“幽都”，而且“幽都”的景象，阴森恐怖，不可言状，但从整个屈赋的创作倾向来看，这也应当是一种为“魂兮归来”这一主题服务的浪漫主义艺术手法，是属于利用神话传说的范畴，而不是屈原宇宙观的体现。因为曾侯乙墓棺画的出土，说明了在楚人心目中，作为地下恶神的“土伯”，竟可以替死人供侍卫之职，任人驱遣，完全把它“人化”了，并没有把它看成是一种超人间超自然的神秘力量。这一点，在《招魂》本身无法证明，只有把曾侯棺画跟《招魂》“土伯”联系起来，才能对屈赋的理解得到这一点新的启示。

其次，以新出土的曾侯乙墓棺画作为第一手材料，跟《招魂》中“土伯”的形象相印证，可以看出，其中合乎传统注释者凡五事，即：

“幽都”、“其角觺觺”、“血拇”、“虎首”、“其身若牛”；而借以纠正传统注释者凡三事，即：“九约”、“敦脄”、“参目”。通过这一事实，证明了不仅考古发现的先秦文字资料对于校读古籍极其重要，而且考古发现的图像资料，对古籍的解释与校理，也具有不可忽视的作用。当然，拙文不过是对此所作的初步尝试，极不成熟，希望学术界指正！

写于一九八一年三月

十六、屈赋语言的旋律美

(一)屈赋与“诵诗”

在古代，舞蹈、音乐与诗歌，是三位一体的。至于后来舞蹈、音乐跟诗歌的分合关系，或诗跟歌的分合关系，虽然情况较为复杂，但作为一种文学体裁的“诗”来讲，其总的倾向，不仅是逐渐脱离舞蹈、音乐而独立，乃至也逐渐脱离“歌”而独立。

《九歌·东君》云：

縆瑟兮交鼓，萧钟兮瑶簴，
鸣篪兮吹竽，思灵保兮贤姱，
翾飞兮翠曾，展诗兮会舞，
应律兮合节，灵之来兮蔽日。

可见，在当时，《九歌》是诗，也是歌；而且在祭神之际，又跟舞蹈、音乐交融为一体。它们之间必须是“应律”、“合节”的。这里的“律”和“节”，虽然并非专指诗歌的“韵律”与“节奏”，而跟诗歌的“韵律”“节奏”却是密切相关的。

但是，后来不仅诗歌与舞蹈、音乐的关系越来越疏远，而且诗与歌的关系也渐渐脱节。《汉书·艺文志》有云：“诵其言谓之诗，咏其声谓之歌。”又云：“不歌而诵谓之赋。”屈赋当中，除《九歌》外，如《离骚》《九章》等，盖已皆“诵”而不“歌”。《抽思》云：“道思作颂，聊以自救兮。”古人“颂”“诵”通用，例不胜举。故“道思作颂”，殆跟《诗经》中的“家父作诵”“吉甫作诵”的意思相同。故宋玉《九辩》又谓“自压按而学诵”。可见，屈赋的大部分篇章，除《九歌》外，皆属“诵其言谓之诗”的“诗”，或“不歌而诵谓之赋”的“赋”，而不是“咏其声谓之歌”的“歌”。跟“歌诗”相对，我们可以称它为“诵诗”。

但屈赋是在民歌的基础上发展起来的。其中或有“少歌曰”“倡曰”等部分，即在“诵”之中或缀以“歌”。“诵”、“歌”相间，这可能是由“歌诗”发展到“诵诗”的过渡形式或残余痕迹。

由“歌”到“诵”，使诗歌不仅脱离了舞蹈与音乐，而且又进一步失掉其本身原有的曲调美。但这一方面固然使诗歌在艺术上为之减色；而另一方面又由于它已成为一种独立的语言艺术，而不得不发挥其语言在表现力上所特有的优势。也就是说，不得不进一步发挥语言音响上所独具的音乐美和强烈的感情色彩。因此，古人所谓“诵”的含义，并不等于按文读音，照本宣科。《周礼·春官·大司乐》云：“以乐语教国子：兴、道、讽、诵、言、语。”郑注云：“倍文曰讽，以声节之曰诵。”可见“诵”与一般语言不同，“诵诗”殆有近于后世的“朗诵诗”。所谓“以声节之”，即必须充分发挥诗歌语言在韵律、节奏上的旋律美。屈原当时“行吟泽畔”，“道思作颂”，正是借助于“诵诗”以抒发其忧国忧民的愤懑之情，并在创作上大大发展了“诵诗”在语言旋律上的表现力和音乐美。

我们从诗歌发展的史实看：

当古代舞蹈、音乐、诗歌三位一体而不可分割的情况下，它们的旋律，是互相交融的，是一种“综合艺术”。因而作为“综合艺术”构成部分的诗歌本身的节奏、韵律的功能，还不可能充分地发挥出来。《诗经》里的《颂》，是用于祭祀的乐歌，有乐，有舞，而《颂》诗中竟有不少篇章是无韵的；至于《风》诗，开始都是出于民间的“徒歌”，因而也就没有一首是无韵的。又如《九歌》，在楚人的宗教生活中，并不是单纯的“歌诗”，而且有乐，有舞。其语言的旋律美，无疑达到了高度的水平。但学术界早已发现《九歌》中“兮”字的特殊用法，即以一个没有任何意义作用的泛声“兮”字，代替了“於”“与”等对构成诗句具有语法作用的介词、连词等。为什么会出现这种现象呢？学术界的意见不一。但这里最大的可能性，是为了使诗歌跟舞蹈、音乐的旋律互相谐和，而以适应性极大的泛声“兮”字取代了音节较强而且各具特色的“於”“与”“而”“以”“然”“其”“之”

"夫"等虚词。这显然是因为：诗歌这时不过是这个"综合艺术"中的一个组成部分，其本身的旋律要服从整体旋律的需要。

在《汉书·礼乐志》中所载的《郊祀歌》十九章，旨句法与《九歌》全同，而句中的"兮"字却全部不用。这也主要是为了配乐歌唱的需要。不仅像《九歌》那样以泛声"兮"字代替介词、连词等，而且索性去掉句中的"兮"字，以便在演唱时对泛声的位置也可以随音乐的不同要求而错综变化。上述情况的演变，也出现在后世对《九歌》本身的处理上。据《宋书·乐志》的歌辞中收有《今有人》一篇，其辞全为《九歌》中的《山鬼》，而跟汉代的《郊祀歌》一样，把句中的"兮"字全部删去。这无疑是当时乐工的底本，也是为了配乐歌唱的需要而采取的手段（宋郭茂倩《乐府诗集·相和歌辞》录《山鬼》亦然）。但是，这从"乐歌"来讲，确实是更方便了；而从"诵诗"来讲，则不仅影响意义的明确性，而且也使人感到节奏上的生硬、别扭。

不过，上述的情况，只是配乐的"歌诗"底本的演化过程；至于"诵诗"，则走着另外一条道路。

从屈赋来看，除《九歌》是用于祭祀的乐歌外，其余大都是向"诵诗"发展的。因此，在《九歌》中代替意义词的"兮"字，在其他篇章中不仅没有被取消或删掉，而且是被还原为在语言结构上不可缺少的介词、连词等。这就更有利于发挥语言艺术本身特有的功能在"诵诗"里的作用。除意义的朗畅而外，多样化的语言音节，取代了单纯的泛声"兮"字，从而丰富了"诵诗"的旋律美。例如：

《九歌》云：

载云旗兮委蛇；

而《离骚》则云：

载云旗之委蛇。

《九歌》云：

九嶷缤兮并迎；

而《离骚》则云：

九疑缤其并迎。

《九歌》云：

遭吾道兮洞庭；

而《离骚》则云：

遭吾道夫昆仑。

不仅如此，如《离骚》等篇，除了把《九歌》中并无语法意义的泛声“兮”换为介词、连词等外，而且进一步对意义相同的介词“於”“乎”，由于旋律的要求不同，也分别使用，不相混淆（详后文），显示了节奏的益趋精密。从上述情况显然可以看出，诗歌脱离了舞蹈、音乐乃至曲调而独立发展为“诵诗”之后的一种颇具历史意义的现象。

当然，除《九歌》外，屈赋也不是不用“兮”字。但只有极少数的情况下，跟《九歌》“兮”字的用法相似；而一般的“兮”字，则仅仅等于诗歌朗诵中的“啊”字，完全是泛声性质，只具有感情色彩，并不代表任何语法意义。至于屈赋以后个别诗人的个别作品，也偶或摹拟《九歌》的“兮”字用法，但这并不能代表诗歌发展的主流。

《文心雕龙·声律》云：“异音相从谓之和，同声相应谓之韵。”现在看来，刘氏的论点是很精确的。其中的“异音相从谓之和”，是指诗的节奏而言；“同声相应谓之韵”，是指诗的韵律而言。举此二者，确实抓到了诗歌旋律的本质。而屈赋在节奏和韵律两个方面所构成的旋律美，都达到了高度的水平。下文就准备从节奏、韵律两个方面谈谈个人的体会。

（二）关于“节奏”美的问题

诗歌的节奏，用传统的话来讲，即指诗歌在语言上的抑扬、顿挫、长短、疾徐而言。所有这些，固然会随着“诵”者感情的变化而变化，但诗人在创作过程中，为了更真切地表达出起伏变化的内心世界，就不能不利用语言所固有的节奏性来完成这一任务。因此，诗歌的节奏，是诗人的感情跟诗人的语言互相适应的产物。

从艺术美的要求来讲，诗歌的节奏，既要从矛盾中求匀称，也要从统一中求错落。没有错落就无所谓匀称，而没有匀称也就无所谓错落，二者相辅相成，才能使诗歌达到和谐优美的境界。但不同的时代或诗人的作品，又各有不同的倾向。例如《诗经》，无论从章节或节奏上看，都倾向于从矛盾中求匀称；而屈赋，则无论从章节或节奏上看，都更倾向于从统一中求错落。

在《诗经》里，作介词用的“於（于）”和“乎”，是没有什么区别的。如《东山》云：“鹳鸣于垤，妇叹于室。”而《桑中》则云：“期我乎桑中，要我乎上宫。”或上下句都用“于”，或上下句都用“乎”，给人以整齐匀称感。但是，从屈赋来讲就不同了。闻一多同志在《楚辞校补》中曾引用季镇淮同志说：“《离骚》语法，凡二句中连用介词‘於’‘乎’二字时，必上句用於，下句用乎。‘朝发轫於苍梧兮，夕余至乎玄圃’，‘饮余马於咸池兮，总余辔乎扶桑’，‘夕归次於穷石兮，朝濯发乎洧盘’，……胥其例也。”今按季镇淮同志的这一发现是很重要的。但为什么会出现这种现象呢？仍然需要我们进一步寻求答案。

我们知道，先秦古籍，“於”“乎”二字虽异形异义。但借“於”为“乎”的情况，频繁出现，未加区别；在语法上，作为介词用的“於”“乎”二字，也是通用无别的；从音读来讲，“於”“乎”二字，古音皆在鱼部，这也正是“於”“乎”之间古得通用的原因。既如上述，则《离骚》在上句下句的用法上如此严格区分又是什么原因呢？很显然，如果只用前人所谓“变文以成辞”的道理，是无从说明其所以然的；而应当进一步从诗歌语言的节奏感上来探索。

因为《离骚》中的“於”“乎”二字，无论从什么角度讲，都是相同的，而只有在语言的某一音素上才能找到它们的差异。那就是：“於”“乎”二字，虽韵母都在鱼部，而声纽却略有不同。即“於”字乃“烏”字之古文，故本属深喉音影纽合口一等字。至于“乎”字，则为浅喉音匣纽合口一等字。可见，它们之间的根本区别，在于发音上“於”是元音起头的喉音，而“乎”则是后舌面的摩擦音。这个声纽上的差别，对诗歌语言的节奏是有关系的。因为“诵诗”在语言音素上，哪怕是极其细微的差别，也会影响到它的节奏感。正是在这个意义上才显示了“於”“乎”之间的不同作用；也正是在这个意义上，显示了屈赋的节奏于统一中求错落的旋律美。即意义是相同的，而音节是多样的，变化的。

但是，以上这些，只能用以解释“於”“乎”分别使用的原因，还不能解释为什么必须上句用“於”而下句用“乎”的道理。我们认为这应当从人类在语言生活中的自然规律上寻找根源。例如在《吕氏春秋·淫辞》中有这样一段话：

> 今举大木者，前呼舆謣（或作“舆謣”），后亦应之，此其于举大木者善矣。岂无郑卫之音哉，然不若此其宜也。

古籍中跟这段文字相似的话，还有不少异文，如：《文子·微明》中“舆謣”作“邪轷”，《淮南子·道应训》中“舆謣”又作“邪许”。其实此皆同音异文，都是用以形容用力举重时人们所发出的呼喊声。因为它们自成旋律，故《淮南子》等认为“此举重劝力之歌也”。但值得注意的是，上述的“舆謣”“邪轷”“邪许”，从古音来讲，都跟“於”、“乎”是一音相通的同字异形。可证这种“劝力之歌”，在发音的自然规律上，是“於”在前面“乎”在后。因而屈赋中，在同样意义上而上句用“於”，下句用“乎”，正是由于这一语音上的自然规律所决定的，从而体现了屈赋在节奏错落中的自然美。这是古代由力的旋律到声的旋律，又由声的旋律发展到诗歌艺术上的节奏旋律的历史印迹。

也可能有人怀疑，从“舆謣”到“邪轷”等，都是联绵语词，不可能二字分用。但是，屈赋在这方面的分用手法，其例不少。如《招魂》“雄虺九首，往来倏忽”的“倏忽”，是联绵词，但《少司命》却有“荷衣兮蕙带，倏而来兮忽而逝”之句，“倏”与“忽”分用，义同声异，而在节奏上互相呼应。这正跟“於”“乎”分用一样，形成了诗歌旋律的自然美和节奏上的错落感。

其次，屈赋跟《诗经》相比，它的语言节奏的总倾向，是参差错落，舒卷自如。固然，屈赋也有对偶句，而且是极其整齐的。例如“朝饮木兰之坠露兮，夕餐秋菊之落英”（《离骚》）等，这无疑是从矛盾中求匀称的典范。但这在屈赋里却不占优势，而在更多的情况下，则是从统一中求错落。而且即使在句子上是对偶关系，也都有意识地使其参差有致，摇曳生姿。

举例来讲，《诗经·江汉》有“江汉浮浮，武夫滔滔”之句，《诗经·载驱》又有“汶水滔滔，行人儦儦”之句，都是对偶句，而且都是以迭音词对迭音词，从节奏上看，是极其整齐凋谐的。但在屈赋《怀沙》里的句子却是：

滔滔孟夏兮，
草木莽莽。

本来跟《诗经》一样，也可以作“孟夏滔滔兮，草木莽莽”，但由于语言结构上的变化，使其节奏上的特征，不是以统一求匀称，而是以错落求多姿。

又如屈赋《涉江》云：“带长铗之陆离兮，冠切云之崔嵬。”这个对偶句，是以双声联绵词“陆离”跟迭韵联绵词“崔嵬”相对，节奏极其整齐。但在一般情况下，屈赋却不是这样处理的。而是：

高余冠之岌岌兮，
长余佩之陆离。（《离骚》）
纷总总其离合兮，
斑陆离其上下。（《离骚》）
灵衣兮被被，
玉佩兮陆离。（《大司命》）

这里跟上文所举《涉江》例句一样，都用了联绵词“陆离”，但却没有像《涉江》那样也用联绵词跟它相对应，而是用迭音词“岌岌”“总总”“被被”跟它相配，显示了节奏上的变化。从《离骚》的前一例句来讲，我们如果把它跟紧相连接着的“制芰荷以为衣兮，集芙蓉以为裳”这样整齐的对偶句结合起来看，则承接下来的“高余冠之岌岌”两句，有意识地调换节奏，避免板滞，更显得匠心独具，别有风致。

屈赋除了注意语词的节奏变化外，更注意句型的节奏变化。如《悲回风》云：

纷容容之无经兮，
罔芒芒之无纪；
轧洋洋之无从兮，
驰委移之焉止。
漂翻翻其上下兮，
翼遥遥其左右；
氾潏潏其前后兮，
伴张驰之信期。

又如《哀郢》云：

去故乡而就远兮，
遵江夏以流亡；
出国门而轸怀兮，
甲之朝吾以行；
发郢都而去闾兮，
怊荒忽其焉极。

又如《少司命》云：

秋兰兮麋芜，
罗生兮堂下；
绿叶兮素枝，
芳菲菲兮袭予。
……
秋兰兮青青，
绿叶兮紫茎；
满堂兮美人，
忽独与余兮目成。
……
荷衣兮蕙带，
儵而来兮忽而逝；
夕宿兮帝郊，
君谁须兮云之际。

（《少司命》及其他章，还可总结种种规律）

如果说，前面所举的，都是通过掉换语词以取得整齐中的错落，那么，这里的《悲回风》《哀郢》《少司命》中的诗节，则都是以变换句型以求得整齐中的错落。《悲回风》的两节诗，前三句都是严格的对偶式，而末一句的语言结构则完全摆脱了前三句的形式以取得节奏上的错落美。《哀郢》的一节诗里，三个单数句，都是以同样的语言结构出现的，节奏基本上是一致的。但是，三个双数句，则在语言结构上极变化之能事，展示了节奏的灵活多样。

有时，在严格的对偶句中，又往往通过句子的长短变化，以调整其节奏旋律。例如《湘君》云：

石濑兮浅浅，
飞龙兮翩翩；
交不忠兮怨长，
期不信兮告余以不闲。

这里，前两句是严格的短句对偶，以惯例来看，后两句也完全可以写成严格的偶句，以取得节奏上的匀称美。而事实上，末句却以字数的增加与句度的伸延，化偶为散，使节奏发生了极大的变化。我们如果把这两句诗跟前节诗的“心不同兮媒劳，恩不甚兮轻绝”联系起来看，则“期不信兮告余以不闲”这个伸延以求变化的长句的出现，更不是偶然的。它不仅在节奏上起了巨大的调剂作用，而且在听觉上又给人以意味更为深长的艺术感受。

屈赋在节奏上从统一中求错落的倾向，确实是极其显著的特征。尤其是在互相对称而又并列排比的句子上，更着意地在节奏上以变化错落取胜。如《怀沙》中“变白以为黑兮，倒上以为下”等八句，本来是以“白”与“黑”、“上”与“下”、“凤皇”与“鸡鹜”、“玉”与“石”、“党人”与“余”之间的是非关系对比成义的。但诗人却以不同的句型、多样的音响所构成的极其复杂的节奏，以抒写其义愤填膺的不平之气。又如《卜居》的前半，一连用了八个排句，都是以“宁……乎”“将……乎”的形式出现。但在内容上却是对偶与散句、长句与短句、联绵词与迭音词……交替出现，互相为用，达到了节奏变化之极致。它不仅把诗人的愤懑引向了高潮，而且也把屈赋的错落美推向了高峰。

总之，不同的语言节奏，具有不同的音响上的效果。所以诗人在抒情手段上，总是充分显示出节奏与感情的一致性。例如《湘夫人》首节云：

帝子降兮北渚，
目眇眇兮愁予；
嫋嫋兮秋风，
洞庭波兮木叶下。

这样清爽朗静的新秋景色，跟舒缓而利落的音响节奏互相融合，其所表达的感情，是一种深沉的幽思，谈谈的哀愁。可是我们再看《山鬼》的末段：

雷填填兮雨冥冥，
猨啾啾兮又夜鸣；
风飒飒兮木萧萧，
思公子兮徒离忧。

同样是在抒写相思之情，这里的“忧”与前例的“愁”，也是同一个问题。但急促复沓而来的音响节奏，跟风疾雨骤的秋夜情景相配合，所表达的感情又是另外一种，即显得那样的激切而凄怆！

可见，理解屈赋节奏的错落美，决不能忽视诗人感情的起伏变化这一重要内在因素所起的作用。因为，只有内在的感情旋律跟外在的音响旋律的统一，才能使诗歌的旋律美达到高度的艺术境界。

（三）关于“韵律”美的问题

这里所说的“韵律”，就是指的韵部相同的字在诗句的一定位置上的反复出现。由于音响上的回还往复，前后呼应，因而形成了诗歌的又一种旋律美。这从传统的说法上讲，就是诗歌的“押韵”问题。屈赋的“韵律”，无疑是达到了高度的旋律美。但屈赋的这种旋律美，是丰富多姿、变化不居的统一体，并不是单纯地表现在韵部相同的字在诗歌句尾上反复出现这一点上。它的复杂性，准备在这里略作试探。

第一，屈赋的“韵”在诗句中的位置上是变化多样的：

我们知道，由于民族文化的不同，诗歌用韵的习惯也不完全一致。如有的押在句中（见于英语诗歌），有的押在句首（见于蒙语诗歌），有的上句押在句尾，而下句押在句中（见于越语诗歌）等等。屈赋在这方面，从主流上看，虽有每句韵、隔句韵等等区别，但韵押在句尾上这一点，跟汉语诗歌传统，是没有多大差别的。但问题并不完全如此。清代学者孔广森《诗声类》中的《诗声分例》，曾对《诗经》用韵的复杂情况作过有益的探索。现在看来，屈赋用韵的形式，也是相当复杂的。例如：

（1）首、尾韵——

即第一句的首字与第三句的首字相韵，第二句句尾之字与第四句句尾之字相韵：

惟〔脂部〕党人之偷乐兮，路幽昧以险隘〔锡部〕，
岂〔脂部〕余身之惮殃兮，恐皇舆之败绩〔锡部〕。

（《离骚》）

长〔阳部〕太息兮将上，心低佪兮顾怀〔脂部〕，
羌〔阳部〕声色兮娱人，观者憺兮忘归〔脂部〕。

（《东君》）

思〔之部〕君其若我忠兮，忽忘身之贱贫〔谆部〕，
事〔之部〕君而不贰兮，迷不知宠之门〔谆部〕。

（《惜诵》）

山〔寒部〕峻高以蔽日兮，下幽晦以多雨〔鱼部〕，
霰〔寒部〕雪纷其无垠兮，云霏霏而承宇〔鱼部〕。

（《涉江》）

靡〔歌部〕颜腻理，遗视矊〔寒部〕些，
离〔歌部〕榭修幕，侍君之闲〔寒部〕些。

（《招魂》）

屈赋上述的“韵律”形式，初步统计，有二十三条之多。其中还有三

例，首尾同韵，别具一格。如《涉江》云："鸾鸟凤皇，日以远兮；燕雀乌鹊，巢堂坛兮。"这节诗，上句句首之"鸾""燕"跟下句句尾之"远""坛"皆在寒部。其中还有三例，虽属首尾韵，但二句四句的尾韵相同，而三句四句则首字同韵。如《湘君》云："薜荔拍兮蕙绸，荪桡兮兰旌；望涔阳兮极浦，横大江兮扬灵。"这节诗，二、四句句尾"旌""灵"相韵，皆在青部；三、四句句首"望""横"为韵，皆在阳部。本来作为"韵律"来讲，就是以同样音响反复出现为其特征。而屈赋的上述现象（连同下文各类型），则更使"韵律"出现了多重化的倾向，即使语言音响在回还往复之中，增加了旋律的复迭美。

（2）中、尾韵——

即第一句句中之字与第三句句中之字相韵，第二句句尾之字与第四句句尾之字相韵：

启九辩〔寒部〕与九歌兮，夏康娱以自纵〔东部〕，
不顾难〔寒部〕以图后兮，五子用失乎家巷〔东部〕。

（《离骚》）

望长楸〔幽部〕而太息兮，涕淫淫其若霰〔寒部〕，
过夏首〔幽部〕而西浮兮，顾龙门而不见〔寒部〕。

（《哀郢》）

欲儃佪〔脂部〕以干傺兮，恐重患而离尤〔之部〕，
欲高飞〔脂部〕而远集兮，君罔谓汝何之〔之部〕。

（《惜诵》）

遂古〔鱼部〕之初，谁传道〔幽部〕之，
上下〔鱼部〕未形，何由考〔幽部〕之。

（《天问》）

九州〔幽部〕安错，川谷何洿〔鱼部〕，
东流〔幽部〕不溢，孰知其故〔鱼部〕。

（《天问》）

屈赋上述的"韵律"，初步统计，有二十五条之多。其中长句的句中韵在第三字，如《离骚》《九章》等；短句的句中韵则在第二字，如

《天问》《招魂》等。其次，这种“韵律”在《九歌》中由于“兮”字的特殊用法，出现了特殊形式，即一句之内，中、尾有韵。如《湘夫人》云：“沅有茝兮澧有兰，思公子兮未敢言。”其中“茝”与“子”相韵，“兰”与“言”相韵。此外《东皇太一》《大司命》《东君》《河伯》皆有此例。这都是由于“韵律”在回还中有复迭，从而增加了旋律的音乐美。

(3) 交叉韵——

所谓“交叉韵”，即第一句句尾之字跟第三句句尾之字互相为韵，第二句句尾之字跟第四句句尾之字互相为韵：

心犹豫而狐疑〔之部〕兮，欲自适而不可〔歌部〕，
凤皇既受诒〔之部〕兮，恐高辛之先我〔歌部〕。

(《离骚》)

曾不知路之曲直〔职部〕兮，南指月与列星〔青部〕，
愿径逝而未得〔职部〕兮，魂识路之营营〔青部〕。

(《抽思》)

令薜荔以为理〔之部〕兮，惮举趾而缘木〔屋部〕，
因芙蓉而为媒〔之部〕兮，惮蹇裳而濡足〔屋部〕。

(《思美人》)

圜则九重〔东部〕，孰营度〔铎部〕之，
惟兹何功〔东部〕，孰初作〔铎部〕之。

(《天问》)

简狄在台〔之部〕，喾何宜〔歌部〕，
玄鸟致贻〔之部〕，女何嘉〔歌部〕。

(《天问》)

屈赋上述“韵律”，初步统计，凡十六见。但其中也有两例兼用者，如《天问》云：“干协时舞，何以怀之；平胁曼肤，何以肥之。”“舞”“肤”皆在鱼部，“怀”“肥”皆在脂部，这是“交叉韵”；但一句之“协”与三句之“胁”又皆在盍部，故又兼具“中、尾韵”的特点。又如《河伯》云：“子交手兮东行，送美人兮南浦；波滔滔兮来迎，鱼鳞鳞兮媵予。”“行”与“迎”皆在阳部，“浦”与“予”皆在鱼部，

这当然是“交叉韵”；但一句之“手”与三句之“滔”又皆在幽部；二句之“人”与四句之“鳞”又皆在真部。故此例也兼具“中、尾韵”的特点。可见屈赋“韵律”形式的复杂性。

除上述“首、尾韵”“中、尾韵”“交叉韵”之外，屈赋的“韵律”形式还要复杂得多，而且在《诗》三百篇中，也有类似的情况。足证“韵律”的多样化，乃中国古代诗歌较为普遍的现象。把用韵局限于句尾，乃后来历史发展的结果。这种多样化的“韵律”，赋予了诗歌以音响的回还往复之中具有更为繁缛的艺术旋律。如果说，音乐的“二重奏”，会给人在听觉上以复迭美，那么，屈赋的上述旋律，也会给人以同样的艺术感受。

第二，屈赋“转韵”“换韵”的多样性：

这里所谓“转韵”，是指一篇之中由这一韵转到收音相近的另外一韵；所谓“换韵”，是指一篇之中由这一韵换成收音并不相近的另外一韵。“转韵”是属于旋律上的渐变，“换韵”是属于旋律上的突变。

先谈“转韵”——

我们所谈的“转韵”，即属古韵学家所谓的“旁转”“对转”问题。在屈赋里的阴、阳、入三声互相之间的“通韵”，即“对转”关系；阴、阳、入三声各自相转的“合韵”，即“旁转”关系。不过，古韵学家是把它们作为语言问题来研究；而在这里，则准备作为艺术现象来探讨。

屈赋的“转韵”问题，用传统方法初步统计，“合韵”凡三十类，“通韵”凡十二类。在十二类的“通韵”中，出现次数最频繁者，鱼部跟铎部相叶，凡十三次；之部跟职部相叶，凡八次。这都是阴、入相叶。在三十类的“合韵”中，出现次数最频繁者，只有之部与鱼部，共相叶十次。这是阴声跟阴声自相叶。从这里可以看出，不仅鱼部与铎部、之部与职部在屈赋中音值最相近，而且之部与鱼部的音值也最相近。

我们以《离骚》为例，从上述的鱼与铎、之与职、以及鱼与之的关系上看，竟发现了下列的有趣现象：

从“纷吾既有此内美兮，又重之以修能”到“何桀纣之猖披兮，夫唯捷径以窘步”这一大段，凡二十四句，用了十二个韵脚。它们所属的韵部是：之部、鱼部、铎部；它们的韵序是：之、之、鱼、鱼、鱼、铎、铎、铎、之、之、铎、鱼。亦即由之部到鱼部，由鱼部到铎部，由铎部到之部，由之部又到铎部，最后终之以鱼部。

其次，从“吾令凤鸟飞腾兮，继之以日夜”到“解佩纕以结言兮，吾令蹇修以为理”这一大段，也是二十四句，也是用了十二个韵脚。它们所属的韵部也是：之部、鱼部、铎部；它们的韵序是：铎、铎、鱼、鱼、鱼、铎、鱼、鱼、之、之、之、之。亦即由铎部到鱼部，由鱼部到铎部，由铎部又到鱼部，最后终之以之部。

再其次，从“理弱而媒拙兮，恐导言之不固”到“户服艾以盈要兮，谓幽兰其不可佩”这一大段，也是二十四句，也是用了十二个韵脚。它们所属的韵部也是：之部、鱼部、铎部以及职部；它们的韵序是：鱼、铎、鱼、鱼、之、之、鱼、鱼、鱼、铎、职、之。亦即由鱼部到铎部，由铎部到鱼部，由鱼部到之部，由之部到鱼部，由鱼部又到铎部，最后终之以职部与之部。

学术界的古韵学家，向来多把《离骚》划为四句一节，每节两个韵脚。只承认一节之内的“通韵”“合韵”，而不承认节与节之间的“通韵”“合韵”关系。因而，不仅把《离骚》的“通韵”“合韵”的韵例搞乱了，而且使屈赋在韵律上既和谐统一，而又起伏变化的旋律美，被割裂、被湮没了。因为我们认为，从上述的事实看，屈赋作为政治抒情诗，由于诗人感情上的内在旋律的起伏，自然会影响到诗歌的外在旋律的变化，不会永远是一韵到底的“连韵”。但这种变化，有时又不完全是以大起大落的突变形式出现，乃是以在音响上既和谐统一而又有细微区别的渐变形式出现的。而且像《离骚》上述三大段的韵律，则不仅是偶然一现的渐变，而是始终盘旋于几个固定的音响极其相近的韵部之间，从往复回还中深刻地展示了诗人忧郁徘徊的感情色彩。

再谈“换韵”——

所谓“换韵”，跟上述的“转韵”不同。“转韵”是音值相近的韵字互叶，“换韵”则是音值并不相近，而由此韵换为彼韵。一般说来，同韵连用，会给人以完整一体的感觉，而突然“换韵”，又会给人以新的开始的启示。

当然，屈赋的“连韵”与“换韵”跟思想内容的关系是比较复杂的。例如王夫之曾说过：“意已尽而韵引之以有余，韵且变而意延之未艾，此古今艺苑妙合之枢机也。……韵、意不容双转，为辞赋诗歌万不可逆之理。”（《楚辞通释·序例》）现在看来，屈赋如《涉江》《惜往日》等少数诗篇中的个别章节确有韵、意不“双转”的情况，但是如果视为这是一切韵文“万不可逆之理”，则显然不够全面。

从整个屈赋来看，不仅“连韵”“换韵”跟内容起止有关，而且跟思想感情的变化也密切相连。在屈赋里没有“换韵”的只有两篇，即《九歌》中的《东皇太一》与《礼魂》。也可以这样说，包括《九歌》在内的全部屈赋，也只有这两篇在感情上没有什么起伏变化。《东皇太一》是祭天之尊神，内容是一片肃穆雍容的气氛，愉悦欢快的情绪。因而诗人通篇只用了一个阳部韵，没有“换韵”。至于《礼魂》，则是全部《九歌》送神的短章，是大合唱，除了赞美颂扬之外，也没有其他各篇所表现的婉转缠绵的意境变化，因而诗人通篇也只用了一个鱼部韵，没有“换韵”。至于屈赋其他各篇，由于感情的复杂性，从而决定了韵的多次转换，这也是势所必然的。

例如，屈赋在一般情况下，多用阳声韵与阴声韵；而在情绪特别激动悲切的诗节里，有时往往换用音节短促而咽塞的入声韵。下举三例，以见其梗概。

《离骚》云：

余既滋兰之九畹兮，又树蕙之百亩〔之部〕，
畦留夷与揭车兮，杂杜衡与芳芷〔之部〕。
冀枝叶之峻茂兮，愿俟时乎吾将刈〔月部〕，
虽萎绝其亦何伤兮，哀众芳之芜秽〔月部〕。

又《离骚》云：

及年岁之未晏兮，时亦犹其未央〔阳部〕，
恐鹈鴂之先鸣兮，使夫百草为之不芳〔阳部〕。
何琼佩之偃蹇兮，众薆然而蔽〔月部〕之，
惟此党人之不谅兮，恐嫉妒而折〔月部〕之。

《湘君》云：

薜荔拍兮蕙绸，荪桡兮兰旌〔青部〕，
望涔阳兮极浦，横大江兮扬灵〔青部〕。
扬灵兮未极，女婵媛兮为余太息〔职部〕，
横流涕兮潺湲，隐思君兮陫侧〔职部〕。

上举三例，都属“换韵”。而且第一例是由阴声之部换为入声月部，第二例是由阳声阳部换为入声月部，第三例是由阳声青部换为入声职部。三例都是随着感情的悲怆激愤，而换用了短促急切的收 t 收 k 的入声韵，使我们感到韵律的变化与感情的起伏，达到了高度的统一。

我们再看：《卜居》中的八个提问，就换了不少韵。但在前面的六个提问中，从韵律上看，是冬部、青部、真部、侯部等，即不是阳声韵，就是阴声韵。而到了最后两个提问：

宁与骐骥抗轭〔锡部〕乎，
将随驽马之迹〔锡部〕乎？
宁与黄鹄比翼〔职部〕乎，
将与鸡鹜争食〔职部〕乎？

不仅句子特别短促，情绪更为激化，而且换用了锡部，职部两个收 K 的入声韵。这是语言旋律的变化，同时也是感情旋律的变化。

本来，“韵律”在诗歌中的作用，主要是通过同韵的字反复使用，以增加诗歌语言的回环美。但是，这只是从艺术形式上和谐统一这个角度讲的。此外，如果没有“转韵”“换韵”，永远是一韵到底，在短章犹可，在长篇巨制的屈赋来讲，则显然不足以展示出诗人复杂而丰富的内心世界，也就会使诗歌语言旋律美的艺术效果为之减色。而屈赋在这方面确实给了我们以深刻的思想启迪和高度的艺术享受。

（四）结语

沈约《宋书·谢灵运传论》在论及声律问题时，曾认为屈宋作品是“英辞润金石，高义薄云天”。如果说“高义薄云天”是指屈赋内容的思想美，则“英辞润金石”乃是指屈赋语言的旋律美。而对汉人王褒、刘向以下的辞赋，则沈氏又讥以“芜音累气，固亦多矣”。沈约精于声律，可见他对屈赋节奏、韵律的“辞润金石”之美，早已有所感受，并未“数典忘祖”。问题在于应该如何继承，怎样发展。

从本文的分析中不难看出：在诗歌发展道路上，当它脱离了舞蹈、音乐和曲调而成为独立的语言艺术之后，不仅没有减低它的艺术性，反而使“诵诗”的语言美、旋律美得到了进一步的发展。屈赋在这方面，是极其突出的典范。

屈赋与《诗经》相比，在语言旋律上，既有其共同之处，也有其独具的艺术特征。那就是：《诗经》更倾向于整齐凝炼，而屈赋则更倾向于错落变化，舒卷自如。如果从艺术的表现力来讲，这不仅说明了南北之异，而且说明了屈赋是中国诗歌发展史上的一座新的里程碑。

写于一九七九年六月

十七、《楚辞韵读》读后感

王力同志最近出版了两本新著：《诗经韵读》、《楚辞韵读》。这两部论著，是王力同志多年来攻治古韵学的某些结论的具体体现。因此，无论在体例、论据和观点上，都是比较精确稳当的。在这方面，读者自能体会，不准备多谈。现只就《楚辞韵读》中值得商榷之处，写出来供参考。当然，《诗经韵读》与《楚辞韵读》是姊妹篇，故对后者的评价，也会涉及前者。因为王力同志在《楚辞韵读·凡例》中云："关于古韵分部及古音拟测问题，已在《诗经韵读》里有所讨论，这里不再重复，请参看《诗经韵读》。"可见，两书的关系是极其密切的。但本文的重点，仍是《楚辞韵读》的读后感。

（一）冬部的分合问题

对本书在古韵分部问题上的得失，不准备作全面的评价，这里只就冬部的分合略抒己见。

我们知道，古韵学的分部问题，冬部是很不好处理的一个韵部。故历来的古韵学家对冬部的态度，极其纷歧，不易统一；而且同是一个人，也往往举棋不定，前后矛盾。

从宋郑庠分古韵为六部之后，顾炎武分古韵为十部，江永分古韵为十三部，段玉裁分古韵为十七部等等。他们都是东、冬不分，混为一部。到了孔广森的《诗声类》，列古韵为十八部，才把冬部从东部中分离出来，独立为一部。他说："冬类古音与东、锺大殊，而与侵声最近，与蒸声稍远。""今人之混冬于东，犹其并矦于幽也。"（《诗声类》卷五）孔氏这一发现，曾被段玉裁誉为："此孔氏之卓识，胜于前四人处。"但是从此以后，不少古韵学家在冬部的分合上意见并没有统一。例如江有诰同意孔氏冬、东之分，认为：“东每与阳通，冬每与蒸、侵合，此东、冬之界限也。”（《复王石臞先生书》）而严可均则主张将冬部并入侵部，认为：“古音冬即侵也，不应分为二类。”（见《说文声类》下篇自注）但王念孙、朱骏声却又把冬部仍合并于东部（见王念孙《与江有诰书》、朱骏声《说文通训定声》）；张惠言、刘逢禄则主张冬部独立、与东部分开（见张氏《说文谐声谱》、刘氏《诗声衍》）。段玉裁早年冬、东不分，而晚年接受了孔氏冬、东分立之说（《答江晋三论韵》）；太炎先生则早年主张冬部独立，而晚年又主张并冬部于侵部，跟严可均意见一致。近人于省吾同志，则又主张冬部仍合并于东部，又回复到段、戴诸家以前东、冬不分之说（见《吉林大学学报》一九六二年第一期《释⊖、8兼论古韵东冬的分合》）。不难看出，冬部跟东、侵二部的分合关系，在古韵学界始终没有稳定下来，而且各持己见，也各有各的根据。

在这个问题上，王力同志提出了新的见解，即在《诗经韵读》中分古韵为二十九部，把冬部并入侵部；在《楚辞韵读》中分古韵为三十部，把冬部独立起来。而且在《楚辞韵读》的《凡例》中说：“《楚辞》的韵分为三十部，比《诗经》的韵多出一个冬部。这是从侵部分化出来的，时代不同了，韵部也不尽相同了。”很显然，这是在古人聚讼不决的问题上，王力同志所提出的新论点；而且从出发点来讲，无疑是正确的。因为他是企图用发展的观点来解决这个问题的。这个观点，我们今后还要充分运用，使古韵遗留问题，得到合理的解决。至于从方法论上讲，王力同志是这样说的：“我早年是考古派，把古韵分为二十三部（脂微分立，冬侵合并），后来是审音派，把古韵分为二十九部。最近我又认为：《诗经》的韵部应分为二十九部，但战国时代古韵应分为三十部。”（见《诗经韵读·总论》）不可否认，从清代以来的古韵学家，的确有考古与审音两大派；而有的学者，则往往兼有两派的特点。不过我总认为，对上古韵部的研究，在“考古”的基础上进行“审音”，要稳当一些；而在“审音”的前提下进行“考古”，就要危险些。因此，要判断是否《诗经》时代冬、侵为一部，是否屈宋时期冬部才从侵部分化出来，关键问题，还是先用考古派的方法，看看《楚辞》用韵比《诗经》用韵究竟发生了变化没有，以及发生了什么样的变化。

首先我认为：用“合韵”的次数多少来决定侵、冬两韵的分合，这基本上是科学的。但这种“合韵”的百分比，应当建立在合理的基础上。根据王力同志的意见，《楚辞》冬部既是“从侵部分化出来”，因此，要探索侵、冬二部的分合问题，就必须考核当时冬部字摆脱侵部的程度如何，才能决定。也就是说，必须是《诗经》时代，侵、冬二部是一个整体，不可分割；而屈宋时代则冬部已摆脱了侵部单独行动，这才能证明上述结论的正确性。但今考《诗经》侵部韵共出现四十一次，其中跟冬部“合韵”者共有六次，仅占15%弱。二部分化之迹，已极明显。如果再加上“审音”的条件，主要是侵部韵尾收双唇m，冬部韵尾收舌根ŋ，二部音理，自成体系，分化之势，更皎然可见。故侵、冬二部“合韵”仅占15%弱，决不应当影响二部之间的界限（据王力同志统计阴、入二声“通韵”的比例，宵部占16%强，支部占15%强，但也并未因此而淹没阴、入二声的分野。见《龙虫并雕斋文集》第一八〇页）。因此，认为《诗经》时代侵、冬为一部的结论，是值得商榷的。因为，从王力同志所提出的历史发展的论点出发，我们只能就侵部派生冬部的分化程度为依据来考察它们的分合，而不应当以冬部向侵部靠拢的程度为依据来考察它们的分合。也就是说，我们应以侵部为基点来计算百分比才是合理的，而以冬部为基点来计算百分比是靠不住的。而王力同志却恰恰是用了后一种计算法。他说：“我们认为冬、侵合一是对的。冬部的字那样少，而《诗经》里冬、侵‘合韵’达五次之多。”（《汉语史稿》上册第九七页）不错，这样算来，《诗经》冬部韵例共出现十九次，而冬、侵合韵竟达六次，占31%强，这就只有把冬、侵合为一部才行。但是，在严可均等还没有能提出冬从侵出的发展观点以前，这样的处理是可以理解的；而王力同志既已提出这一发展观点，就不宜于再作出这样的推算。

同样，用王力同志的观点来看屈宋作品，则侵部韵例共出现七次，其中跟冬部“合韵”者一次，占14%强。这个百分比，跟《诗经》时代15％弱的数据，基本上是一致的，因而也就无法用以证明王力同志的结论是正确的。因为在汉语史上，几个世纪没有转变的音是存在的。当然，从《诗经》的15％弱，到屈宋的14％强，差别虽小，也不妨说他们表现了侵、冬二部由亲到疏的发展关系。但如果以此为根据，而得出《诗经》时代只有侵部，没有冬部，屈宋时代，冬部才由侵部分化出来的结论，那是靠不住的。

其次，王力同志在《诗经韵读·总论》中，又从屈宋时代冬部才由侵部分化出来的结论出发，来说明《离骚》冬、东“合韵”的事实。他认为：“这样，《离骚》‘庸’、‘降’协韵作为东、冬合韵才得到合理的解释。”这就给人以印象，好像《诗经》时代并不存在冬、东“合韵”问题，只有屈宋时代侵、冬分化以后才如此。而事实上，《诗经·蓼萧》四章以“浓”“冲”韵“雍”“同”，《诗经·旄丘》三章又以“戎”韵“东”“同”。可见冬部向东部逐渐靠拢的条件，在《诗经》时代就早已出现。如果说是由于屈宋时代冬部由侵部分化出来，对《离骚》冬、东“合韵”“才得到合理的解释”，那么，《诗经》时代如果冬部还没有分化出来，又当怎样“解释”上述现象呢？这事实，不正说明了《诗经》时代不仅冬部已经离开侵部而独立，而且同样向东部靠拢了吗？现在从两周金文韵读来看，更足以证明这个结论。

在上述问题上，孔广森的《诗声类》曾认为《离骚》以“庸”韵“降”，是“与诗未合”。因而《九辩》末章本来是“中”与“湛”“丰”为韵，而主删掉“丰”韵以就己见，亦未免千虑之一失。因为《诗经》时代，不仅冬部已独立为韵，而且跟东部逐渐靠拢的关系，也是客观存在，不容否定。

（二）韵例与韵部的关系问题

韵例跟古韵分部的关系是很密切的。由于对“韵例”的解释不同，往往给韵部的分合带来很大的差异。而《诗经》由于章节结构绝大多数是以同样的形式重复回环，章节是容易划分的，因而“通韵”、

"合韵"的标准易于掌握。而《楚辞》的章节结构极端复杂，与《诗经》不同。故历代学者对韵例的看法极不一致，因而也就影响了韵部划分的标准。王力同志的《诗经韵读》，尤其是《楚辞韵读》，在这个问题上，既有精到之见，也多有不足之处。

例如上文提到的《诗经》与屈宋在侵、冬二部的分合问题上，王力同志在建立"韵例"上的主观倾向性是很强的，而且也就往往在"韵例"的考定上有些混乱。王力同志为了说明《楚辞》冬部独立而且向东部靠拢是战国时期的新现象，因而对《诗经》中的冬、东合韵的韵例在分析上就往往不够恰当。例如《诗经·蓼萧》共四章，章六句，语言结构、韵脚形式，四章是一致的。一章鱼部，二章阳部，三章"脂微合韵"，因而四章本应当是"冬东合韵"。即用王力同志不立冬部的论点，也应是"侵东合韵"。但他为了证明《诗经》时代无冬部，也不承认这时冬部已向东部靠拢的事实，于是把第四章分为侵、东各不相涉的一章两韵。这显然跟前三章的韵例不相一致，因而是不妥的。严可均《说文声类》认为："《蓼萧》一、二、三章不换韵，则末章浓冲得与雍同协音。"这个分析是很客观的。同样的道理，《诗经·旄丘》三章，"蒙戎"的"戎"字属冬部，本章与"东""同"韵，分明是冬、东合韵，而王力同志既不承认《诗经》时代冬部独立，也不承认冬、东合韵，故只有根据《左传》僖五年，改"戎"为"茸"，以迁就自己的论点。但在没有考定出《左传》的"茸"与《诗经》的"戎"究竟哪个更原始、更可靠以前，这个改法同样是有些主观的倾向。事实上，《左传》引《诗》，只会改异部为同部，不会改同部为异部。这跟孔广森《诗声类》为了强调东、冬分部，认为"狐裘蒙戎首句不入韵，《左传》引之做庞茸，亦非韵"的说法是一样的偏见。这都是因为王力同志坚持《诗经》时代并没有出现冬部，更不承认冬部已向东部靠拢，因而就不能不在"韵例"问题上出现种种矛盾。

从侵、东二部的关系上看，王力同志同样有上述的现象。例如他既认为《诗经》时代冬侵二部未分，当然就认为冬、侵合韵的"韵例"越多越好。故《诗·凫鹥》第四章，也作为冬、侵合韵来处理。

这是错误的。因为本诗共五章，每章六句，而且句子的结构、字数的多少，五章全一致。每章的第五句“公尸燕饮”都不入韵。这从五章的“韵例”上看，也是无疑问的。而王力同志为了强调《诗经》时代冬、侵不分部，竟破例地把第四章的“公尸燕饮”的“饮”标为侵部，以跟上文的“潨”“宗”“降”，下文的“崇”等冬部字为韵，以便为冬、侵不分部增加一条例证。又如《诗·云汉》第二章的处理，也有同样的嫌疑。该诗全篇共八章，除首尾两章外，其余每章的第一句都是“旱既大（太）甚”，而且都不入韵。而王力同志出于上述同一目的，竟破例地把第二章第一句的“旱既大甚”的“甚”字标为侵部，以跟下文的“虫”“宫”“宗”“躬”等冬部字为韵，以便为冬、侵不分部增加声势。其实，本章的“临”已足为证，破坏“韵例”之举，是不科学的态度。

王力同志对“韵例”入韵字数的多少，是很注意的。为了证明《诗经》时代脂、微二部分用，曾有下列一段话：“这些独用的例子有五韵以上的，如脂部《硕人》、《大田》、《丰年》、《载芟》各五韵，《大东》六韵，《板》八韵；微部《南山》五韵，《云汉》六韵。这绝对不是偶然的，而是足以证明脂、微两部的分立。”（见《诗经韵读》）这话是有理由的。因此，我们认为《诗经》时代冬、侵二部分立，也可用同样的理由来证明。如侵部五韵连用者有《鹿鸣》的“芩”“琴”“琴”“湛”“心”，《鼓钟》的“钦”“琴”“音”“南”“僭”，《泮水》的“林”“黮”“音”“琛”“金”。而冬部六韵连用的有《出车》的“虫”“螽”“忡”“降”“仲”“戎”；五韵连用的有《凫鹥》的“潨”“宗”“宗”“降”“崇”等。所有这些，不是同样可以证明侵、冬两部的分立吗？承认脂微二部分立之例，而不提侵、冬二部分立之例，这也是不够客观的。

至于屈宋作品“韵例”与分部的关系，其复杂性，远远超过《诗经》。而在这个问题上，王夫之《楚辞通释·序例》曾谓：

> 意已尽而韵引之以有余，韵且变而意延之未艾。此古今艺苑妙合之枢机也。……韵意不容双转，为辞赋诗歌万不可逆之理。

当然，王氏这段话的论点，只能说明屈宋诗篇中的某些少数“韵例”

是如此（如《涉江》《惜往日》某些诗节），而不能用以概括屈宋诗篇的全部。但也不难看出，如何划分屈宋作品的“韵例”，是极其艰巨的工作。而王力同志正是在这方面有不少可议之处。

以鱼部、铎部为例而言。《离骚》云：

汩余若将不及兮，恐年岁之不吾与〔鱼〕；朝搴阰之木兰兮，夕揽洲之宿莽〔鱼〕。

日月忽其不淹兮，春与秋其代序〔鱼〕；惟草木之零落兮，恐美人之迟暮〔铎〕。

不抚壮而弃秽兮，何不改乎此度〔铎〕？乘骐骥以驰骋兮，来吾导夫先路〔铎〕。

王力同志对《离骚》全篇都是以四句为一节，每节为一“韵例”。但上引这十二句诗，从意义上讲，却是一气呵成的，都是抒写“时不我与”的汲汲之情，不需分节；从用韵上讲，也是直贯而下，鱼、铎通韵，亦不需分节。而且，这种鱼、铎通韵，在《诗经》里极其频繁，在屈宋作品里更不胜枚举。而王力同志则强分四句为一节，于是由一个“鱼、铎通韵”之例，变成了三个不同的“韵例”，即一个“鱼部”，一个“鱼、铎通韵”，一个“铎部”。这就不免影响计算“韵例”时百分比的变化。下文“吾令凤鸟飞腾兮”十六句，也是一个意义中心，同为“鱼、铎通韵”之例。而王力同志分成四句一节之后，竟成了一个“铎部”，两个“鱼部”，一个“鱼铎通韵”。又如“跪敷衽以陈辞兮”八句，本来是一条“鱼、铎通韵”，也变成了两个“韵例”；又如“理弱而媒拙兮”八句，本来是一条“鱼、铎通韵”，也变成了两个“韵例”。由于类似情况的反复出现，这就不能不考虑王力同志这样定四句以建“韵例”，是否合乎《离骚》实际？

《离骚》而外，王力同志并不守四句一个“韵例”的成规，而是据内容以建“韵例”。这对屈宋作品来讲，是比较合乎实际的。如《哀郢》除“乱曰”外，虽皆为四句一个韵例，但“心婵媛而伤怀兮”八句皆属铎部，即标八句为一例，这是对的。但也有分合失当，自乱其例之处。如《湘夫人》“荪壁兮紫坛”到“缭之兮杜衡”十句，意义一贯，也都是阳部韵，而竟分前四句为一例，后六句为一例。又，如果认为《离骚》四句一韵，其八句同韵者可视为二韵一换之重复，但《远游》韵式最近《离骚》，为什么“春秋忽其不淹兮”八句皆属鱼韵，又不分为二例？“闻至贵而遂徂兮”十二句皆阳部，而不分为三例？这都未免自乱其例。

（三）关于“拟音”

《诗经》地涉十余国，幅员数千里，而用韵基本一致。过去的学者认为这是孔子或后学为适应讽诵或乐歌的需要加以修订划一的结果。但是近世以来，不少人考证不同地域的金文韵读，竟跟《诗经》大致相同。故“修订”之说，不攻自破。现在看来，这种现象也可能是说明了音系与音值之间的差别问题。据《诗经》与金文所考得的韵部，它只能代表音系，并不能代表音值。音系的基本一致，不足以证明方音音值的完全统一。因为方音的不同，往往是依音系为单元，而不是在个别字上漫无规律的演变。因而音系虽然一致，音值却往往差别很大。而且音系有相对的稳定性，而音值的变化则较快。当然，音值的变化如果发生互相交错的情况，也必然会影响到音系的改变。居今而言古，探索古韵的音值比探索古韵的音系，要复杂困难到千百万倍。

春秋战国时代的楚国跟中原各国相比，方音音值的差别是极大的。故孟子曾称楚国为“南蛮鴂舌之人”，并有楚大夫欲其子学齐语的比喻。不难看出，楚语与北语之间的悬殊。但从今天考出的音系来讲，《诗经》韵部与屈宋作品韵部，基本上是一致的，既看不出中原语音的特点，也看不出“南蛮鴂舌”的痕迹。这即使在今天，南北语言也还没有融合到这个地步，更不用说在两千年前的战国。这就有力地证明了音系与音值的不一致性。因此，王力同志在代表北语的《诗经韵读》与代表楚语的《楚辞韵读》里所拟定的音值，却完全一致，这确实是一件不可思议的现象。对此，学术界应当不断地探索，寻求答案。

但是，在上述问题还没有得到彻底解决的条件下，这里只准备就事论事地谈谈王力同志这套“拟音”的主要问题。

在“拟音”问题上，王力同志主要是依阴、入、阳三声对应的传统体系来进行的，但却彻底排斥了西方学者高本汉、西门等把阴声拟为闭口音节的谬说。这无疑是王力同志颇具卓见之处。但西方学者之所以如此作法，无非是机械地认为阳、入二声既收音 m、Ɔ 、n 或 p、k、t 等闭口音节，则与之通转对应的阴声，决不会竟是开口音节。他们把闭口音节与开口音节绝对地对立起来，实际上是形而上学的观点，他们没有能辩证地看待这二者之间的变化关系，亦即没有注意到闭口的高元音如 i、u 等跟某些辅音之间由于极度接近而发生的转化关系。

从上述的观点看，我认为王力同志对脂（拟 ɑi）、微（拟 əi）、歌（拟 ai）三部的拟音，虽在某些方面我还有不同的看法，但以 i 音收尾这一点，在原则上是正确的。因为跟这三个阴声韵部相对应的入声质（拟 et）、物（拟 ət）、月（拟 at）三部的韵尾都收 t，跟这三个阴声韵部相对应的阳声真（拟 en）、文（拟 ən）、元（拟 an）三部的韵尾都收 n。而 t、n 的发音部位都是舌尖音，它们跟前舌极高元音 i，相距仅在毫厘。正是由于这条纽带，才把它们结成了阴入或阴阳对转的关系，更何需在阴声之后再加什么辅音韵尾？

正是由于上述原因，我认为王力同志对宵（拟合）、幽（拟 u）、侯（拟 O）等部的拟音似值得考虑。因为，按照古韵学家的传统读法，这三部都是收 u。我认为这一点是合理的，用不着更弦改辙。这是因为跟它们对转的入声药、觉、屋都收 k。阳声冬、东都收Ɔ，而 k、Ɔ 都是舌跟辅音，跟后舌极高元音 u，相差极微，通转极近。如以 u 为韵尾，则阴入对转或阴阳对转，都是以 u 为纽带。故用不着在阴声之后再加闭口音节以为桥梁。但王力同志在这一点上却没有这样处理，未免千虑之一失。当然，u 的发音，除了以舌部的前后高低来讲，有如上述的特征而与 k、Ɔ 相通以外，如果以 u 的唇状来讲，则为圆唇闭口元音，闭口的程度，跟双唇辅音 p、m 极近。故古韵学家严可均的《说文韵谱》、太炎先生的《国故论衡・二十三部音准》都曾根据古人偶然通转之迹，以幽部与侵部为对转，以宵部与谈部为对转。此虽不可为常例，但却可以说明先秦古韵音值的 u 韵尾在阴入、阴阳对转中的重要作用。王力同志在《汉语史稿》中认为太炎先生以幽与侵、宵与谈对转是“靠不住的”（第八〇页），又谓收 p 的入声缉、盍二部“不和纯元音韵母相对应”（第九〇页）。从某种意义上，这样说当然是可以的，但也未免把问题看得绝对化了。

以上也不过是拟测，是否有当，只供参考。

(四)“无韵”及其他

王力同志在《楚辞韵读》中标为“无韵”的诗节，凡十二处。其中除五处属于《卜居》《渔父》等篇的散文句子外，其余皆不当注为“无韵”，而只能注为“存疑”或“待考”。因为这些诗篇都是全篇用韵，不会某句忽然“无韵”。这些所谓“无韵”之句，皆当为传写之误或理解有差，并非屈宋行文时本不用韵。故标为“无韵”，义欠明确。而且王力同志标为“无韵”之句，基本上是以江有诰的《楚辞韵读》为依据的，而没有考虑到这些所谓“无韵”的句子，江氏之后治《楚辞》者多有考订，有的可以说已接近于解决。这些成果，理应斟酌吸收，不应仍以“无韵”视之。有的也应进行考校，尽可能求得合理的解决。

例如《离骚》：

惟兹佩之可贵兮，委厥美而历兹；
芳菲菲其难亏兮，芬至今犹未沬。

这里“兹”与“沬”为韵，诸家多异说，江有诰《楚辞韵读》注为“无韵”，王力同志亦注为“无韵”。其实刘永济同志《屈赋通笺》认为“兹”古韵在之咍部，“沬”当从“未”作“沬”，古韵在脂微部，“二部音近通押”。并举《诗·桑柔》、《左传》成七年史佚之志以及《九章·思美人》为证。其说极是。以意义言，王逸注：“沬，已也……久而弥盛，至今尚未已也。”与《广雅·释诂》四，同训。又《招魂》“身服义而未沬”，王逸亦训：“沬，已也。”可见这节诗，并非“无韵”。王力同志对《思美人》认为“出”韵“下缺一句”（亦用江有诰“韵未详，或脱偶句”之说），而不知《九章》单句单行连韵者极多，此处亦为之、职部与物部通韵，与上例相似，不应断为缺句。

又如《天问》云：

闵妃匹合，厥身是继，

胡维嗜欲同味，而快鼂饱。

此节“继”与“饱”不韵，历代学者有不少探讨。如戴震的《屈原赋注》附《音义》，方绩的《屈子正音》，刘盼遂的《天问校笺》皆有所考证。而郭沫若同志在《屈原赋今译》中认为“鼂饱”当为“鼂饥”，“饥”与“继”为韵。按继在脂部，饥在脂部入声质部，故可通叶。而江有诰《楚辞韵读》不考，也注曰：“无韵。”王力同志又从江说，注为“无韵”，未妥。今按“鼂饥（朝饥）”之说之所以可从，因《诗·汝坟》“未见君子，惄如调饥。”“调饥”即“朝饥”。毛传云：“惄，饥意也，调，朝也。”笺云：“惄，思也。未见君子之时，如朝饥之思食。”故《说文》心部引诗，“调”正作“朝”。“朝饥”盖形容男女相思之情。王逸《天问》注谓：“何特与众人同嗜欲，苟欲饱快一朝之情乎。”即指问上文禹娶涂山之女而言。王氏本以“饱快”释“快”，后人不察，遂据王注改正文“饥”为“饱”，非是。可见。这节诗也并非“无韵”。

又如《惜诵》：

心郁邑余侘傺兮，又莫察余之中情；

固烦言不可结诒兮，原陈志而无路。

这四句“情”“路”不韵，古多异说。而江有诰《楚辞韵读》注为“无韵”，王力同志亦从之。其实，这在朱熹《楚辞集注》中，基本上是解决得很好的。朱云：“中情以韵叶之当作善恶……由骚经一句差互，故此亦因之耳。”此盖指《离骚》既有“孰云察余之善恶”句，又有“孰云察余之中情”句，故此处互误“善恶”为“中情”。“恶”“路”皆在古韵铎部，并非“无韵”。闻一多同志脱句之说，不如朱说之可信。

又《招魂》云：

魂兮归来，君无下此幽都些；

土伯九约，其角觺觺些。

本段上文，描写四方及天庭的险恶，首句皆入韵，故此处“君无下此幽都”的“都”亦应入韵。王力同志对“都”字跟下文“觺”“駓”“牛”“灾”为韵，不得其故，于是首句注为“无韵”。大误。江有诰《楚辞韵读》注为“之鱼借韵”（即“之鱼合韵”），极是。《诗经》与《楚辞》“之鱼合韵”之例频繁出现，江说不可易。

其他有关问题，如《天问》：

玄鸟致贻，女何嘉。

王力同志在这里加了一条注云：“‘嘉’，今本作‘喜’。王逸注：‘一作嘉’。今改作‘嘉’。”按从一本作“嘉”是对的。作“喜”之本，乃后人不明古韵者所妄改。但“喜一作嘉”这条注文，乃宋洪兴祖《楚辞考异》语，并非王逸注。《考异》原为单行本，后人才分散于洪氏《楚辞补注》王逸注之下，“补曰”之前。王力同志把它称为“王逸注”，这是错误的。

又《涉江》：

被明月兮珮宝璐。

王力同志划此单句为一节，注为“铎部”，并云：“此句疑前面缺三句。”又将下文“世溷浊而莫余知兮”四句别为一节，注为“鱼部”。其实，这样处理是不妥的。考江有诰《楚辞韵读》在“被明月兮珮宝璐”句下曾注谓：“此上疑脱一句。”此后刘永济同志《屈赋通笺》谓“被明月兮珮宝璐”句当在“登昆仑兮食玉英”句上。闻一多同志《楚辞校补》又认为“被明月兮珮宝璐”下，当缺一句。而王力同志现在又有“缺三句”之说。此皆由于不明屈赋韵例之所致。其实，此处前后两节诗的韵例是一致的，即：

被明月兮珮宝璐，
世溷浊而莫余知兮，吾方高驰而不顾，
驾青虬兮骖白螭，吾与重华游兮瑶之圃。〔铎鱼通韵〕
登昆仑兮食玉英，
与天地兮同寿，与日月兮齐光。
哀南夷之莫吾知兮，旦余将济乎江湘。〔阳部〕

可见，这两节诗的韵例完全相同，而且非常协调。王力同志既疑前节脱三句，为什么又不疑后节也脱三句呢？而上鱼铎二部通韵，屈赋例不胜举，何独怀疑于此？实则各家盖皆受江说的影响。

又《怀沙》“乱曰”以下，王力同志于“道远忽兮”句下增加一节：

曾吟恒悲，永叹慨兮。

世既莫吾知，人心不可谓兮。

并注云：“今本无‘曾吟恒悲’四句，据《史记》补。”这是对的。但下文又于“余何畏惧兮”句下仍保有：

曾伤爰哀，永叹喟兮。

世溷浊莫吾知，人心不可谓兮。

这就错误了。因为这两段只能保留一段，不能重复出现。据朱熹《楚辞集注》早已指出：这两节诗《史记》同文再出，乃后人“因校误加”。主张文从《楚辞》，次依《史记》，当接在“道远忽兮”之下，两处文意始通。此后，戴震、王引之皆从其说。而且这两段的异文，经王念孙的考证：“恒悲”当作“爰哀”，“爰哀”即“咺哀”之通假，已成学术界定论。而王力同志仍把互相重复的两节诗，既补之于前，又保留于后，重床架屋，失之考虑。这对统计韵例来讲，也会带来偏差。

（五）结语

王力同志的《楚辞韵读》，的确不失为一部精审之作。其中不少结论，都是经过长期研究、周密考查之后才得出的。但是身居两千多年以后，而考证两千多年以前的韵系，拟测两千多年以前的音值，的确是一件复杂而艰巨的工作。古韵之学，虽经过几百年来无数音韵学家的探索，而为我们勾划出了大致的轮廓，但其中的遗留问题，值得我们进一步研究的还很多。王力同志在这一点上，取得了很大的成就，著述丰富。但千虑一失，智者难免，拙见所及，亦未必有当，谨记所感，就正于有道。

写于一九八二年一月

后　记

本集交稿之后，我虽一度产生过人们所常有的那种轻松和愉快。但与此同时，也确实又想到和碰到许多与本集有关的一些学术问题。这里只准备谈三点：

首先，关于学术上的创新问题。

回忆三十年代中期，我曾受业于太炎先生之门。先师讲学，经史子集，所涉极广。其时，先师并未专讲《楚辞》，我亦未专攻《楚辞》。然而，读先师所著书，谈及屈赋之处，亦复时有所见。例如本集所征引的：屈原称君为“灵修”，“灵修”实即“令长”；“吾令蹇修以为理”，“蹇修”实即“声乐”。并又据“灵修”以探索楚国官制的民族特征。据“蹇修”以阐述中国古代的音乐理论。此皆勇于独创而不离乎典据，立意新颖而不流于诡异。不仅妙语解颐，亦且益人神智！

如果说，乾嘉学派长于文字资料的考证，短于事物规律的探索，而太炎先生却能熔二者于一炉，“微观”“宏观”，交相为用。他上承朴学家法，下开一代新风，对中国文化的发展，做出了卓越的贡献。这从治学方法来讲，应当是值得发扬光大的优良传统。而把考证资料与探索规律割离开来，未必就是一种最理想的分工。因为对事物规律的新认识，往往跟对文字资料的新突破是紧密相联的。

先师作为革命元老，学术泰斗，他的治学经过，治学方法，曾给我以巨大启示与多方熏陶。而最使我难忘的，是在一次个人问学时，先师曾谆谆告诫：

> 治学要有独到之见，只是重复前人成说，于学术发展有何贡献？

此语，对我的教育是深刻的，终身服膺，从未忘却。如果用现在的话来说，那就是任何学术研究（不管是社会科学或自然科学），都要求能在这门学科的原有基础上，增加一些新的东西，获得新的突破；只有这样才有助于推动学术的不断发展。然而，对我来讲，学海浩瀚，百无所成。虽于屈赋略有探索，而对先师所要求的“独到之见”，实未敢企及于万一。有负遗教，惭悚何极！

其次，关于不同学科的互相渗透问题。

古人曾说：“不通群经，即不能精一经”。这已道破了治学方法中“约”与“博”的辨证关系。如果把范围扩大一些，则研究文学史上的任何现象，都跟史学、哲学、民族学、宗教学、神话学、民俗学、考古学、语言学，等等，有着不可分割的联系。在科学研究中，它们之间是互相渗透的。涉及的广度与钻研的深度，是相辅相成的。我收在集中的那篇《屈赋语言的旋律美》，已发表于一九八二年《四川师院学报》第四期。其中关于屈赋的“韵律”问题，曾提出了“首、尾韵”，“中、尾韵”等罕见现象。“例不十，法不立”，当时我所得到的例证，每项都在二十条以上。但文章发表之后，仍然于心不安，深恐把偶然现象看成是规律。然而最近读到一九八三年《民族文化》第二期，竟在黄革同志（壮族）《丰富优美的壮歌》一文中，发现了壮歌与屈赋在韵律上的相似点。他说：“壮歌有严格的腰尾韵，与汉族民歌的韵律不同。”所谓“尾韵”，即韵押在句尾，系一般现象，这里从略；而所谓“腰韵”，据作者说：

> 在腰韵方面，五言歌的押韵位置主要在第三个字，其次在第二个字，个别押头韵（第一个字）或在第四个字押韵；七言歌的腰韵主要押在第四个字，其次在第二个字，这是因为歌唱时要在这些地方停顿、换气的原因。不这样就难以歌唱，勉强唱出来也不好听。

不难看出，壮歌的“腰尾韵”，与我所提出的屈赋的“首、尾韵”，“中、尾韵”，颇有共同之处。即叶韵的字，不仅在“句尾”出现，而且可以在“句中”或“句首”出现。并且发现屈赋的形式，跟壮歌的长篇“排歌”（一称“串歌”）极其相似。即除句子的字数不等而外，主要是押“尾韵”。只有部分句子才押“腰韵”。当然，从黄革同志的文章看，壮歌的韵律也有与屈赋不同之处。即壮歌乃“尾韵”与“腰韵”相叶；而屈赋则是“腰韵”与“腰韵”相叶，“尾韵”与“尾韵”相叶。但是，由此可以证明，拙文所提出的屈赋的“首、尾韵”、“中、尾韵”等韵律形态，决不是偶然现象。它们正是战国时期，包括楚文化在内的我国南方民族文化特征之一。而黄革同志所谓的“好听”或“不好听”，也正是属于我所提出的“语言旋律美”的问题。然而如果不从民族学或民俗学的角度，以壮歌与屈赋互证，则屈赋中这类问题虽然也可能被提出来，但悬案终于是悬案，决定性的结论是不容易得出来的。

最后，谈谈学术交流问题。

在古代，限于历史条件，学术交流比较困难；因而学术发展也就相对的迟缓得多。现在的情况不同，不仅国内的学术界交流频繁，而且国际的学术交流，也越来越活跃。但是，不容讳言，由于某种原因，国际间的学术界，仍然存在一些不应有的隔膜。如日本学术界有人对本集所收拙作《〈屈原列传〉理惑》（曾发表于一九六二年《文史》一辑，原名《〈屈原列传〉新探》）一文的误解，即其显著的例证。拙文的中心主题，本来是要试图解决历代学人对《史记·屈原列传》所提出来的疑难问题，从而恢复《屈传》的原型，展示出屈原生平事迹的本来面貌。文章的目的性是明确的。但是，近年来日本学术界否定屈原存在之风大起。始而倡“主人公与作者分离论”，否认《离骚》为屈原所作。继而把伟大诗人屈原索性从中国历史上抹掉。因而中国近代学术界的廖平、胡适、卫聚贤等屈原否定论者，也被奉为研究屈原的圭臬。尤其是对中国何天行的《楚辞作于汉代考》一书，更给以极高的评价。所有这些现象，原属学术争鸣，未可厚非。而问题在于竟有人以拙作《〈屈原列传〉新探》为根据，将本人也纳入否定屈原的体系。其文云：

> 一九六二年，最近的学者汤炳正比较了《屈原列传》的正文和有关汉代的各种文献，指出《屈原列传》的大部分内容是后人增改的。

很显然，这里不仅极端夸大了屈传被增改的范围，而且我所说的“窜入”，跟“屈原并无其人”也决不是同一概念。拙作是决不能为屈原否定论者帮忙的。

至于中国何天行《楚辞作于汉代考》的结论，主要是认为《离骚》并不是什么屈原所作，而是西汉淮南王刘安所作。对此，我本想多说几句话，以澄清是非。但这里限于篇幅，只打算提出一项新鲜事物，作个简短的说明。即一九八三年《文物》第二期发表的《阜阳汉简简介》，其中有这样一段话：

> 阜阳简中发现有两片《楚辞》，一为《离骚》残句，仅存四字；一为《涉江》残句，仅存五字，令人惋惜不已。另有若干残片，亦为辞赋之体裁，未明作者。

《简介》中又报道：这次出土的先秦古籍中，还有《诗经》《周易》等多种。经考古界的分析，出土器物上有“女（汝）阴侯”铭文及漆器铭文，纪年最长为“十一年”等材料，确认墓主是西汉第二代汝阴侯夏侯灶。夏侯灶是西汉开国功臣夏侯婴之子，卒于文帝十五年（公元前 165 年）。故阜阳汉简的下限不得晚于这一年。因此，我认为这批汉简的出土，对判断《离骚》是否西汉淮南王刘安所作，实为最可靠的原始资料。

据《史记·淮南衡山列传》：淮南厉王以谋不轨死，“孝文八年”，乃封其子刘安为阜陵侯，其时刘安仅七八岁。“孝文十六年”，又改封刘安为淮南王。武帝即位，“建元二年”淮南王刘安入朝。又据《汉书·淮南衡山济北王传》所叙淮南王刘安受封的时间，与《史记》全同。惟于武帝时刘安入朝之下，补入武帝“使为《离骚传》，旦受诏，日食时上”等语。而何天行的《楚辞作于汉代考》却以为《离骚传》即《离骚赋》，从而得出《离骚》乃淮南王刘安所作的结论。但是，按照何天行的说法，则刘安入朝作《离骚》的时间，是汉武帝建元二年。那么，为什么《离骚》汉简，竟会在死于二十六年以前的汝阴侯的墓中出现呢？那时刘安不过十四五岁，而且也并无入朝武帝之事，因为这中间还隔着景帝一代呢。可见，刘安作《离骚》之说，是完全违反历史事实的。我在本集《〈楚辞〉成书之探索》中，曾认为刘安封淮南，都寿春，其地为楚最后之故都。屈赋当已广泛流传人间，故刘安及其宾客得搜罗屈赋以成专集。阜阳乃寿春近地，则汉简《离骚》、《涉江》之出土，不仅说明了《离骚》并非刘安所作，而且竟为鄙说增加了一条新的旁证。

当然，阜阳出土屈赋残简，从一般意义上讲，并不为奇。而对于破除刘安作《离骚》的成见，则不能不说是极其珍贵的文物。为了加强学术交流，故特提出个人极不成熟的意见，以供海内外学术界的参考。

以上三个方面，都是本集交稿以后的一些零星感想。学术研究是无止境的，此外还有不少的话要讲，但这里只好从略，庶免“画蛇添足”之诮。

一九八三年七月十六日

编 后 记

3月2日下午，华龄出版社社长常振国先生打来电话，谈了两件事：一是欲将先祖父的旧著《屈赋新探》纳入他们的“华龄阁名家书系”；另一件是约我写一部先祖的传记。关于《屈赋新探》，前年即已录校完毕。是书由二十篇论文组成，近三十万言。因为常先生主持的这套丛书，每本字数均为二十万，故他建议删去几篇以求划一。这样，我只好抽出其中偏于语言研讨的三篇，即《〈招魂〉“些”字的来源》、《屈赋修辞举隅》、《神话、历史与经今古文学》。

先祖治学越六十载，他认为其著作最重要的有两部，即《屈赋新探》与《语言之起源》。如单从影响来看，无疑是《屈赋新探》为大。其可谓望重学林，早已成为研治先秦文学（尤其是《楚辞》）者之案头书。

先祖视学术为生命，甚而胜过生命。他生前出版的每部著作皆经悉心校勘，那认真劲，真令我永铭五内。这次我依然不敢怠慢，前后共看了八遍（孟骞及文瑞又合校一遍），却仅发现一个失校的字，即原书第95页末行的“到汉代尤存此风”中的“尤”字，当是“犹”字之误植。此外，这次的排印本系录自先祖的“自存本”，个别字句他做了些修改；至于眉批，限于篇幅，便不逐录了。

本书能以新的面貌面世，得感谢常先生与责编贾理智先生。当然，应提出感谢的亲友师长还有很多，我这里谨铭之于心吧！

汤序波

（匆匆写于2010年清明节前日，适逢先祖辞世十二周年，以此纪念。）